ANTHONY CAPELLA

Os Vários Sabores do Café

Tradução
Beatriz Horta

Editora Record
RIO DE JANEIRO • SÃO PAULO
2013

CIP-BRASIL. CATALOGAÇÃO NA FONTE
SINDICATO NACIONAL DOS EDITORES DE LIVROS, RJ

Capella, Anthony, 1962-
C247v   Os vários sabores do café / Anthony Capella; tradução de Beatriz Horta. – Rio de Janeiro: Record, 2013.

Tradução de: The various flavours of coffee
ISBN 978-85-01-08944-1

1. Romance inglês. I. Horta, Beatriz. II. Título.

12-6148   CDD: 823
                                                       CDU: 821.111-3

Título original:
The various flavours of coffee

Copyright © Anthony Capella, 2008

Texto revisado segundo o novo Acordo Ortográfico da Língua Portuguesa.

Todos os direitos reservados. Proibida a reprodução, no todo ou em parte, através de quaisquer meios. Os direitos morais do autor foram assegurados.

Direitos exclusivos de publicação em língua portuguesa somente para o Brasil adquiridos pela
EDITORA RECORD LTDA.
Rua Argentina, 171 – Rio de Janeiro, RJ – 20921-380 – Tel.: 2585-2000,
que se reserva a propriedade literária desta tradução.

Impresso no Brasil

ISBN 978-85-01-08944-1
Seja um leitor preferencial Record.
Cadastre-se e receba informações sobre nossos lançamentos e nossas promoções.
Atendimento e venda direta ao leitor:
mdireto@record.com.br ou (21) 2585-2002.

EDITORA AFILIADA

Ontem,
uma semente cai;
amanhã,
um punhado
de grãos ou cinzas.

– MARCO AURÉLIO, *Meditações*

PRIMEIRA PARTE

O corcel e a carruagem

Grande parte do sabor do café ainda continua um mistério.

– Ted Lingle, *The Coffee Cupper's Handbook*

Um

Quem é esse jovem que caminha em nossa direção pela Regent Street, de cravo na lapela e bengala na mão? Podemos deduzir que está bem de vida, pois usa roupas da última moda, mas estaríamos enganados; podemos pensar que ele gosta de coisas finas, visto que para e olha a vitrine da Liberty, a nova loja de departamentos dedicada aos mais recentes estilos (ou será que ele está admirando apenas o próprio reflexo, os cachos ondulados que batem nos ombros, bem diferente dos outros pedestres?). Podemos supor também que ele está com fome, considerando-se que anda mais rápido à medida que se aproxima do Café Royal, aquele labirinto de intrigas e restaurantes perto de Piccadilly. E que é frequentador assíduo de lá; afinal, cumprimenta o garçom pelo nome e, quando vai para a mesa, pega na estante um exemplar do jornal londrino *Pall Mall Gazette*. Talvez possamos até concluir que ele é um escritor, pelo jeito como para e anota algo no bloquinho de couro de bezerro que leva no bolso.

Venha, vou lhe apresentar. Sim, confesso que conheço esse jovem ridículo e o leitor também vai conhecê-lo. Talvez, depois de uma ou duas horas com ele, dê para acreditar que o conhecemos mais ou menos bem. Não creio que vá gostar muito dele: não importa, eu próprio não gosto muito. Ele é, bem, você vai ver. Mas talvez seja possível ver além disso e imaginar o que ele vai se tornar. Da mesma maneira que o café só mostra o verdadeiro sabor depois de ser selecionado, debulhado, tostado e fervido, esse espécime em particular tem uma ou duas virtudes que acompanham os vícios, embora talvez seja preciso olhar mais a fundo para identificá-los... Como vê, apesar dos defeitos, conservo uma espécie de afeição exagerada pelo sujeito.

O ano é o de 1896. Ele se chama Robert Wallis. Tem 22 anos. Ele sou eu, mais jovem, há muitos anos.

Dois

Em 1895, fui expulso de Oxford por não passar nos exames preliminares. A expulsão não surpreendeu a ninguém, só a mim mesmo: eu estudara pouco e escolhera para ser meus amigos jovens conhecidos pela ociosidade e devassidão. Aprendi muito pouco ou talvez seja melhor dizer que aprendi muito. Naqueles tempos, os estudantes declamavam Swinburne quando irrompiam, agitados, pela High Street (*Você seria capaz de me magoar, doces lábios, embora eu lhe magoe? / Os homens encostam neles e trocam logo / Os lírios e langores da virtude / Pelos enlevos e alegrias do vício*) e os funcionários da faculdade ainda usavam um tom escandaloso para falar de Pater e Wilde. Entre os claustros monacais, havia um lânguido romantismo, que valorizava acima de tudo a beleza, a juventude e a preguiça, e o jovem Robert Wallis absorveu essa perigosa doutrina junto com todos os demais inebriantes aromas do local. Eu passava as tardes escrevendo poesia e usando a pensão que recebia de meu pai para comprar coletes de seda, bons vinhos, belas plumas de pavão, livros caros de poesia, encadernados em pergaminho e outros *objetos* essenciais para a vida artística, todos adquiridos com crédito rápido com os comerciantes da Turl Street. A minha mesada e o talento para a poesia eram bem menores do que eu admitia; por isso era inevitável que a situação tivesse um final triste. Quando fui expulso, tinha liquidado o dinheiro e a paciência de meu pai, e logo tive de encarar a necessidade de achar uma fonte de renda, necessidade essa que, lamento informar, pretendia ignorar pelo maior tempo possível.

Na época, Londres era a grande e fervilhante cloaca da humanidade, mas até naquele monte de excremento vicejavam lírios, sim, eles floresciam. Parecendo sair do nada, a capital foi tomada por uma súbita efusão de frivolidade. De luto, a rainha havia se retirado da vida pública. Livre da atenção da mãe, o príncipe passou a se divertir; aonde ele ia, nós íamos atrás. Cortesãos se misturavam às cortesãs, cavalheiros circulavam entre prostitutas, aristocratas jantavam com intelectuais; comerciantes rudes se misturavam a membros da realeza. A revista lida por nosso grupo de artistas e intelectuais era o *Yellow Book*; nosso símbolo era o cravo verde; nosso estilo, o que passou a ser conhecido como *nouveau* e nosso meio de expressão, a sátira que, quanto mais paradoxal, melhor, de preferência se recorria durante a conversa com uma certa melancolia gasta e adestrada. Preferíamos o artificial ao natural, o artístico ao prático e, apesar de Oscar Wilde, dávamos vazão a vícios extravagantes que poucos entre nós tinham intenção de conservar. Era uma época ótima para ser jovem em Londres e perdi quase toda ela (maldição!) devido a uma observação casual que fiz ao ser inquirido por um sujeito chamado Pinker.

Três

O primeiro fator a influir no sabor é a seleção dos grãos.
— Lingle, *The Coffee Cupper's Handbook*

Eu estava tomando o café da manhã no Café Royal (uma travessa de ostras e um prato de presunto cortado grosso, acompanhado de molho verde), quando o garçom trouxe o café. Sem tirar os olhos do jornal, bebi uns goles, franzi o cenho e disse:

– Marsden, que droga, esse café está rançoso.

– É o mesmo que todos os fregueses estão tomando. Ninguém reclamou – informou o garçom, altivo.

– Quer dizer que eu sou enjoado, Marsden?

– E o que mais seria, senhor?

– Como garçom, Marsden, você domina todas as áreas, exceto a de servir direito o cliente. No espírito, é completo, exceto no que tange ao humor.

– Obrigado, senhor.

– Sim, eu sou enjoado. Pois uma boa xícara de café é a maneira adequada de começar um dia indolente. O aroma é instigante, o sabor é doce, mas deixa apenas amargor e arrependimento. Nisso, sem dúvida, lembra os prazeres do amor. – Encantado com esse *aperçu*, provei de novo o café trazido por Marsden. – Mas, nesse caso, parece ter gosto só de lama. Deixando na boca, talvez, um leve sabor de damascos podres.

– Não precisa agradecer, senhor.

– Tenho certeza que não. – Voltei minha atenção para a *Gazette*.

O garçom esperou um instante.

– Será que o jovem cavalheiro vai pagar o café da manhã hoje? – perguntou, com um toque de melancolia fatigada e elegante.

– Ponha na minha conta, por favor, Marsden. Seja gentil.

Dali a pouco, percebi que alguém partilhava minha mesa. Olhando por cima do jornal, vi que minha companhia era um cavalheiro pequeno como um gnomo, cuja sobrecasaca robusta o diferenciava dos habituais grã-finos e dândis que frequentavam aquele lugar. Eu aguardava a qualquer momento a chegada de meus amigos Morgan e Hunt mas, como era cedo e o salão estava quase sem fregueses, não seria tão complicado mudar de mesa quando eles chegassem. Entretanto, fiquei curioso, já que a quantidade de mesas disponíveis tornava ainda mais surpreendente o fato de o estranho sentar-se à minha sem ser convidado.

– Samuel Pinker, ao seu dispor – disse o cavalheiro parecido com um gnomo, inclinando de leve a cabeça.

– Robert Wallis.

– Por acaso, ouvi a observação feita ao garçom. Posso? E sem mais, pegou minha xícara, levou-a às narinas e cheirou-a com a mesma delicadeza que naquela manhã cheirei a flor que escolhi para colocar na lapela.

Observei-o, sem saber se usava de cautela ou achava graça. Muitos excêntricos frequentavam o Café Royal, sem dúvida, mas eram do tipo mais afetado, que carregavam um ramalhete de violetas, usavam bombachas de veludo, ou andavam girando uma bengala com um resplandecente diamante incrustado no cabo. Cheirar o café de outro freguês era, pelo que eu tinha conhecimento, inaudito.

Samuel Pinker pareceu impassível. De olhos semicerrados, cheirou o café mais duas vezes, de forma mais decidida. Depois, levou a xícara aos lábios e deu um gole emitindo um curioso som, como se chupasse o líquido e tremulasse a língua como uma cobra, como se enxaguasse a boca com o café.

– Neilgherry – disse ele, pesaroso. – Aferventado e tostado demais. O senhor tem razão. Parte do lote estava estragado. Leve sabor de fruta podre, porém bastante pronunciado. Posso saber em que ramo atua?

– Ramo de quê?

– Ora, do café.

Acho que ri alto.

– Ah, não trabalho com isso.

– Então posso perguntar, senhor, em que área do comércio *atua*?

– Nenhuma.

– Perdoe, eu devia ter perguntado qual é a sua profissão.

– Nenhuma, não exerço a medicina, a advocacia, nem qualquer outra atividade útil.

– O que *faz*, senhor? Como se sustenta? – perguntou ele, impaciente.

Na verdade, eu não me sustentava, meu pai tinha adiantado uma pequena quantia por minha produção literária, deixando claro que não haveria mais, mas parecia absurdo perder tempo com definições.

– Sou poeta – confessei, com certa melancolia triste.

– Famoso? Um grande poeta? – perguntou Pinker, ansioso.

– Oh, não. A fama ainda não me apertou em seu instável seio.

– Muito bom – resmungou ele, surpreendentemente. E a seguir, perguntou: – Mas sabe escrever? Sabe usar bem as palavras?

– Como escritor, considero-me mestre de tudo, menos da linguagem...

– Confusa, essa sátira! – gritou Pinker. – Quero dizer, o senhor é capaz de descrever algo? Bom, claro que é. Descreveu esse café.

– Descrevi?

– Disse que ele era "rançoso". E é. Eu jamais pensaria nisso, a palavra não me ocorreria, mas "rançoso" é a, a...

– *Mot juste?*

– Exatamente. – Pinker me olhou de um jeito que lembrava meu orientador em Oxford: dúvida aliada a uma firme determinação. – Chega de conversa. Vou lhe dar meu cartão de visita.

– Aceitarei, com certeza, embora ache que não vou precisar dos seus serviços – respondi surpreso.

Fez um rabisco rápido na parte de trás do cartão. Era, tive de notar, muito elegante, de papel grosso, cor marfim.

– Não me entendeu direito. Sou *eu* que preciso do *senhor*.

– O senhor quer dizer como uma espécie de secretário? Tenho a impressão que...

Pinker balançou a cabeça.

– Não, não. Já tenho três secretários, todos muito competentes. Permita que lhe diga, o senhor não acrescentaria nada.

– Então, para que precisa de mim? – perguntei, um pouco irritado. Eu não tinha a menor vontade de ser secretário, mas, caso necessário, me julgava capaz de exercer a função.

– Eu preciso de um intelectual, um escritor. Tal talentoso cavalheiro participará comigo de uma empreitada que nos fará muito ricos. – Entregou-me o cartão e acrescentou: – Procure-me amanhã à tarde nesse endereço.

Meu amigo George Hunt achou que o misterioso Sr. Pinker queria lançar uma revista de literatura. Como há muito tempo Hunt queria fazer exatamente isso, achava que eu devia aceitar a oferta do comerciante de café e procurá-lo, por não considerar nenhuma revista literária de Londres adequada para publicar os poemas dele.

– Ele não parecia se interessar por literatura – observei. Virei o cartão, no verso estava escrito a lápis: *Por favor, conduza ao meu escritório. S. P.*

– Olhe em volta – disse Hunt, apontando os arredores. – Este lugar está cheio daquelas pessoas que grudam nas anáguas da Musa. – Era verdade que o Café Royal costumava ter tanto frequentadores habituais quanto escritores ou artistas.

– Ele gostou principalmente de eu chamar o café de "rançoso".

O terceiro integrante do nosso grupo, o artista Percival Morgan, que até então não tinha participado da especulação, riu.

– Sei o que o seu Sr. Pinker quer.

– O que é?

Ele deu uma batidinha na contracapa da *Gazette*.

– Pós-revigorantes patenteados de Branah – leu, em voz alta. – Garantem recuperar a rósea coloração saudável do doente. Com uma única e eficaz colherada, ganhe o vigor efervescente de um repouso restaurador nas montanhas. É óbvio que o homem quer que você escreva os anúncios dele.

Tive de concordar que isso era muito mais provável do que o Sr. Pinker lançar uma revista. Na verdade, quanto mais eu refletia, mais provável a hipótese me parecia. Ele tinha perguntado se eu sabia descrever bem, pergunta estranha para um dono de revista, mas que fazia todo sentido para quem queria a redação de propagandas. Sem dúvida, ele simplesmente tinha um novo tipo de café que queria promover. "Café da manhã restaurador de Pinker. Bem tostado para uma compleição sadia" ou alguma bobagem assim. Senti um vago desapontamento. Por um instante... bom, achei que fosse algo mais interessante.

– A propaganda é a expressão indizível de uma época indizível – definiu Hunt, pensativo.

– Pelo contrário, eu adoro a promoção de anúncios – atalhou Morgan. – É a única forma de arte moderna relacionada, embora remotamente, com a verdade.

Eles olharam para mim, ansiosos, mas, não sei por que, eu não estava mais disposto a satirizar.

Passei toda a tarde seguinte na minha escrivaninha, traduzindo um poema de Baudelaire. Ao meu lado, um cálice amarelo-veneziano com vinho branco do Reno; eu escrevia com uma pena de prata num papel cor de malva embebido em óleo de bergamota e fumava cigarros turcos sem parar, nos conformes e, mesmo assim, o trabalho era muito monótono. Claro que Baudelaire é um grande poeta de uma perversão emocionante, mas também costuma ser meio vago, o que torna lento o trabalho do tradutor. Não fossem as três libras prometidas como pagamento por um editor, eu teria dado cabo da tarefa há muito tempo. Eu morava em St. John's Wood, perto de Regent's Park, e nesse ensolarado dia de primavera ouvia ao longe os pregões dos sorveteiros entrando e saindo pelos portões do parque. O que dificultava ainda mais ficar em casa. E, por algum motivo, a única palavra que me ocorria para rimar com "sonâmbulo" era "sorvete de morango".

– Chega! – exclamei, e larguei de lado a pena.

O cartão de Pinker estava ali, na escrivaninha. Peguei-o e olhei de novo. "Samuel PINKER, importador e distribuidor de café." Endereço na Narrow Street, em Limehouse. A ideia de sair de casa, mesmo que apenas por uma ou duas horas, era tão insistente quanto um cachorro que dá puxões na coleira que seu dono segura.

Do outro lado da escrivaninha havia uma pilha de contas. Claro, era de esperar que um poeta tivesse dívidas. Ninguém poderia se considerar artista, se não as tivesse, mas, por um instante, ao pensar que precisaria encontrar um meio de pagá-las futuramente, fiquei desanimado. Peguei a conta do alto da pilha, um recibo do meu fornecedor de vinho. O vinho do Reno não era dourado só na cor, pois custava quase tanto quanto ouro. Mas se eu aceitasse fazer os anúncios do Sr. Pinker... Eu não imaginava quanto se cobrava para escrever aqueles nacos de bobagens. Contudo, ponderei, o fato de Pinker circular pelo Café Royal à procura de um escritor dava a entender que era tão novato no assunto quanto eu. E se resolvesse me pagar não uma quantia total, mas um adiantamento? Digamos que essa quantia fosse (pensei numa quantia razoável e depois, achando pouco, a quadrupliquei), quarenta libras por ano? E se o comerciante de café tivesse amigos, conhecidos da área, interessados no mesmo tipo de serviço, ora, dali a pouco teria uma renda de quatrocentas libras por ano, tudo proveniente de tiradas como "Com uma simples e eficaz colherada, ganhe o vigor efervescente de um repouso restaurador nas montanhas". E ainda sobraria muito tempo para Baudelaire. É verdade que a Musa podia se sentir menosprezada por alguém prostituir assim o próprio talento mas, se a coisa toda fosse mantida em segredo dos conhecidos da área literária, talvez Ela não viesse a saber.

Resolvi. Antes de correr para a porta, só parei para pegar o cartão de Pinker e vestir um paletó estampado que tinha comprado na Liberty uma semana antes.

Viajemos, pois, por Londres, de St. John's Wood a Limehouse. Posto assim, parece pouco interessante, não? Permitam então que eu refaça o convite. Vamos atravessar a maior e mais populosa cidade do mundo, no exato momento de seu apogeu; viagem essa que, se você vai me acompanhar, precisará usar todos os sentidos. Aqui, perto de Primrose Hill, o ar (sinta!) é relativamente fresco, apenas com um leve toque de enxofre vindo das lareiras a carvão e do fogão nas cozinhas que, mesmo nessa época do ano, estão acesos em todas as casas. Somente depois que passamos por Marylebone, começa a verdadeira diversão. Os tílburis de aluguel e os coches soltam um cheiro forte de couro e suor de cavalo suado; as rodas estrondam nas pedras da rua; as sarjetas ficam cheias do estrume macio e úmido destes animais. O trânsito está parado em todas as ruas: carroças, coches, carruagens, cupês, cabriolés, tílburis, landôs, caleches, seges brigam em todas as direções. Alguns parecem enormes cartolas, com o nome do fabricante pintado em letras douradas. Os motoristas de ônibus são os mais agressivos, passam de um lado para outro da rua, bem perto dos pedestres, tentando atraí-los a entrar por três pences ou, por um centavo a menos, viajar no teto. Há também os velocípedes e bicicletas, os bandos de gansos sendo conduzidos para os mercados, os ambulantes carregando cartazes no meio da multidão, anunciando guarda-chuvas e outros produtos e as leiteiras que simplesmente caminham pelas ruas com um balde e uma vaca, esperando ser paradas por alguém que queira beber um pouco de leite. Mascates expõem bandejas de tortas e folhados; floristas colocam tremoços e calêndulas nas mãos dos passantes, cachimbos e charutos juntam seu odor forte a essa confusão. Um homem cozinha arenques de Yarmouth num braseiro e balança embaixo do seu nariz um pedaço espetado em um garfo.

– Ótimos grelhados – grita, rouco –, dois centavos por um.

Imediatamente, como em resposta, ouve-se um coro de pregões em redor:

– Castanhas quentes, quentes, um centavo o lote.

– Engraxate, um centavo...

– Deliciosas nozes, 16 por um centavo... – alardeiam os meninos que vendem frutas e hortaliças. – Olha o nabo – rebate um camponês com uma carroça puxada por jumento.

As rodas dos carrinhos de afiadores de faca rangem e soltam faíscas quando a lâmina passa por elas. Em silêncio, pedintes estendem as mãos segurando caixas de fósforos para guardar moedas. E, ao redor da multidão (sempre, sempre), arrastam-se as figuras espectrais dos despossuídos: sem sapatos, sem pão, sem dinheiro, esperando o que possa lhes aparecer.

Se pegarmos o trem na estação de Baker Street em direção a Waterloo, vamos compartilhar as estreitas plataformas com o vapor quente, úmido e escuro das locomotivas; se pegarmos as amplas e novas avenidas como a Northumberland, construídas para atravessar os cortiços do centro de Londres, estaremos no meio de uma multidão que não toma banho, já que cada linda avenida ainda está cercada de prédios com moradias de aluguel, cada um deles um pombal com centenas de famílias apinhadas que exalam um cheiro fétido de suor, gim, hálito e pele. Mas o dia está lindo:

caminhemos. Muita gente nos olha quando corremos pelas ruas atrás de Covent Garden, vendo se deixamos expostos um lenço ou um par de luvas que eles possam furtar sorrateiramente. Quando passamos, só quem fala são as jovens prostitutas com suas roupas berrantes e enfeitadas demais, murmuram cumprimentos lascivos na esperança de conseguir um fugaz momento de luxúria. Mas não há tempo para isso, não há tempo para nada, já estamos terrivelmente atrasados. Talvez acabemos tomando um tílburi; olhe, ali vem um.

O tílburi entra com estrépito na Drury Lane e percebemos um cheiro leve, mas pouco agradável, que vem se arrastando das ruas laterais como uma névoa venenosa. É o cheiro do rio. Sim, graças aos esgotos instalados por Bazalgette, o Tâmisa não solta mais o fedor de resíduos podres tão forte que os membros do parlamento uma vez tiveram de embeber suas cortinas com sulfato de tília. Mas os esgotos só servem para quem tem lavatórios modernos conectados a eles; nos cortiços, as grandes e pútridas fossas de dejetos ainda estão em uso, soltando seu cheiro ruim pelos rios subterrâneos de Londres. Há também todos os demais odores vindos das indústrias amontoadas à margem do rio para facilitar o despejo. Um odor fermentado sai das cervejarias: é tão agradável quanto o cheiro de plantas exóticas que vem das destilarias de gim, mas a seguir vem um fedor de ossos de cavalo cozidos, usados nas fábricas de cola; de gordura derretida nas fábricas de sabão; de entranhas de peixes em Billingsgate; de excremento podre de cachorro dos curtumes. Claro que quem tem constituição frágil usa na lapela ramalhetes de flores ou broches cheios de sais de eucalipto.

Quando nos aproximamos do porto de Londres, passamos por grandes armazéns com torres, altas e escuras como rochedos. De um deles vem um cheiro forte e pesado de folhas de tabaco; do seguinte, uma onda açucarada de melado; de outro, os vapores doentios do ópio. Aqui, o chão é pegajoso por causa de barricas de rum; ali, o caminho está impedido por uma infantaria de soldados de uniforme vermelho. Ao redor, ouve-se a algaravia de uma dúzia de línguas diferentes: são alemães louros, chineses de cabelos negros presos em rabichos, negros com vistosos lenços à cabeça. Um açougueiro de avental azul carrega uma bandeja de carne; atrás dele vem um contramestre de chapéu de palha, carregando com cuidado um papagaio verde numa gaiola de bambu. Os ianques entoam rudes cantigas de marinheiro; tanoeiros rolam barris pelo calçamento de pedras, com uma ensurdecedora cacofonia que lembra tambores; cabritos berram nas jaulas a caminho dos navios. E o rio está cheio de embarcações com seus mastros e chaminés soltando fumaça até onde os olhos conseguem enxergar: veleiros, escunas, balandras, *bafflers* carregados de barris de cerveja, navios carvoeiros cheios, corvetas e bateiras para a pesca de enguias, clípers e transatlânticos de lazer, reluzentes vapores com convés de mogno e sujas barcaças de trabalho, todos pipocando pelo cais, que ecoa com os rangidos agudos dos apitos dos vapores, os gritos dos carvoeiros, as buzinas dos barcos de piloto e os sinos que as embarcações tocam sem parar.

Precisava estar moribundo para não se animar com a energia infinita e agitada de tudo aquilo; na pressa e esforço que a grande cidade emana por todo o globo como abelhas indo e vindo na maior correria, colocando mel no favo no meio da colmeia. Mas não vi força moral naquilo: era uma cena animada, mas negligente, e eu olhava como quem aplaude um desfile no circo. Foi preciso um homem como Pinker para ver além: para ver que a civilização, o comércio, o cristianismo eram no final das contas o mesmo processo e entender que o mero comércio, sem o controle do governo, poderia ser o instrumento que iria trazer muita luz para as derradeiras partes escuras do mundo.

Quatro

Cedro – este adorável, fresco e rústico aroma é de madeira
natural e quase igual às lascas de um lápis. Caracteriza-se
pelo óleo essencial natural do cedro do Atlas. É mais forte
em colheitas maduras.

– Jean Lenoir, Le Nez du Café

O jovem, que devia ter a minha idade, abriu a porta da casa em
Narrow Street; era, certamente, um dos eficientes secretários men-
cionados por Pinker. Vestia-se de forma impecável, embora con-
servadora, a gola branca estava muito bem engomada e os cabelos
(bem mais curtos que os meus) brilhavam com óleo Macassar.

– Pois não? – perguntou, com um olhar frio.

– Pode dizer ao seu patrão que Robert Wallis, o poeta, está
aqui? – comuniquei entregando o cartão de Pinker.

– É para o senhor entrar. Siga-me – declarou, após examinar o
cartão.

Fui atrás dele e, então, percebi que o lugar era uma espécie de
armazém. Barqueiros descarregavam sacos de aniagem num quebra-mar e vários estivadores seguiam para diversas partes do depósito, com um saco em cada ombro. O cheiro de café torrado me
atingiu como se fosse uma lufada de tempero. Ah, aquele cheiro...
O armazém tinha mais de mil sacas de café e Pinker mantinha os
grandes tambores de torrefação funcionando dia e noite. Era um
odor a meio caminho entre o que saliva a boca ou faz escorrer
lágrimas dos olhos, escuro como azeviche queimando; um amargo, negro e envolvente perfume que grudava na garganta e se espalhava pelas narinas e o cérebro. Era possível se viciar naquele
cheiro, depressa como com qualquer ópio.

Só pude ver tudo isso de relance, enquanto o secretário me
levava por uma escada até um escritório. Uma janela dava para a

rua, mas havia outra, maior, que dava para o armazém. Era nela que Samuel Pinker acompanhava a agitação no andar de baixo. Ao lado dele, dentro de uma redoma de vidro, um pequeno instrumento de metal desenrolava calmamente uma bobina de fino papel branco perfurado com sinais. O papel enroscado caía como uma complicada flor-de-lis sobre o piso de madeira encerado, era a única bagunça na sala. Outro secretário, vestido como o primeiro, estava à escrivaninha, escrevendo com uma caneta-tinteiro de aço.

Pinker virou-se e me viu.

– Vou ficar com quatro toneladas do brasileiro e uma do Ceilão – avisou, firme.

– O que disse, por favor? – perguntei, confuso.

– "O pagamento será feito a bordo, desde que nada se estrague na viagem."

Percebi que estava ditando uma carta.

– Ah, claro. Continue.

Ele franziu o cenho com a minha impertinência.

– "Dez por cento serão retidos para amostras futuras. Permaneço, etc., etc." Sente-se. – Como essa última frase era evidentemente dirigida a mim, sentei-me. – Café, Jenkins, por favor – pediu ao secretário. – O quatro e o nove, com o 18 a seguir. Assino esses enquanto você sai. – Voltou a olhar para mim. – Disse-me que era escritor, Sr. Wallis – comentou, sério.

– Isso mesmo.

– Mas meus secretários não conseguiram encontrar uma única obra sua em todas as livrarias de Charing Cross. Os sócios da biblioteca do Sr. W. H. Smith nunca ouviram falar no senhor. Até o editor literário do *Blackwood's Magazine* ignora o seu trabalho, o que é estranho.

– Sou poeta, mas inédito. Pensei ter deixado isso claro – expliquei, meio pasmo com o zelo das pesquisas de Pinker.

– O senhor disse que ainda não era famoso. Descubro agora que não é sequer conhecido. É difícil ser uma coisa sem ser a outra, não? – disse e sentou-se de forma brusca, do outro lado da mesa.

– Desculpe se dei uma impressão errada. Mas...

– Deixe de lado a impressão. *Precisão*, Sr. Wallis. Só o que peço ao senhor e a qualquer pessoa é precisão.

No Café Royal, Pinker tinha me parecido tímido e até inseguro. Mas ali no escritório dele era mais autoritário. Pegou uma caneta, tirou a tampa e puxou uma carta na pilha, assinando cada uma com um rápido floreio, enquanto falava.

– Eu, por exemplo. Ainda seria comerciante se nunca tivesse vendido uma só saca de café?

– Boa pergunta...

– Não. Um comerciante é quem compra e vende. Portanto, se não compro nem vendo, não sou comerciante.

– Da mesma forma, um escritor deve *escrever*. Não é essencial que seja lido também. Apenas desejável – observei.

– Hum. Muito bem – disse Pinker, levando o argumento em consideração. Tive a impressão de ter passado numa espécie de teste.

O secretário voltou com uma bandeja, quatro xícaras do tamanho de dedais e dois bules fumegantes, que colocou à nossa frente.

– Então – prosseguiu Pinker, fazendo um gesto para mim. – Diga o que acha desses cafés.

Claro que o café era recém-torrado, tinha um cheiro forte e agradável. Provei e Pinker ficou olhando, ansioso.

– Então?

– Excelente.

Ele bufou.

– O que mais? Você é um escritor, não é? As palavras são sua moeda de troca, não?

– Ah – suspirei percebendo o que ele queria. Respirei fundo. – Muito... revigorante. Como um retiro nos Alpes, melhor, como um descanso restaurador à beira-mar. Não consigo pensar em nada melhor, mais balsâmico, mais reconstituinte do que o café de Pinker. Ajuda a digestão, refaz a concentração e melhora o físico de uma só vez.

– *O quê?* – exclamou o comerciante, me encarando.

– Claro, precisa dar uma melhorada – expliquei, modesto. – Mas acho que o enfoque geral é...

– Experimente o outro – disse ele, impaciente.

Comecei a me servir do segundo bule.

– Não use a mesma xícara! – ele sibilou.

– Desculpe. – Enchi outra xícara do tamanho de um dedal e bebi. – É diferente – concluí, surpreso.

– Sim, claro. E então? – perguntou Pinker.

Nunca havia me ocorrido que existe café e café. Claro, o café pode ser aguado, passado, ou tostado demais (na verdade, costumava ser tudo isso), mas ali havia dois tipos de café, ambos de sabor excelente, mas a excelência variava de um para outro como de alhos para bugalhos.

– Como mostrar essa diferença em palavras? – perguntou e, embora a expressão fosse a mesma, desconfiei que aquele era o segredo da nossa conversa.

– Este aqui – disse eu, devagar, mostrando a segunda xícara – tem um sabor quase... defumado.

Pinker concordou com a cabeça.

– Tem mesmo.

– Enquanto esse aqui – acrescentei mostrando o primeiro – é mais... floral.

– Floral! – Pinker continuava olhando para mim. – Floral! – Mas parecia interessado e, achei até, impressionado. – Espere... deixe eu... – Pegou o bloco do secretário e anotou a palavra "floral". – Continue.

25

– Essa segunda xícara tem uma espécie de travo.

– Que travo?

– Como lascas de lápis.

– Lascas de lápis. Exatamente. – Pinker anotou isso também. Era como um jogo de salão, divertido, mas inútil.

– Enquanto o outro... um gosto de castanhas, talvez? – propus.

– Talvez. O que mais? – perguntou Pinker, anotando.

– Esse aqui – declarei apontando a segunda xícara – tem gosto de especiarias.

– Que especiaria?

– Não sei direito – confessei.

– Não importa – disse Pinker, riscando "especiarias". – Ah, aí está você. Ótimo. Sirva, sim?

Virei para trás. Uma jovem tinha entrado na sala com outro bule de café. Era, notei automaticamente, muito atraente – na época, eu me considerava um especialista no tema. Usava o estilo de roupa de adeptos do nacionalismo, adotado na ocasião por muitas mulheres que trabalhavam. Um paletó, abotoado até o pescoço, sobre uma saia longa sem anquinhas, revelando pouco da figura esguia que estava por baixo. Entretanto, o rosto tinha um ar alerta e jovial; os cabelos, embora cuidadosamente presos, eram elegantes e dourados.

Serviu uma xícara e entregou para mim com cuidado.

– Obrigado – disse eu, olhando-a com um sorriso sincero. Se ela notou meu interesse, não demonstrou; seu rosto era uma máscara de distanciamento profissional.

– Talvez fosse bom você anotar, Emily – disse Pinker, empurrando o bloco para ela. – O Sr. Wallis tentava descobrir que especiaria lembra o nosso melhor café brasileiro, mas foi temporariamente abandonado pela inspiração.

A secretária sentou à mesa e pegou a caneta. Por um instante, enquanto aguardava que eu falasse, era capaz de jurar que os olhos dela refletiram uma certa diversão, um ar de travessura, mas era difícil garantir.

Tomei um pouco do novo café mas, a princípio, não senti gosto de nada.

– Desculpe – disse eu, balançando a cabeça.

– Sopre o café – sugeriu Pinker.

Soprei e bebi mais um gole. Notei que era um café bem porcaria, comparado com os outros dois.

– Esse é o que servem no Café Royal!

– Bem parecido. Ele tem... ah!... gosto rançoso?

– Um pouco. – Experimentei mais. – E sem graça, muito sem graça. Com um leve *aftertaste* de... toalhas molhadas. – Olhei para a taquígrafa. Anotava no bloco, ou melhor, vi então que fazia curiosos rabiscos, quase como a escrita árabe. Devia ser o Método Fonográfico de Pitman sobre o qual eu tinha lido.

– Toalhas molhadas – repetiu Pinker, com uma risada. – Muito bom, embora eu nunca tenha provado uma toalha, seja seca ou molhada.

A secretária parou de escrever, aguardando.

E tem cheiro de... tapete velho – defini. Imediatamente, minhas palavras foram traduzidas em mais traços e riscos.

– Tapete! Mais alguma coisa? – perguntou Pinker.

– Um toque de torrada queimada.

Mais rabiscos.

– Torrada queimada. Bom. Por enquanto, basta.

As anotações da moça não enchiam nem uma página do bloco. Tive uma vontade boba de impressioná-la.

– Qual desses cafés é o seu? – perguntei ao comerciante, mostrando os bules.

– O quê? – Mais uma vez, Pinker pareceu surpreso com a pergunta. – Ah, todos.

– E qual deles o senhor quer anunciar?

– Anunciar?

– Ah, sobre esse... – disse eu, mostrando o primeiro bule – po-de-se dizer... – Levantei a xícara. – Uma mistura bem-selecionada, o melhor das colônias com um toque de castanha ambrosiana. – Será que era imaginação minha ou a secretária deu uma risadi-nha, que conteve na hora? – Mas notei que a publicidade procura destacar o lado saudável das coisas. Talvez: "É o gosto de castanha que melhora o físico."

– Meu caro Wallis, o senhor seria um péssimo propagandista – disse Pinker.

– Acho que não.

– As pessoas querem que o café tenha gosto de café, não de castanhas.

– Podíamos dizer como é boa a parte do café com sabor de castanha.

– Claro que a essência da propaganda – disse ele, pensativo – é esconder a verdade e mostrar só o que o público que ouvir. Já a essência de um guia ou código é mostrar a verdade para conheci-mento de poucos.

– Muito bem – elogiei, impressionado. – Isso é quase uma sá-tira. Hum... que história é essa de código?

– Jovem – disse Pinker, olhando bem para mim. – Ouça com atenção o que direi. Vou lhe fazer uma proposta muito importante.

Cinco

– Vivemos hoje, Sr. Wallis, a Era da Melhoria. – Pinker deu um suspiro e tirou um relógio do bolsinho da calça. Olhou-o com uma expressão relutante, como se o tema exigisse mais tempo do que ele podia dispor. – Pense nesse relógio – disse, segurando o objeto pela corrente. – É, ao mesmo tempo, mais preciso do que os fabricados nas décadas anteriores e mais barato. No ano que vem, vai ser mais barato ainda e mais preciso. Sabe quanto custa o mais novo modelo Ingersoll?

Confessei que não entendia nada dessa área.

– Um dólar. – Pinker concordou com a cabeça. – E considere as vantagens. Solidez, que é a primeira exigência do comércio. Não acredita? Relógios mais pontuais significam trens mais pontuais. Trens mais pontuais significam mais comércio. Mais comércio significa relógios mais pontuais e mais baratos. – Pegou uma caneta sobre a mesa. – Ou veja essa caneta-tinteiro. Tem o seu próprio tinteiro, criativamente colocado dentro do cilindro, está vendo? Isso significa que minhas secretárias podem escrever mais rápido e assim podemos fazer mais negócios etc. etc. Ou... – Mexeu outra vez no bolsinho da calça e tirou algo com um polegar e o indicador. – Veja isso. – Ele olhava firme para uma rosca com parafuso. – Que coisa incrível essa, Wallis. A rosca foi feita em... ah, Belfast, digamos. O parafuso, talvez, em Liverpool. Mesmo assim, se encaixam perfeitamente. Os modelos, veja, foram *padronizados*. – A essa altura, a caneta da taquígrafa voava pelo bloco, devem ter lhe recomendado anotar todos aqueles discursos improvisados do patrão, ou talvez fosse o próprio aprendizado. – Há alguns anos, cada oficina e equipamento do país tinha o seu modelo. Era o caos. Nada prático. Hoje, graças ao impulso da Melhoria, há apenas um modelo. Acredita nas teorias do Sr. Darwin?

Pasmo com a súbita mudança de assunto e cauteloso para não ser ofensivo (Darwin era um tema que costumava aquecer o ânimo dos meus professores em Oxford), respondi que, em média, acreditava.

Pinker concordou com a cabeça.

– Darwin nos mostra que a Melhoria é inevitável. Em relação às espécies, claro, mas também aos países, às raças, às pessoas, até às roscas e parafusos Bom. Consideremos que as ideias do Sr. Darwin podem beneficiar o comércio de café.

Tentei dar a impressão de ter alguma ideia útil sobre o tema, mas que preferia não verbalizá-la em deferência à erudição maior do meu anfitrião. Era uma expressão que precisei usar amiúde nas salas de aula, em Oxford. Mas não era necessária naquele momento: Pinker estava com a corda toda.

– Primeiro, a preparação. Como age a Melhoria nesse processo? Vou lhe dizer, Sr. Wallis. Pelo vapor.

– Vapor? O senhor quer dizer... um moinho?

– Modo de dizer. Imagine se toda cafeteria e todo hotel tivessem a sua máquina a vapor. Exatamente como na fabricação de algodão e milho, teríamos compatibilidade. Compatibilidade!

– Esses locais não ficariam... bem, mais quentes?

– A máquina a que me refiro é uma miniatura. Jenks, Foster, tragam o aparelho, sim?

Após uma breve interrupção e alguns barulhos, os dois secretários vieram empurrando um carrinho sobre o qual havia um curioso mecanismo. Parecia consistir em um aquecedor de cobre, alguns canos de metal, alavancas, mostradores e tubos.

– Máquina de café a vapor do Signor Toselli – anunciou Pinker, orgulhoso. – Exibida na Exposição de Paris. O vapor passa pelos grãos e prepara uma xícara de cada vez, com um sabor muito melhor.

– Como esquenta?

– A gás, mas com o tempo será lançado um modelo elétrico. Encomendei oitenta – informou.

– Oitenta! Onde vão ficar?

– Nas Tabernas da Moderação Pinker. – Levantou-se e ficou andando de um lado para outro. Atrás dele, Jenks acendeu o aquecedor, que silvou e assoviou baixo enquanto o dono falava. – Ah, antecipei o que ia dizer. O senhor ia observar que não existe Taberna da Moderação Pinker no país. Mas vai haver, Wallis, vai.

Pretendo aplicar os princípios da caneta-tinteiro e do relógio Ingersoll. Veja Londres: tem um bar em cada esquina! Palácios do gim, onde o operário é despojado do salário recebido com tanto esforço. O que ele ganha com a bebedeira? Faz com que se torne um escravo, além de violento com a esposa. Fica tão incapaz que muitas vezes não consegue nem chegar em casa, passa a noite na sarjeta e não aguenta trabalhar no dia seguinte. Mas o café, ah, o café, não tem esses problemas. Não embota, pelo contrário, revigora. Não entorpece os sentidos, aguça-os. Por que não termos uma cafeteria em cada esquina, no lugar dos bares? Seria uma Melhoria, não? E, se é uma Melhoria, precisa ocorrer, *vai* ocorrer. Darwin disse! Eu *farei* acontecer. – Sentou-se e passou a manga da camisa na testa.

– O senhor mencionou um guia e um código e não consigo... – apartei.

– Sim, oferta e procura, Sr. Wallis. Oferta e procura.

Ele parou. Esperei e a secretária pousou a delicada mão no bloco de anotações. Tinha dedos incrivelmente longos e elegantes. Podia-se imaginá-los tocando um violino ou o teclado de um piano. Podia-se imaginar, na verdade, fazendo todo tipo de coisas, algumas deliciosamente impróprias...

– A dificuldade do meu plano é o preço – explicou Pinker. – Café é artigo caro, bem mais do que cerveja ou, digamos, gim. Claro, vem de mais longe. Encomenda-se a um agente que, por sua vez, contata outro agente... é um milagre que consiga chegar até nós.— Olhou para mim. – E aí, nós nos perguntamos: então?

– Nos perguntamos – sugeri, voltando minha atenção para ele –, como melhorar o fornecimento?

Pinker estalou os dedos.

– Exatamente! A Bolsa foi uma grande iniciativa. Ouviu falar na Bolsa de Valores, pois não?

Não.

Ele pôs a mão na redoma de vidro dentro da qual a máquina de imprimir ainda clicava e mexia tranquilamente, desenrolando sem parar sua tira de símbolos no papel, no chão.

– A Bolsa do Café de Londres vai revolucionar os negócios. Ela é ligada por cabo submarino a Nova York e Amsterdã. Os preços vão se padronizar no mundo todo. O preço terá de cair. – Ele me olhou com atenção. – Consegue identificar onde está o problema?

Pensei.

– Hoje, não há garantia do produto que se vai receber. Compra-se por números, baseado apenas no custo. O senhor quer encontrar a mercadoria boa para as suas tavernas e passar adiante o resto. Assim, beneficia-se dos preços baixos e deixa para os outros o refugo.

Pinker recostou-se e me olhou com um sorriso.

– Isso mesmo, senhor. Isso mesmo.

De repente, a engenhoca emitiu uma espécie de zumbido, um guincho borbulhante. Jenks apertou algumas alavancas, saiu um desagradável gargarejo das inúmeras gargantas da máquina, enquanto líquido e vapor foram despejados numa xícara em miniatura.

Observei então:

– Se o senhor tem um código; não, essa não é a palavra adequada. Se o senhor tem um *vocabulário* de comércio, uma descrição do café, definida de antemão pelo senhor e seus agentes, então, apesar de estarem em países diferentes...

– Exato! – Pinker segurou a rosca numa das mãos, o parafuso na outra e juntou-os. – Temos a rosca e o parafuso. Os dois vão se encaixar.

Jenks colocou duas pequenas xícaras na frente de Pinker e de mim. Peguei a minha. Continha a quantidade bem pequena de um líquido negro sobre o qual flutuava uma espuma cor de avelã escura. Girei a xícara: o líquido era grosso e firme como óleo. Levei-o aos lábios...

Foi como se a própria essência do café estivesse concentrada ali. Cinzas quentes, fumaça de madeira e carvão dançavam na minha língua, presas no fundo da minha garganta e de lá pareciam correr diretamente para o meu cérebro... mas não era picante. A textura era de mel ou melado e tinha um leve doce abiscoitado que permanecia durante um tempo, como o chocolate mais escuro, parecido com tabaco. Terminei a pequena xícara em dois goles, mas o sabor parecia aumentar e perdurar na minha boca por vários momentos.

Pinker me observava e concordava com a cabeça.

– O senhor tem paladar, Sr. Wallis. É meio rude e destreinado, mas pode se dedicar ao ramo. E, o que é mais importante, tem o dom das palavras. Encontre as palavras que possam captar, padronizar, o sabor indefinível do café, de maneira que duas pessoas em partes diferentes do mundo possam telegrafar uma descrição que dirá exatamente como é o produto. Faça o texto impositivo, evocativo mas, acima de tudo, preciso. Essa é a sua tarefa. Vamos chamá-la... – Ele parou. – Vamos chamá-la de Método Pinker-Wallis de Clarificação e Classificação dos Diversos Sabores do Café. O que acha?

Ele me olhava, ansioso.

– Fascinante – disse eu, com gentileza. – Mas não posso fazer o que o senhor pede. Sou um escritor, um artista e não um fabricante de frases. – Céus, o café daquela máquina era forte, meu coração começou a bater mais rápido.

– Ah, Emily adivinhou que o senhor teria essa reação. – Pinker fez sinal para a secretária, que continuava séria, de cabeça inclinada sobre o bloco. – Por sugestão dela, tomei a liberdade de descobrir o endereço de seu pai e mandar um telegrama sobre esta proposta de emprego. O senhor pode querer ver a resposta do reverendo Wallis. – Pinker empurrou sobre a mesa uma tira de telegrama. Peguei-a: começava com *Aleluia!*. – Ele parece muito aliviado do peso de sustentar o senhor – disse, com secura.

– Entendo.

"Diga a ele que acabou a mesada ponto Ótima oportunidade ponto Deus abençoe o senhor ponto."

– Ah.

– E como o senhor foi expulso (seu pai cita isso, de passagem), obedecer a ordens ou dirigir uma escola são oportunidades que não terá mais.

– É – concordei. A minha garganta parecia ter secado. Jenks colocou outra pequena xícara de café na minha frente. Entornei goela abaixo. Meu cérebro foi inundado por um perfume de carvão e chocolate amargo. – O senhor falou em muito dinheiro.

– Falei?

– Ontem, no Café Royal. Disse que, se eu participasse do seu... esquema, ficaríamos muito ricos.

– Ah, sim. Foi uma figura de linguagem. Eu usei... – Olhou para a secretária: – Usei o que?

– Uma hipérbole – respondeu ela.

Foi a primeira vez que falou. A voz era baixa, mas novamente tive a impressão de identificar um leve tom de diversão. Olhei para ela, mas continuava de cabeça baixa sobre o bloco, anotando cada palavra com aqueles malditos rabiscos.

– Isso mesmo, usei uma hipérbole. Como literato, tenho certeza que o senhor aprecia isso. – Os olhos de Pinker brilhavam. – Claro, na hora, eu ainda não tinha conhecimento de sua delicada situação.

– O senhor pensa em pagar quanto, exatamente?

– Emily me informou que a Sra. Humphry Ward recebeu dez mil libras por seu romance mais recente. Embora ela seja a escritora mais famosa do país e o senhor um completo desconhecido, proponho a mesma faixa.

– Dez mil libras? – repeti, impressionado.

– Eu disse a mesma *faixa*, não a mesma *quantia*. Preciso novamente preveni-lo contra os perigos da imprecisão – declarou sorrindo. O idiota estava se divertindo. – O livro da Sra. Ward tem cerca de duzentas mil palavras, ou seis xelins e três centavos por palavra. Pagarei o mesmo por cada descrição adotada no nosso código. E uma gratificação de vinte libras quando estiver terminado. É bastante, não?

Passei a mão na testa. Minha cabeça girava. Tinha bebido demais daquele maldito café.

– O Método Wallis-Pinker.

– O que disse?

– O método deve ser chamado Wallis-Pinker e não o contrário.

Pinker franziu o cenho.

– Como quem inventou chama-se Pinker, claro que ele deve ter o crédito maior.

– Como redator, o trabalho maior será meu.

– Permita que eu diga, Wallis, ainda não entendeu bem os princípios que norteiam os negócios. Se eu quiser achar um funcionário mais obediente, posso simplesmente ir ao Café Royal. Afinal, descobri o senhor em cinco minutos. Mas, se quiser outro patrão, o senhor não poderá fazer a mesma coisa.

– Provavelmente – admiti. – Mas não há dois redatores iguais. Como o senhor pode pensar que o próximo vai ser tão bom quanto eu?

– Hum – considerou Pinker. – Está bem, método Wallis-Pinker – aceitou, de repente.

– E, como se trata de um trabalho literário, preciso de um adiantamento. Trinta libras.

– É muito.

– É de praxe – insisti.

Para minha surpresa, Pinker deu de ombros.

– Então, que seja. Estamos combinados?

Fiquei indeciso. Ia dizer que ia pensar no convite, ouvir as opiniões e imaginava a zombaria de meus amigos Hunt e Morgan, se eu contasse da proposta. Mas (era inevitável) olhei para moça. Os olhos dela brilhavam e ela me deu... não exatamente um sorriso, mas uma espécie de sinalzinho, arregalou os olhos e assentiu como se encorajasse. Foi aí que eu me perdi.

– Estamos – respondi.

– Certo – disse o comerciante, levantando-se e me estendendo a mão. – Começamos no escritório amanhã de manhã, às 10 em ponto. Emily, por gentileza, pode mostrar a saída para o Sr. Wallis?

Seis

Acre – um gosto acre e salgado na língua.

– Lingle, *The Coffee Cupper's Handbook*

Quando chegamos no alto da escada, parei e perguntei a ela:

– Podemos dar uma volta pelo armazém? Queria conhecer um pouco mais do assunto que o Sr. Pinker resolveu que vou aprender.

Se percebeu que eu estava querendo fazer graça com o patrão dela, não demonstrou.

– Claro – respondeu apenas e me levou pelo vasto depósito que eu já havia visto de relance.

Era um lugar curioso: quente como o inferno, devido aos tambores de torrefação colocados de um lado, com a chama dos queimadores brilhando no escuro. O barco tinha sido descarregado e os portões para o cais estavam fechados, só vinha uma lâmina fraca de luz pelos espaços curvos entre eles. As janelas eram altas, mas deixavam entrar pouca claridade. O lugar tinha uma névoa peculiar provocada, vi então, por uma nuvem densa de fibras parecidas com as do algodão, que flutuavam ao redor de nós. Estendi a mão e a nuvem fez um redemoinho.

– É pergaminho que envolve o café – explicou. – Parte dos grãos que recebemos ainda não foram moídos.

Não entendi nada, mas concordei com a cabeça.

– E todo esse café pertence a Pinker?

– O Sr. Pinker – disse ela, com pequena ênfase no tratamento – tem quatro armazéns, sendo que os dois maiores ainda estão sob retenção alfandegária. Aqui é apenas o armazém de limpeza dos grãos. – Ela indicou com a mão. – O café chega pelo rio, de barco. Depois, é provado, pesado, moído, torrado e guardado de acordo com o país de origem. Nesse depósito temos, digamos, o mundo inteiro. Lá, o Brasil, aqui, o Ceilão. A Indonésia está atrás de nós, pouca quantidade, pois os holandeses compram quase toda a produção. Por segurança, guardamos o arábica puro aqui.

– Por que o arábica puro precisa ficar em local mais seguro?

– Porque é o que vale mais. – Ela deu um passo na direção de uma pilha de sacas cheias de juta. Uma já estava aberta. – Olhe – disse ela, com empolgação.

Olhei. A saca estava cheia de grãos cor de ferro, brilhantes como se cada um tivesse sido lubrificado e lustrado. Ela pegou um punhado para me mostrar. Eram pequenos, do tamanho de um amendoim e, ao escorrerem pelos dedos dela, fizeram um som parecido com chuva.

– Este é da espécie moca, cada um é uma joia – disse ela, com admiração. Enfiou o braço até o cotovelo e mexeu o café com um gesto suave e hipnótico que era quase um carinho, erguendo uma grande nuvem com aquele cheiro escuro e crestado. – É como uma saca de tesouros.

– Posso pegar? – Estiquei o braço ao lado do dela. Foi uma sensação estranha: os grãos rodearam meu pulso como se fossem líquidos, porém eram secos e leves, tão irreais quanto películas.

O cheiro forte e amargo penetrou nas minhas narinas. Enfiei mais a mão e, entre os grãos escorregadios e macios, achei ter sentido algo mais: o toque seco e macio dos dedos dela.

– O Sr. Pinker é uma figura – disse eu.

– É um gênio – definiu, com calma.

– Um empresário de café? – Como se fosse sem querer, deixei o polegar encostar no pulso dela. Ela recuou o braço, mas sem transparecer nenhuma emoção no rosto. Eu estava certo: tinha uma estranha sutileza ali ou talvez, seria mais honesto dizer, uma espécie de confiança. Aquela moça não sorria nem ria por qualquer coisa.

– Um gênio – repetiu ela. – Quer mudar o mundo.

– Com as Tavernas da Moderação?

Devo ter soado divertido, pois ela observou, de repente:

– Isso também faz parte. – Como se atraída por alguma força irresistível, ela enfiou a mão na saca outra vez e ficou olhando os grãos caírem entre os dedos, escuros como ébano ou azeviche.

– E quais são as outras partes? – perguntei logo.

Ela me olhou com frieza.

– Você o acha ridículo.

Balancei a cabeça.

– Acho que ele está enganado. Um operário jamais vai trocar o gim pelo café.

– Pode ser – respondeu dando de ombros, reticente.

– Não concorda comigo?

Em vez de responder, ela pegou outro punhado de grãos e deixou-os cair lentamente de uma mão para a outra. De repente, entendi o que aquele escuro e sepulcral armazém me lembrava. O poderoso cheiro do café era como o do incenso e a luz fraca e empoeirada do local, uma grande catedral.

– Não são apenas grãos, Sr. Wallis – disse ela, com os olhos fixos nos grãos pretos caindo. – São sementes de uma nova civilização.

Ela olhou para cima. Acompanhei o olhar até a janela do escritório de Pinker. O comerciante de café estava lá nos observando.

– Ele é um grande homem – disse ela, de forma direta. – Além de ser meu pai.

Ela tirou a mão da saca e limpou-a delicadamente com um lenço, enquanto caminhava na direção dos tambores de torrefação.

– Srta. Pinker, quero que me desculpe... caso tenha ofendido... eu não fazia ideia.

– Se precisa se desculpar, é com ele.

– Mas seu pai não sabe o que eu falei.

– Bom, não vou contar para ele, se o senhor também não contar.

– E quero me desculpar por... – Fiquei indeciso. – Por meu comportamento com a senhorita, inconveniente em relação a alguém na sua posição.

– Que comportamento? – perguntou, de forma inocente. Confuso, não respondi.

– Espero, Sr. Wallis, que me trate como a qualquer outro empregado de meu pai.

Era uma crítica ou um convite? Se fosse convite, estava bem disfarçado. Ela sustentou o meu olhar por um instante.

– Estamos aqui para trabalhar, não é? Sentimentos pessoais devem ser deixados de lado. *Pela manhã, semeamos; à noitinha colhemos*, reza o Eclesiastes.

Abaixei a cabeça.

– É verdade. Então, vou aguardar ansioso a noitinha, Srta. Pinker.

– E eu, a manhã, Sr. Wallis.

Saí do armazém animado e confuso ao mesmo tempo. Por um lado, parecia que eu tinha estragado um emprego lucrativo. Por outro, meu membro estava duro dentro da calça, resultado do meu flerte com a adorável Srta. Pinker. Bom, isso era fácil de resolver. Peguei um barco para o Embankment, depois passei pelo Strand em direção à Wellington Street. Lá, havia diversos estabelecimentos alegres e baratos aonde eu já tinha ido, todos com garantia de alto padrão. Mas aquela noite era de comemoração: havia a promessa das 30 libras de adiantamento.

Parei apenas para comer uma torta de carne no balcão da Savoy Tavern e entrei no bordel maior, de número 18. No primeiro andar, atrás de cortinas pesadas, havia uma sala de recepção revestida de tecido vermelho adamascado, onde meia dúzia das mais lindas garotas de Londres estavam reclinadas, de penhoar, sobre os divãs estofados. Qual escolher? Tinha uma com maravilhosos cachos ruivos; outra, com o rosto empoado que parecia uma marionete. Tinha uma bela e robusta alemã de 1,80m, uma sedutora morena francesa e outras mais.

Escolhi a de elegantes dedos longos que me lembravam a Srta. Emily Pinker.

Sete

Pinker olha a filha entrar no escritório e recolher as xícaras e bules sobre a mesa.

– Então, o que achou do nosso intelectual, Emily? – perguntou, com a voz tranquila.

Antes de responder, ela pega um pano e limpa gotas derramadas no mogno lustroso.

– Não é bem o que eu esperava.

– De que forma?

– Primeiro, é mais jovem. E meio cheio de si.

– É – concorda Pinker. – Mas depois de refletir um pouco, achei que pode ser bom. Um homem mais velho podia ser mais firme em suas opiniões. Espero que esse não roube a sua ideia.

– A ideia não é minha – ela murmura.

– Não seja modesta, Emily. Se vai trabalhar com o Sr. Wallis, acho que não poderá se dar a esse luxo. Claro que a ideia é sua e deve continuar sendo. – Ele gira a caneta-tinteiro entre os dedos. – Não sei se ele pensou isso... você percebeu, quando falei que um Pinker foi o criador, ele pensou que fosse eu?

– Compreensível, não? Principalmente porque na hora ele ainda não sabia que você era meu pai.

– Talvez. – Pinker observa-a colocar a louça na bandeja. – Você vai contar para ele? Quero dizer, que você inventou o Guia?

– Não – responde, um instante depois de empilhar a xícaras.

– Por que não?

– Acho que, a essa altura, quanto menos ele souber dos nossos planos, melhor. Se eu contar, ele vai querer saber por que o Guia foi criado. E tudo que dissermos pode chegar aos nossos concorrentes... e até a Howell.

– Como sempre, você é muito sábia, Emily. – O pai vira a cabeça e olha a máquina emitir um som quando para e bica sua sequência infinita de papel. – Esperemos então que ele esteja à altura do emprego.

Oito

Mantenha a sala de degustação isolada de interferências externas, principalmente de paisagens, sons e odores. E concentre-se totalmente na tarefa a realizar.

– Lingle, *The Coffee Cupper's Handbook*

Na manhã seguinte foi a vez de Jenks, o secretário principal, me mostrar o local. Se na tarde anterior o armazém me pareceu uma catedral ou uma igreja, na companhia de Jenks ficou logo claro que era, na verdade, uma máquina: enorme, porém muito simples, de acumular lucros. "O material", como ele chamava o café, chegava na maré cheia; circulava de um ponto a outro dentro do armazém; era descascado, socado, tostado e, em determinados casos, moído antes de ser despachado numa outra maré, quando seu valor quadruplicava. Mostrou-me os livros, todos anotados por ele, longos registros do caminho percorrido por cada saca, cada grão, à medida que progredia de modo inexorável de uma coluna de apontamentos para outra.

A maior parte dos cafés que vinha para aquele armazém era destinada a um de apenas quatro blends: Pinker Moca, Pinker Antigo Governo de Java; Pinker Ceilão e Pinker Fantasia. Essas combinações não eram exatamente o que pareciam. O Antigo Governo de Java, por exemplo, tinha esse nome porque o governo holandês amadurecia o café antes de liberá-lo, criando um sabor adocicado que era muito apreciado na Europa. Mas, devido aos impostos do café holandês, a proporção de café Java na mistura de Pinker podia ser de apenas um terço, com o resto proveniente da Índia e Brasil. Da mesma forma, explicou Jenks, no começo o blend do Ceilão vinha dos cafezais que Pinker mantinha no país, mas a plantação tinha sido quase arrasada por uma praga, e o nome designava mais o estilo do que a origem, pois a mistura continha mais de oitenta por cento de café brasileiro, mais barato.

Devo ter feito uma expressão surpresa, pois ele disse, com rispidez:

– É uma prática comum na área, não há nada de errado nela.

– Claro.

– Há comerciantes que costumam adulterar os blends com substâncias estranhas. Chicória, cereais, trigo moído, até sorgo com sabor de melaço e lascas de madeiras. Pinker jamais faz isso.

– Apesar de ser, como você disse, uma prática comum na área? – perguntei, de forma inocente.

Ele olhou bem para mim.

– Eu disse que era comum, porém entre os comerciantes inferiores. Como Seymour, ou Lambert. Até Howell, apesar de eles exibirem o Certificado Real. – Ele pronunciou os nomes, principalmente o último, com uma mistura de desprezo e raiva.

– Sei. – Para mudar de assunto, pois já o havia aborrecido bastante, disse: – O fracasso das plantações no Ceilão deve ter sido um choque para vocês.

– Nem tanto. A terra era barata e a mão de obra foi logo redirecionada para outras plantações, como as de chá. Houve uma pequena perda contábil, que nós deduzimos dos lucros.

Claro que aqueles termos – perda contábil, lucros, deduções – na época não significavam nada para mim. Concordei com a cabeça e continuamos.

No escritório, Jenks me mostrou como os comerciantes provam, ou "degustam", como ele costuma dizer. Uma certa quantidade de grãos era colocada diretamente numa taça de tamanho padrão. Juntava-se água, após uma espera exata de dois minutos, depois os grãos eram pressionados no fundo com uma colher e estava pronto para provar.

– Assim – mostrou Jenks. Enfiou a colher na xícara com um gesto costumeiro e delicado, depois levou a xícara aos lábios e sorveu fazendo barulho. Pareceu um ruído grosseiro para alguém como ele, até que percebi que estava chupando o líquido, de propósito, similar ao que Pinker tinha feito no Café Royal.

– Que gosto tem? – perguntei.

Ele deu de ombros.

– Não sei, tenho pouco paladar – declarou com um toque de desdém, como se insinuasse que o verdadeiro sabor era para ser avaliado por gente como eu.

– Deve ser uma desvantagem para alguém na sua função.

– Sou mais ligado à parte comercial.

– Mas o negócio iria mal, se o café não tivesse gosto de nada.

– Então, temos sorte pelo fato de o senhor estar aqui – disse ele, com um suspiro de lamentação. Olhei-o, surpreso: não tinha me passado pela cabeça que a minha contratação podia ter incomodado os outros funcionários.

Nessa altura, o próprio comerciante veio se juntar a nós.

– Ah! Vejo que nosso novo aluno está trabalhando duro – comentou. – Fico satisfeito de ver tanto interesse, Sr. Wallis. Confesso que fiquei um pouco ansioso na noite passada. Daqui, afinal de contas, não se pode ser "expulso". – Pegou a xícara que o secretário tinha acabado de provar, enfiou o nariz nela e inalou profundamente. – O senhor vai perceber – disse, pensativo – que o cheiro na xícara é diferente do à... – acrescentou afastando o nariz – distância de poucos centímetros. E que direcionar o nariz para um lado (*assim*) parece intensificar os aromas. Enquanto mexer o líquido devagar – ele mexeu a xícara – libera vapores diversos. Com o tempo, vamos considerar cada um desses detalhes.

– O Sr. Wallis estava acabando de fazer restrições ao blend, a mistura de cafés – trombeteou Jenks, cáustico.

– É mesmo? – indagou Pinker, franzindo o cenho.

– Eu apenas observei que deve ser um problema comprar café de tantas variedades para vender tão pouco – expliquei, calmo. (Maldito e falso Jenks!)

– É verdade. O apreciador de café vai gostar de algo no produto de qualquer procedência, da mesma forma que um apreciador de vinho vai gostar de comparar os tintos de Bordeaux com os Riojas da Espanha e assim por diante. Mas precisamos lucrar e, ao contrário dos vinhos, o café não melhora com o tempo depois de torrado.

Ele foi até a janela que abria para o armazém e olhou o amplo espaço por um instante, pensativo.

– Faça de conta que o café é como um exército – disse, quase como se fosse para si mesmo e tive de ficar ao lado para ouvi-lo. – Cada batalhão tem sua origem, sua característica, apesar de ser formado por indivíduos, soldados que abriram mão da própria identidade em prol do conjunto. Lá embaixo tenho os meus cafés provenientes das Terras Altas escocesas, os meus irlandeses irregulares, meus *gurkhas*. E, da mesma forma que um exército mobiliza a cavalaria e os estrategistas, conforme a meta, o misturador precisa equilibrar um café brasileiro sem sabor com uma pequena quantidade de Sumatra, ou disfarçar as falhas de um lote com as melhores qualidades de outro café.

– Então, se eles são um exército, o senhor deve ser o general, pronto a mandá-los para a guerra – defini.

Estava brincando, mas quando Pinker olhou para mim, sua expressão não tinha nada de graça: os olhos eram duros, pensando nas vitórias a serem conquistadas por seus batalhões.

– Exatamente, exatamente – concordou, falando baixo.

Começamos a trabalhar imediatamente. Trouxeram um queimador e ligaram ao gás. Recebemos uma grande quantidade de xícaras e chaleiras, e mais um companheiro tosco chamado South, cuja função era trazer as amostras de café que pedíssemos. Havia também dois baldes de aço, porém na hora não entendi a finalidade.

– Os baldes são para cuspir o café. Se você beber tudo o que testarmos, vai virar pelo avesso – avisou Pinker.

Recebemos também Emily, que tomou assento na lateral da mesa, com o bloco de anotações. Sorri para ela, que me cumprimentou com a cabeça, uma saudação profissional, nada mais. Claro que ela não sabia que na noite anterior tínhamos copulado bastante num divã de veludo na Wellington Street, 18. (A garota que escolhi era bem bonita, mas apática, sua lubricidade natural tinha sido aumentada com um grande torrão de gordura Clayton's.

Bem mais tarde, depois que cheguei em casa, descobri que meu desintumescido membro estava revestido do tal produto. Estranho fato ocorre com as prostitutas: paga-se um extra pela inexperiência e a falta de habilidade; sem dúvida, é a única profissão em que isso é vantagem. Mas fiz uma digressão.)

– Sugiro que consideremos como ponto de partida as observações feitas por Lineu sobre os diversos tipos de aroma – teorizou Pinker, consultando um livro de bolso. – Aqui está. Lineu classifica os odores em sete tipos, conforme as qualidades hedonistas, isto é, positivas. Assim, temos os *fragrantes*, como o açafrão e a lima selvagem; *aromáticos*, como o limão, anis, canela e cravo-da-índia; *ambrosíacos*, ou cheiros almiscarados; *aliáceos* como o alho e a cebola; *hircinos*, odores desagradáveis, como o da cabra, de queijo, carne ou urina; *tetros*, os cheiros ruins, como de excremento ou nozes e os *nauseantes*, como a resina da planta assa-fétida. Concordam?

– Não – declarei, após um momento de reflexão.

Pinker franziu o cenho.

– O sistema de Lineu pode ter sido adequado para o que ele pretendia – expliquei, distraído. – Mas os princípios estéticos exigem um enfoque diferente. Precisamos considerar em primeiro lugar a aparência (cor e forma) e só depois o cheiro, gosto, *aftertaste* ou sabor residual etc.

Pinker refletiu e aprovou:

– Muito bem.

Tendo, portanto, acertado que íamos fazer do meu jeito, mandei South buscar um punhado de café de cada saca do armazém. Os grãos foram arrumados em pequenas pilhas na mesa à minha frente.

– Então – disse eu, com mais segurança do que sentia –, esses grãos aqui são negros como o desespero, enquanto esses aqui são dourados como a virtude...

– Não, não, não – interrompeu Pinker. – Está poético demais. O desespero de uma pessoa, a virtude de outra, quem vai saber se são da mesma cor?

Concordei.

– Então, teremos de resolver os diversos tons de preto com palavras.

– Exatamente. Era isso que eu queria.

– Hum – avaliei. Ao pensar, vi que o assunto era bem irritante.

– Comecemos definindo o preto mais preto que existe – sugeri.

– Muito bem.

Fez-se silêncio. Na verdade, era difícil pensar numa palavra que definisse o negror puro dos grãos mais escuros.

– O preto do focinho de uma vaca – disse eu, por fim. Pinker fez uma careta. – Ou o preto brilhante de uma lesma de madrugada...

– Muito esquisito e, se me permite dizer, nada apetitoso.

– O preto de uma capa de Bíblia.

– Tem um tom censurável.

– O preto de uma noite sem lua.

Pinker estalou a língua.

– Acha muito poético? Então, que tal carvão?

– Mas o carvão não é totalmente preto. É um tipo de cinza, entre o cinza da ardósia da Cornualha e o do pelo de rato – observou Emily. Olhei para ela. – Desculpe – disse ela. Você decerto não precisa da opinião de mais alguém, quando a sua é tão firme.

– Não, boa observação a sua – disse eu. – E quanto mais... colaborarmos, mais chances teremos de acertar. – Por dentro, claro, eu lamentava profundamente não ter combinado que aquele Guia devia ser feito só por mim. Estávamos discutindo a cor preta há dez minutos e eu não havia recuperado os dez xelins que gastei tão animadamente na noite anterior.

– Preto como o luto? – sugeri.

– Corvo – atalhou Pinker.

– Piche.

– Azeviche – acrescentei.

Pinker concordou, relutante. Ninguém podia dizer que azeviche não era bem preto.

– Temos a nossa primeira definição – anunciou Emily, anotando no bloco. – Mas é preciso lembrar que esses grãos são pretos porque nós os torramos. Ao natural, eles são marrons-claros.

– Sim, claro, eu sabia – avisei. Mas não preciso dizer que havia esquecido daquele detalhe. – A torrefação é, claro, outra coisa que precisávamos considerar. E vamos nos perguntar: se esses grãos são azeviche, então de que cor são esses aqui? – Empurrei com o dedo mais alguns.

– Esses são... cor de ferro – disse Emily.

– Sem dúvida, ferro – concordei.

– Está ficando mais fácil – comentou ela, anotando a palavra.

– E esses? – perguntou Pinker, mostrando uma terceira pilha.

– São pérola.

– Pérolas são brancas. Qualquer bobo sabe.

Peguei um grão e olhei-o, atento. Tinha uma espécie de brilho opalescente, como uma moeda lustrada.

– Cor de estanho, então.

– Concordo – disse Emily, anotando.

– E assim chegamos ao marrom.

– Mas há vários tons de marrom, todos chamados apenas marrom – observou Pinker. – Não há palavras que os diferenciem.

– Nem tanto. Pense, por exemplo, no marrom das diversas madeiras. – Olhei para os grãos. – Alguns desses podiam ser chamados de mogno, freixo, carvalho.

De repente, Pinker se levantou.

– Tenho outras coisas a fazer. Vocês dois continuem.

Mais tarde eu descobriria que aquele comportamento era típico dele: não conseguia fazer nada por mais de uma hora. Isso se devia, em parte, por ser tão solicitado, mas também porque gostava de novidades. Ele caminhou a passos largos até a porta e abriu-a.

– Jenks? – chamou. – Jenks, onde você está?

E foi-se.

Virei para Emily. Ela olhava o bloco.

– Tentei conseguir uma palavra que definisse a cor exata dos seus olhos – disse eu, em voz baixa.

Ela enrijeceu o corpo e vi um pequeno rubor no rosto, enquanto se debruçava sobre o bloco.

– Também são de um tom de cinza – sugeri. – Porém, mais forte que o carvão e ardósia da Cornualha.

Houve um instante de silêncio. Ela então disse:

– Vamos continuar. Temos muito que fazer.

– Claro. De todo modo, o assunto não tem pressa. Vou ter de pensar mais nele.

– Por favor, não faça isso por mim. – Havia um toque gelado na voz dela. – Não precisa se dar a esse trabalho.

– Não, será um prazer.

– Talvez, enquanto isso, devêssemos voltar às cores desses grãos.

– É uma patroa dura, Srta. Pinker.

– Estou apenas ciente de que temos pela frente uma tarefa significativa.

– Talvez, mas não aborrecida – disse eu, de forma galante. – Nenhum trabalho poderia ser tedioso em tal companhia.

– Mas acho que estou me tornando uma distração para o senhor. – O toque de gelo tinha ficado indubitavelmente ártico. – Talvez eu devesse verificar se o Sr. Jenks ou o Sr. Simmons poderiam ficar no meu lugar...

– Não precisa. Vou cumprir meus deveres com mais consciência por ordens da senhorita – disse eu, ríspido.

Olhamos as pilhas de grãos crus, castanho-esverdeados. Nenhum dos dois, tenho certeza, estava pensando em café. Olhei-a mais uma vez.

– Quanto às cores do seu rosto, me lembram o amadurecer de uma maçã... – disse eu.

– Sr. Wallis! – Ela bateu com o bloco na mesa. – Se estou ruborizada, é porque estou irritada por continuar me provocando assim.

– Então peço desculpas. Não tinha intenção de ofendê-la. Pelo contrário, na verdade.

– Mas o senhor precisa entender que está me colocando numa situação difícil – disse ela, com voz baixa e apressada. – Se eu sair da sala, meu pai vai querer saber a razão, depois vai demiti-lo, o Guia não será escrito e não quero carregar essa culpa. Porém, se eu ficar, ficarei à sua mercê, e, considerando o seu comportamento até agora, desconfio que o senhor vá tirar vantagem para continuar com provocações.

– Juro pela minha honra que não farei isso.

– O senhor deve prometer não dar atenção ao fato de eu ser mulher.

– Pensei que a senhorita fosse bem moderna e não murchasse como uma violeta devido a uma atração perfeitamente normal de minha parte. Se prefere, passarei a enxergá-la como um rapaz.

Ela olhou, desconfiada, e levantou o lápis em cima do bloco.

– Esses grãos... – Peguei um punhado deles, fechei a mão e sacudi-os. – Podemos comparar a cor deles à das folhas.

– De que maneira?

– Uma folha nova é verde-clara. No verão fica mais escura, evidente. No outono, parece com grãos mais claros, mais amarelos.

– Muito bem. – Ela anotou.

– Agora chegamos ao aroma. Para isso, acho que devemos preparar algumas provas.

– Vou acender o queimador.

Ela aqueceu água e fiquei observando. Enganei-me ao pensar que ela não se orgulhava daquelas roupas em estilo racional. Pelo contrário: por não usar um espartilho, ela ficava sem a silhueta cheia de curvas que até pouco tempo atrás era moda, permitindo que se avaliasse como deveriam ser suas formas normais (em outras palavras, o corpo nu). Ela era esguia; ossuda, podia-se dizer. Até as ancas, quando se inclinou sobre a mesa, eram tão retas que a comparação com um rapaz era bem adequada. De olhos entreabertos, comparei-a mentalmente com as diversas prostitutas com quem estive e assim pude compor uma imagem de seu corpo despido, um devaneio agradável, embora Emily certamente achasse que eu me concentrava com dedicação.

Nesse momento, Pinker voltou à sala e me encontrou olhando para a filha. Deve ter imaginado o que se passava pela minha cabeça.

– O trabalho andou? O Sr. Wallis está sendo produtivo, Emily? – perguntou, ríspido.

Claro que naquele momento qualquer pista que ela desse me punha para fora. Amaldiçoei o meu atrevimento. Precisava daquele dinheiro adiantado, sobretudo depois das transgressões que cometi na noite anterior.

– O Sr. Wallis está indo muito bem, papai. Embora não tão rápido quanto ele esperava. Acho que minha tagarelice feminina o distraiu – declarou, olhando-me com frieza.

– Pelo contrário, a senhorita tem sido uma inspiração – disse eu, em voz baixa. – Como Beatriz foi para Dante e Maud para Tennyson, assim é Emily Pinker para o Guia Wallis-Pinker.

Pinker sorriu.

– Muito bem. Talvez, Wallis, eu possa lhe ajudar na sua primeira prova.

– Não precisa – respondi, distraído. – Jenks já me explicou quais são as normas.

– Então vou ficar olhando.

Ficou ao lado da porta, de braços cruzados, e me observou avaliar os grãos, passá-los num moedor manual e juntar à água quente. Esperei exatamente dois minutos contados no meu relógio, depois empurrei para o fundo a densa e fumegante crosta de grãos com a colher. Não tinha tanta prática quanto o secretário e, quando levantei a colher, o líquido ainda estava grosso, com pequenos grãos. Levei à boca assim mesmo e tentei chupar como Pinker e Jenks fizeram, com um pouco de ar juntamente com o líquido quente. O resultado inevitável e imediato foi que engasguei e cuspi café na mesa toda.

Pinker rosnou.

– Meu caro Wallis, era para você provar, não para espalhar líquido como uma baleia vindo à tona – berrou.

– Grudou na garganta – disse eu, ou melhor, grasnei, quando consegui falar. – Desculpe. Vou tentar novamente. – Fiquei bastante sem graça. Tentei de novo chupar o café com barulho, como os vi fazer; no entanto, era mais difícil do que parecia: dessa vez, consegui manter o líquido na boca, enquanto tossia e engasgava, mas fui discreto.

– Emily, minha querida, acho que seu novo colega não vai conseguir falar pelo resto da manhã – disse Pinker, rindo sem parar.

– Não será problema – disse Emily. Os lábios dela tremeram. – Para todo mundo, menos para o Sr. Wallis.

– Talvez... talvez... – Pinker enxugou os olhos com o dedo. – Talvez o colete fale por ele!

Foi a vez de Emily Pinker engasgar e sufocar de tanto rir. Olhei os dois, pasmo. Eu compreendia que, de certa forma, eu era a causa daquela graça, mas não conseguia entender o porquê. É verdade que, naquele dia, o meu colete era da cor dos meus sapatos, num tom forte de amarelo, mas até um comerciante de café de Limehouse conseguiria ver que estava à la mode.

Pinker enxugou os olhos.

– Desculpe-nos, meu caro Wallis. Não foi de propósito. Espere, deixe eu mostrar para você. Tem um macete, que nós que estamos acostumados esquecemos de ensinar. Veja. – Ele levou uma colherzinha de café à boca, chupou com barulho, como quem gargareja. – O truque é aspirar o café com os lábios e a língua. Aspira, sopra e expectora.

Segui as instruções e dessa vez consegui controlar melhor o líquido; pelo menos a plateia se conteve um pouco mais. Mas riram de novo quando fui convocado a aprender a arte de cuspir o café no balde. Pinker mostrou, cuspindo um jato fino de café com eficiência, que fez um som sibilante ao atingir o balde de metal, mas, antes mesmo de me passar a tarefa, eu sabia que ia ser complicado.

– Faça de conta que está assoviando – explicou ele. – De qualquer maneira, faça com determinação.

Olhei para Emily. Estava com uma expressão de desinteresse programado.

– Talvez a sua filha prefira... – sugeri.

– Prefira o quê?

– Não assistir ao que pode ser uma demonstração indelicada.

Pinker virou para a filha, que respondeu:

– Ah, convenhamos, Sr. Wallis. Vamos ser bem modernos e não murcharmos como violetas com algo que é apenas natural.

– Sim, claro – concordei. Relutante, voltei para a mesa.

– Vamos juntos? – perguntou Pinker.

Colocou uma colher com café na boca. Fiz o mesmo. Aspiramos e sopramos o líquido e ele jogou um jato fino e certeiro de líquido marrom dentro do balde.

Inclinei-me sobre o balde, parei a fim de organizar as ideias e cuspi o mais delicadamente que pude. Infelizmente, minha delicadeza foi contraproducente: esguichei café por toda a área do receptáculo. Parte não conseguiu atingir o alvo.

– Desculpem – pedi, com a cara vermelha feito beterraba. Pinker nem me ouviu. Os ombros dele sacudiam. Estava de olhos fechados e ria tanto que as lágrimas saltavam sob as pálpebras apertadas. Emily prendeu as mãos por baixo das axilas e ficou se balançando para a frente e para trás na cadeira, enquanto mexia a cabeça com força, tentando conter o riso.

– Pelo jeito, você está se divertindo – disse eu, irritado.

– Se não conseguir ser poeta, tem futuro no palco – declarou Pinker, ofegante, colocando a mão no meu ombro. – A pose que o senhor fez, preparando-se, é maravilhosa, parece que vai declamar, não cuspir.

– Não creio que eu tenha cuspido.

– E a cara! A pompa! – continuou Pinker, extasiado. – Você fez uma cara de surpresa que era hilária!

– Não sei bem a que o senhor está se referindo. – Eu continuava ruborizado.

– Meu caro e jovem colega – disse ele, subitamente sério. – Nós já o incomodamos bastante. Desculpe-nos. Pode retomar seus afazeres.

Foi até a porta. Quando ele se retirou, fez-se um silêncio e eu disse, amargo:

– Você me acha ridículo.

Emily disse, baixo:

– Não, Robert. Mas talvez você se ache e creio que era isso que meu pai queria.

– Sei.

– Se vamos trabalhar juntos, devemos nos sentir à vontade um com o outro. Isso fica impossível se um de nós ficar no comando.

– Entendo.

– Prometo não rir de você, se prometer não flertar comigo.

– Certo. Dou minha palavra – prometi jogando todo o peso do corpo ao me sentar.

– Pode ter certeza de que com esse acerto quem mais perde sou eu – acrescentou ela, com os lábios trêmulos.

Nove

A principal dificuldade na terminologia para designar o sabor do café é inerente à língua inglesa. Muitas palavras descrevem as sensações da visão, da audição e do tato, mas poucas falam das do olfato e do paladar.

Lingle, *The Coffee Cupper's Handbook*

Talvez Pinker continuasse desconfiando de meu intuito. Seja como for, logo tivemos a companhia de uma jovem morena, dois anos mais jovem que Emily. Ela colocou uma pilha de livros sobre a mesa com um som surdo.

– Minha irmã, Ada. Ada, esse é Robert Wallis – apresentou Emily.

O rápido "prazer em conhecer" de Ada deu a impressão de que ela talvez não sentisse prazer nenhum. Peguei um dos livros e olhei a lombada. *Análise da água para fins sanitários.* Céus.

– A obra do professor Frankland é usada para aferir os componentes – explicou, tirando o livro da minha mão.

– Ada, você pretende ir para Oxford. Você estudou lá, não foi, Robert? – perguntou Emily.

Isso chamou a atenção de Ada.

– Ah! Em que faculdade?

– Na Christ Church.

– Os laboratórios de lá são bons?

– Não faço ideia.

– E a Clarendon? É boa?

Ada me interrogou durante dez minutos a respeito das novas salas de ciência, as faculdades para mulheres, as salas de prova etc. Desapontou-se. Eu sabia contar como era passear de madrugada pelo parque de gamos, de braços dados com dois colegas bêbados, ou ir de barco, remando com uma vara até Wytham para almoçar truta na grelha. Não sabia, entretanto, quase nada sobre as salas de palestra e os professores citados por ela.

Mas foi útil ter uma terceira pessoa na sala. Afinal, a função do nosso glossário era comunicar e pudemos testar nela o nosso avanço. Ada também foi útil de uma forma mais prática, quando precisamos criar uma caixa de amostras. Mas estou precipitando os fatos.

Lá pelo meio-dia, Emily se espreguiçou e disse:

– Deve ser devido ao esforço incomum que estou exigindo da minha cabeça. O fato é que estou faminta.

– Era de esperar. É preciso estudar e praticar para tocar um instrumento; da mesma forma, é preciso praticar todas as escalas e arpejos dos sentidos até podermos defini-los.

– Essa é uma maneira pomposa de dizer que você também está com fome? – perguntou com cara de enfado.

– É. Onde tem um bom restaurante por aqui?

– Tem um na Narrow Street que faz tortas de enguia delicio-sas. Aliás, há vinte minutos não penso em outra coisa. Ela é servida com purê de batatas e um pouco do caldo do próprio peixe como molho.

– Preciso ir a Hoxton comprar produtos químicos – interrompeu Ada.

– Parece que só sobra você e eu – disse eu a Emily.

– Emily, posso conversar com você um instante? – perguntou Ada, rapidamente.

As duas falaram em voz baixa do lado de fora. Claro que fui até a porta para ouvir.

– ... prometeu a papai que nada questionável ocorreria.

– Não seja boba, Ada. Há tanta possibilidade de eu cair na lábia do Sr. Wallis em um almoço inocente quanto daquele rio congelar. Mas se está tão preocupada, venha conosco.

– Sabe que não posso. Você vai ter que pegar a Sapa.

– Preferia não fazer isso – respondeu Emily, suspirando.

– Por quê?

– Não poderemos conversar com a Sapa aqui.

– Pelo que vejo, Robert *só* faz falar. Mas está bem: se você aguenta ir com ele, vá.

Seguimos em silêncio pela Narrow Street. Para ser sincero, eu ainda estava magoado com o comentário de Ada de que a única coisa que eu fazia era falar.

– Há quanto tempo trabalha com seu pai? – perguntei, enfim.

– Quase três anos.

– Três anos! É uma pena maior que o coitado do Oscar Wilde recebeu! – constatei, balançando a cabeça.

– Você não entende, mas, para mim, trabalhar é um luxo – declarou e acrescentou com reprovação. – Enquanto para você, imagino que seja uma novidade.

– Sem dúvida. Parafraseando o grande escritor, a única obra que vale a pena ter é a obra de arte.

– Hum. Pelo jeito, você bebe da fonte desse escritor, como fazem tantos artistas nossos.

– Oscar Wilde é um gênio, o maior de época, não importa o que dizem dele.

– Bem, espero que você não tenha sido influenciado demais por ele.

– O que você quer dizer?

– Que seria uma pena se você o imitasse em... determinadas áreas.

– Está flertando comigo, Srta. Pinker? – perguntei, parando de repente.

– Claro que não – respondeu ela, ruborizando.

– Pois, se estiver, terei de reclamar com seu pai. Ou talvez com Ada, que é mais apavorante ainda.

Nunca pensei que um ser tão delicado pudesse comer tanto. Boquiaberto, vi-a consumir uma torta de enguia com molho e purê de batatas, uma dúzia de ostras, uma fatia de torta de truta e um prato de escargots na manteiga de salsa. Tudo isso regado com meia caneca de vinho branco com soda.

– Eu disse que estava com fome – justificou ela, tirando a manteiga de salsa dos lábios com o guardanapo.

– Estou impressionado.

– Vai comer todas as suas ostras? Ou devemos pedir mais?

– Eu não sabia que almoçar com você viraria uma competição – concluí, enquanto ela pegava o meu prato.

Durante aquele almoço, aprendi mais um pouco sobre a família dela. A mãe tinha morrido há muitos anos e Pinker ficou com uma empresa próspera, que herdou do sogro, e três filhas, sendo Emily a mais velha. Decidiu educar as moças da forma mais moderna possível. Recrutou governantas e professores das mais diversas instituições (Sociedade de Avanço do Conhecimento, Reais Sociedades Científicas e assim por diante). As meninas eram incentivadas a ler e assistir a palestras públicas. Ao mesmo tempo, o pai tratou de tirar da casa os móveis antigos, instalar luz elétrica, banheiros e um telefone, substituindo a antiga decoração pela última moda e adotando em geral tudo o que fosse moderno.

– Por isso ele aceita que nós trabalhemos. Já que investiu tanto na nossa educação, quer um retorno – explicou ela.

– Parece uma... atitude prosaica em relação às próprias filhas.

– Não, pelo contrário. Ele acredita nos negócios, em seus princípios, quer dizer, em sua capacidade de fazer o bem.

– Você também?

Ela concordou com a cabeça.

– Como eu disse, trabalhar para mim é um luxo e também a expressão de minhas crenças morais. Ao mostrar que a mulher pode ser tão valiosa no trabalho quanto o homem, provaremos que podemos ter os mesmos direitos políticos e civis.

– Meu Deus.

De repente, trabalhar para pagar a dívida com meu fornecedor de vinho me pareceu um ato ignóbil.

No final da refeição, peguei minha cigarreira.

– Você se incomoda se eu fumar? – perguntei, de forma automática.

– Na verdade me importo sim – respondeu Emily.

– Ah – exclamei, surpreso.

– Não vamos provar direito o café de papai se ficarmos com morrinha de cigarro – observou ela.

– Esses cigarros não dão morrinha – declarei um pouco ofendido. Meus cigarros eram da Benson's, em Old Bond Street. Ótimos e finos, de tabaco turco, que davam a qualquer ambiente um cheiro perfumado e inebriante. – Além disso, fumar é uma das poucas coisas que faço bem.

Ela suspirou.

– Certo. Fumemos antes de voltar.

– Ótimo – concordei, embora aquilo fosse mais surpreendente ainda: naquela época, considerava-se muito ousado uma mulher educada fumar na frente de um homem. Ofereci a cigarreira para ela e acendi um fósforo.

É sensual acender o cigarro de uma mulher: os olhos dela ficam iluminados pela chama, o que significa que os seus estão entre os cílios e a delicada forma do lábio superior dela, que prende o objeto.

– Obrigada – disse ela, soltando a fumaça pelo canto da boca. Concordei com a cabeça e acendi o meu.

Ela deu outra tragada e olhou, pensativa, para o cigarro na mão.

– Se meu pai sentir o cheiro, diga que só você fumou, eu não – disse, de repente.

– Ele não gosta que você fume?

Olhou bem para mim antes de dar outra tragada.

– Ele não sabe.

Rodinhas de fumaça envolviam cada palavra.

– Uma mulher tem direito a seus segredos.

– Detesto essa expressão, parece que não temos direito a mais nada. A seguir, você vai dizer que somos o sexo frágil.

– Você não acha?

– Ah, Robert. Você é mesmo um antigão incorrigível, não?

– Pelo contrário, estou totalmente à la mode.

– Pode-se estar vestido na moda e ser antigão por baixo das lindas roupas. Desculpe, estou lhe fazendo corar?

– Não pensei que se importasse com o que tenho por baixo da roupa – disse baixinho.

Ela ficou me olhando um instante. É um fenômeno que notei várias vezes: as mulheres fumantes ficam mais ousadas, como se uma liberdade propiciasse a outra.

– Eu estava me referindo às suas ideias.

– Ah, procuro não ter esse tipo de pensamentos. Acho que eles atrapalham os meus lindos sentimentos.

– O que isso *significa*? – perguntou ela, de cenho franzido.

– Não faço ideia. É inteligente demais para mim. Vejo que no mínimo três quartos do que eu digo ficam muito acima da minha própria compreensão.

– Então você deve ser três quartos inteligente demais.

– Sabe, se eu tivesse dito isso, seria bem divertido.

– Mas claro que uma mulher não pode ser espirituosa.

– Só se for tão linda quanto você.

Ela soprou fumaça.

– Você está flertando comigo outra vez, Robert!

– Não, estou elogiando você, o que é diferente. As mulheres são um gênero decorativo. É o segredo do sucesso delas.

Ela suspirou.

– Não sei se algum dia serei tão decorativa quanto você. E, ao contrário de um enfeite, não pretendo ficar acumulando poeira em cima de cornija de lareira. Bem, vamos apagar esses cigarros e voltar ao trabalho? Nosso paladar não nos servirá, mas talvez possamos fazer algumas definições.

Era uma pena que Emily Pinker fosse uma respeitável burguesa de classe média e não uma boêmia ou prostituta, pensei. Ela possuía um jeito beligerante, até desafiador, que eu estava achando irresistível.

Naquelas primeiras semanas na empresa de Pinker, aprendi algo que hoje é completamente óbvio para mim: as palavras são traiçoeiras. Considere a palavra *medicinal*, por exemplo. Para um, pode significar o sabor forte do iodo; para outro, o cheiro doce e enjoativo do clorofórmio; para um terceiro, o rico e apimentado calor de um lenitivo ou elixir para tosse. Considere então a palavra *amanteigado*. É um atributo positivo ou negativo? Minha resposta: positivo, quando se refere à umidade que os grãos de café frescos devem ter ao serem apertados entre dois dedos (como ao esmigalhar um bolo). Já quando se refere ao gosto que o café quente tem na boca (viscoso, denso, o contrário de *aguado*), também é atributo positivo, mas, se descreve um sabor, como do café muito gorduroso, que fica quase rançoso, é negativo. Nossa função então era descrever não só os sabores dos nossos cafés, mas as palavras e frases usadas.

Veja essas palavras: *cheiro, fragrância, buquê, aroma, odor, faro.* Têm o mesmo sentido? Se têm, qual é? Com a dificuldade para descrever diversos tipos de cheiros (dos grãos; do café moído; da bebida servida na xícara), adequamos as palavras conforme as nossas necessidades. Assim, logo deixamos de lado a linguagem comum e começamos a falar um idioma só nosso.

Aprendi outra coisa: que nossas percepções se tornam mais sensíveis quando começamos a examiná-las. Pinker havia comentado que meu paladar ficaria treinado, termo bastante óbvio, só que na época eu não sabia o que significava. A cada dia eu ficava mais seguro nas minhas avaliações, mais preciso nos termos. Eu parecia entrar numa sinestesia, estado em que todos os sentidos ficam interligados de forma que os cheiros passam a ter cores, os sabores passam a ser visuais e todos os estímulos do mundo concreto têm a mesma intensidade das emoções.

Parece estranho? Pense nos sabores a seguir. *Fumaça* é o fogo crepitando em uma pilha de folhas mortas no outono; uma friagem no ar que resseca as narinas. *Baunilha* é caloroso e sensual, uma ilha de especiarias aquecida pelo sol dos trópicos. *Resinoso* tem o picante denso das pinhas de pinheiro ou da terebintina. Todos os cafés, quando analisados com cuidado, têm um leve cheiro de *cebolas assadas*: alguns, sem dúvida, também têm odor de *cinzas, roupas de cama limpas* ou *grama aparada*. Outros exalam o cheiro frutoso e espumante de *maçãs* recém-cortadas, enquanto outros mais têm o sabor ácido e cheio de amido de *batatas cruas*. Alguns lembram mais de um sabor: encontramos um café que juntava o gosto de *aipo* e *amoras pretas*; outro, unia *jasmim* e *gengibre*; um terceiro combinava *chocolate* com a indefinível fragrância de pepinos frescos e crocantes... O tempo todo, Pinker entrava e saía da sala, checando o andamento do nosso trabalho, perguntando alto:

– O que vocês descobriram? Vamos determinar qual é a alma desse café? Rosas, não? Vamos aprimorar... que tipo de rosa?

Virou uma espécie de obsessão. Uma tarde, eu andava pela Strand, quando ouvi alguém gritar:

– Prove torrado! Senti o cheiro de nozes quentes, com a casca chamuscada por carvões em brasa. Virei-me: ao lado de um braseiro, um menino pobre colocava nozes num cone de papel. Era exatamente o mesmo cheiro de um café tipo Java assim que a água quente envolve os grãos moídos. Numa outra ocasião, eu estava numa livraria em Cecil Court, examinando um livro de poesia, quando notei que o cheiro de cera de abelha em lombadas de couro é quase igual ao *aftertaste* de um café moca do Iêmen. Ou o simples cheiro de torrada com manteiga escura lembrava imediatamente um café da região no sul da Índia, Mysore, e então eu só sossegava quando tomava uma xícara dessa bebida. A essa altura, eu já havia levado amostras para minha casa de modo a satisfazer o meu hábito assim que levantasse da cama, além de clarear as ideias.

Quase todas as manhãs, eu acordava bem bronco. Passava os dias com Emily e Ada; à noite, gastava o meu adiantamento com as garotas de Wellington Street e Mayfair. Numa noite inesquecível, uma das garotas no bordel da Sra. Cowper, em Albemarle Street, perguntou qual era a minha profissão. Respondi que fazia análise organoléptica de sabores e aromas. Ela então insistiu para eu simplesmente cheirar sua vagina e dizer que aromas tinha (para registro: almíscar, pêssegos, sabonete Pears, camarão de água doce). Depois, orgulhosa, ela contou para as outras e todas pediram que eu cheirasse as delas também. Expliquei o princípio da degustação comparativa e quatro ou cinco garotas deitaram numa cama. Foi uma experiência interessante, no mínimo porque eram todas sutilmente diferentes: a nota básica, digamos assim, era almíscar, presente em maior ou menor grau em todas, junto com uma variação de cheiros individuais, que iam da lima à baunilha. Uma das garotas tinha um cheiro indefinível que, apesar de eu conhecer, não consegui identificar e passei a noite inteira tentando adivinhar. Só no dia seguinte lembrei, finalmente: era o aroma da flor de abrunheiro, intenso e adocicado, nos campos primaveris.

Aquela noite teve duas consequências importantes. Primeira: percebi que, da mesma forma que o corpo humano tem alguns aromas iguais aos do café, alguns cafés têm um odor almiscarado, silvestre, que é quase erótico: certos cafés africanos particularmente têm algo escuro, telúrico e até barrento, que lembra a batida de pés descalços no chão aquecido pelo sol. Claro que não comentei isso com Emily e Ada, mas pensei no termo criado pelo botânico Lineu: *hircinos*, odor de cabra, mulher lasciva. Segunda consequência: concluí que, se quiséssemos que o Guia fosse realmente prático, encurtando distâncias, precisaríamos de uma caixa de amostras.

Era simples: as definições do código só funcionariam se duas pessoas, ao usarem uma determinada palavra, sentissem exatamente o mesmo gosto ou cheiro. Alguns sabores eram simples: alcatrão, por exemplo, ou o cravo-da-índia. Mas a flor de abrunheiro, a baunilha, até as nozes, eram cheiros fáceis de definir na tranquilidade dos escritórios de Pinker mas com certeza, no futuro, pelo menos uma das pessoas estaria em campo, na África, no Ceilão ou no Brasil, onde não deveria haver fartura de abrunheiros. A solução foi fabricar uma pequena e resistente caixa de viagem com cerca de uma dúzia dos aromas-base mais importantes para o degustador ter como referência

Ada percebeu os aspectos práticos disso. Como cientista, ela conhecia as técnicas para destilar a essência de um aroma e acho que gostou de encontrar uma função para si. Da mesma forma que a paleta de um pintor não precisa ter todas as cores, já que os tons podem sair da combinação das cores primárias, ela fez a nossa caixa de amostras sem todos os cheiros: uma essência de laranja, por exemplo, era suficiente para lembrar as qualidades de todas as frutas cítricas e assim por diante. Descobrimos um perfumista, o Sr. Clee, e o orientamos. A partir daí, Ada usou as técnicas de fixação de perfumes para a caixa de aromas suportar o calor dos trópicos.

Uma tarde, fiquei falando e andando de um lado para outro no escritório: tentava desvendar as qualidades de um café brasileiro particularmente azedo. Apesar do balde para cuspir ao degustar a bebida, eu ainda bebia mais do que deveria, o que me deixava muito agitado. Além disso, naquela manhã eu havia comprado uma maravilhosa bengala com cabo de marfim e uma maravilhosa bengala nova só pode ser girada quando se está andando. Nisso, olhei para baixo e vi uma perna humana embaixo da mesa.

Olhei para cima. Emily estava sentada a uma ponta da mesa, anotando; Ada, à outra, imersa num livro de ciências. Olhei para baixo novamente. A perna deve ter percebido que foi descoberta e mexeu discretamente, como um caracol entrando na casca.

– Sinto cheiro... – farejei o ar ostensivamente. – Sinto cheiro de intruso.

Emily olhou para mim, curiosa.

– Há um cheiro de... de... – expliquei, farejando o ar outra vez.
– De cachorrinhos desobedientes e salientes. *Fe fi fo fun.*

Emily achou que eu havia endoidecido.

– Cheiro de criança pequena escondida onde não deveria – avisei. Bati com a bengala em cima da mesa. – Quem está aí?

Uma vozinha assustada saiu de baixo da mesa.

– Eu.

– É a Sapa, nada mais – disse Emily.

– Vá saindo daqui – disse Ada, sem tirar os olhos do livro. – Saia, anfíbio criador de problema.

Uma menina saiu de baixo da mesa. De cócoras e coaxando.

– Por que não está estudando, Sapa? – perguntou Ada, com firmeza.

– A Sra. Walsh está doente.

– É você quem a adoece – zombou Emily. – A governanta sofre de neuralgia – explicou para mim.

– De todo modo, prefiro muito mais ficar aqui com vocês – disse a menina, levantando do chão. Devia ter uns 11 anos; as pernas eram compridas demais para o corpo, e os olhos meio empapuçados faziam com que parecesse mesmo um sapo. – Posso ficar? Não vou incomodar e posso muito bem proteger Emily das licenças poéticas de Robert.

– Você pode chamá-lo de Sr. Wallis – disse Ada, parecendo um pouco constrangida. – E não precisa proteger Emily de nada.

A menina franziu o cenho.

– Por que sempre me expulsam? Vou ser boazinha.

– Tem que perguntar ao papai.

– Então posso ficar, pois ele disse que podia, se perguntasse a vocês – disse a menina, vitoriosa.

– ... Desde que não abra a boca – acrescentou Emily, firme.

A menina agachou-se e coaxou.

– Nem faça esse ridículo coaxar.

– Sou uma sapa.

– Na França, os sapos são cozidos e comidos com molho verde – disse eu, sem querer ofender.

Ela virou os grandes olhos para mim.

– Não sou sapo de verdade – avisou, animada. – Meu nome é Philomena. Quando era pequena, Ada não conseguia falar meu nome direito; então passou a me chamar de Sapa. Eu gosto muito de ser sapa. – Pulou para cima de uma cadeira. – Não se incomode comigo. Você estava falando que eram como limões.

Daí por diante, nossa pequena sala de tomar café às vezes ficava cheia de gente. Sempre que possível, Ada ignorava a minha presença, mas o carregador, South, e a menina, Sapa, ficavam me olhando, boquiabertos, ao provar um café, como se eu fosse uma criatura de algum país exótico, em exposição. Fico envergonhado de dizer que, de vez em quando, eu me exibia para eles, fazendo descrições fantasiosas e jogos de palavras que deixavam Sapa pasma e Emily suspirar baixinho.

– Você quer impressionar Emily? – perguntou Sapa. Emily e eu tínhamos acabado de voltar de um dos nossos almoços; ela foi dependurar o casaco e fiquei sozinho com a menina.

– Acho que essa não é uma pergunta delicada.

– Ada acha que você quer. E perguntou a Emily se estava encantada com lorde Byron, como Ada te chama. – Ficou calada um instante. – Se você impressionar Emily, terá de se casar com ela. É assim que as coisas são. Daí, eu posso ser dama de honra.

– Acho que seu pai precisa opinar sobre isso.

– Posso perguntar para *ele* se posso ser dama de honra? – perguntou Sapa, ansiosa.

– Eu quis dizer que seu pai precisa opinar sobre o homem com quem sua irmã vai se casar. Depende dele, sabe.

– Ah, ele quer muito que ela se case – garantiu. – Tenho certeza de que você serve. É rico?

– Nem um pouco.

– Mas tem *cara* de rico.

– É porque sou perdulário.

– O que é perdulário?

– Alguém que não ganha o quanto precisa, mas continua comprando coisas belas que não devia.

– Como alianças de casamento?

– Não. Alianças não são coisas belas – respondi rindo.

Dez

– Tenho algo para mostrar a vocês – anunciou um dia Pinker, irrompendo no escritório onde Emily e eu trabalhávamos. – Vistam seus casacos, rápido.

Lá fora, a carruagem dele nos aguardava e partiu conosco pelas ruas apinhadas. Sentei ao lado de Emily, de costas para o cocheiro. A carruagem era estreita e eu sentia o calor da coxa dela encostada na minha. Nas curvas balançávamos um contra o outro e ela procurava não cair por cima de mim, mas era inevitável.

– Robert, ouviu falar no autoquinético? – perguntou Pinker, olhando pela janela um engarrafamento no trânsito. – Encomendei um da França. Tem quatro rodas, pequeno motor a combustão e corre tanto quanto uma charrete do correio a galope. Depois que forem adotados, não teremos mais essas ridículas retenções no trânsito.

– Se isso acontecer, vou sentir falta dos cavalos. Para onde eles irão? – perguntou Emily.

– Tenho certeza de que as fazendas vão sempre precisar dos cavalos – garantiu Pinker. – Ah, chegamos!

Paramos perto da Tower Bridge, na Castle Street. Na esquina, havia um bar, ou melhor, restos dele. Operários davam os toques finais numa elegante porta nova; janelas claras substituíram vidro fosco e, em cima de tudo, uma placa preta e dourada proclamava que aquela era uma Taverna da Moderação Pinker.

Saltamos da carruagem e olhamos o local. Pinker estava todo orgulhoso e fez um giro rapidíssimo conosco. Dentro, tudo era pintado de preto e dourado.

– Não chega a ser um padrão de cores como num uniforme de libré. Elas serão as mesmas em todas as tabernas, quando abrirem.

– Por que, pai?

– Para parecerem iguais, claro. Os garçons usarão uniformes pretos com um enfeite dourado. E aventais brancos como se usa na França. Tirei essa ideia do Café Royal. – Ele fez sinal com a cabeça para mim. – As mesas, como essa aqui, terão tampo de mármore como no Florian, de Veneza.

Olhei ao redor. O lugar era incrível; elegante, mas estranho. Cada centímetro de madeira era pintado de preto, e todo o resto, de dourado. Parecia mais o interior de uma carruagem funerária do que uma taberna. No fundo, atrás de onde tinha sido o balcão do bar, ronronava a engenhoca que Pinker mostrara no nosso primeiro encontro. Ao lado dela, e ajoelhado no chão, Jenk acertava o mostrador.

– Está funcionando? – perguntou Pinker.

– Quase, senhor.

Nisso, um jato de vapor silvou de uma válvula, fazendo Emily dar um pulo.

– Bom, o que vocês acham? – perguntou Pinker, esfregando as mãos de satisfação.

– Maravilhoso, papai.

– Robert?

– Impressionante. Só tem uma coisa... – observei.

– Qual é?

– O nome do lugar.

– O que tem ele?

– O senhor acha que as pessoas, gente comum, vai querer tomar café num lugar chamado Taberna da Moderação? Desse jeito, um dia alguém abre um restaurante sem comida ou vende um vinho sem uva.

Pinker franziu o cenho.

– Então, como você chamaria?

– Bom, qualquer coisa. Podia ser... – Olhei em volta. Vi a placa Castle Street e como ele gostava de analogias militares pensei em castelo. – Podia ser Café Castelo.

– Castelo. – Pinker considerou. – Hum. Castelo. Café Castelo. É, lembra algo. Soa confiável. Emily, o que acha?

– Acho que Robert tem razão quando diz que Moderação pode afastar fregueses – disse, com cuidado. – Castelo é melhor.

Pinker concordou com a cabeça.

– Então, vai ser Castelo. Obrigado, Robert, sua ajuda tem sido muito valiosa. Vou mandar os operários mudarem a placa já.

Assim nasceu uma das marcas mais famosas da história do café, tão conhecida na época quanto Lion, Ariosa ou Maxwell House. Algo mais foi concebido naquele dia, no meio daquela agitação; os operários, as mesas com tampo de mármore, o cheiro de tinta nova misturado ao vapor forte de café que saía dos dois bocais da engenhoca do Signor Toselli, como fumaça do nariz de um dragão... Quando Pinker foi procurar o mestre de obra, Emily virou-se para mim.

– É, obrigada, Robert. Você teve muito tato. Sem dúvida, Castelo é um nome melhor.

Dei de ombros.

– Não foi nada.

Ela sorriu para mim, um sorriso que durou uma fração a mais do que deveria. Depois, com uma súbita timidez, olhou para baixo.

– Vamos! – chamou Pinker lá de fora.

Quando voltamos de carruagem para Limehouse, tive a impressão de que a coxa dela apertava um pouco menos a minha.

Onze

Telúrico – característica da terra recém-arada, do solo após tempestades e também lembra beterraba.

– Lenoir, *Le Nez du Café*

Naquela noite, quando passei por Piccadilly, vi um cavalo de carruagem tentando copular com uma égua. A maioria dos cavalos usados em carruagem era castrada, claro, mas aquele devia ser montaria de algum rico, dócil o bastante para puxar um cupê. A égua fora amarrada do lado de fora da loja de departamento Simpson's e ninguém sabia onde estava o cocheiro.

Foi uma cena estranha: o corcel, ainda com os arreios da carruagem, tentava montar no lombo da égua, colocando seu grande membro nas ancas dela. Ele escorregava, puxado pelo peso do cupê, mas não desanimava e tentava novamente, subindo desajeitado, com as patas dianteiras como um chinês tentando pegar com pauzinhos um naco de carne. A égua, por sua vez, não se impacientou, ficou parada e não mexeu nem quando o cavalo deu uma mordida no pescoço dela. A carruagem levantou e dava voltas na rua a cada investida das pernas traseiras do cavalo.

Juntou-se uma pequena multidão. As damas mais respeitáveis passavam rápido, mas, entre as que olhavam, estavam diversas jovens mais ousadas. Alternei o olhar: uma hora, assistia ao conluio dos animais; outra, à fascinação cheia de risos das moças, de olhos arregalados.

Finalmente, o cocheiro apareceu e começou a gritar com o cavalo, querendo que se afastasse. Claro que o bicho não tinha qualquer intenção de parar, nem quando o dono começou a chicoteá-lo, correndo um grande risco, devo acrescentar, pois o cavalo girava no ar as patas dianteiras quando tentava firmar no lombo da égua e as patas traseiras faziam uma espécie de dança, tentando se livrar dos arreios da carruagem. Quase dava a impressão de que o cocheiro incentivava o corcel com o chicote, que terminou o ato e saiu de cima da égua por vontade própria. O estropiado cupê voltou à posição normal com um baque. O membro do cavalo continuava pingando nas pedras da rua quando o dono finalmente conseguiu sair com ele a trote, acompanhado de um irônico grito da plateia.

Enquanto isso, duas prostitutas tiveram a ideia de conseguir trabalho rondando a multidão. Uma passou por mim e perguntou, baixo:

– Quer uma garota alegre, senhor? – perguntou usando a gíria referente à prostituta naquela época em Londres. Olhou para mim: era bem bonita, vulgar demais para o meu gosto, e tinha no máximo 16 anos. Recusei com a cabeça. Ela então disse:

– Minha irmã está aqui.

Devo ter demonstrado interesse, pois ela fez sinal para outra garota. Sem dúvida, eram parecidas, de cabelos e olhos castanhos, rostos redondos e bochechudos. Era novidade, eu nunca estive com duas irmãs e fiquei com o sangue quente depois de ver o cavalo.

– Rápido, aqui – disse ela, percebendo que conseguira um freguês.

Atrás de nós, a vitrine da tabacaria tinha o aviso "Quartos de aluguel". Segui-as dentro da loja e subi uma escada: depois de dar meia coroa para cada uma e mais outra para o dono da loja, abri a braguilha e possuí as duas em seguida, sem parar nem para tirar as calças.

Ah, essa é a emoção!
Primeiro, beba as estrelas;
Depois, grunha na lama,

como disse Richard Le Gallienne.

Acho que agora preciso explicar algo a meu respeito. Neste relato, não procurei me pintar em cores atraentes, pelo contrário. Quando penso que jovem *poseur*, afetado e presunçoso devo ter sido naquela época, fico bem surpreso que alguma garota pudesse se apaixonar por mim. Se me faço ridículo, é porque eu devia ser mesmo. Sobre isso, fico feliz de ser julgado. Mas acho que serei avaliado agora de forma bem diferente quanto à minha moral.

Quero só lembrar que, naquela época, as coisas eram diferentes. Sim, eu saía com prostitutas; bonitas, quando podia pagar; feias, quando não podia. Eu era um jovem saudável e que opções tinha? Acreditava-se que a abstinência sexual prejudicava a saúde e a masturbação era pior ainda, causava fraqueza, lassidão e temperamento ruim. A prostituição não era nem uma prática ilegal, apesar de a Lei das Doenças Contagiosas permitir à polícia prender qualquer mulher e examiná-la para ver se tinha sinais de doença venérea, o que indignou as damas de respeito, que se sentiram desvalorizadas sendo associadas às meretrizes. Dormir com uma prostituta também não era motivo para separação, embora o adultério, quando praticado pela esposa, fizesse o marido separar-se *dela*. Assim como muitos outros assuntos, não se discutia a prostituição na sociedade elegante; no mínimo, esperava-se até as damas saírem da mesa. Aí então, entre os do mesmo sexo, podia-se comentar em voz baixa: não se precisava daquelas mulheres, mas era impressionante como alguns precisavam. Essa era uma das grandes vantagens de viver numa sociedade onde os pobres eram tão pobres: havia criadas, operárias e garotas baratas e em quantidade; daí os homens instintivamente resistirem às reformas sociais, da mesma forma que a maioria das mulheres era instintivamente a favor delas.

No almoço, minhas conversas com Emily costumavam versar sobre esse mesmo assunto: a reforma, ou seja, para ela, modernidade era sinônimo de consciência social e ela acreditava que era mais do que natural que, por eu ser poeta, teria tanto interesse em mudar o mundo quanto ela. Não foi Shelley quem disse que os poetas eram os legisladores não reconhecidos do mundo? E Byron não entrou para o exército dos turcos?

Embora eu admirasse o corte de cabelo de Byron e as camisas esvoaçantes de Shelley, não ousava dizer que ignorava a consciência política deles. Minha geração era de balangandãs e bugigangas: nós só queríamos saber de "experiências"; nossa única intenção era "passar rápido de um ponto a outro e estar sempre onde o maior número de forças vitais se unem", mas gostei de dar a impressão a Emily de ser mais radical do que era. O que fazer? Queria que tivesse boa opinião a meu respeito e achava que, se dissesse que aqueles assuntos não me interessavam, ela ia me considerar superficial, vazio. Era mesmo, mas a superficialidade, gloriosamente decadente em Oxford, agora parecia um pouco *jejune*, isto é, sem graça.

Desde a primeira vez em que ela tocou no tema "problema social", tentei dizer que não me interessava por política e acrescentei:

– Neste quesito, certamente, sou parecido com a maioria dos políticos.

Ela não reagiu, embora ficasse com uma expressão contrariada. Distraído, ajuntei:

– Claro que a riqueza seria completamente desperdiçada com os pobres. Basta ver as coisas horrendas que as classes inferiores compram para a gente ficar grata por não terem mais dinheiro.

Ela suspirou fundo.

– E não sei por que as mulheres querem votar, quando se vê que gente horrorosa já tem esse direito. Podia-se querer mais democracia, se ela não fosse tão horrivelmente vulgar.

– Robert, em algum momento, consegue falar com seriedade? – perguntou.

– Só quando não tenho o menor interesse pelo assunto.

– Acho que nem nessas ocasiões – resmungou ela.

– Considerarei isso um elogio, cara Emily. Não quero levar a fama imerecida de sincero.

– Robert, cale a boca.

Calei.

– Além de não serem originais, suas sátiras não conseguem nem ter graça. Não passam de um hábito ou um tique verbal, uma forma de se exibir sem qualquer sentido, como aquele horrível som que a Sapa faz.

Fiquei boquiaberto.

– Espere – disse ela, levantando a mão. – Você vai dizer que a sensatez está muito valorizada. O mundo precisa de mais insensatez ou todas aquelas sátiras não têm sentido; por isso são tão profundas; ou vai dizer que o exibicionismo é a base de todas as artes; aí está a genialidade delas. Ou que... que... alguma outra frase boba que soa bem, mas não tem mais sentido ou perspicácia do que um peido.

– Você acaba de pronunciar a palavra...? – perguntei olhando para o rosto dela.

– Peido? Foi. Você achava que uma garota moderna não conhece tal palavra? – Empinou bem o queixo, desafiadora. – Bom, vou peidar toda vez que você fizer alguma sátira.

– Não!

– Vou. Pensa que não sei peidar? Pois minhas irmãs e eu somos especialistas.

– Que garota incrível você é.

– Posso fazer coisas piores, se for para curar você das sátiras.

– Você se arriscaria a ser considerada despudorada?

– Tenho certeza de que nunca acusaram você de recatado.

– É verdade – concordei, pensativo. – Mas, na mulher, a falta de pudor não tem a ver com vontade de aparecer, só com grosseria.

Ouviu-se um som como de uma framboesa molhada vindo da direção da Srta. Pinker.

– Você acabou de...?

– Notei um tom de sátira.

– Você vai ver que minhas sátiras têm cheiro de violetas e rosas, enquanto... – Ocorreu outro estouro. – Meu Deus!

– Eu falei sério, Robert. Toda vez que você pontificar, eu peido.

– Sabe, é mais...

– É melhor você abrir uma janela – interrompeu ela. – Ou meu pai vai questionar o fato de seu melhor café Java ter cheiro de banheiro.

Assim, aprendi a não satirizar e a falar sério em assuntos sérios. Mas, claro, falar sério era apenas uma pose para impressionar Emily; as sátiras, com toda a sua simplicidade, estavam bem mais próximas do meu verdadeiro eu. Mesmo assim, quem não ficava poético sobre a Reforma quando aqueles brilhantes olhos cinzentos bebiam cada palavra sua? Quem não iria fingir se preocupara com os pobres, quando o prêmio era um sorriso daqueles? E quem não concordaria que era preciso fazer algo pelas prostitutas, quando a moça fala sobre o assunto com tal paixão que te deixa excitado com a suave sílaba que seus lindos lábios formavam?

Estranha que eu tenha passado tão rapidamente do flerte vespertino com Emily Pinker em Limehouse ao sexo com uma prostituta de Covent Garden à noite? Porém os dois temas eram tão diferentes quanto o café da manhã e o jantar, o leste e o oeste

A transa significava muito menos que o flerte, mas, ao mesmo tempo, era bem mais necessária: ah, não posso explicar isso, só sei que, não fossem as rameiras, eu certamente teria ficado bem mais constrangido do que fiquei durante aqueles flertes vespertinos.

Mas havia menos tempo para o flerte, pois a Srta. Pinker me obrigou a comparecer às reuniões. Ah, como ela gostava de uma reunião! Havia reuniões da Sociedade de Incremento da Civilização Internacional; dos Fabianos; da Sociedade pela Anulação das Leis das Doenças Contagiosas... Comecei a desconfiar que eu estava sendo Melhorado. Havia encontros à meia-noite nos quais distribuíamos chá com açúcar para as prostitutas; acabei faturando uma maravilhosa trepada assim: segui pela rua, em silêncio, uma jovem meretriz de sorriso tão doce, demos uma rapidinha de pé numa viela e voltei ao encontro de meus colegas. Havia reuniões em Almoços dos Teosofistas. Havia Jantares da Moderação nos quais discutíamos a necessidade de aumentar o imposto do gim enquanto brindávamos com taças de um fino tinto. Teve até uma reunião bem modorrenta dos Companheiros da Nova Vida, na qual uma estranha criatura falou sem parar, em voz alta e cantante, sobre o sexo transacional, o futuro do amor homogêneo e outras formas de homossexualismo. Passei duas horas inteiras ruborizado de constrangimento, mas, para minha surpresa, Emily e as outras damas nem se abalaram, como se ele (ela? neutro?) estivesse comentando sobre uma viagem ao litoral.

Em algumas dessas reuniões havia discussões acaloradas sobre como deveria ser um casamento entre os modernos adeptos do racionalismo. As pessoas costumavam citar com aprovação os versos de Shelley em *Epipsychidion*:

Nunca fiz parte daquela grande facção
Cuja doutrina é cada um escolher

Na multidão uma amante ou amiga
E condenar todo o resto, por mais belo e sábio,
Ao frio esquecimento...

Notei, porém, que os dois sexos tendem a compreender de forma diferente: as mulheres queriam igualdade e independência, ou seja, o mesmo status dos maridos, enquanto os homens queriam igualdade e independência, ou seja, algo mais parecido com a liberdade dos solteiros do que com um casamento. Não me manifestei. Sob pressão, sempre se pode citar Shelley.

A opinião de Emily sobre o casamento era mais complexa. Lembro-me de uma discussão quando voltávamos para o escritório, após uma daquelas reuniões. Não sei agora o que iniciou a conversa, acho que fiz uma observação impertinente sobre o palestrante. Ela, então, virou-se para mim e perguntou, rabugenta:

– Você acha mesmo isso, Robert, ou é só mais uma pose?

– Essa é uma das minhas opiniões mais firmes, que certamente rejeitarei até a hora do chá.

– A questão é saber se homens e mulheres devem ter os mesmos direitos políticos – disse ela, sem considerar o que falei.

Lembro agora que falávamos sobre aquele velho assunto, o direito das mulheres ao voto. Com um suspiro, preparei-me para ficar sério.

– Mas homens e mulheres vivem em esferas diversas...

– Ah, sim – interrompeu ela. – A mulher na sala de visitas, e o homem na área da política, dos negócios e do resto do mundo. Isso não é igualdade, é como dizer que a prisioneira dispõe da liberdade da cela.

– Mas toda mulher tem de aceitar a supremacia do marido...

– Por quê?

Devo ter parecido confuso, pois ela acrescentou:

– Ah, claro que nunca se fala nisso. Temos de dizer que o voto feminino não vai prejudicar o direito de o homem ser o chefe da casa. É que ninguém me dá um bom motivo, em primeiro lugar, para eles serem chefes.

– Mas considere as conquistas masculinas...

– Essa discussão é um círculo vicioso. Os homens tiveram oportunidades.

– Mas, minha cara Emily, esse argumento também é um círculo vicioso. Você diz que as mulheres teriam conseguido mais se tivessem tido chance, não? – Ela concordou com a cabeça. – Então por que os homens tiveram a oportunidade? Porque aproveitaram a chance.

Isso fez com que ela ficasse ainda mais furiosa.

– Quer dizer que tudo depende da força bruta e do estupro?

– Estupro? Quem falou em estupro?

– Conforme a *sua* definição, casamento e estupro são a mesma coisa. Enquanto *eu* acho que homem e mulher só podem se amar completamente quando forem iguais.

– Mas o homem e a mulher são diferentes – observei. – Prova disso é essa incrível discussão.

Ela parou e bateu o pé.

– Se nós fôssemos casados, você iria me dizer que estava com a razão e pronto?

– Estou dizendo agora que estou com a razão. Você não está concordando.

– Porque você não provou o que diz. – Ela estava corada e irritada. – Suponho que ache que eu não devia trabalhar?

– Emily... como fomos parar em trabalho? Pensei que estivéssemos falando sobre votos. Depois, não sei como, passamos a casamento...

– Não vê que... é tudo a mesma coisa? – Então, ela ficou quieta e foi andando num silêncio muito irritado.

Acendi um cigarro e acertei o passo com ela.

– Ia lhe oferecer um, mas...

– Mas uma mulher não deve fumar na rua? – perguntou.

– Ia dizer que você já está soltando fumaça.

Mais tarde, quando ela se acalmou, eu disse:

– Desculpe-me pela nossa briga.

– Nós não brigamos, Robert. Nós discutimos.

– É diferente?

– Como diria meu pai, são coisas distintas. Discutir é um prazer, brigar não é. – Ela suspirou. – As limitações dos direitos da mulher no casamento é um tema que costuma me inflamar. É uma discórdia que tenho com ele há muito tempo. Ele é muito moderno em tudo, menos nisso. Deve ser porque é viúvo; ele acha que escolher ou pelo menos aprovar um marido é a última responsabilidade que ele tem em relação a nós.

– Que tipo de marido ele espera que você tenha?

– O problema é esse. Em tese, ele quer um homem moderno, alguém como ele, com iniciativa. Mas, na prática, quer alguém com contatos e posição social.

– É uma combinação difícil. – Olhei para ela: – E você? Que tipo de homem vai conquistar seu coração?

– Robert! – exclamou fazendo uma careta.

– O quê?

– "Conquistar seu coração" parece coisa de romance. Ninguém vai conquistar nada meu, muito obrigada. Minha mão, meu afeto serão concedidos a quem... – Ela pensou um instante. – A quem eu admire. Alguém que já tenha feito alguma coisa no mundo e pretenda continuar com... grandes conquistas. Alguém que consiga ver o que está errado, mas também saiba endireitar; alguém com tanta paixão que consiga fazer os outros concordarem com ele apenas pelo que diz. Sempre imagino esse homem com sotaque irlandês, pode ser apenas porque sei que ele terá uma visão bem definida sobre a autonomia da Irlanda. E, provavelmente, ele não tem muito tempo para mulheres, mas isso não importa, pois não vou ficar sentada como se fosse um enfeite. Sabe, pretendo ser companheira e, embora ninguém jamais vá saber disso, no fundo ele vai sempre admitir que não teria feito nada sem mim.

– Ah – disse. É sempre desconcertante ver que alguém admira o tipo de pessoa que você jamais seria. – E se você não encontrar esse homem?

– Aí vou ter de aceitar alguém que conquiste o meu coração – disse ela, ficando de braço comigo.

– Cérto, é um ótimo jéito de pénsar.

– Por que você fala com esse ridículo sotaque irlandês?

– Por nada.

Doze

A complexidade com que o paladar humano reage a múltiplas sensações complica ainda mais o entendimento do sabor do café.

– Lingle, *The Coffee Cupper's Handbook*

Emily está no escritório do pai, olhando Robert ir embora no final do dia. Continua olhando até ele sumir de vista e vai se debruçando à janela para segui-lo na Narrow Street. Depois que ele desaparece, ela descobre que seu hálito deixou uma mancha embaçada com cheiro de café na vidraça.

Era uma das muitas coisas que não teria notado algumas semanas antes.

Sem pensar, ela toca com a ponta da língua a vidraça dura e fria. A mancha fica com a marca da ponta da língua no meio. Com o dedo, ela desenha quatro pétalas e um caule. Com a lateral da mão apaga o desenho emitindo um som guinchante.

Alguma coisa está acontecendo com ela. Não sabe se fica intrigada ou alarmada, se aprova ou desaprova essa mudança, esse despertar físico que se apossa dela lentamente, emitindo um calor semelhante ao de um damasco numa estufa.

Volta à mesa e pega as anotações mais recentes. Damasco: um dos sabores que os dois tinham descoberto naquele dia, num dos cafés moca e nos melhores cafés sul-americanos. O aroma dourado e concentrado de um damasco em conserva. Vai fazer parte do guia de sabores, entre as amoras pretas e as maçãs. Naquela tarde, os excelentes cafés colombianos foram uma descoberta realmente importante: o preciso cheiro de peras frescas ao serem colhidas das crocantes e suculentas pereiras...

Palha. O aroma que a cevada solta pouco antes da colheita, farfalhando suave nos campos ensolarados. Licorado, escuro, macio e doce. Couro, forte, antigo e lustroso como a poltrona preferida do pai. Limão, tão azedo que os lábios frangem... Percorre com os olhos as anotações e lembra-se de cada uma, os sabores irrompem no palato como flores exóticas, cada uma mais real que a anterior.

Cada uma faz desabrochar mais um pouco o duro e fechado botão dos sentidos dela.

Muitas semanas antes, quando teve a ideia do Guia, estava mais interessada em *sistematizar*: captar o caótico e sempre mutante mundo das percepções humanas e ordená-lo e investigá-lo de forma racional e disciplinada. Nunca pensou que também pudesse funcionar ao contrário, ou seja, que ela fosse encontrar sua calma interior (seu temperamento sistemático e prático), movendo-se e esticando-se como uma planta indomável e encantada.

Não contou para ninguém o efeito que o Guia estava lhe causando. Não disse às irmãs, nem, muito menos, ao pai. Ele já tinha alguns motivos para desconfiar que a filha mais velha tendia a paixões perigosas e não devia suspeitar de nada naquele momento. Além do mais, ele tinha suas razões para encomendar aquele trabalho; não só as óbvias que citou para Robert, mas outros planos (comerciais) dos quais poderia participar. O pai se assustaria se soubesse que a precisão poderia ficar comprometida por caprichosas emoções típicas de uma colegial.

Colegial: o problema é exatamente esse. É por ser mulher que ela sente aquela sensualidade ridícula, aquela queda por uma gratificação física. E é exatamente por isso que ela deve lutar ou desistir, já que tentou lutar e descobriu quão poderosa e forte é essa fraqueza feminina, paradoxalmente.

Descobriu também que ela não é racional, mas continuará se comportando como se fosse.

Tem certeza de que nenhum homem jamais permitirá que as mulheres trabalhem ao lado dele, votem ao lado dele, construam o futuro ao lado dele, se acreditarem que elas são tão idiotas quanto Emily percebeu ser.

Claro, há mulheres que gostam de ser idiotas. São o tipo que Emily condena. Na verdade, Robert Wallis é o tipo de rapaz que ela condena. Fica bem irritada ao notar que seu coração, para não falar em outros órgãos mais íntimos, parece incapaz de aprovar as avaliações feitas por sua cabeça.

Pega uma das pequenas xícaras onde foram servidas as amostras do dia. Contém ainda um pouquinho do café colombiano, que esfriou faz tempo. Mais que isso: quando cheira a xícara, imagina identificar o hálito suave de Robert.

Ela inala e chega a fechar os olhos, deixando que rápidas e deliciosas fantasias passem por sua cabeça. *O hálito dele com o meu, misturados como num beijo...*

Vira-se para a janela e respira na vidraça sobre a flor desenhada e apagada.

Como se pintada por uma tinta invisível, a flor reaparece lentamente, um instante antes de sumir outra vez.

Treze

Verde – um sabor acre vindo de grãos verdes, imaturos.

– Michael Sivetz, *Coffee Technology*

Emily e eu não provamos apenas os cafés de Pinker; por insistência dele, nós também os classificamos. No começo, relutei em fazer isso, mostrando ao meu patrão que bom e ruim são conceitos morais e, portanto, não têm espaço na arte.

Ele suspirou.

– Mas no comércio, Robert, tomam-se decisões assim todos os dias. Claro que não se pode comparar um pesado e resinoso café java com um delicado jamaicano. Mas eles têm um custo; então, deve-se perguntar qual é o melhor investimento.

É verdade que alguns cafés pareciam melhores que outros. Notamos que quando gostávamos muito de um, ele costumava ter o rótulo *moca*, mas essa palavra parecia incluir muitos tipos: cafés pesados, leves, alguns com um aroma intrigantemente floral.

Um dia, eu estava só no escritório, degustando um pequeno lote. Não tinha identificação, mas uma marca que achei ser em árabe, como as sacas que vinham daquela região:

ي

Assim que abri a saca, vi que era um café especial. Tinha cheiro seco, de mel, quase frutuoso; quando levei os grãos para o escritório e esperei a água ferver, a espera foi acompanhada de um delicado perfume cítrico e de fumaça de madeira. Coloquei os grãos num moedor manual e o cheiro aumentou, somando-se uma nota forte, *basso profundo*, de licor e cravo-da-índia. Então, despejei devagar a água sobre os grãos.

De repente, o buquê avivou, tão denso e cheio que quase podia ser visto. Era como o gênio escapando da lâmpada, ou o vapor saindo de uma máquina, ou uma fanfarra de clarins, majestosa e, ao mesmo tempo, muito simples. O aroma de flores exóticas encheu a sala também com limão, tabaco, até grama cortada. Sei que deve soar estranho encontrar tantos elementos díspares num mesmo cheiro, mas meu palato a essa altura estava sintonizado com a tarefa que não era nenhum fogo-fátuo; eram odores precisos e distintos, tão reais naquela sala quanto as paredes e janelas.

A infusão estava pronta. Apertei os grãos com uma colher e levei a xícara à boca. Pela primeira vez, não sorvi, não precisava. O gosto era exatamente o mesmo que o cheiro prometia: sólido e substancioso, com um leve brilho, e os sabores florais encheram minha cabeça como se fossem coros celestes. Engoli. Veio uma deliciosa sensação de doçura natural e um longo e adocicado *aftertaste* de chá verde e couro. Era tão próximo da perfeição quanto qualquer café que eu havia provado.

– Os cafés do tipo moca – disse Pinker, quando perguntei sobre eles – não são como os outros. Você os encontrou num mapa?

Neguei com a cabeça. Ele foi até a prateleira e tirou um grande atlas, com páginas grandes como cartazes de circo.

– Vejamos – disse ele, impaciente, folheando o grande tomo até encontrar a página que queria. – *Aqui*. O que você está vendo?

Olhei onde o dedo dele apontava. No ponto de encontro entre a Pérsia e a África, separadas por um rio, havia um pequeno marco. Olhei melhor. O marco se chamava Al-Makka.

– Moca – disse ele –, ou, como dizem os árabes, maca. Origem dos melhores cafés do mundo. – Ele bateu com o dedo em cima. – Foi aqui que começou, é o berço não só do café, mas de tudo. Da matemática. Da filosofia. Da literatura oral. Da arquitetura. Quando a Europa estava longe da civilização, o império otomano manteve o ensinamento cristão vivo. Mas hoje, é como se eles estivessem passando pela Idade das Trevas, esperando que a história chegue e os liberte.

– Por que os cafés deles são tão bons?

– Boa pergunta, Robert. Não sei responder. – Ficou em silêncio por um instante. – Alguns comerciantes juram que os cafés moca têm um leve toque de chocolate. Outros chegam a adulterar os grãos de outros tipos com cacau em pó para imitá-lo. O que você acha?

Busquei na memória.

– Alguns têm um toque de chocolate, sem dúvida, mas não os melhores, cuja fragrância lembra mais a madressilva ou a baunilha.

– Exatamente o que acho. O que isso nos diz?

– Que o moca não é um único tipo de café, mas a mistura de vários?

– Correto. – Com o dedo, fez um círculo em redor do mar Vermelho. – Claro que os árabes tinham o monopólio do cultivo do café. Aí, os holandeses roubaram algumas sementes e levaram para a Indonésia; os franceses roubaram deles e levaram para o Caribe; os portugueses roubaram *deles* e levaram para o Brasil. Então, pela lógica, podemos concluir que os árabes também roubaram a semente. Mas de quem?

– Sabemos?

– Talvez, não. Já ouviu falar no viajante Richard Burton?

A essa altura, eu já estava acostumado com as súbitas mudanças de assunto. A mente de Pinker estava sempre à frente, vendo aonde queria levar o interlocutor e então mostrando o caminho fácil. Neguei com a cabeça.

– Fui apresentado a Burton numa festa – disse Pinker. – Havia uns quinhentos convidados e, na época, ele era famoso por suas expedições ao mundo islâmico. Hoje, ele é menos considerado, claro. Correram boatos sobre sua vida pessoal... bem, não importa. Quando ele soube que eu trabalhava com café, quis conversar comigo. Acabou deixando todos encantados: eu e o grupo, que logo se juntou para nos ouvir.

– Burton voltara havia pouco de uma de suas excursões árabes: escureceu a pele com suco de nozes, usava trajes árabes e se fazia passar por santo do islamismo. Falava árabe quase com perfeição e conhecia bem os autores desse idioma. Contou-me de uma magnífica cidade murada que ele descobrira no leste da África, de vegetação luxuriante e clima ameno, uma região de cafezais. E que o café lá era tão abundante que nunca fora plantado, as moitas selvagens se propagavam onde os frutos caíam. Os comerciantes de café eram tão importantes para a economia que não podiam sair da cidade, sob pena de serem mortos. Era um lugar de muita prosperidade, parece; Burton falou em marfim, pedras preciosas, ouro... e no que ele chamou de negócios mais escusos. Escravidão, imagina-se.

– Essa cidade era tão fechada que os comerciantes chegaram a criar uma linguagem própria, bem diferente da falada pelos habitantes do campo ao redor. Mas ele disse que o café era o melhor que havia provado em anos de viagens. Não esqueço a afirmação de que o cheiro era forte como o de madressilvas.

– Como esse moca?

– Exatamente. Outra coisa interessante é a cidade se chamar Harar, e a região, *Kaffa*.

– Como *café*?

– Burton achava que as duas palavras deveriam ter a mesma raiz.

– Portanto, os grãos de café que cresciam em Kaffa...

– ... deviam ser vendidos em Harar para comerciantes que acabaram levando-os para Al-Makka. De lá, se expandiram para o resto do mundo. Se você fosse um comerciante em, digamos, Veneza ou Constantinopla, podia classificar os cafés que comprava conforme os portos de origem e não do lugar onde foram plantados. Como os árabes têm mania de segredo, podiam não dizer nem o país de onde um determinado lote veio. Então, você chamaria tudo o que passava por Al-Makka de moca, exatamente como hoje tem gente que chama todos os cafés sul-americanos de Santos.

– Estranho. E onde Burton disse que ficava Harar?

Pinker passou o dedo no mapa. Na época, os mapas eram lançados quase anualmente para atualizar os novos países nas cores dos impérios que os reivindicavam. Claro que quase o mundo inteiro tinha a cor vermelha da bandeira inglesa; alguns, azuis, roxos e amarelos. Quando eu era criança, a África era quase completamente vazia. À medida que os exploradores voltavam de lá com notícias dos territórios descobertos, batizados e somados à lista, a cor branca diminuiu e a vermelha aumentou, avançando do litoral daquele grande continente em direção ao centro. De todo modo, nem tudo era vermelho: os franceses e holandeses não iam permitir que fizéssemos tudo do nosso jeito, e os limites entre as várias cores foram com frequência marcados com sangue.

Pinker estava com o atlas mais recente, claro. Mesmo assim, ainda havia uma pequena parte da África que, embora não fosse mais totalmente vazia, não tinha cor alguma: era do tamanho de uma mão masculina, no meio do continente.

Pensativo, ele bateu nesse ponto:

– Burton disse que ficava aqui.

Olhamos o mapa.

– Que coisa incrível é o café, Robert – disse ele, por fim. – Conseguiu fazer o bem nos dois extremos: moderar a Inglaterra e civilizar os outros lugares.

– Impressionante – concordei. – Ainda mais quando se pensa no lucro que gerou.

– Exatamente. Lembre do que Darwin disse: o lucro torna tudo possível. Não é a caridade que vai mudar o mundo, mas o comércio.

Não pensei mais naquela conversa: na época, todo mundo falava na África. Entretanto, Pinker não desperdiçava dinheiro. Cada xelim deve ser usado e, quando terminássemos o Guia, eu seria uma moeda que não estava mais no penhor.

A essa altura, o dinheiro escorria das minhas mãos como água. A Wellington Street não era só de bordéis e mulheres: qualquer garota faria qualquer coisa para ganhar mais uma moeda ou duas, e, se o paladar ficasse saturado com as possibilidades e trocas *naquela* área, as redondezas tinham todos os tipos de outros prazeres. Da mesma maneira que Londres tinha um mercado de flores e um de peixes, uma rua de ourives e uma de livreiros, tinha também estabelecimentos especializados nas diversas artes do amor. No bairro, havia Casas de Safo; logo ali, Casas da Juventude. Eu me deliciava com esses prazeres como quem se delicia nos pratos orientais: não por preferi-los aos da minha pátria, mas por serem desconhecidos.

Às vezes, encontrava passatempos mais perigosos. Uma tarde, ao passar por um cais tranquilo, senti uma leve e forte brisa com fumaça de papoula. Era questão de minutos descobrir a origem do cheiro. Passei por uma viela na direção da brisa e entrei num cais deserto. O cheiro me levou, como se fosse uma trilha bem marcada, até uma porta desconhecida. Nenhum som saía pelas janelas fechadas do armazém, mas, quando bati na porta, ela se abriu com um rangido e apareceu a cara enrugada de um chinês. Mostrei algumas moedas. Ele abriu a porta sem dizer nada, e eu entrei. Vários beliches estavam enfileirados no armazém como um enorme pombal e surgiam no escuro até onde a vista podia alcançar. Neles havia homens enrolados em casacos como múmias egípcias, ou reclinados, apoiados num braço, tragando os cachimbos de barro de haste curva, com olhos que nada viam.

Sobre um cavalete no centro da sala encontravam-se os produtos à venda, vigiados por um velho chinês: mais cachimbos, alguns compridos como bengalas, um pequeno braseiro com carvões acesos, algumas balanças. Paguei um xelim, encheram um cachimbo com resina e colocaram no fogo para queimar; quando acendeu, subi no beliche que me foi indicado e entreguei-me aos efeitos do ópio. Após algumas tragadas, senti um grande cansaço e meu corpo relaxou tão completamente que mal consegui segurar o cachimbo. As cores pareceram ficar mais fortes, e os sons, mais precisos; aquele silencioso e sujo armazém de repente parecia o palácio mais luxuoso, cheio de trêmulos sons sutis e belas melodias entreouvidas. Intrigas e ideias passavam à minha volta. Ouvi trechos de conversas divertidas... Senti-me inspirado. Rimas fantásticas começaram a girar na minha cabeça, entremeadas com contas de matemática. Lembro que pensei que matemática e poesia fossem uma só e ambas eram fantásticas. Depois, não sei o motivo, pensei numa viagem marítima. Senti perfeitamente o gosto do sal nos lábios e da tartaruga fresca que eu almoçara, com ajuda de um copinho de rum. Cheguei a sentir no rosto o cheiro leve de especiarias no cálido vento africano. Então, dormi profundamente.

Acordei com o velho chinês me sacudindo, exigindo mais dinheiro: quando levantei, descobri que haviam se passado oito horas. Não preciso dizer que não lembrava de uma só daquelas brilhantes e fantasmagóricas rimas. Aos tropeços, saí e achei um tílburi para me levar. No dia seguinte, eu ainda estava tão letárgico e enjoado que Emily ficou preocupada e me mandou para casa. Jurei jamais repetir aquela experiência; mesmo assim, ansiava por aquelas brilhantes e incríveis visões. Como Calibã depois de acordar, eu gritava para sonhar de novo.

E aí, o dinheiro do meu adiantamento acabou. Consegui gastar 30 libras quase no mesmo número de dias.

A loja de penhores na Edgware Road era um lugar horrível. Ike, o velho russo que a administrava, aceitava qualquer coisa, de joias a quinquilharias e, ao entrar lá, sentia-se um cheiro acre de fungos que os comerciantes chamam de "mãe", um fedor parecido com pele de animal podre e molhada.

Do outro lado do balcão, Ike esfregava as mãos.

– Bom dia, jovem. O que trouxe? – perguntou, com um sorriso fugaz.

Mostrei um livro de Coventry Patmore encadernado em veludo; três coletes de seda que eu não usava mais; duas cartolas de pele de castor; uma bengala de marfim entalhada.

– Ótimo, muito bom – disse, passando as mãos lascivamente sobre os objetos.

– Quanto valem?

Pegou um toco de lápis não sei de onde e coçou a cabeça com ele enquanto me olhava, astuto. Eu conhecia o jogo: a quantia não dependia tanto do valor da mercadoria, mas do desespero do cliente. Fiz o possível para parecer despreocupado.

– Três guinéus – disse ele, por fim, anotando num pedaço de papel sujo, como se tornasse o valor definitivo.

– Eu esperava seis.

Ele sorriu e deu de ombros.

– Tenho de vendê-los.

– Talvez este não seja o local indicado. Posso levar tudo ao West End.

– Eles são especialistas, senhor. Não vai encontrar preço melhor. – Ele se animou. – Claro, se quer mais dinheiro, posso adiantar.

– Não sabia que o senhor prestava tal... serviço.

– Não é um serviço normal, ah, não. Mas para alguém como o senhor, com perspectivas... Minhas taxas são bastante razoáveis.

– Cobra juros?

– Uma pequena porcentagem semanal – declarou dando de ombros de novo.

– Quanto posso pegar emprestado?

Ele sorriu novamente.

– Entre no meu escritório para vermos a papelada.

Catorze

Amêndoas tostadas – esse aroma soberbo vem do doce feito com amêndoas açucaradas ou com cobertura de chocolate, chamado pralina.

— Lenoir, *Le Nez du Café*

Emily queria jantar fora. Havia um baile de máscaras em Covent Garden, bairro que ela queria conhecer, os locais boêmios que eu costumava frequentar antes, além de algumas lindas atrizes citadas nos jornais. Eu não conseguia decidir aonde levá-la: os salões privados do Savoy eram amplos demais para um *tête-à-tête*; já os do Romano's, com seus papéis de parede japoneses, eram elegantes e íntimos, mas o Trocadero tinha aquelas adoráveis salas de esquina com vista para a Shafesbury Avenue...

– Parece que você conhece bem esses salões privados. Suponho que os use para seus encontros – observou ela.

– Ah, a gente acaba sabendo desses lugares. Tenho uma tia inválida que prefere jantar à deux – expliquei, vagamente.

– Bem, eu *não* quero jantar privado, quero ver atrizes.

– Seu pai jamais me perdoaria se eu levasse você a um lugar inadequado.

– Acho que aguento uma ou duas atrizes, Robert. A menos que a vontade de ir para o palco seja contagiosa, estarei bem segura.

Nesses dias, ela estava de bom humor, íamos nos acostumando um com o outro, embora ela ainda fingisse ralhar comigo.

– Muito bem, se você quer ver atrizes, então temos de ir ao Kettner's. Fica perto do baile também.

No dia seguinte, fui combinar o cardápio com Henri, o garboso francês que, como *maître d'hotel*, administrava o aglomerado de restaurantes da Church Street. Juntos, avaliamos as opções. Claro que teríamos *hors d'oeuvres* com ostras e um prato de caviar seguido de uma sopa, um acetinado *velouté* de alcachofras. Decidimos o que era mais adequado para o delicado apetite de uma dama: truta ou linguado? Truta, eu tinha certeza, portanto venceu. *Côtelettes de mouton Sefton* foi a sugestão seguinte de Henri, com a qual concordei na hora, mas recusei o faisão assado que pareceu exagerado para duas pessoas, preferi um *perdreau en casserole*. *Epinards pommes Anna, haricots verts à l'Anglaise* e batatas *dauphinoise* para acompanhar. Depois, salada, claro. Aspargos com *sauce mousseline*. Uma tábua de queijos, sorvete de baunilha *en corbeille*, sobremesa e *petits fours* fechavam o nosso cardápio. Quanto aos vinhos, escolhemos um Amontillado, o Liebfraumilch da safra 82, uma taça de champanhe gelado Deutz and Gelderman, conhaque e curaçau para encerrar. Escolhi também a mesa, situada numa alcova com cortinas, que davam privacidade, caso fosse preciso, mas com vista para o maior salão de jantar, no andar de cima, onde as cortinas ficavam abertas. Terminadas as preliminares, despedi-me do *maître d'hotel* até o dia seguinte.

Faltou resolver que roupa usar. Trajes a rigor eram sem graça. Preferimos então levar nossos dominós, manto longo com capuz, máscara no rosto, para o restaurante e, após o jantar, trocar de roupa para o baile. Trajes formais eram uma opção cômoda para quem não quer perder tempo buscando algo mais original.

Assim que saí do Kettner's, vi numa vitrine da Great Malborough Street um lindo paletó azul-escuro de pele de lontra. Era lindo e ficaria melhor ainda combinado com uma *cravat* de renda francesa como aquela que espiei dias antes na Jermyn Street. A conversa com Henri me deixou generoso: entrei na loja e perguntei o preço. Três guinéus. Uma quantia considerável, mas, como observou o alfaiate, razoável para um traje tão especial, quando se cobrava quase a mesma coisa por um casaco comum que qualquer otário ao redor usava.

– Ah, Mestre Wallis – cumprimentou-me Ike. – Só atrasou um dia.

– Atraso?

– Nos juros. São duas libras, mas na próxima vez terá um pequeno acréscimo pelo atraso. – Ele deu de ombros. – Agora, o senhor também é um comerciante, sabe como são as coisas.

– Comerciante? Como assim?

– Ouvi dizer que se tornou o mesmo que eu, comerciante. Na área do café?

– Ah... sim. Acredito que sim.

– Tenho certeza de que a sua empresa fatura mais do que o meu pequeno negócio.

– Fatura muito bem, mas preciso de um pouco mais de dinheiro.

– Mais? — Ike levantou as sobrancelhas.

– Digamos... mais 15 libras? – sugeri.

– Claro. Mas, se fossem vinte, o juro seria menor. Quantia maior tem desconto, sabe?

– Ah, muito generoso de sua parte. Então, vinte.

Terminamos de assinar os papéis e dei a ele duas libras.

– Os juros.

Ele inclinou a cabeça.

– É um prazer negociar com o senhor.

Cheguei cedo ao Kettner's e escolhi na banca de flores à porta o ramalhete para a lapela de Emily. Eu havia prometido a presença de atrizes e elas não desapontaram; havia mais celebridades bonitas disponíveis do que no salão verde de muitos teatros de Drury Lane. Vi o esperto protagonista da melhor comédia em cartaz jantando numa cabine com um membro do parlamento. Um agente teatral importante oferecia uma ceia para um crítico; um coronel estava divertindo o amante homossexual, ou talvez fosse algum subalterno; uma jovem e graciosa atriz chamada Florence Farr fingia não me conhecer enquanto sorria, respeitosa, para o namorado daquela noite. Eu sabia que ele ia pagar cinco libras pelo privilégio de ser visto com ela: depois, o sexo seria de graça.

Então, Emily chegou e meu coração parou. Nunca a vi sem as roupas de trabalho, seus trajes Racionais. Ela usava um vestido simples, de veludo preto bordado com pequenas lantejoulas de metal, com um corte abaixo do busto e um manto vermelho debruado de pele cinza. Ao me cumprimentar, com timidez, deixou o manto escorregar dos ombros, que estavam nus: segurei o manto e senti uma lufada de *Jicky*, de Guerlain, mistura perfeita de uma fragrância quente com a cálida pele feminina.

O vestido de uma mulher é um embate entre a modéstia e o esplendor: pelos tesouros que mostra, deve dar uma pista dos prazeres que esconde. No caso em questão, o costureiro convencera a cliente a fazer um traje sensual, interessante, opulento, mas que, devido a essas mesmas qualidades, só destacava a inocência pueril da usuária.

– Pode falar alguma coisa, Robert – disse ela, com um toque de embaraço, totalmente encantador, ao sentar-se na cadeira que o garçom puxou para ela.

– Você está absolutamente linda – declarei, recuperando-me do impacto.

– Mas, como sempre, ao seu lado me sinto muito malvestida – comentou, pegando o guardanapo. – Obrigada. Mas onde estão as minhas atrizes?

Mostrei as personalidades presentes. Emily fazia uma exclamação a cada intriga que eu contava.

– Você podia ser guia – disse ela, quando terminei de falar. – Escute, Robert, esse lugar é mais comportado do que o Café Royal?

– Ah! Ninguém mais vai ao Café Royal, fica cheio demais – garanti.

– Ah. Suponho que esta noite ouvirei sátiras. Já que estamos no, digamos, lar espiritual delas.

– Certamente, vou falar muita insensatez. É o único tema sobre o qual posso dissertar com autoridade.

Ela olhou em volta do salão e franziu o cenho.

– Sente cheiro de alguma coisa?

Inspirei.

– Acho que não. Que tipo... – aí, percebi que ela estava empurrando a minha perna.

– Caro Roberto – disse ela, emocionada. – Quem diria, seis semanas atrás, que nós agora estaríamos sentados aqui?

Nossos *hors d'oeuvres* chegaram e gostei do prazer com que ela levava as ostras à boca: o esticar do pescoço, os delicados movimentos da garganta ao engolir. Um dia, pensei automaticamente, você vai ter nessa boca algo mais salgado do que ostras... e depois me perguntei: mas será que ela aceitaria? Como explicar algo tão impudico para uma jovem inocente? Ou será que a luxúria funcionava como mestre e Emily faria aquelas explorações por si? Tive uma fantasia rápida, mas quase ridiculamente real, de nós dois numa cama, o vestido de veludo negro jogado ao chão, e ela minha aluna condescendente...

– Robert? Você está bem? – Emily me olhava, preocupada.

– Ah. É claro. – Afastei aquele pensamento.

– Está tão calado, isso é incomum.

– Estava pasmo com a sua beleza.

– Agora está sendo só bobo. Não acredito que alguma coisa deixe você pasmo.

Nossa sopa estava excelente, e o peixe, magnífico. Tentando manter meu status de paladar exigente, comentei que a perdiz estava um pouco seca, mas minha companheira achou que eu era um sibarita mimado e concordamos que o prato estava ótimo. Henri se aproximou da mesa como um marechal passando em revista as tropas no meio da batalha e Emily disse a ele que tinha resolvido virar atriz imediatamente, se era assim que os atores eram tratados.

– Ah! – exclamou meu leal aliado –, mas a senhorita é muito mais adorável que qualquer uma das atrizes presentes esta noite. – Olhou para mim de relance e achei que sua pálpebra esquerda tremeu, o que em outra pessoa poderia ser considerado uma piscada.

A conversa seguiu por aqui e por ali. Mal me lembro do que falamos, estava preocupado em ser uma companhia divertida, mas aprendi que a melhor forma de agradar Emily Pinker era ficar sério de vez em quando; portanto, acho que conversamos sobre assuntos importantes. Nossa refeição terminou. Paguei a conta (cinco libras, quatro xelins e seis pence) enquanto Emily foi vestir a fantasia. Pela agitação no restaurante, pareceu que muitos outros fregueses também iam ao baile.

Emily voltou de arlequim, com uma capa de pierrô e uma meia-máscara de seda branca. Eu estava com uma máscara simples, de penas pretas, que combinava bem com meu novo paletó.

Quando saímos do restaurante, ela tropeçou e agarrou meu braço.

– Estou meio tonta – cochichou no meu ouvido. – Prometa não tirar vantagem disso.

– Devíamos marcar um lugar e uma hora para nos encontrarmos, caso a gente se perca.

– Boa ideia! Onde pode ser?

– Que tal embaixo do relógio do teatro, às 2 horas da manhã?

Ela respondeu apertando o meu braço, e continuou segurando enquanto íamos para a rua. A Shaftesbury Avenue estava cheia de carruagens rumo ao baile e grupos de fantasiados lotavam as calçadas. De repente, ouvi um grito:

– Wallis! Wallis! Espere! – Virei-me e vi um bobo e um polichinelo de rostos muito pintados fazendo sinal para mim, enquanto desciam de um tílburi de aluguel acompanhados de duas moças fantasiadas de marionetes. Apesar da maquilagem, reconheci Hunt e Morgan.

– Onde estava? – perguntou alto o polichinelo.

– No Kettner's.

– Não, onde *esteve*. Finalmente, Hunt foi publicado. Uma vilanela no *Yellow Book*! E você está sumido há semanas!

– Andei ocupado...

O Bobo estalou os dedos.

– Sabíamos que a inspiração devia ter vindo.

– Não estava ocupado com poesia. Consegui um emprego.

– Emprego? – perguntou o bobo horrorizado. – A última vez que vimos você, tinha sido convidado por aquele gnomo engraçado... como se chamava...

– Quero apresentar a minha acompanhante, Srta. Emily Pinker – avisei, rápido.

– Ah! – exclamou Morgan de forma exagerada, com a boca pintada de vermelho. – Encantado. E essa é... é... hum, a Srta. Daisy. E a Srta. Deborah.

As marionetes riram quando apertei a mão delas. Mortificado, tive certeza de que eram prostitutas, *demi-mondaines*. E eu estava responsável por Emily naquela noite. Se houvesse alguma impropriedade, Pinker me acusaria.

– Já conheço você – disse Daisy em voz baixa para mim. – Não se lembra?

Aprumei-me.

– Creio que não.

– Garanto que eu não estava com essa roupa, senhor. – A amiga dela riu, esganiçada.

– Você é atriz? – tentei adivinhar, desesperado.

– Pode chamar assim. Faço performances, de certa maneira – respondeu Daisy. A amiga riu esganiçado de novo.

A essa altura, entrávamos na colunata da Ópera e podíamos nos separar dos nossos companheiros. Por dentro, amaldiçoei Hunt e Morgan pela idiotice. O que pensavam, levando aquelas mulheres lá? Por sorte, Emily pareceu não estranhar nada.

– É maravilhoso, não? – disse ela, olhando a multidão.

Ali devia haver mais de mil pessoas, todas fantasiadas. A entrada, os bares e até as salas de ensaio estavam decoradas com temas carnavalescos. Uma orquestra completa tocava no fosso, embora estivesse cheio demais para dançar e ouvir a música. Com fantasias caprichadas, os garçons passavam pelos convidados com bandejas de vinho; os acrobatas equilibrados em pernas de pau se exibiam onde achavam espaço; os malabaristas e bailarinos nos empurravam enquanto passávamos pela multidão. Por um segundo, perdi Emily de vista na escada, encontrei-a e levei-a para um canto calmo no balcão, onde podíamos observar o movimento no andar de baixo.

– Há alguns anos, seria impossível pensar em algo assim – disse eu.

Como resposta, ela segurou na minha mão. E, para surpresa minha, pôs meus dedos na boca e mordeu-os forte, com dentinhos afiados.

– Você está muito alegre esta noite – constatei, surpreso.

Ela segurou meu rosto e juntou nossos lábios. Nossas máscaras se chocaram. Olhos risonhos miraram os meus; olhos que eram negros e não cinzentos e meu corpo se empertigou quando percebi que não era Emily Pinker que estava nos meus braços, mas outra mulher. Com uma risada, ela sumiu: os cabelos sob o capuz de Pierrô eram pretos e não louros. A troca deve ter ocorrido quando nos separamos, na escada.

Voltei correndo, mas, em todos os cantos que olhei, havia arlequins. Segurei no ombro de um e perguntei:

– Você é Emily?

– Se o senhor quiser – respondeu rindo.

Vi Hunt no salão e consegui chegar até ele.

– Viu Emily? Eu a perdi – gritei mais alto do que o barulho.

– Que ótimo. Falar nisso, como vai a produção literária? – murmurou, distraído.

Dei de ombros.

– Lane disse que no próximo trimestre vai aceitar um conto. Mas falei com Max, conhece Max? Ele acha que um soneto é a solução. Para eu fazer nome, quero dizer.

– Max Beerbohm? – perguntei.

Ele concordou com a cabeça.

– Ernest Dowson nos apresentou. Conhece?

– Só de nome – disse eu, com inveja.

– É, formamos um grupo animado no Café Royal atualmente. – Olhou em volta com um descaso estudado, tirando a cigarreira do bolso. – Preciso encontrar Bosie. Prometi cuidar dele, que detesta multidões.

– Bosie! – exclamei. – Não... você está falando de lorde Alfred Douglas?

Ele concordou com a cabeça.

– Soube que ele recebeu uma carta de amor de Oscar, escrita na prisão? Continua completamente apaixonado.

Bosie! Naquele momento, me aborreci. O amante de Oscar Wilde, o verdadeiro menino maravilha, o sonetista. E Hunt fazia amizade com ele! Prometeu cuidar dele!

– Você me apresenta? – perguntei, ansioso.

O olhar dele deu a entender que, como grande amigo de Bosie, sua principal função era manter a distância as hordas de futuros poetas. Se preciso, a bengaladas.

– Hunt... por favor – implorei.

– Ah, certo. Se não me engano, é ele quem está ali.

Segui o olhar dele e imediatamente vi Emily, ou uma provável Emily, andando na multidão.

– Droga! – exclamei.

– O que é?

– Volto já.

Persegui a figura esquiva até atrás do palco, onde havia uma série de salinhas decoradas para a festa, com cortinas pintadas. O clima ali era mais à vontade. Casais se abraçavam; mascaradas passavam de uma boca masculina a outra, com risadas esganiçadas. Vi seios à mostra, braços escorregando no meio de coxas, uma mão enluvada apertando um mamilo. Muitas portas de camarins estavam trancadas; em algumas, casais faziam fila para entrar, mal contendo a pressa em beijos e apertos. Fiquei ainda mais aborrecido: se Emily havia passado por ali, eu não podia saber o que viu.

Fui empurrando as pessoas até chegar ao salão. Hunt havia sumido e eu não conseguia ver ninguém parecido com uma inocente jovem buscando, desesperada, seu par perdido. Se não a encontrar, talvez ela me ache, pensei. Andei devagar, fui e voltei, tentando ficar bem visível. Alguns minutos depois, olhei para o balcão. Um arlequim com capa de pierrô era apaixonadamente abraçado por uma figura masculina de paletó de pele de lontra. Aí, mais pessoas passaram entre nós e quando olhei de novo, os dois tinham sumido.

À 01h45 da manhã, morto de ansiedade, saí. Ela estava embaixo do relógio, esperando. Corri para lá.

– Você está bem?

– Claro, ficou preocupado? – Ela parecia surpresa.

– Um pouco.

– Pensou que me ofendi? – perguntou segurando o meu braço.

– Com o quê?

Ela se inclinou para perto.

– Sei muito bem que era você, não finja que não.

– Não sei do que está falando.

A única resposta foi uma risada. Uma risada bem obscena, aliás.

– Aonde vamos agora? – perguntou ela, quando entramos na Drury Lane.

– Pensei em colocar você num tílburi de aluguel.

– Quero ir à Caverna da Harmonia Celestial – avisou ela.

– Ah, meu Deus... como você sabe desse lugar?

– Li na *Gazette*. Fica bem perto daqui, não é?

– Ali na esquina. Mas não é um lugar adequado...

– Se eu ouvir mais uma vez que algo não é adequado para mim, vou embora. Francamente, Robert, você é poeta, mas tem uma visão bem convencional da mulher. Não somos tão delicadas quanto você imagina.

– Muito bem. Vamos à Caverna da Harmonia Celestial – disse eu, com um suspiro.

A Caverna era um bar num porão sujo, cujos donos perceberam que só valia a pena ir lá para beber e instalaram um piano e um palco. O freguês avisava ao pianista o que ia cantar e se apresentava para os presentes. Os jovens aristocratas gostavam do lugar e costumavam apresentar cançonetas obscenas de teatro de variedades. E quando chegamos, um grupo de grã-finos na moda estava em cena. Um deles cantava, ajudado pelos amigos no refrão:

No convento, uma linda noviça acordou de madrugada, madrugada,
madrugada
E olhou pela gelosia o gramado, o gramado, o gramado
Onde um belo pastor estava concentrado
Em brincar com seu instrumento
Que era comprido, comprido, comprido!

Olhei Emily de relance, mas ela não parecia perceber as insinuações da letra.

– Vou dar meu nome para o pianista. Com quem devo falar? – perguntou.

– Com o garçom, acho. – Fiz sinal para ele, que nos mostrou uma lista de canções. Os grã-finos terminaram de cantar em coro, recebendo gritos e aplausos. Um italiano grande levantou-se e apresentou uma triste canção em sua língua natal, com a mão no peito. A seguir, Emily foi chamada (eu devia ter dito para ela dar um nome falso). Ficou ao lado do piano e, de repente, pareceu nervosa. A plateia fez algazarra. Ela engoliu em seco. Houve um breve silêncio doído. Quando o pianista deu os primeiros acordes, ela cantou.

Era uma pungente e linda balada; sentimental, talvez, mas cantados por ela, os clichês românticos ficaram doces e autênticos:

Dinheiro e status não abrem caminho,
Nem fazem o deserto florir;
O lavrador com seu arado pode ser alegre,
O tecelão com seu tear...

Foi lindo. Mas não era música para o público da Caverna. Eles foram lá para ouvir coisas rudes e beber, não para baladas sentimentais. Dali a pouco, começaram a miar, assoviar e reclamar; a pobre Emily teve de interromper a apresentação. Assim que ela saiu do palco, um rapaz subiu para apresentar um número de teatro de variedades e recebeu urros de aprovação.

– Ah, acho que esse lugar tem um nível meio baixo mesmo – disse, voltando para a mesa, um pouco desanimada.

– Você foi ótima – elogiei, dando um tapinha no ombro dela.

– De todo jeito, está na hora de irmos embora.

– Ótimo. Vou pagar a conta.

Quando saímos, vi um tílburi de aluguel na esquina e chamei-o com um assovio.

– Para Limehouse – avisei ao cocheiro, ajudando Emily a subir.

– Boa noite, Robert. Foi ótimo – disse ela, sorrindo para mim.

– Também acho.

Ela se inclinou, deu um beijo rápido no meu rosto e o cocheiro estalou o chicote. Senti um alívio. Graças a Deus, a noite não teve nenhum grande desastre.

Voltei pelo mesmo caminho em meio à multidão da Wellington Street. Nunca havia visto Covent Garden daquele jeito. Era como se tudo estivesse tomado por uma espécie de loucura. As ruas, cheias de bêbados fantasiados e mascarados, uns correndo atrás dos outros pelas colunatas. Casais se abraçavam sem qualquer pudor. Entrei com um suspiro na relativa calma do bordel do número 18, como quem, aliviado, chega ao seu clube. Mas até lá parecia reinar o caos. Meia dúzia de garotas estavam nuas na sala de espera e, de olhos vendados, faziam uma espécie de cabra-cega: de braços esticados à frente, tentavam pegar os homens que teriam de ficar com elas. Claro que, de olhos vendados, acabavam tropeçando umas nas outras e apalpando para conferir o sexo, o que era motivo de grande diversão para quem assistia. Sentei um pouco, olhei e bebi uma taça de absinto, mas não estava com ânimo para aquela agitação e foi um alívio quando finalmente consegui levar uma das garotas para o andar de cima. Concluí rapidamente minha transação com ela e voltei de tílburi para St. John's Wood.

Quinze

Consistência — a firmeza, maciez, suavidade ou oleosidade podem ser avaliadas da mesma forma pela boca ou pelos dedos.

— Lingle, *The Coffee Cupper's Handbook*

Quando acordei na manhã seguinte, meu humor não havia melhorado. O motivo não era difícil de descobrir. Quer dizer que Hunt conseguira publicar seu livro. Eu devia ficar contente por ele, mas naquele momento só tive inveja. Beerbohm... Dowson... Lane... até Bosie! Enquanto eu flertava e bebia café, meu amigo cuidou do sério assunto de fazer fama.

Sem dar atenção à cabeça turva, coloquei uma pilha de papel cor de malva na minha frente. Droga, eu ia escrever um vilancete, só como aquecimento.

Meia hora depois, havia composto seis versos. Mas o vilancete vai ficando mais difícil à medida que prosseguimos. E eu tinha de ir ao escritório de Pinker.

Dei uma olhada no relógio. Talvez meu patrão me permitisse faltar uma manhã, já que eu levei a filha dele ao baile na noite anterior. Resolvi continuar mais uma hora.

No final desse tempo, eu havia riscado três das seis linhas. E estava ridícula e desesperadamente atrasado. Deixei o poema de lado, pensando em retomá-lo quando voltasse.

Desnecessário dizer que, quando voltei naquela noite, olhei o que havia escrito e achei que não valia nada. Rasguei o papel e pensei que tinha uma boa desculpa: se não precisasse sair para o escritório, podia ter perdido o dia todo tentando transformar em algo que prestasse.

Uma vozinha na minha cabeça dizia o contrário: que eu podia ter conseguido.

Nos dias seguintes, me esforcei por escrever. Meu sentimento por Emily, a inspiração dos poetas durante séculos, resultou apenas em sonetos insípidos e sem graça, que queimei na hora. Meu verdadeiro poema para ela era o Guia. Tenho certeza de que ele mudou sutilmente devido à nossa crescente afeição; minha paixão perfumava a prosa, da mesma forma que o vinho toma o gosto do barril onde é armazenado.

No entanto, Pinker estava sempre por perto para coibir qualquer toque de graça ou exagero. Quando escrevi que o café do tipo Mysore tinha "cheiro de caril, uma lufada das áridas ruas indianas, de excremento de elefante e charuto de marajá", ele me despachou imediatamente para o zoológico justificando que eu nunca senti o cheiro de uma árida rua indiana, jamais comi caril e certamente não conhecia excremento de elefante. Claro que tinha razão, mas mantive a referência aos charutos. Indignou-se também quando comparei o buquê de um café moca do Iêmen com "os vapores de rosa do hálito de uma donzela".

– Esse cheiro só existe nos seus desejos, Robert. Você quer que exista – gritou, exasperado. Mas notei que não chamou Emily para provar seu argumento. Ela pensou a mesma coisa, claro, e estava ruborizada quando o pai saiu da sala.

– O que está fazendo, Robert? – perguntou Sapa numa hora do almoço.

– Escrevendo poesia – respondi com um suspiro, sabendo que isso seria impossível a partir dali.

– Gosto de poesia. Conhece *Alice no País das Maravilhas*?

– Se conheço? Eu vivia nesse maldito lugar. – A referência a Oxford me fez lembrar de onde estudei, mas não a impediu de me infernizar.

– Robert, por favor, faz uma poesia sobre um crocodilo?

– Ah, certo, se você depois sair daqui.

Em dois minutos, rabisquei alguma coisa e li em voz alta:

A fome do crocodilo
deixa qualquer um assustado:
no café, come cinquenta ovos
fritos, depois servidos gelados.

Seguem-se uma torrada com geleia,
ostras, chá e suco,
e, quando já está empanturrado,
aprecia um ganso assado.

Depois, come um prato de presunto,
acompanhado de mostarda inglesa,
mais uma dúzia de arenques, defumados, é claro,
sobre os quais põe creme quente.

Mas o que ele mais gosta de comer
é uma outra questão:
seu prato preferido são menininhas,
o que lhe causa indigestão.

Ela me olhou, boquiaberta.

– Mas é brilhante! Você é poeta mesmo!

Suspirei.

– Se poesia de verdade fosse fácil assim.

– Agora pode fazer uma sobre uma lagarta? – pediu, esperançosa.

– Você prometeu sair daqui.

– Prometo ir três vezes, se você escrever mais uma poesia para mim. É uma proposta vantajosa, olha, três saídas por dois poemas.

– Ah, o famoso talento dos Pinker para a negociação. Vejamos, então...

– Que coisa mais esquisita –
o missionário exclamou.
– Parece que dentro da minha cabeça
Uma lagarta entrou.

– Ela devia estar naquelas peras
Servidas pela cozinheira no chá
E, como comi sua antiga moradia,
Ela se mudou para cá.

Ela canta no meu ouvido.
Minha boca é sua porta da frente,
E quando bebe muito,
Ela ronca feito gente.

A Sapa aplaudiu. Emily, que entrou na sala enquanto eu declamava essa bobagem, disse:

– Lindo mesmo, Robert. Você devia mandar para um editor de livros infantis.

– Sou poeta, herdeiro de uma longa tradição de rebeldes e decadentes. Não faço canções de ninar nem versos de má rima – resumi.

Decidido a achar tempo para escrever, tentei não dormir, me mantendo desperto com grandes quantidades do produto vendido por Pinker. Na primeira tentativa, fiquei empolgado com os vinte versos líricos que criei. Na noite seguinte, entretanto, a cafeína e o cansaço empataram, causando apenas uma horrível dor de cabeça e rimas ainda mais horrorosas. No dia seguinte, eu estava cansado demais para trabalhar direito. Tão cansado, que fui meio ríspido com Emily. Tivemos uma discussão boba sobre os termos de um parágrafo e ela chorou.

Fiquei pasmo. Ela jamais deu sinais de ser do tipo de jovem que chora por nada; pelo contrário, até.

– Desculpe, estou um pouco cansada – disse ela, enxugando os olhos com um lenço.

– Eu também – disse, de forma carinhosa.

– Por que esse cansaço, Robert? – perguntou e me olhou de um jeito meio estranho.

– Tenho trabalhado.

– Nós dois temos.

– Estou me referindo ao meu *verdadeiro* trabalho. Escrever.

– Sei... esse é o único motivo para você estar assim, tão... – ela ficou indecisa. – Tão ausente, nos últimos tempos?

– Acho que é.

Ela me olhou de jeito estranho outra vez.

– Achei que talvez estivesse cansado *de mim*.

– O que diabos você quer dizer com isso?

– No baile, Robert... quando você me beijou, pensei que talvez... mas, claro, você é boêmio, um beijo não significa nada para você...

– Emily – disse eu, nervoso – Eu não...

Ia dizer que não tinha beijado ninguém, mas algo me fez parar.

Se pudesse, eu *teria* beijado, pensei. Se soubesse que ela não ia rejeitar meus avanços, nem correr para contar ao pai. Parecia que, por alguma confusão ridícula, ela havia sido beijada por um estranho e pensou que era eu.

E não se importou. Na verdade, parecia ter até gostado.

Eu podia escolher: contar a verdade, o que a deixaria muito constrangida e daria a impressão de que não queria beijá-la. Ou aceitar a verdade sobre o que acontecera naquela noite.

– Se fui ríspido com você, querida Emily, é porque não sabia se tinha avançado o sinal – expliquei baixinho.

– Dei essa impressão... de alguma maneira? – perguntou ela, em voz baixa.

Eu não fazia a menor ideia.

– Não – garanti. Dei um passo na direção dela. Esperava que o meu dublê beijasse bem. Mas não tão bem, claro, que eu não conseguisse igualá-lo. – Nós dois bebemos muito naquela noite. Eu não tinha certeza...

– Se você avançar o sinal, pode ter certeza que aviso – disse ela.

Os lábios dela tinham gosto de creme, merengue, baunilha e café com leite, com um leve cheiro de cigarro.

Parei.

– Avancei?

– Robert, você nunca consegue ser sério? – perguntou, alto.

Dei outro beijo. Dessa vez, coloquei a mão nas costas dela e a puxei para mais perto, com carinho. Pareceu-me que, em meio àquele maravilhoso beijo, ela gemeu de prazer. Enfiei a língua entre os lábios dela e, após um instante de resistência, senti os lábios se abrindo, convidando a ir mais fundo... Céus, pensei, pasmo: ela é mais ardente do que imaginei.

Som de passos! Separamo-nos, ao mesmo tempo que a porta se abria. Era Jenks. Recuamos um passo. Emily virou-se, confusa, muito ruborizada. O secretário nos olhou, desconfiado.

– Sinto gosto de madressilva, aromas florais bastante intensos e suaves – falei, rápido. – Talvez um toque cítrico. Mas o *aftertaste* é excelente.

Jenks percorreu a sala com os olhos. Viu que não havia café na mesa, mas não disse nada.

– Emily? – chamei.

– Pois não? – Ela virou-se para mim.

– O que você achou?

– Foi... muito agradável, Robert. Embora talvez um pouco intenso. Desculpe, esqueci uma coisa... lá embaixo.

Ela só voltou bem mais tarde, com uma grossa pasta de papéis, que colocou na mesa em frente e solenemente pôs-se a trabalhar.

– Cada minuto que você fica longe de mim é um século – comecei.

– Agora, não. Temos o que fazer – interrompeu ela.

Fiquei pasmo.

– Pensei que você preferia receber minha atenção a trabalhar.

Fez-se um rápido silêncio.

– Isso foi antes de Jenks nos surpreender e eu voltar à realidade.

– Jenks? Que importância tem ele? Que importância tem qualquer pessoa?

– Nós dois trabalhamos para meu pai. Não devemos, nem podemos agir de forma pouco profissional. Não podemos trair a confiança dele.

– Você está sendo contraditória.

– Não devemos nos beijar mais. Prometa, pelo menos – disse ela, firme.

– Muito bem. Não vou mais pensar em beijar você... quando? A cada seis ou sete segundos?

Silêncio.

– Isso já soma duas vezes... três, agora.

– Robert!

– Não consigo me conter, Emily. Nem você, acho. Mas, se quer, vou me conter e não te beijar mais.

Nós nos beijamos à margem do rio, beijamos quando as irmãs dela estavam de costas, beijamos com o creme de um café ainda embigodando nossos lábios. Às vezes, ela dizia:

– Robert, não devemos. Mas me beijava assim mesmo.

Uma vez, ela disse:

– Se eu não gostasse tanto, seria mais fácil parar.

– Mas por que devemos parar?

– Porque é errado.

– Mas como pode ser errado? A arte nos mostra que a vida deveria ser uma série de sensações deliciosas. Claro que você deve me beijar.

– Não sei se está me elogiando ou se elogiando – resmungou ela. – Você beija bem, mas "sensações deliciosas" é um certo exagero.

– Devemos fazer o que temos vontade, pois a alegria é passageira e, além do mais, acho que Ada vem subindo a escada.

Dezesseis

– Onde vamos almoçar hoje?

– Infelizmente, hoje não posso ir com você, Robert.

– Por causa de alguma coisa que eu disse?

– Não, que eu disse. Prometi à Sociedade Sufragista vender os folhetos.

– Na rua?

– É. Não estranhe. Alguém tem de fazer isso.

Seria fácil ter uma divergência sobre aquele assunto em particular, pensei. Mas vi a expressão de Emily e não revelei minha opinião.

– Depois de vender os folhetos, almoço com você.

Ela franziu o cenho.

– Acho que você podia ficar comigo e ajudar, mas prometa que não vai fazer observações impertinentes.

Ficamos ao lado da entrada do metrô na King William Street, na City. Emily empunhou um dos folhetos, e, com uma vozinha lamuriosa, gritava:

– Voto para as mulheres! A verdade por um centavo!

Duas pessoas olharam para nós, curiosas, mas não pararam.

– Ai, céus – disse ela, ansiosa. – Ninguém parece muito interessado. Voto para as mulheres!

Um senhor mais velho, de suíças, parou.

– O que é isso? – perguntou, com educação, pegando o panfleto e examinando-o.

– A verdade por um centavo – respondeu na hora. – A defesa do voto feminino.

– E uma trepada, quanto é? – o homem perguntou, no mesmo tom gentil.

Ficamos um instante sem qualquer reação. Até que Emily soltou uma exclamação e eu perguntei, furioso:

– Como o senhor ousa?

– Você está com essa criatura? – perguntou ele para mim.

– Estou com essa senhorita. E o senhor a insultou.

– Ela fica na rua vendendo porcarias. Pelo que sei, só um tipo de mulher faz isso.

– Ele se afastou, sem se preocupar em devolver o folheto.

– Eu mato esse sujeito – ameacei, furioso, indo atrás dele.

– Robert, não. Recomendaram para não criarmos confusão – disse Emily, segurando meu braço.

– Você, pode ser, mas eu não vou...

– Por favor, Robert. De qualquer maneira, já ouvi coisas piores ditas pelos estivadores de meu pai. – Ela levantou o braço, anunciando mais alto:

– Voto para as mulheres! A verdade por um centavo!

Um garoto de rua aproximou-se dela e gritou:

– Eu votava em você, querida! – A declaração foi acompanhada de um inequívoco movimento da cintura; o mirrado traseiro dele escapou do meu pontapé.

– Emily, repita por que estamos fazendo isso – pedi, sério.

– Porque homens e mulheres devem ter os mesmos direitos para que possam relacionar-se como iguais.

– Ah, sim, claro. E durante quanto tempo precisamos fazer isso?

– Até os folhetos acabarem – respondeu ela, firme.

– É melhor você me dar a metade – pedi estendendo a mão.

– Tem certeza?

– Se assim eu puder almoçar depois, certamente. De todo modo, você está fazendo tudo errado. Vender exige uma certa arte.

– Estou fazendo exatamente como a Sociedade ensinou.

– Então vamos ver quem vende melhor.

Atravessei a rua. Uma senhora bem idosa vinha pela calçada. Parei-a.

– Desculpe, senhora, posso lhe vender esse folheto? Tem tudo o que a senhora deve saber sobre o movimento sufragista.

– Ah! – Ela sorriu e olhou o folheto que coloquei na mão dela. – Quanto custa?

– Um centavo, mas, se quiser, pode dar mais.

– Então, seis centavos e não precisa de troco – disse, colocando uma moeda na minha mão.

– Obrigado, tenha um bom dia – desejei, guardando o dinheiro no bolso.

– Votos para as mulheres – gritava Emily do outro lado da rua, segurando o folheto. Estava de cenho franzido e eu sabia por quê: ficou irritada por eu mostrar que tinha razão.

Passaram por mim duas jovens com as mãos enfiadas em estolas de pele.

– Com licença – pedi, chamando a atenção delas. – Acho que deveriam ler sobre o direito de voto para as mulheres. – Coloquei dois folhetos nas mãos delas. – São dois centavos, por favor.

Sorrindo para mim, a mais jovem entregou-me o dinheiro.

– É sobre o quê? – começou a dizer mas, depois que recebi as moedas, não tive tempo para conversa. Virei para um auxiliar de escritório e perguntei:

– Amigo... quer saber o que as mulheres pensam? Está tudo aqui.

Em segundos, vendi mais um.

Olhei do outro lado da rua. Emily percebera que meu método direto de abordagem era melhor e copiou, em vez de ficar berrando. Via-a vender para duas idosas e para uma mulher que fazia compras com a filha.

Um senhor de meia-idade dirigiu-se a mim.

– Este folheto – disse eu, andando ao lado dele e mostrando a capa – tem todos os argumentos indecentes das sufragistas. Igualdade de sexo, amor livre, está tudo aqui.

– Quero dois – disse ele, olhando o folheto, curioso.

– Muito bem, um xelim – Enquanto ele se afastava, percebi Emily me olhando, furiosa. Eu vendi quase tudo, enquanto ela vendeu um ou dois. – Quem vender menos, paga o almoço! – gritei. Ela fez uma careta, mas notei que redobrou o esforço.

– Boa tarde, senhoras – cumprimentei um grupo de vendedoras de lojas. – Isso aqui é sensacional, todo mundo está lendo.

Vendi quatro e então notei uma senhora que lutava com as sacolas de compras.

– As sacolas de papel não vão mais rasgar, depois que as mulheres puderem votar! Está tudo aqui e vou até recolher as batatas que caíram na calçada.

Depois que terminei de recolher as batatas, atravessei a rua e informei, convencido:

– Vendi tudo.

– As pessoas compram porque você é homem. É a mesma coisa sempre – disse ela, rabugenta.

– De todo jeito, consegui. E agora não vou gastar no almoço, já que você paga.

– Robert, pode recitar uma poesia para mim? – perguntou Sapa, esperançosa.

Depois do almoço, continuei de boa vontade.

– Certo. Que tipo de poesia?

– A mesma que você recitou outro dia, da lagarta.

– Aquela, não. Como artista, eu preciso ser original.

– Mas você não terminou – disse ela, ansiosa. – O homem ficou com a lagarta na cabeça e desde aquele dia eu mal consigo me concentrar nas contas de matemática.

– Viu, Robert? – murmurou Emily, atrás de mim. – O artista tem algumas responsabilidades, afinal. Mas, como a Sapa nunca se concentra em matemática mesmo, não se sinta muito culpado.

– Não posso ser culpado por contas erradas – garanti à Sapa.
– Vou pensar...

Pensei um instante, anotei num pedaço de papel e fui lembrando...

– Estou contando o tempo, Robert – avisou Emily. – Tem que fazer em menos de um minuto.

– Assim não é justo.

– Foi justo você vender mais folhetos do que eu por ser homem? Faltam quarenta segundos.

– Preciso de um pouco mais de tempo...

– Se eu fosse você, não reclamava e pensava no poema.

– Ah, certo...

– Acabou...

– Consegui! – gritei me levantando.

– É uma grande irritação –
O missionário repetiu.
– Aquela bendita lagarta
Da minha cabeça ainda não saiu.

– Não ofereci hospedagem grátis,
Nem pedi para ela ficar,
Mas agora ela está tão à vontade,
Disse o padre, que pretende continuar.

Com um grande suspiro,
O missionário estava bocejando.
Nisso, saiu de sua boca
Uma borboleta voando.

Claro que era bobagem, mas rimou de certa forma e os versos ficaram quase metrificados. A Sapa aplaudiu, Emily achou muita graça e, por um instante, senti uma espécie de vitória maior do que com a publicação de qualquer soneto meu no *Yellow Book*.

Dezessete

O coração dela está alegre. E a cabeça, inquieta.

Não é por causa da mentirinha que contou para Robert, pois sabe perfeitamente que não foi ele quem tentou beijá-la no baile. Naquela noite, estava levando tão a sério o dever de acompanhá-la que ela gostou de provocá-lo um pouco. Mas, ao ver como ficou enciumado, deixou o mal-entendido aumentar e acabar se tornando algo muito mais... não. Ela está pasma, pois, pelos ditames da época, aquele relacionamento não existe.

Quem flerta, pode se apaixonar; quem se apaixona, pode se casar. Nos rituais sociais da classe à qual ela pertence, não há chance para os que não flertam, aproximados pelo acaso ou, pior ainda, pelo trabalho.

Ela duvida que o pai deixe que ela se case com Robert e ainda não tem certeza se quer isso.

Então, faz o que pode e elogia-o moderadamente para que o pai não desconfie que está perdendo a cabeça.

Ela diz ao pai que Robert "é um rapaz bobo e um intelectual que incomoda bastante", mas está trabalhando muito e bem, seria uma boa aquisição para a empresa, quando amadurecer um pouco. E destaca que, como é artista, ele tem uma habilidade que nenhum outro funcionário tem e vê as coisas de uma maneira que pode ser útil para eles.

O pai ouve, concorda com a cabeça e não desconfia.

Quem desconfia é Jenks. E isso traz outro tipo de problema, pois há algum tempo Emily notou que o secretário-mor do pai nutre uma certa estima por ela, estima essa que, tem certeza, está muito ligada ao profissionalismo, discrição e cuidado com que ela se comporta no escritório. Motivos, aliás, para Jenks manter o afeto latente e, portanto, controlável e que ela agora afastou, devido à loucura de seu caso com Robert.

Assim, ela se sente ao mesmo tempo um pouco culpada e um pouco boba. Mas, como o relacionamento não é verbalizado, acha que ele não vai se constranger em dizer algo.

Contudo, não percebeu que Jenks detesta Robert. Uma tarde, quando ela transcrevia as anotações taquigrafadas, o secretário entrou na sala e fechou a porta com cuidado.

– Srta. Pinker, preciso lhe falar.

Imediatamente, ela sabe o que é. Desejou que a cena acabasse na hora, que ele saísse da sala e fechasse a porta sem terem de passar pelo embaraçoso pedaço do meio.

Mas ele a surpreende.

– Jamais pensei em dizer o que a senhorita deve ou não fazer – garante, evitando encará-la. – E jamais criticaria um colega de trabalho, quanto mais um que teve a sorte de conquistar a sua confiança. Mas preciso lhe dizer que Wallis foi visto no mínimo duas vezes numa certa rua do centro, o que me leva a... – Jenks reluta – questionar o caráter dele.

– Sei. E que rua é essa? – pergunta ela, calma.

– Uma parte de Covent Garden conhecida por seus... estabelecimentos.

– Você esteve lá? Viu Robert?

– Sim. Assisti três vezes a um espetáculo no Lyceum do qual um amigo participa, está fazendo muito sucesso.

– Ah, então está tudo bem – diz ela, aliviada. – Você esteve lá por um motivo completamente inocente e Robert também, com certeza.

– Creio que não. Eu aguardava na porta do camarim, que dá na lateral da rua que falei. Wallis... – Ele tenta encontrar palavras. – Não esperava ninguém, entrou numa das casas, famosa pelo que se passa lá dentro.

– Tem certeza?

Ele concorda com a cabeça.

– Manchar o nome de alguém sem ter prova concreta...

– Eu não teria dito nada! – grita ela. – Se não tivesse certeza, se fosse qualquer outra pessoa, mas como vou calar, sabendo o que sei? Se alguma coisa acontecesse, se ele cometesse alguma... – ele engole em seco – brutalidade com a senhorita, imagine se eu não tivesse me manifestado.

– É, compreendo. Agradeço ter contado – disse ela.

– Vou avisar seu pai e Robert será demitido.

– Não, eu falo, no momento certo.

– Certamente, é melhor que uma coisa dessas seja contada por um homem.

– É um assunto delicado, deve ser abordado com cuidado. Vejo a hora mais adequada.

Ele franze o cenho.

– Não quero que papai se sinta pressionado a agir precipitadamente. O Guia é muito importante para a empresa, fundamental até, se queremos competir com Howell. Robert precisa terminar o Guia antes de qualquer discussão.

– Então não vai dizer nada a seu pai? – pergunta ele, desconfiado.

– Você me contou. Deve ter sido difícil e agradeço, mas agora você se eximiu de responsabilidade. Afinal, quem correria risco não seria meu pai, mas eu...

– Se não vai falar com ele, eu vou.

– Por favor, Simon. Vamos deixar isso de lado. Por mim, pode ser? – pediu.

Ela tem certeza de que o secretário ficou ofendido. Não por ter o conselho recusado, mas por vê-la por um outro prisma.

– Bom, fiz a minha parte – declara Jenks, de repente, virando-se para a porta.

– Quando foi a última vez que você o viu? – pergunta Emily, antes que ele parta.

– Na sexta à noite.

Mais cedo naquela tarde nos beijamos, pensa.

O coração de Emily foi tomado por sentimentos diversos, principalmente a raiva e o desgosto. Mas, como ela é uma mulher moderna, tenta racionalizar.

Talvez seja, em parte, culpa dela mesma. Talvez esteja inflamando as emoções dele com beijos e ele precise descarregar em... não suporta pensar em quem ele descarrega.

Durante uma semana, não consegue tocar nele. Então, eles descobrem que a uva moscatel e as sementes de coentro têm algumas características florais idênticas; que avelãs e manteiga recém-batida têm um odor cremoso parecido. À medida que fazem o Guia, descobrem também as ligações ocultas entre aromas e gostos diferentes, numa variedade que abrange do doce ao amargo, do floral ao apimentado, uma paleta de sentidos. E, de certa forma, quando Robert a abraça, tudo o que se passa naquele outro mundo, naquele mundo de espelhos sombrios onde os homens escondem seus desejos, parece não ter importância e não pesa no prazer culpado que ela sente.

Outro sentimento inesperado: quando pensa naquelas mulheres sem rosto e sem nome que deitam com ele naquela terra de espelhos, percebe, surpresa, que não tem pena nem raiva delas, mas um perturbador ataque de inveja.

Dezoito

Finalmente, o Guia ficou pronto. O perfumista fez uma dúzia de caixas de mogno que abriam na lateral para mostrar engenhosas prateleiras com 36 frascos de aromas. Enquanto isso, um gráfico imprimia os folhetos explicando como usar os aromas. Confesso que tive uma ponta de vaidade nesse pormenor, pois insisti para o folheto ter a capa em pele de bezerro, provando a seriedade do trabalho. Mas, na verdade, como era meu primeiro trabalho impresso, eu queria que ficasse o mais parecido possível com um livro de poesia.

Terminar o Guia me deixou numa espécie de dilema. Como eu recebia por palavra, não tinha mais qualquer motivo para continuar lá. Por outro lado, ninguém podia dizer que, ficando, eu desperdiçava o dinheiro deles. Disse a Emily que eu queria melhorar o texto quando chegassem os primeiros relatórios dos agentes de Pinker, mas nós dois sabíamos que meus motivos eram outros.

Pinker jamais comentou sobre a questão da minha presença. Porém, de vez em quando, achava alguma coisinha para me ocupar. Na verdade, fazia isso com tal frequência que comecei a achar que era de propósito.

Um dia, ele colocou na minha frente e de Emily meia dúzia de latas pequenas com rótulos impressos rudemente. Uma, com o esmerado desenho de um anjo; outra, de um leão.

– O que é isso? – perguntou Emily, tão sem entender quanto eu.

Os olhos dele brilharam.

– Vamos provar e descobrir?

Mandamos trazer água quente e servimos o conteúdo da primeira lata. Era café, mas de má qualidade.

– O que acharam? – perguntou Pinker.

– Muito ruim.

– E o outro?

Passei à segunda lata.

– Se não me engano, os grãos foram esfregados com água açucarada para dar uma doçura artificial.

O mesmo ocorreu com os demais, suavizados, alterados ou aromatizados.

– Pode nos dizer de onde vieram essas excrescências? – perguntei.

– Claro – respondeu Pinker, dando uma batidinha numa das latas. – Este é de Arbuckle. Mandei trazer de navio. Detém um quarto do mercado americano, ou mais de 1 milhão de libras por ano. É o café servido, de Nova York ao Kansas.

Mostrou a segunda lata.

– Este é Chase and Sanborn's. Servido de Boston, nos Estados Unidos, a Montreal, no Canadá. Nessa região, são responsáveis pela maior parte da produção.

– Este é café Lion... Este é Seal... Este, Folgers, de São Francisco e da região da Corrida do Ouro. E este é Maxwell House, servido de Nashville ao Sul.

– No total, só seis nomes ou marcas, como eles chamam lá, dominam o consumo de café no país mais poderoso do mundo. Seis! Claro que os proprietários dessas marcas têm um poder colossal. Comentei com você da Bolsa, não, Robert? – Concordei com a cabeça. – A Bolsa é um lugar importante. E sede de um grande conflito entre os que querem nossa indústria livre e os que querem controlá-la para servir aos interesses próprios.

– Como alguém pode controlar uma indústria inteira?

Ele ficou ao lado da máquina de telegrama, que ainda estava com as tiras de fita branca enroladas no chão. Olhou para os símbolos picotados na fita e disse:

– Essas seis marcas fizeram um acordo com o governo brasileiro. Eles realmente conseguiram contornar as normas da Bolsa ou, como dizem lá, eles controlam o mercado detendo a maioria das ações. Se o preço baixa demais, eles compram grande quantidade de ações para criar uma escassez e só as liberam quando os preços melhoram. Se o preço está alto, eles simplesmente se recusam a vender e esperam cair até o nível que lhes convenha. Tudo porque o consumidor passou a confiar no nome deles.

– É a padronização que o senhor comentou na primeira vez em que conversamos.

– É. – Pinker apertou os lábios; acho que ficou pensando o quanto revelar sobre os planos. – É o futuro – disse, por fim. – E precisamos ganhar, ou ficaremos para trás. Lembre-se de Darwin.

– Mas eles estão nos Estados Unidos. A Inglaterra é muito diferente.

Pinker negou com a cabeça.

– Hoje, Robert, tudo é um mercado só. Da mesma forma que há um preço para o produto bruto, haverá um para o produto pronto. E o que convence uma dona de casa em Sacramento ou

Washington a gastar dinheiro também funciona em Birmingham ou Bristol, na Inglaterra.

– Mas o senhor não pretende vender um café inferior como esses, certo? – observei.

Pinker relutou outra vez.

– Vou reduzir os meus *blends* a dois, ambos comercializados com a marca Castelo. A Castelo Premium será fornecida às Tavernas da Temperança; a Castelo Superior, às lojas. Assim, o consumidor vai saber que usa a mesma marca de confiança em casa e na rua. – Ele falava com facilidade usando frases bem articuladas.

– Vai ser a mesma marca, mas não o mesmo café – observei.

– Quase ninguém vai notar a diferença. É por um alvo maior, Robert: nosso sucesso será o sucesso das tavernas, do café e, portanto, da Temperança. Criaremos uma economia sóbria e mais eficiente, que beneficiará a toda nação e aos países fornecedores, mas ninguém vai nos ajudar a fazer isso. Temos de entrar no jogo para ganhar. Assim, devemos olhar para os Estados Unidos e os novos métodos que deram certo.

– Mas o senhor não controla o mercado.

– Não.

– Então é uma falha no seu plano.

– Digamos apenas que é algo a ser considerado.

– De que forma?

– Cada coisa a seu tempo, Robert. Enquanto isso, vamos pensar um pouco em como fazer os meus *blends*?

Foi uma conversa curiosa, que retomei quando fiquei a sós com Emily na sala.

– Seu pai parece bastante eficiente nos *blends* que prepara – comentei.

– Sempre foi assim. – Ela pegou alguns grãos que estávamos examinando. – Este Java, por exemplo, é bem encorpado, porém insípido. O moca costuma ser o contrário: muito saboroso, mas ralo. A mistura de ambos resulta em um café que todos podem apreciar.

Olhei para ela.

– Uma espécie de casamento de sabores.

– É, mas... – disse ela.

– O quê?

Ela suspirou.

– Acho parecido com misturar cores numa paleta. É fácil juntar duas cores para fazer o marrom, mas ser fácil não significa que se deva fazer.

– Certo. As cores são melhor apreciadas isoladamente.

Ela ficou calada um instante. Não era comum que criticasse o pai.

– Claro que ele precisa considerar a parte comercial.

– Ele sabe ganhar dinheiro, sem dúvida.

– Meu pai tem planos, grandes planos. Se você soubesse a metade deles.

– Gostaria de saber.

Outro suspiro.

– Ele precisa tomar cuidado com quem e quando fala.

– Claro. E você é da família, eu não. Embora espere um dia ser considerado mais próximo do que hoje.

Ao ouvir isso, ela ruborizou.

– Agora, vamos fazer um casamento nosso – disse eu, esticando a mão para ela.

– O que *você* quer dizer?

– Vamos casar esses dois cafés – acrescentei, mostrando o moca e o Java na mesa à nossa frente. – Os sabores dos dois flertam há tempos, desde que foram apresentados numa festa. Vamos abençoar essa união e acompanhá-los na consumação.

– Robert!

Levantei as sobrancelhas, ingênuo.

– Falo por metáforas, claro. – Coloquei os grãos na máquina de moer e girei a manivela com força. – Vai ser interessante ver como os dois se comportam, como você diz.

– Robert, pare com isso!

– Está bem.

Coloquei uma colher de pó na xícara e juntei a água. A mistura não ficou ruim.

– Finalmente, uma união feliz – disse eu, mas ela tentava me ignorar. Sorri até Emily ficar atrevida e fingir me bater.

E assim, através de flertes e falsas afirmações, continuamos a agir em uma ignorância mútua em direção ao maior de todos os desentendimentos.

Dezenove

– Como estamos? Fizeram os meus *blends*? – perguntou Pinker pela vigésima vez, entrando na sala.

– Quase – admiti. Eu estava na sala com a Sapa, pois Emily tirara a tarde para fazer compras.

– Que diabo de roupa você está usando, Robert? – perguntou Pinker parando de repente.

– Um paletó estilo indiano.

– E cores indianas também. Talvez ficassem menos... berrantes sob um sol oriental.

– Talvez – concordei, distraído.

– Custou oito libras – informa a Sapa do chão, onde estava agachada em sua pose habitual. – É o único que existe em Londres.

– Não me surpreende. – Pinker olhou para mim e deu um suspiro. – Pode sair da sala um instante, querida Philomena? Tenho assuntos a discutir com o Sr. Wallis.

Obediente, a Sapa saiu saltando e coaxando.

– Não entendo por que ela insiste nesse som – comentou Pinker. – Suponho que um dia pare com isso. – Olhou para mim. – Robert, cada uma das minhas filhas é não convencional de um jeito.

– Graças ao senhor – elogiei, com educação.

– Elas são uma preocupação. Claro que todos os pais se inquietam por causa dos filhos. Mas, quando o pai é sozinho, a preocupação dobra em vez de ser dividida com a esposa.

– Imagino.

– É mesmo? Deve achar estranho eu empregá-las na empresa – disse, olhando para mim de novo.

– Não pensei nisso – comentei, cauteloso.

– Emily precisa se ocupar. Herdou isso de mim, claro. Mais até do que eu, ela precisa de uma meta, saber que está fazendo algum bem para o mundo. Ela não seria feliz, por exemplo, administrando alguma residência aristocrática, supervisionando criados, bailes, cardápios de jantares, essas coisas.

Percebi aonde aquela conversa ia chegar.

– Claro, é uma mulher moderna. Não pode ser jogada no passado – concordei.

– Exatamente! – exclamou Pinker, segurando meu braço. – Ser jogada no passado é exatamente o que ela teme. Você coloca bem a situação, tem o dom da palavra.

– Eu me esforço – disse, modesto. – Mas se consigo expressar é porque sinto assim. Também quero olhar para o futuro.

– É. Jante conosco, Robert. Temos muito a conversar – disse, largando meu braço.

– Gostaria muito.

– Venha sábado, às 6 horas. Jenks vai lhe dar o endereço.

Pinker estava achando que eu podia casar com a filha dele.

Eu mal acreditava na minha sorte. Ele era rico e tudo indicava que estava enriquecendo mais ainda. Com uma fortuna daquelas, podia ter apresentado a filha às classes mais altas, ou se associado a outro comerciante rico. Eu era artista e sem tostão. Eu era formado, mas gostava de pensar que também tinha talento e charme, porém, pelo andar das coisas, era pouco provável que alguém como Pinker me considerasse um bom partido. Conquistá-lo foi um grande trunfo.

Eu nunca mais teria de procurar emprego. Poderia viajar, sempre quis fazer o *Grand Tour*, como tantos poetas e artistas. Poderia ter uma casa na cidade e outra em algum canto tranquilo no campo. Poderia escrever, livre das preocupações domésticas.

Naquela noite, comemorei esta fortuita mudança nos acontecimentos comprando seringa e solução líquida de cocaína e levando para a Wellington Street. Não foi grande coisa. A droga me deixou ansioso e teve um efeito anestésico, fui ficando mais lento a ponto de só querer acabar com aquela coisa toda. Entretanto, no momento, minha companhia não se incomodou e usou o que sobrou. Pelo jeito, esse estimulante está se tornando o preferido entre as prostitutas de nível mais alto, pois não afasta o freguês como o cheiro de gim e faz a garota parecer mais animada, enquanto a morfina as deixa sonolentas. Hoje, pode-se conseguir cocaína em losango com qualquer farmacêutico de Covent Garden. Como diria Pinker: e assim, melhoramos.

Vinte

Pungente – uma sensação pruriginosa, picante, penetrante e não necessariamente desagradável como, por exemplo, a pimenta ou o rapé.

– Sivetz, *Coffee Technology*

Pensei bem no que vestir para jantar na casa de Pinker. Por um lado, tinha quase a obrigação, como intelectual, de surpreender. Por outro, queria que Pinker me considerasse futuro genro. Resolvi usar algo marcante para mostrar que eu era, senão completamente igual a ele, um homem distinto na minha área. Após algumas considerações, achei a roupa certa, um enfeitado paletó de seda verde, com aplicação de pedras que pareciam brilhar com o rico colorido do pescoço de um pato-de-crista. O paletó estava na vitrine da Liberty, ao lado de um magnífico turbante azul preso por um suntuoso broche de granada vermelho-escuro. O único problema era que o conjunto custava seis libras, quantia de que eu não dispunha mais.

Procurei Ike e expliquei que precisava de mais um pouco de dinheiro.

Ele levantou uma sobrancelha.

– Mais? Se me permite lembrar, Sr. Wallis, já tem uma dívida.

– O dinheiro é para um... investimento.

– Hum?

Ike pareceu aguardar mais informações.

– Quero fazer uma proposta de casamento – expliquei.

– Ahh. E essa união tem boas perspectivas... financeiras, quero dizer?

Tive vontade de dizer que não era da conta dele, mas claro que naquele momento era da conta, sim.

– Tem. A dama em questão, ou melhor, o pai dela, tem posses. Muitas. Mas antes disso, tenho de fazer mais algumas despesas.

Ele concordou, pensativo.

– Digamos... mais quarenta libras? – sugeri.

Mais uma vez, assinei uns papéis e, mais uma vez, ao receber o dinheiro, devolvi duas libras.

– Os juros.

Ele fez uma reverência.

– Quero ser o primeiro a desejar muito sucesso ao senhor e ao seu empreendimento. Embora deva talvez observar que o empréstimo será reembolsável. – Ele riu. – Não quero dizer que não terá sucesso com seu traje. Tenho certeza de que o senhor e a dama serão muito felizes.

Pinker morava perto do armazém de estocagem, numa linda praça de casas georgianas de pedras pretas. Um mordomo de libré abriu a porta com uma criada ao lado para receber meu casaco e minha bengala. Fiquei impressionado. Se era assim que Pinker vivia, o futuro genro devia esperar o mesmo. Ter um mordomo e uma criada seria ótimo. E notei que a criada era muito bonita.

– Estão na sala de visitas, senhor – avisou o mordomo, em tom baixo, entregando-me uma taça de Madeira.

Parei à porta que ele mostrou. A sala era iluminada por lâmpadas elétricas cujo brilho favorecia o rosto das três filhas de Pinker, arrumadas para o evento. Até Ada parecia menos feia que o habitual, enquanto a Sapa (pouco à vontade num avental de colegial) estava zangada, mas, ao menos, parecia uma menina. Pinker, sentado numa cadeira de espaldar alto, conversava com um homem atarracado que usava um sóbrio casaco preto. Ao lado deles, Emily estava linda num vestido de veludo verde.

– Ah, você chegou, Robert. Posso lhe apresentar Hector Crannach?

– Bem – disse o homem atarracado, olhando-me de alto a baixo ao esmagar minha mão num cumprimento. – Soube que o senhor é poeta, Wallis, mas não me avisaram que talvez esquecesse de vestir a roupa – declarou naquele pesado sotaque escocês, carregado de "erres" com pronúncia alveolar e "esses" com som de "xis".

– Desculpe, o que disse? – perguntei, franzindo o cenho.

– O senhor veio de roupão – repetiu mais uma vez com aquele irritante sotaque.

Pinker riu.

– Hector, esta noite você precisa controlar sua famosa franqueza. E Robert, você terá de perdoar Crannach por não estar totalmente *au fait* da última moda em Regent Street. Ele acaba de chegar do Brasil.

– Hector é o administrador-geral de meu pai – acrescentou Emily, estendendo a mão para me cumprimentar. – Olá, Robert. Esta noite você é um imperador mongol ou japonês?

– Esta noite – respondi, beijando a ponta dos dedos dela – sou uma vitória do estilo sobre o estilo. Mas, se está se referindo ao meu paletó, creio que a estampa é persa.

– Viajei muito pela Pérsia e jamais vi um paletó *assim* – anunciou Crannach, ou melhor, silvou.

A essa altura, eu já estava com uma grande aversão por aquele escocês.

– Mas, uma vez, vi um tapete bem parecido, no Marrocos – acrescentou, dirigindo-se a Ada e Sapa. Ri, educado, junto com eles.

– Papai estava explicando o seu Guia, Robert – disse Emily, rápido. Vi então que uma das caixas de mogno com amostras estava sobre a mesa. As laterais estavam abertas mostrando as garrafas enfileiradas. – Hector ficou muito impressionado.

– Ah, sim, é verdade... – disse ele, reticente.

Bufei.

Ele parou e perguntou para mim:

– O que disse?

– Nada.

– Concordo que...

Olhei para Emily e ri por dentro. Ela fez cara de zangada, mas garanto que estava se contendo para não rir também.

– O que foi? – perguntou Hector, olhando de um lado a outro.

131

– Nada – repeti, embora os "erres" exagerados de Crannach fossem bem engraçados. – Continue, por favor. O senhor concorda com o quê?

– Que isso pode ter certa utilidade – resmungou, furioso.

– Faz alguma restrição, Hector? – perguntou Pinker.

– No campo – disse Hector, solene –, e especialmente nos trópicos, seu Guia não dura seis meses.

– Por quê? – perguntei.

– Por causa dos cupins tropicais. São do tamanho do meu punho e vão comer a caixa. O calor, meu caro, o tremendo calor vai acabar com esses ótimos aromas.

– Bom – disse eu. – Claro que não conheço os cupins tão bem quanto o senhor, mas os componentes se conservam em qualquer clima. E a palavra escrita (o folheto) deve resistir até ao terrível calor dos trópicos – afirmei, exagerando um sotaque escocês para debochar de Hector.

Senti uma fisgada no calcanhar. Olhei para baixo. O sapato de bico fino de Emily estava sendo recolhido para dentro da saia dela.

– De toda forma – disse eu, gentil –, o senhor está errado ao chamar de meu Guia. É obra também da primogênita Pinker, que nas últimas semanas tem sido minha assistente prestimosa e secretária incansável. – Peguei a mão dela e beijei-a novamente. Hector olhou, furioso. Percebi que não estava muito satisfeito de chegar do Brasil e me encontrar aninhado no, digamos assim, seio das Pinker.

– Já esteve nos trópicos, Robert? – perguntou ele, ríspido.

Foi quando cometi a primeira de várias gafes naquela noite.

– Ainda não. Mas tenho a firme intenção de ir para escrever – respondi, de modo casual. – Parece que é o último lugar no mundo onde não se é incomodado pelos amigos.

Portanto, como pode ser constatado, fui destruído por satirizar. Ah, que ironia.

A noite prosseguiu tranquila. Hector aborreceu a todos com um relato de suas viagens pela Malásia, Ceilão e Caribe, principalmente por ouvirmos a narrativa através daquele terrível sotaque.

Entretanto, a beleza sensual de Emily compensava qualquer chateação. As lâmpadas elétricas de Pinker emitiam uma luz suave que tornavam impressionantes os dois montes em seu colo leitoso, acentuados pelo decote hipnotizante do vestido. Reparei que Hector disfarçadamente olhava para eles quando levava a colher de sopa à boca: imediatamente, resolvi que não faria nada tão vulgar.

Comentou-se que o emprego de Hector consistia em ir de um país equatorial a outro para iniciar as plantações de Pinker, conferir as existentes e garantir que cada uma fosse administrada exatamente igual, quer estivesse em Bangalore ou Buenos Aires. A certa altura, o azedo escocês fez uma longa explanação a respeito das dificuldades de cultivar café nas montanhas da Jamaica.

– Espere aí, não pode ser tão complicado – resmunguei.

– O que disse? – perguntou me encarando.

– Há uma incongruência óbvia no que o senhor afirma. Por um lado, diz que o café é o produto mais cultivado no mundo hoje, mais até que o algodão e a borracha. Por outro lado, quer que acreditemos que o café é muito difícil de cultivar. Com certeza, não pode ser as duas coisas ao mesmo tempo.

– Robert – disse Emily, em tom de reprovação.

– Não, é uma boa observação – concordou Hector. – Mas acho, Robert (Rroberrt) que você desconhece as condições do cultivo. Sim, o café é fácil de plantar. Mas não significa que seja fácil de lucrar. De derrubar a floresta para fazer o campo até a primeira colheita, são quatro anos de plantio, retirada de ervas daninhas, cuidados e irrigação até receber um centavo. Quatro anos em que você precisa pagar os camponeses, a menos que... Ele interrompeu.

– A menos que o quê? – perguntei.

– Jamais vou admitir trabalho escravo nem nada parecido numa plantação minha – atalhou Pinker, rápido. – Não há o que discutir.

– Claro – concordou Crannach, se recompondo. – Muito certo. Como eu dizia, são anos de obrigações até chegar à colheita. E, por sua própria natureza, o café é cultivado em regiões montanhosas. Precisa ser seco e transportado, que é a parte mais cara, não tanto os últimos quilômetros percorridos por mar, mas as centenas de quilômetros até chegar a ele.

– Por isso, estamos cada vez mais plantando em lugares com boas condições de transporte – acrescentou Pinker.

– E por que temos de garantir... – começou a dizer Hector, mas foi interrompido por Pinker.

– Hector, já falamos muito de trabalho. Minhas filhas estão se entediando.

– Não estou – disse Sapa. – Gosto de ouvir falar em países diferentes. E gostaria de saber se você conheceu algum canibal.

Pelo jeito, Hector não só conheceu canibais, mas foi recebido nos mais altos escalões da sociedade canibalesca. Depois de dez minutos ouvindo, contive um bocejo.

– Quantas aventuras teve, meu caro Crannach. E relata-as com tanta emoção. Disse que matou todos eles? Que inveja, a única coisa que eu matei na vida foram as aulas.

A Sapa riu. Hector ficou me olhando fixo. Emily apenas suspirou.

A comida estava excelente. Pinker fez a refeição da forma adequada, sem aquele serviço à la russe, com bancadas onde se colocam pratos e talheres. No lugar de cada convidado havia garfos e facas de prata suficientes para atender a uma equipe de cirurgiões. Ao lado de cada prato, se bem me lembro, o cardápio manuscrito era o seguinte:

Huîtres natives

Petite bouchée norvégienne

Tortue claire

Crème Dubarry

Homard sauté à la Julien

Aiguillette de sole. Sauce germanique

Zéphir de poussin à la Brillat-Savarin

Selle d'agneau à la Grand-Veneur

Petis-pois primeur à la Française

Pomme nouvelle persillade

Spongada à la Palermitaine

Jambon d'York braisé au champagne

Caille à la Crapaudine

Salade de saison

Asperges vertes en branche. Sauce mousseuse

Timbale Marie-Louise

Soufflé glacé Pompadour

Petits fours assortis

Dessert

Com isso, várias horas se passaram até as damas pedirem licença para se retirarem. O mordomo colocou uma caixa de charutos na mesa e sumiu. Crannach foi embora. Acho que bebeu demais, o que para mim foi conveniente, pois eu precisava conversar com Pinker de homem para homem.

Meu patrão serviu-se de um cálice de Porto.

— Escute, Robert, como você se imagina daqui a, digamos, cinco anos? — perguntou, pensativo.

Respirei fundo.

— Bom, suponho que casado.

— Casado? Muito bem, o casamento é uma coisa maravilhosa. Faz com que o homem fique mais assentado, dá uma motivação — elogiou Pinker.

– Que bom que o senhor aprova.

– Claro, o homem que sustenta uma casa precisa de dinheiro.

– Sem dúvida – concordei, servindo-me de mais Porto.

– Mais uma coisa – disse ele, bem-humorado, cortando a ponta de um charuto. – Notei que, apesar de terminar a tarefa para a qual foi contratado, continua vindo ao meu escritório quase todos os dias.

– Não posso negar – confirmei, com um sorriso leve.

– Há algum motivo para isso, um motivo particular?

– Sim – admiti.

– Foi o que pensei. – Acendeu o charuto numa vela e riu. – Na sua idade, eu também era assim.

– É mesmo?

– Sim, eu era, ah, cheio de ambição. Havia conhecido Susannah, a mãe das meninas, e só pensava numa coisa.

Isso foi um golpe inesperado da sorte. Se um dia Pinker esteve na pele de um pretendente pobre, minha tarefa estava bem facilitada.

– Pois é. – Ele deu uma baforada, satisfeito. – A empresa Pinker é, como você deve ter notado, familiar. Mais que isso: nossa empresa é a nossa família.

– Claro.

– É uma coisa da qual nos orgulhamos. E você... – ele apontou o charuto para mim – se encaixa muito bem na família.

– Obrigado – disse. A coisa estava indo melhor do que eu esperava.

– Você é um pouco... bom, digamos que quando o conheci, fiquei em dúvida. Pensei... para ser sincero, pensei se você era homem bastante para o trabalho. Mas você, Robert, é um jovem encantador e fui gostando cada vez mais de você.

Concordei com a cabeça, modesto.

– Vou dizer logo. Quero que passe a ser membro permanente da família Pinker.

Mal acreditei no que ouvi. Não precisava convencer Pinker da minha adequação como marido, ele é que estava tentando *me* convencer!

Deu outra baforada.

– Talvez você esteja pensando se está à altura.

– Não, tenho certeza...

Ele riu.

– Claro que está. Como não? Tem a energia da juventude. – Ele se inclinou para a frente, sublinhando o que dizia com a ponta acesa do charuto. – Energia. É o ingrediente principal. Não se esqueça nunca.

– Não.

– Todas as manhãs, você tem de acordar e dizer a si mesmo: estou preparado. Estou à altura do desafio. Sou um homem. Todas as manhãs!

– Certo – concordei, um pouco surpreso pela visão dele, inesperadamente física do casamento.

– O que você tem em mente é uma aventura, um desafio. Haverá ocasiões em que será difícil de enfrentar.

Concordei com a cabeça.

– Você vai pensar: por que estou aqui? Por que estou fazendo isso?

Ri junto com ele.

– Meu conselho – disse ele, de repente, sério outra vez – é não exigir demais de si, Robert. Ninguém espera que você seja um santo, não é? Não naquelas condições. De vez em quando, tire uns dias de férias. Depois, volte ao batente com vigor renovado. Entende o que estou dizendo?

– Creio que sim – respondi, com cuidado. Aquilo era uma conversa bem mais homem para homem do que eu esperava. Mas talvez Pinker achasse que incentivar o genro a visitar prostitutas de vez em quando era uma atitude moderna, típica de adeptos do racionalismo.

137

– Claro que a sua inexperiência vai dificultar as coisas. Suponho que não tem nenhuma experiência, não é?

– Bem, eu tenho, ahn, na verdade uma vez aconteceu algo esquisito...

– Pode ter certeza de que vai ter um choque. Ah, eu passei por isso e é realmente um choque. Mas um dia todos nós fomos inexperientes... e o que eu não daria para estar no seu lugar, jovem de novo, partindo nessa grande viagem! Bem, agora vamos falar em dinheiro.

– Muito bem. – Respirei fundo. Era naquele ponto que tudo podia desestabilizar-se. – Não tenho muito dinheiro – confessei logo.

Para surpresa minha, Pinker sorriu.

– Foi o que pensei.

– É?

– Gastou tudo o que lhe paguei até agora, não?

– Confesso que sim.

– Tem alguma dívida?

– Algumas.

Encorajado pelo sorriso dele, inesperadamente indulgente, contei sobre Ike e os empréstimos.

– Então você pegou emprestado mais para pagar os juros? – perguntou, assustado. – Ah, isso é muito ruim. – Ele me olhou com astúcia e por um instante fiquei chocado pela incrível semelhança da expressão dele com a do agiota. – Mas isso é um detalhe, pode ser resolvido quando você tiver uma renda. Digamos, um salário de trezentas libras por ano? Com mais trezentas para despesas? E um ano de adiantamento?

Não era o que eu esperava, mas parecia ignóbil pechinchar.

– Está muito bem.

– Depois de quatro anos na empresa, você receberá um bônus, se for produtivo como ambos esperamos.

Olhei bem para ele. Na verdade, o comerciante de café estava propondo um bônus para eu engravidar Emily! Por um instante, tive vergonha de ser obrigado a casar com alguém de uma família assim. Depois, lembrei-me das trezentas libras por ano, mais trezentas para despesas, tudo por nada mais árduo do que fornicar regularmente com a linda filha dele.

– Aceito com prazer.

– Excelente.

– Só espero que Emily também – brinquei.

Pinker franziu o cenho.

– Emily?

– Melhor eu perguntar a ela, não?

– Perguntar o quê?

– Se quer casar comigo.

Ele franziu mais ainda o cenho.

– Você não vai fazer isso.

– Mas... se o senhor e eu aceitamos as condições, o que nos impede?

– Ah, meu Deus. – Pinker passou a mão pela testa. – Seu grande idiota, certamente não imaginou... o que achou que eu estava lhe oferecendo?

– Bom, ahn, sua filha, a mão de sua filha...

– Eu ofereci um emprego – disse ele, ríspido. – Você disse que gostaria de ir para o exterior... disse que era ambicioso... que precisava trabalhar para poder se casar.

– Esperava que o casamento fosse o fim da necessidade de trabalhar – disse eu, nervoso.

– Claro que você não pode se casar com Emily. É impensável. – Olhou para mim, pasmo. – *Ela* sabe de alguma coisa?

– Hum...

– Se você chegou a sequer tocar nela – sibilou ele –, vou mandar chicoteá-lo daqui até Threadneedle Street. – Pôs a mão na testa. – Suas dívidas, ah, Senhor, aquele agiota filho da puta deve estar esperando... temos que evitar outro escândalo. – Pegou o cálice de Porto, olhou o líquido e colocou-o de novo na mesa. – Preciso falar com Emily. Encontro o senhor no meu escritório amanhã, às 9 da manhã. Boa noite.

Mal-entendidos, intenções trocadas, mensagens misturadas. Sim, sim, eu sei... é hilário que a primeira consequência de fazer o Guia fosse uma confusão em escala épica.

Vinte e um

Andei tanto que cheguei à City. Chovia: o paletó de seda e o turbante ficaram completamente encharcados, o pano pesou como um gibão, não era impermeável coisa nenhuma. Acabei achando um tílburi de aluguel para me levar a Marylebone. Ao chegar, cambaleei na chuva fina até meus aposentos, pensando como a noite podia ter dado tão errado.

Havia um bar na esquina. Visto do lado de fora, as luzes eram cálidas, vislumbrei metais e janelas brilhando com o nome das cervejas disponíveis. Eu não tinha coragem de enfrentar o silêncio dos meus aposentos. Entrei.

Estava quase vazio. Pedi um conhaque e sentei. Havia algumas garotas lá, protegendo-se da chuva: uma delas olhou para mim e sorriu. Devo ter sorrido de volta, pois ela pegou o copo, disse alguma coisa para as companheiras e veio até a minha mesa.

– Você lê a sorte? – perguntou.

– Não – respondi, breve.

– Então é hindu?

– Não, sou tão inglês quanto você.

– Ah. Por que está...? – Ela mostrou minhas roupas.

– Fui a um jantar. – Tirei meu turbante encharcado e dei um gole no conhaque.

– Gostaria que eu me sentasse com você?

Olhei-a. Era bonita, mas não me senti atraído.

– A serviço, não, desculpe. Não estou disposto.

Ela deu de ombros.

– Como companhia, então?

– Quanto cobra pela companhia?

Ela sentou-se e empurrou o copo na mesa.

– Se você encher meu copo, posso beber de graça. Numa noite assim, prefiro estar aqui com uma cerveja do que lá fora procurando freguês.

Fiz sinal para a moça do bar e mostrei nossos copos.

– Como se chama? – perguntei à minha companhia.

– Anna. E você?

Tinha uma objetividade que me agradava.

– Robert.

– Por que está aqui, Robert?

– O que você quer dizer?

– Ninguém fica andando numa noite assim sem motivo.

– Ah. – Terminei meu primeiro conhaque e comecei o segundo. – Pedi permissão ao pai da garota que amo para me casar com ela.

– E não deu certo?

Essa Anna não era boba.

– Tudo errado – concordei.

Anna colocou a mão no meu braço. – Peça mais um drinque para cada um de nós – sugeriu. – E aí, pode me contar tudo.

Não preciso dizer que hora e meia depois, eu estava com ela num quarto no andar de cima, de pé ao lado de um lavatório, com as mãos agarradas às suas sólidas e ondulantes coxas, enquanto ela, por sua vez, ofegava em cima da pia do lavatório e eu olhava meu próprio reflexo no espelho.

* * *

Ao me aproximar dos meus aposentos, percebi dois homens espreitando de uma porta. Ignorei-os, mas, ao enfiar a chave na fechadura, ouvi passos. Uma coisa pequena, dura e bem pesada bateu na minha nuca, como uma bola de bilhar dentro de uma meia. Girei e fui atingido outra vez no lado da cabeça. Ao cair, pensei primeiro que os valentões fossem mandados por Pinker para me dissuadir, mas, mesmo em estado semiconsciente, concluí que não podia ser isso.

Um dos homens se inclinou sobre mim. Segurava um pequeno porrete.

– Nem *pense* em sair do país sem pagar as dívidas – sibilou.

Claro que uma casa grande como a de Pinker era tão íntima quanto Trafalgar Square. Qualquer um podia subornar um criado para saber algo. A notícia do fora que o pai de Emily me deu devia ter se espalhado por todos os interessados de Londres.

– É da parte de Ike? Diga a ele que vou pagar... – disse, percebendo que não tinha condições. – Amanhã faço mais um empréstimo.

– Não seja burro – o rufião ameaçou. – Por que Ike aceitaria emprestar mais?

– Para eu pagar os juros.

– Acho que não. – Ele levantou o porrete. Não era mais comprido que uma luva e ele me olhou, casual, escolhendo onde bater. Deu uma porretada no meu estômago e senti uma dor horrível.

– Ike quer o pagamento todo. Você tem uma semana para saldar – disse ele.

Na manhã seguinte, tive uma conversa tão difícil quanto essa, dessa vez com Pinker. Não havia porretes só porque não eram necessários.

Ao chegar ao escritório, tive a surpresa de ver Emily lá também. Ficou na frente da escrivaninha onde o pai estava sentado; então, após um instante de dúvida, parei ao lado dela. Ela não disse nada, mas arregalou os olhos ao ver a marca na minha testa.

– Emily e eu passamos quase a noite toda conversando – disse Pinker, que estava com olheiras. – Acho que você precisa saber de algumas coisas. – Dirigiu-se à filha: – Emily, você está apaixonada pelo Sr. Wallis?

– Não, papai.

As palavras foram como um martelo espatifando todas as minhas esperanças.

– Algum dia deu a entender que estava apaixonada por ele?

– Não, papai.

– Quer se casar com o Sr. Wallis?

– Talvez, papai.

Olhei-a, perplexo. Não fazia sentido.

– Se quiser, diga as condições para aceitá-lo como marido.

Ela ficou indecisa.

– Não amo Robert, mas somos bons amigos. Acho que ele tem grandes qualidades, além de ser talentoso. E deseja fazer o bem. Eu gostaria de ajudá-lo.

Disse mais, muito mais, tudo muito bem verbalizado e saindo de seus lindos lábios como um discurso. Ela não encontrara outra pessoa para amar e ser amada; precisava se casar e o problema, portanto, era: que marido ajudaria aquelas causas e interesses tão caros a ela e ao pai? Ela e eu nos gostávamos; acreditávamos em um casamento moderno e racional e estávamos preocupados com a grandeza da humanidade; não pretendíamos nos retirar do mundo para o aconchego do lar "e esquecer o resto, por mais que fosse interessante e sensato". Acima de tudo, ela sabia que finalmente nosso matrimônio iria me sustentar durante os longos e difíceis anos por vir e por isso ela achava que tinha a obrigação de contribuir para a civilização, uma pequena contribuição, com certeza, mas que era tudo o que podia dar.

Ouvi, pasmo, aquela nobre idiotice. Pelo jeito, ela queria sacrificar sua virgindade no altar da minha Melhoria, como se bondade e virtude fossem bactérias sexualmente transmissíveis, como a sífilis.

– Muito bem – disse Pinker. – Por favor, Emily, agora deixe Robert e eu a sós. E permita-me dizer que suas palavras valorizam muito você e essa família. – Tirou um lenço da manga da camisa e, quando ela saiu da sala, assuou o nariz.

– Você ouviu o que Emily disse – comentou, quando conseguiu falar outra vez.

– Tenho certeza de que, se você gostava dela antes, gosta ainda mais agora que viu a delicadeza de seus sentimentos. Você é um jovem de muita sorte. – Fez uma pausa.

– Estou pronto a consentir que se casem.

– Obrigado – agradeci, ainda pasmo.

– Mas antes, você precisa dar um dote de mil libras para ela.

Era como uma charada de contos de fada.

– Mas... como posso fazer isso? Não tenho dinheiro.

– África, claro. Precisa ir lá fazer fortuna.

Ele explicou tudo, como um general instruindo o subalterno que vai partir em missão de certo risco. Vinha planejando há algum tempo e meu desejo de casar com a filha dele era apenas um obstáculo que foi transformado em vantagem.

As plantações de café que ele tinha no Ceilão fracassaram e teriam de ser substituídas logo por chá. As da Índia estavam ficando muito dispendiosas; os soldados hindus que trabalhavam para o exército britânico haviam se rebelado e havia boatos até de que o país ficaria independente. A África, portanto, era o próximo lugar. No Protetorado, em Uganda e em países ainda sem nomes, homens de visão e energia implementavam enormes plantações de café que um dia competiriam com as de Sumatra e do Brasil. Claro que era uma disputa para conseguir os melhores lugares, parte da Grande Partilha pela África, como os jornais a chamavam. Mas ele, Pinker, tinha uma vantagem. Graças ao nosso Guia e ao conhecimento que Burton tinha da região, descobriu que as melhores condições para o cultivo de café ficavam na região da Abissínia conhecida como Kaffa, a sudoeste de Harar. Era uma terra que ninguém queria, por enquanto. Não tinha nem dono: os italianos não conseguiram ficar com ela. E Pinker comprou a terra deles.

– Comprou? Que tamanho tem?

– Cinquenta mil acres.

Olhei bem para ele. Não conseguia imaginar uma extensão de terra tão grande.

Ele acenou a mão, vagamente.

– Claro, você não precisa plantar tudo. Eu quis apenas que ficássemos protegidos de uma futura competição.

– É do tamanho de Londres – ponderei.

– Exatamente. – Ele levantou, esfregando as mãos. – E você é o Manda-Chuva, o regente, como seria mais adequado chamar. Você vai entrar para a história, Robert, como o homem que levou a civilização a Kaffa.

Claro que tinha mais, com Pinker sempre tinha. Eu não ia para a África apenas plantar café. Eu tinha uma missão:

– Missão comercial, se preferir chamar assim, mas as sementes mais valiosas que você plantará serão invisíveis. Quando virem o que consegue com seus métodos modernos de cultivo, quando virem como você se comporta; como chefia-os de forma tão adequada como a si mesmo, pelos princípios do livre comércio e das boas relações; quando virem as maravilhas que a prosperidade traz, aí então, Robert, creio que eles procurarão Deus da mesma forma que uma planta procura o sol. Há quem diga que precisamos mudar a cabeça dos selvagens antes de mudarmos as crenças deles. Mas eu digo que, antes de tudo, temos de mudar as lastimáveis condições em que vivem. Seja caridoso com um pagão e ele continuará pagão e a caridade acaba logo, mas dê um contrato de trabalho e você estará mostrando um caminho para a vida eterna...

– Como chego lá? – perguntei, ao pensar em caminhos.

Ele suspirou.

– Acho que de camelo. Há uma rota comercial que sai do litoral.

– E o que faço enquanto o café cresce? Pelo que soube, leva quatro ou cinco anos até a colheita. – Quatro anos, pensei enquanto falava. Céus, eu ia ficar quatro anos fora.

– Você fica de representante de compras da Pinker naquela região africana. Afinal, conhece o Guia melhor que ninguém. Vou tomar providências para você atuar sob os auspícios de um comerciante local, você deve ter visto a marca dele em alguns dos nossos mocas. – Pinker puxou um pedaço de papel das prateleiras atrás dele e colocou sobre a mesa. No alto estava o mesmo sinal em árabe que eu havia visto nas sacas do café Harar:

ي

– Ele se chama Ibrahim Bey – continuou Pinker. – É um ótimo sujeito, de uma família de comerciantes há gerações. E, antes de ir para a Índia, Hector acompanha você até o seu destino, ajudando a escolher o lugar certo para construir a fazenda, arrumar um capataz e tudo mais. Se você tiver sucesso, como tenho certeza, na volta terá a mão de minha filha e a minha bênção. – Ele franziu o cenho. – Não preciso dizer que, até lá, nada é oficial. É um acordo entre nós, uma experiência, digamos assim, uma oportunidade de mostrar quem você é. – A seguir, seu humor ficou mais leve de repente. – Toda essa experiência está ao seu dispor, Robert. Tem uma fortuna a ganhar, uma linda dama a conquistar, uma história a escrever. Tenho inveja de você.

SEGUNDA PARTE

A estrada de caveiras

A qualidade do olfato depende sobretudo do grau de torrefação dos grãos verdes.

– Lingle, *The Coffee Cupper's Handbook*

Vinte e dois

S.S. Battula,
8 de junho de 1897

Minha cara Emily,

Escrevo a bordo do bom navio Battula, *que no momento percorre o litoral norte do Egito. Há cinco dias, fomos para Gênova receber provisões. Demoramos pouco, mas que prazer ver finalmente a Itália e ficar em terra firme, depois de tanto tempo no mar! Eu pretendia visitar o país, conhecer a Veneza sobre a qual Ruskin escreveu coisas tão lindas, depois reencontrar Hector em Suez, mas, como você previu, não foi possível. Parece que estamos correndo da estação das chuvas e Hector está ansioso para iniciar a plantação este ano e não no próximo.*
(A observação que fiz, de que eu coloquei um guarda-chuva na mala e, portanto, não me incomodava com um pouco de chuva, fez com que ele desse um daqueles suspiros profundos. Pelo jeito, tenho muito a aprender, resmungou com aquele jeito escocês, e lastimo informar que a convivência não melhora a compreensão do sotaque.)
Jantamos todas as noites na mesa do capitão, onde somos 16, inclusive o capitão e o primeiro-comandante. Hector é muito simpático com a tripulação náutica e fica horas discutindo ventos noroeste, velas, estivas e outros detalhes, sempre bem sério. A bordo, temos também um grupo de missionários que vai para o Sudão; quatro sujeitos que vão para Mombaça recolher peças para uma coleção de marfim e nada menos que seis damas com destino à Índia, para visitar parentes.

Por ser o único de nós que conhece o lugar aonde vamos, Hector é muito solicitado como especialista e resolve inúmeras controvérsias com afirmações breves, mas categóricas, sobre assuntos tão diversos quanto o que usar na cabeça para visitar uma mesquita ou se o homem branco deve levar uma pistola ao entrar na selva. Minha cara Emily, não esqueci a promessa que você exigiu de mim antes de partir, mas às vezes tenho muita vontade de zombar dele um pouco. Acho que você ia gostar dos missionários: eles concordam plenamente com seu pai quanto à obrigação, digamos, convertemos os selvagens para o comércio e o cristianismo, de uma vez e ao mesmo tempo. Um deles perguntou se pretendo construir uma igreja na plantação! Confesso que não havia pensando nisso, mas suponho que, com o tempo, sim. E talvez um teatro também, para incrementar a cultura.

Com o tempo... ao escrever, percebo que ficarei muito tempo longe. Ficar longe de você por quase cinco anos vai ser bem difícil. Claro, não reclamo (você tem toda a razão de dizer que temos a obrigação de ficarmos contentes) e tudo vai valer a pena para, no final, casar com você. É maravilhoso pensar em você como minha parceira nesse grande projeto de salvar a África e, como você diz, estarmos fisicamente no mesmo lugar não é tão importante a longo prazo quanto essa igualdade de ideias e metas.

É melhor parar por aqui, pois está na hora de me arrumar para o jantar. Não tive muita oportunidade de usar meu terno de alpaca, ainda não estamos nos trópicos, apesar de os dias estarem bem quentes. Além disso, o capitão é bastante rígido com o protocolo. Na primeira noite, usei no jantar o meu colete verde e fui discretamente chamado para "uma palavra de precaução" sobre a "a necessidade de manter a aparência em climas estrangeiros". Tentei explicar que, nos círculos finos, a casaca está meio fora de moda, mas não adiantou.

Com muito amor de seu futuro marido,
Robert

S.S. Battula

Polo Norte, 12 de junho de 1897

Cara Sapa,

Pois, eis-me aqui no Polo Norte. Confesso que é um polo bem engraçado, cercado de água azul e cálida em três lados, com o litoral do Egito visível ao sul e uma eventual palmeira surgindo no horizonte. Hector me fez usar meu sextante e teodolito para saber a nossa localização e, como o Polo Norte está onde o sextante informa, devemos estar nele mesmo. Surpreendi meus companheiros de viagem tentando conversar com eles em polonês (polonês do norte), mas até agora não deu certo.

Você talvez pergunte para que saber exatamente onde estamos. Boa pergunta, sua Sapa perspicaz, e passei-a para Hector. Pelo jeito, vamos morar em breve na Selva, cheia de moitas e arbustos, que além do mais não é uma linda leguminosa inglesa, nem uma magnólia bem podada, ou mesmo uma amoreira preta cheia de espinhos, mas um local com espécies maiores e mais aterrorizantes de moitas, onde é possível se perder. E Hector me informa que, ao plantarmos o café, é muito importante que seja em fileiras absolutamente retas para todo mundo ver como é limpa e bem-arrumada a plantação do homem branco. Para tanto, também precisaremos saber como fazer levantamentos. Acho que já estou com capacidade de fiscalizar. Neste instante, levanto um copo com uma boa dose de uísque com soda.

Muito cara Sapa, faz-me um favor? Procure no dicionário o significado de uma palavra que tem várias semelhanças com Hector, e conte para sua irmã. Mas não diga que fui eu quem pediu.

Lembranças,

Robert

Hotel-pensão Collos
Alexandria, 20 de junho de 1897.

Meu caro Hunt,

Chegamos, finalmente! A viagem foi tediosa além da conta, agravada pela ausência absoluta de companhia feminina, ou melhor, de acompanhantes do sexo oposto, pois na verdade havia um largo contingente de mulheres cacarejantes a bordo, enviadas obviamente à Índia com a única intenção de encontrar marido. Uma delas chegou a tentar um flerte com Hector, o que mostra o desespero da criatura. Depois, ele me disse de forma abrupta que uma vez pensou em casamento, mas concluiu que era "incompatível com uma vida de aventura e viagem". Contive-me e não contei que, não fosse o casamento, eu agora estaria enfiado no Café Royal.

Ciente de que minhas perspectivas nessa área podem se limitar dentro de pouco tempo, assim que desembarcamos, escapei de Hector e fui para a zona da cidade. Foi uma experiência interessante: o negócio aqui é dançar; a garota mais bonita do local aparece e dança na sua frente enquanto você fica sentado fumando narguilé, um cachimbo com tabaco filtrado através de uma espécie de líquido borbulhante aromatizado com maçã. A garota que dançou para mim usava no cabelo uma rede de piastras de ouro, um elmo feito de discos metálicos presos com fios que brilhavam e tilintavam quando ela rebolava. No começo da performance, ela estava vestida, mas logo deslizou o cinto para baixo dos quadris e amarrou-o ali. A "dança" consistia apenas em tocar as costas das mãos na testa, alternadamente, enquanto balançava e mexia a pelve imitando o ato sexual. Estranho, mas eficiente, pois, quando terminou, eu estava com uma ereção semelhante a uma barra de ferro. A seguir, várias mulheres desfilaram na minha frente, em fila. Eram quase todas meio gordas; pelo jeito, a dançarina é escolhida pela aparência e talento para bailar, enquanto as poules de luxe *são selecionadas pelo desempenho na cama. Insisti em escolher a dançarina, o que causou muito riso; devem ter me achado um típico novato. E assim fomos para o andar de cima, num quarto com cortinas de seda, janela aberta para a brisa da noite e os gritos das pessoas na rua, bem embaixo de nós. Ela teve de afastar um monte de gatinhos da cama para deitarmos, depois se agachou numa bacia prateada e se lavou. Foi minha primeira garota de pele morena. Aliás, com as partes completamente raspadas. Ela era bastante flexível, comparada às londrinas, embora um pouco seca.*

Se quiser me escrever, o melhor endereço é via Aden. Estarei lá dentro de duas semanas; temos de esperar aqui um barco de Suez e a demora está aborrecendo demais meu companheiro de viagem e eu também, embora menos.

Lembranças,
Wallis

Hotel-pensão Collos
Alexandria, 27 de junho de 1897.

Cara Sapa,

Saudações. Para você, esses garranchos rápidos
Escritos nos assim chamados "versos alexandrinos".

Na verdade, não faço nada do tipo, o alexandrino é difícil e entediante para uma carta. E não tenho força para pensar em rimas hoje; está calor demais.

Era uma vez um velho no Peru
Cujas poesias sempre acabavam no segundo verso.

Em vez disso, vou lhe falar de Alexandria. Chegamos na sexta-feira bem cedo, quando os muezins chamavam os fiéis para a reza.

Os passageiros se levantaram à primeira luz do dia para ver a cidade. Primeiro, vimos o azul-escuro do mar, só com algumas luzes piscando no horizonte. O céu clareando... a neblina cor de salmão de um amanhecer na África... a vista de torres, minaretes e palácios com janelas em forma de cebolas... e então, de repente, o céu brilha sobre nossas cabeças e esquenta, subindo como uma enorme vela de navio, enquanto à nossa frente a grande cidade branca do Oriente passa, serena, pela proa. Ancoramos no porto e um bando de crianças negras mergulha para pegar moedas de seis centavos que jogamos na água. O passadiço foi logo cercado por dezenas de camelos, cujas bocas pareciam de borracha, rosnando e cuspindo e sendo chicoteados na cabeça pelos árabes, que falam aos berros e usam longas túnicas brancas. Quase todas as mulheres usam véus, mas o pudor fica só nisso: aqui, não é chocante mostrar os peitos assim como para nós é andar sem chapéu.

Hoje, vi um homem com pregos enfiados no peito; na ponta de cada um, ele colocou uma laranja, não sei se para evitar que alguém se espetasse ou porque era um lugar adequado para guardar o almoço.

Muitas lembranças
do seu futuro cunhado,
Robert

Hotel-pensão Collos
Alexandria, 28 de junho de 1897.

Caro Sr. Pinker,

Envio de Alexandria este relatório preliminar, enquanto aguardamos a próxima etapa da nossa viagem. Ocupo meu tempo degustando diversos cafés, ao mesmo tempo que comprovo a eficácia do Guia. Os grãos encontrados aqui são sobretudo da espécie arábica, com uma pequena quantidade do africano, tipo longberry, à venda nos melhores mercados.

Comprei tudo o que achei desse tipo, já que é de ótima qualidade. A maioria dos cafés à venda é bom, embora os comerciantes do mercado pareçam guardar um de qualidade inferior só para extorquir os visitantes europeus. A pergunta "qual o melhor lote que o senhor tem" causa uma cena enorme, a loja ou barraca é fechada depois de muitas olhadas à direita e esquerda, como se o comerciante temesse que um concorrente visse o que está acontecendo. A seguir, tiram as trancas de um depósito, arrastam uma saca guardada nos fundos e abrem-na com grande pompa. Um punhado de grãos é colocado numa tigela de prata e submetido à minha aprovação. Antes, porém, o comerciante fecha os olhos e cheira o café, em êxtase, dizendo num francês capenga que aquele lote tem mais valor para ele do que os próprios filhos. Então, oferece uma prova e esquenta-se água numa chaleira, tarefa geralmente realizada por um ajudante, que não recebe qualquer ordem, mas sabe exatamente o que fazer. Os grãos de café na minha frente lembram um punhado de ranços excrementos de ratos e cheiram como se tivessem acabado de esfregar o chão do local. Mas a xícara oferecida alguns minutos depois tem o sabor dos melhores cafés do Iêmen, como deve ser. O comerciante fala sem parar, pergunta sobre a viagem, minha família, de onde vim e tudo mais, me tratando como um antigo amigo que ele há muito perdeu de vista. Quando ouve a acusação de que os grãos e a bebida pronta são muito diferentes, se faz de profundamente ofendido e diz que eu o xinguei. Um comerciante chegou ao ponto de "descobrir" que o ajudante trocou as sacas, razão para lhe dar uma sonora paulada na cabeça! Por que eles insistem nessa encenação é mistério, pois têm uma boa quantidade de mocas de alta qualidade. Dá a impressão de que enganar os brancos tornou-se um ritual.

O Guia já mostrou sua utilidade. Aqui, fica-se dominado por uma pletora de cheiros, gostos e sensações desconhecidos que facilita esquecer, digamos, o sabor de uma simples fatia de maçã. Ontem, encontrei no mercado um grande lote de moca que provei no hotel. Tinha cheiros de

*mirtilo, cedro e turfa defumada; encomendei 150 quilos. Também
tenho procurado aquele incrível café que o senhor e eu provamos em
Limehouse, mas até agora meu nariz não me indicou nenhum igual.*
   Com as melhores saudações,
   Seu futuro genro,
   Robert Wallis

S.S. Rutalin
30 de junho de 1897

Minha tão querida Emily,

*Sua carta chegou pouco antes de sairmos de Alexandria. Garanto que
as recomendações são desnecessárias, pois tenho sido muito simpático
com Hector. Apenas ontem à noite, durante o jantar, diverti-o cantando
músicas de ninar com sotaque escocês. E um dia antes de sairmos de
Alexandria, acompanhei-o numa expedição de caça no deserto:
matamos cormorões e pegas e comemos no almoço tâmaras compradas
de um beduíno. Ao sairmos de novo, montados em camelos, um árabe
passou por nós cavalgando um jumento, com os pés quase tocando no
chão e berrou uma saudação na língua dele. Lastimo dizer que Hector
ficou tão ofendido por ser ultrapassado que tentou apressar o camelo,
caiu e só conseguiu montar outra vez com ajuda de nossos carregadores.
Para mostrar como estou bonzinho, não ri nem uma vez, mas, quando
contei para as pessoas na nossa mesa no hotel, elas acharam que deve ter
sido uma cena bem engraçada.*
   *Sim, lamento o que escrevi para a Sapa. Prometo não falar mais
em damas de seios nus. Acho que foi um pouco indelicado, contudo,
francamente, vendo a despreocupação com que essa gente aqui se exibe,
dá para entender por que na hora não pensei nisso.*
   *Estamos a bordo outra vez, atravessando o canal de Suez. Um dos
nossos novos companheiros de viagem é um jornalista chamado Kingston,*

que nos descreveu num ótimo texto como "os que levam a lanterna da civilização, com suas preciosas velas acesas para a enorme escuridão da África". Como ele disse, "algumas luzes podem fraquejar e outras vão se apagar; porém outras mais vão resistir e se tornarão grandes fachos de luz, iluminando a escuridão que no momento envolve tribos inteiras de selvagens." Acho que ele mandou o texto para o Telegraph.

Por falar em escuridão, tenho assistido a alguns amanheceres fantásticos. Todas as manhãs, o céu fica riscado com as cores de uma cerca viva inglesa: rosa-prímula e amarelo-narciso; a primeira luz do sol faz com que todas as cores desapareçam na hora, tudo fica branco e dali a pouco só se vê o incrível verde da água e o incrível azul-prateado do céu. O brilho é tão forte que dói na vista. Hector passou a usar uma viseira que o deixa parecido com um papagaio doente.

Gostaria que você estivesse aqui, mas pensar em você é mais que suficiente. Meu amor por você vai me sustentar nos longos anos porvir.

Seu sempre amado,
Robert

Grand Hôtel de l'Univers
Prince of Wales Drive
Aden, 2 de julho de 1897

Caro Sr. Pinker,

Conforme sua sugestão, contatei os atacadistas de café aqui de Aden. Os irmãos Bienenfeld tinham alguns lotes excelentes, aos quais dei nota nove, quatro e quatro: um moca leve, de grãos pequenos, preto-marrom após torrefação, com toques de mirtilo e lima, acidez muito baixa. No conjunto, nota cinco. Comprei tudo o que tinham e pedi que enviassem por navio o mais rápido possível.

Estou ansioso por encontrar Ibrahim Bey: ele é conhecido entre os comerciantes como um sujeito marcante, embora haja boatos também de que enfrenta dificuldades. No momento, faz uma viagem comercial pelo interior; podemos encontrá-lo quando formos para Zeila, do lado africano.

    Com os melhores votos,
    Robert Wallis

                    Grand Hôtel de l' Univers
                    Prince of Wales Drive
                    Aden, 2 de julho de 1897

Caro Hunt,

Pelo papel de carta, você vê que cheguei ao Grand Hôtel de l'Univers, o que provavelmente dá a impressão de um palácio maravilhoso, em meio a gramados ondulados. Pois pegue o seu mapa-múndi. Aden é aquele pequeno ponto na nádega direita da Arábia e o Grand Hôtel não passa de um barracão infestado de baratas. Sinceramente, o lugar é um horror, uma vastidão de pedra vulcânica situada ao nível do mar, isolada de qualquer brisa marinha, mas exposta ao brilho inclemente do sol. Não estamos nem na estação mais quente do ano e o barômetro já marca 50 graus todos os dias. Não há uma folha de grama, nem mesmo uma palmeira em todo o maldito lugar.

    Na verdade, os ingleses só estão aqui porque fica a meio caminho da África, Índia, Austrália e Inglaterra, uma espécie de área de concentração de tropas para o Império Britânico Ltda. Ninguém mora aqui, embora alguns digam que estão "estacionados" aqui há alguns anos. A maioria, de passagem, e o seu amigo aqui não é exceção. Quanto mais rápido eu sair deste forno, mais feliz estarei. Até os nativos chamam os estreitos aqui de Bab al Mandeb (Portão das Lágrimas).

    O fato, meu amigo, é que estou numa maré baixa. Por um lado, suponho que todas essas viagens e experiências um dia serão úteis para meus escritos. Por outro, ainda não acredito que fui aprisionado no tipo de vida burguesa que sempre jurei evitar a todo custo. Pareço ter hoje todas as responsabilidades e desvantagens do casamento e do emprego, mas sem me beneficiar dos consequentes confortos domésticos e da recompensa financeira! Não sei como vou virar artista, enfiado numa selva fedorenta. Só de pensar, eu choro. Se ao menos tivesse para onde fugir, acho que desistiria de tudo. Mas como meu futuro sogro (também chamado carcereiro-chefe) certamente diria, desse infortúnio não se pode ser "expulso"...

    Seu, na adversidade,
    Robert

S.S. Carlotta
Zeila Creek
África! 7 de julho de 1897

Caro Morgan,

Obrigado pela carta, que recebi em Aden. Graças a Deus, saímos daquele buraco infernal num vapor pouco maior que uma lata de biscoitos. Foi um aperto colocar nossa bagagem a bordo, juntamos coisas suficientes para ocupar trinta carregadores, inclusive:

- *anzóis de pesca, contas, rapé, túnicas árabes.*
- *pregos para construir um bangalô para mim.*
- *um rifle Remington para caçar meu almoço.*
- *seis garrafas de cerveja para empurrar goela abaixo o dito almoço que, pelas minhas contas, dá uma garrafa e um quarto por ano.*
- *uma garrafa de uísque Baillie Scotch para emergências.*
- *um preparador de água de soda recarregável com gasogênio, idem.*
- *um assento de madeira para privada.*
- *gravata borboleta branca e casaca para entreter os dignitários estrangeiros.*

– *Kuma, o nosso cozinheiro. Ótimo sujeito, veio com carta de recomendação de um tal capitão Thompson de Bengala, que diz "Não é o rapaz mais corajoso, não confie a ele uma arma para a eventualidade do animal que você estiver caçando resolver te caçar, mas ele é capaz de conseguir comida quente após andar um dia inteiro. Algumas vezes, achei que me roubava, coisa que ele sempre negou. 25 chibatadas com chicote de couro de boi resolveram o problema. Por favor, não pague a ele mais de um dólar por mês e, quando não precisar mais do serviço, deixe-o em Aden, pois espero fazer outro safári dentro de um ano, mais ou menos. Aliás, esse "rapaz" tem cerca de 40 anos. Não demonstra qualquer interesse em voltar para o interior que ele diz, com pesar, estar "cheio de selvagens, sir".*

– *minha biblioteca. Consiste ela nos Estudos da Renascença, de Walter Pater; um volume intitulado Café: cultivo e lucro, que Hector garante conter tudo o que se deve saber sobre uma boa colheita; a peça teatral de* A importância de ser Ernesto; *seis cadernos de bolso em branco; o* Yellow Book *de abril de 1897 e* Conselhos para viajantes, *de Francis Galton. Com este, aprendi que "Um rapaz de boa constituição física, que se envolva numa empreitada recomendada por viajantes experientes, não corre grandes riscos. Os selvagens raramente matam recém-chegados, pois temem suas armas e têm um medo supersticioso do poder do homem branco: precisam de tempo para ver que não somos muito diferentes deles mesmos e podem se livrar da gente facilmente." Que bom, só vou ficar aqui cinco anos. Tenho também um livro lançado pela Sociedade de Propagação do Evangelho Cristão e intitulado* Frases mais usadas na África oriental, *eis algumas: "Seis europeus bêbados mataram o cozinheiro", "Você tem o cérebro de um bode" e "Por que esse corpo ainda não foi enterrado?"*

– *um caixote contendo enxadas, pás, machados, linhas de medição e outras ferramentas misteriosas da agricultura.*

— *uma arca rígida, de guardar dinheiro, com cadeado, contendo oitocentos dólares. São dólares austro-húngaros, trazendo a imagem da finada rainha Marie-Thérèse que, por algum motivo ignorado, se tornou a moeda corrente por aqui; talvez pelo fato de cada uma ser do tamanho de um pequeno prato de prata. Entre os ingleses, as rupias também são usadas, embora os nativos às vezes não queiram aceitá-las, já que só têm valor na Índia.*

— *duas roupas de alpaca resistentes para serem usadas na selva, da Simpson's, muitas calças curtas e compridas, de flanela, considerado o tecido mais higiênico para climas quentes. E o meu paletó de veludo vermelho, claro.*

— *uma caixa de remédios. Preparada conforme recomendação de Galton, contém diversos itens que são mistério para mim, a saber: 1) vomitório para veneno; 2) gotas Warburg para febre; 3) pó sudoríparo Dover para infecções; 4) clorodina para ferimentos; 5) "um rolo grande de diaquilon": não faço ideia para que serve isso e Galton não explica; 6) lunar-cáustico num recipiente "para aplicar em feridas antigas e picadas de cobra"; 7) agulhas para costurar cortes profundos 8) linha encerada, idem; 9) laxante efervescente suave de Moxon; e 10) uma garrafa grande de láudano de Caldwell (concentrado) para quando outros remédios (e calças de flanela) não fizerem efeito.*

— *doze lindas xícaras brancas de café Wedgwood, de lustrosa porcelana, presente (irônico, certamente?) do meu futuro sogro.*

— *Hector que, urge dizer, fica mais animado à medida que se aproxima da linha do equador. Ele anda agitado, organizando tudo, gritando com os nativos e fazendo listas. Fico cansado só de olhar para ele.*

O que, diabos, estou fazendo aqui? *Que fim levou a beleza, a verdade e a contemplação de coisas maravilhosas? Às vezes, acho que vou acordar e descobrir que tudo é um pesadelo horrível.*

O único consolo são os poentes, os mais belos que jamais vi. A lua aparece primeiro através de um banco de neblina que cobre os mangues qual uma camada de papel de decalque. Tem a forma de uma bola laranja-avermelhada que parece se alongar à medida que sobe enquanto se separa do seu reflexo no rio cor de óleo preto. Do outro lado, o sol mergulha na neblina, toca a água e explode. Faíscas de ouro, ametista, carmim e violeta colorem o céu e depois também vão sumindo na escuridão, deixando apenas a incrível frigidez da luz da lua e a total negritude do mangue... Ah, e um milhão de pequenas criaturas voadoras que aparecem imediatamente e picam a pele com a ferocidade de piranhas.

Saudações,
Robert

?
??
???
????

Cara Sapa,

Você deve notar que essa carta não tem endereço do remetente: pois não estou em lugar algum. Lugar Algum é um local de pernas para o ar, com árvores que crescem na água como se estivessem em terra; os peixes, por sua vez, esqueceram que devem viver dentro d'água e ficam na lama, talvez para fugir dos crocodilos que passam mais tempo nos rios do que os peixes.

Nosso pequeno vapor mede apenas vinte pés da proa de metal à popa de mogno. Comemos ao ar livre, sob uma espécie de toldo, com o capitão e seu imediato, um russo. Navegamos devagar, pois seguimos contracorrente num rio largo, cor de moca marrom e cheio de lodo que parece parado, mas, de vez em quando, uma tora de madeira passa veloz rumo ao mar. Em alguns momentos também, passamos por uma aldeia; os nativos vêm para a margem e ficam olhando. Diga a Ada que não deve prender o cabelo para trás, caso queira se casar. Aqui, o jeito certo é arrancar dois dentes da frente, pintar a cabeça com tinta ocre e fazer zigue-zagues na testa com a lâmina de uma faca quente. Só então, será considerada muito linda e convidada para todas as danças. Esses bailes se realizam quase todas as noites, acompanhados de um alegre batuque surdo que não fica muito a dever a Wagner. Todas as crianças são barrigudas como se tivessem sido sopradas com uma bomba de encher pneus.

Quanto a mim, tenho andado como o típico árabe ultimamente: antes de sair de Aden, cortei os cabelos num barbeiro local. Fiquei completamente raspado, exceto por um único cacho no occipício, por onde Maomé vai me segurar no Juízo Final. Quando olha para mim, Hector suspira e me chama de "rapazola bobo". Que, certamente, sou.

Seu,

Abu Wallis (é assim que Kuma me chama! Acho que em árabe significa Patrão Wallis)

Zeila,
julho

Caríssima Emily,

Não sei dizer a falta que sinto de você. Cinco anos é um tempo longo demais; quando penso no breve período que passamos juntos, aqueles dias inocentes tomando cafés no escritório de seu pai, parece que foi numa outra vida. Será que você ainda vai lembrar de mim, daqui a meia década? Ainda conseguiremos achar graça um no outro? Lastimo parecer desesperado, mas é que, estando aqui, tudo em Londres parece um sonho, um sonho bem distante e turvo. Às vezes, chego a pensar se volto mesmo... Sei que me pediu para ser otimista, mas, de vez em quando, é quase impossível não desmoronar.

Esses pensamentos sombrios foram, imagino, causados em parte por um acidente quando chegamos aqui. O porto tem só um quebra-mar bastante precário e, quando descarregamos nossa bagagem, um dos caixotes caiu na água. Era onde estavam os meus livros, as minhas melhores roupas e as xícaras de porcelana Wedgwood que seu pai me deu. Os livros secaram, embora algumas páginas tenham grudado. O pior foram as roupas: qualquer coisa de veludo agora solta um cheiro de mofo. Incrível que apenas seis xícaras tenham quebrado; tento ver nisso um bom sinal.

Hoje, abri as amostras do Guia e cheirei as que mais me lembravam de casa: maçãs, bolo de gengibre, rosas-chá e avelãs... Depois, tentei misturar um cheiro que me lembrasse de você: aquele perfume Jicky que usava às vezes, mistura de lavanda, rosmaninho e bergamota. Fiquei bastante emocionado. Passei alguns minutos chorando como uma criança.

Querida Emily, por favor, não se preocupe por eu sentir falta de você. Amanhã melhoro, espero.

Seu amado,

Robert

Vinte e três

Macio – que afeta os sentidos de forma suave e agradável.

Rose Pangborn, *Principles of Sensory Evaluation of Food*

Emily está sentada à escrivaninha, passando para um livro-caixa os números de uma pilha enorme de recibos. Pelo que vê à sua frente, conclui que o Guia já provou seu valor. A Pinker está comprando mais cafés de ótima qualidade do que nunca, principalmente do tipo maracaibo e moca. Muitos, provenientes de regiões antes consideradas as melhores, receberam cotação bastante baixa: o *blue moun-*

tain jamaicano na verdade é ralo e aguado, enquanto o *malabar monsooned,* tão elogiado por muitos especialistas, tem cheiro ruim, o que é surpreendente. Mas outras regiões produtoras lançaram algumas joias, principalmente Antigua e Guatemala, com notas de fumaça, especiarias, flores, chocolate e um toque vívido na língua...

Ela franze o cenho. Além dos ótimos cafés que a empresa tem comprado em quantidade, adquiriu também de qualidade inferior, sobretudo o café mais barato de todos, o libérico africano, denso, grosso e sem gosto, com um sabor residual desagradável e nenhuma acidez. Pode ser adquirido por um valor irrisório e, no momento, há muito dele no mercado, pois nenhum comerciante respeitável iria estocá-lo a menos que...

O pai dela mostra o armazém para um visitante, um homem bem-vestido, de olhos vivos e sorriso cativante.

– Ah, Emily, você chegou. Brewer, posso lhe apresentar minha filha?

– Prazer em conhecê-la, Srta. Pinker. Temos uma amiga em comum, Millicent Fawcett – declara Brewer se adiantando para cumprimentar Emily.

– Não a conheço bem. Mas faço parte da Sociedade e a admiro muito – confessa surpresa, até mesmo impressionada.

– O Sr. Brewer é do parlamento de Ealing – explica Pinker. – Como eu, ele se interessa muito pelo livre-comércio.

– O senhor é um liberal? – questiona, ainda mais interessada no visitante.

– Sou. Embora no momento estejamos fora do governo, tenho certeza de que, com ajuda de homens de ideias avançadas como seu pai – Pinker abaixa a cabeça, agradecendo ao jovem –, logo teremos um gabinete mais a favor do popular. Nosso lema será a liberdade: de pensar, de gastar o salário, de negociar sem interferência do governo.

– Mudança e Melhoria, é a única saída – acrescentou Pinker.

– O seu partido também é a favor da liberdade das mulheres? – pergunta Emily.

Ele concorda com a cabeça.

– Como sabe, nos últimos cinco anos, tivemos um projeto de lei por ano a favor do sufrágio feminino, sempre rejeitado pelos Conservadores. Estamos determinados a acabar com esse tipo de abuso.

– Mas comecemos pelo começo, hein, Brewer? Primeiro, o livre-comércio; depois, os temas sociais – destacou Pinker.

Brewer olha, com gentileza, para Emily. Por um instante, os dois reconhecem um nos olhos do outro este brilho divertido, uma certeza, talvez, de que o mundo é assim e de que os ideais devem ser alcançados passo a passo, com cuidado.

– Primeiro, temos que fazer parte do governo – ele concorda, falando agora mais para ela do que para Pinker. – Para isso, precisamos do apoio dos empresários. Portanto, primeiro, o livre-comércio. Os destituídos de direitos civis não podem nos ajudar a conquistar o poder que exerceremos em nome deles.

Pararam à porta da rua. Estava claro que o roteiro de Brewer tinha terminado e Pinker ficou ansioso para retomar os afazeres, mas tanto ela quanto o parlamentar demoram para se despedir.

– Quem sabe, podemos discutir mais o tema? – Brewer sugere.

– Eu gostaria. Muito – afirma, e olha para o pai.

– Como? Ah, sim, venha jantar conosco, Arthur. De todo modo, temos muito a conversar.

– Quer dizer que você vai financiar os Liberais? – perguntou ao pai, depois que o parlamentar saiu.

– Vou. Parece a única forma de ter influência. E eles vão precisar de dinheiro, se forem expulsar os Conservadores. – Ele olha para a filha. – Você aprova?

– Acho ótima ideia. Mas para que precisamos ter influência?

– É como esperávamos: Howell sindicalizou suas plantações. Ele conseguiu o controle do mercado e, mesmo com o nosso Guia, fica impossível competir – informa Emily com preocupação.

– E o Sr. Brewer pode ajudar?

– Como nós, um governo liberal não vai mais querer o mercado dominado por alguns ricos e por países estrangeiros.

– Como vão impedir isso?

– Por lei, se preciso. Mas a curto prazo... – Ele olha firme para a filha, cônscio de que entenderá a importância do que vai dizer. – O Sr. Brewer acha que pode nos ajudar a romper os cartéis.

– É mesmo?

– É exatamente a causa do livre-comércio que eles querem defender. Já estão abrindo caminho nos comitês importantes, criando laços diplomáticos com os países vizinhos ao Brasil.

Ela suspira.

– Parece um longo caminho para fazer uma boa xícara de café.

– É – concorda ele. – Mas acho que todo negócio é assim, passa dos pequenos para os grandes temas.

Ela lembra do que ia perguntar para ele.

– Isso tem alguma coisa a ver com o café libérica barato que temos comprado?

– Ah – ele concorda com a cabeça. – De certa maneira, sim. Melhor você ir para o escritório.

Meia hora depois, estão todos sentados ao redor da grande mesa na qual ela costumava trabalhar com Robert. O Guia está aberto sobre a mesa e, na frente deles, meia dúzia de xícaras foram usadas para testar várias amostras.

– Você vê que o Guia acabou tendo função dupla. Foi o texto sobre *blending* de cafés que Robert fez para mim naquelas últimas semanas. – Ele olha para a filha, ainda reticente sobre o tema Robert, e aponta uma xícara. – Considere um café barato, ordinário como esse; considere as falhas e junte o bastante daqueles cafés que você vê no Guia e que irão equilibrá-los. – Mostra mais três ou quatro xícaras. – Você terá um café sem defeitos perceptíveis.

– Mas também sem grandes qualidades – observa ela.

– Sim, isso, contudo, pode ser uma qualidade. Sabe, Emily, as pessoas nem sempre estão de acordo sobre os sabores que apreciam num café. Nós, talvez, preferimos um café africano, rico e forte. Mas outros preferem o sabor mais intenso e mais encorpado de um café sul-americano. Sei que Robert gosta dos finos mocas e iemenitas, mas muitos acham essas características florais muito perfumadas. Ao fazer o *blending* de um café conforme os princípios do Guia, retiramos esses atributos que impedem os clientes de comprar um café da marca Castelo. Teremos um café que todo mundo gosta. De sabor consistente, não importa que tipos de grãos contenha. E por um preço muito menor.

– Imagino que Robert não vai gostar de ouvir você dizer isso.

– Robert não é comerciante. O motivo para eu mandá-lo para longe não era só por dinheiro – diz ele, olhando-a com atenção.

– Eu sei.

Ela não olha para o pai e fica com um rubor de cada lado do rosto.

– Depois que a distância esfriar o seu afeto, você decerto vai ver que ele não é o homem para você. Se tal ocorrer... você não terá qualquer obrigação com ele – declara com calma.

– Não quero desfazer o nosso acordo, papai.

– Em assuntos do coração, como nos de negócios, devemos fazer o que é melhor. Não necessariamente o que planejamos. Um acordo é apenas a percepção da verdade.

Ela não diz nada. Pega o Guia, passa o dedo nas rolhas que fecham os frascos e escolhe um que abre e cheira a fragrância.

– Sei. Papai, você tem razão em sugerir cautela. Prometo não tomar nenhuma decisão precipitada.

Vinte e quatro

Zeila,
31 de julho

Caro Hunt,

Aguardamos há três semanas nesse buraco no fim do mundo. Só agora percebo como Aden era bom. Podia ser uma porcaria, mas era uma porcaria organizada, bem-arrumada, bem-.administrada, com construções adequadas, separadas por espaços que até poderiam ser considerados ruas. Aqui, só há cabanas, lama e sufocantes redemoinhos de poeira vermelha. Parece que essa poeira (picante, pungente, dura como couro, meio rançosa) é o cheiro da África e não sai das minhas narinas.

Os habitantes são da tribo somali, mas governados pelos danakils, que pertencem a outra tribo e controlam as rotas comerciais. Andam armados de lanças ou espadas e usam colares de estranhos objetos redondos e murchos que parecem tâmaras secas; são os testículos dos inimigos. É isso mesmo: o castigo para qualquer pequena infração aqui (como, por exemplo, atrasar o pagamento de uma conta) é ter o saco cortado com uma espada. Em comparação, o castigo para os adúlteros é leve, são apedrejados até morrer. O local obedece a um selvagem chamado Abou Bekr e seus 11 filhos. Não usei a palavra "selvagem" no sentido étnico, pois o sujeito estripou mais de cem pessoas e é famoso pela crueldade. Desnecessário dizer que não vamos a lugar algum sem a permissão dele.

Um dia sim, um dia não, vamos até o pátio onde ele fica, ou seja, um pedaço de terra vermelha rodeado de paliçadas, como a função dupla de corte real e terreiro. Ele é um velho de barba rala, que fica deitado sob um toldo, num catre feito de peles de animais. De longe já se sente o cheiro de bode. Usa uma suja túnica branca e um enorme turbante em forma de cebola. Atrás dele ficam um ou dois somalis, de túnicas um pouco menos sujas, que afastam as moscas da cabeça dele com um objeto parecido com o que usamos aí para atiçar o fogo. Na mão esquerda, ele segura contas de oração que percorre com os dedos; com a direita, limpa os dentes com um palito. Tem o olhar fixo e cansado, olhos de tirano. Durante a conversa, de repente dá uma cusparada silenciosa, sem se incomodar com o alvo. Se você está nas boas graças dele, oferecem um excelente café em pequenas xícaras servido por um kavedjabouchi que fica à disposição o tempo todo, segurando um bule com um pequeno bico. As perguntas sobre a caravana têm a mesma resposta de Abou Bekr: "Insh" "Allah", o que significa se Deus quiser. Claro que ele na verdade quer dizer "se eu quiser". E o que ele quer? Não sabemos. Esperamos alguma coisa, um sinal, um pedido. Quando perguntamos o que falta para viajarmos, ele franze o cenho e pergunta aos cortesãos que, por sua vez, dão de ombros e repetem a mesma fórmula: "Logo, inshallah, daqui a pouco."

Às vezes, quando não estamos nas boas graças, ou quando Abou Bekr quer brincar conosco, não nos honra nem com uma cusparada na nossa direção, mas temos de ficar de pé e assistir aos assuntos da corte até ele resolver nos mandar embora de novo. Dizem que ele tem boa vontade conosco e que essa espera infinita é só uma formalidade, como a fila numa agência dos correios. Vai ter de haver também uma harour, isto é, uma assembleia de anciãos, que discutirá o nosso pedido; às vezes, Abou Bekr usa esse motivo para explicar esse impasse. Mentira, todos sabem que quem decide é ele.

Enquanto a caravana não sai, cuidamos dos preparativos. Incluímos a ajuda de um tal Desmond Hammond, ex-militar que hoje ganha dinheiro comercializando marfim e outros produtos. Ele e o sócio, um bôer chamado Tatts, de vez em quando somem por uma semana, carregados de armas de fogo Remington, rifles Martini-Henry e munições. Quando voltam, seus camelos estão enfeitados com enormes presas de elefantes e ficam parecendo estranhos e híbridos mastodontes que Darwin nunca viu.

Outra curiosidade desse lugar é que não se podem comprar os serviços sexuais de uma mulher. Não se trata de algum escrúpulo, pelo contrário, qualquer uma em idade casadoira já foi comprada. Como qualquer homem pode ter quantas esposas preferir, os ricos continuam aumentando a coleção. Hammond me disse que quando as meninas chegam à puberdade, são circuncisadas, processo difícil de entender e, ao escrever agora, ainda fico indignado. No interior do país, para onde vamos, os costumes são diferentes. Na tribo gala, a mulher pode ter amantes até depois de casada e, se o homem deixa sua lança fora da cabana, nenhum outro pode entrar, nem mesmo o marido. Acho que isso é melhor que a brutal pseudocivilização do litoral que, nesse ponto, é comparável ao que fazemos aí na nossa terra.

É estranho como podemos viajar tanto, ver tanta coisa e acabar pensando não no que é estranho e novo, mas no que ficou para trás: o estranho e velho, digamos assim. Como é aquele verso de Horácio que tivemos de decorar na escola? Coelum non animum mutant qui trans mare currunt. (Quem atravessa os mares, muda de céus, mas não de alma.) Talvez seja isso mesmo.

Lembranças,
Wallis

Zeila,
2 de agosto de 1897

Muito tão querida Emily,

Esperamos sair daqui logo. O comerciante de café Ibrahim Bey vem vindo para cá e, segundo as notícias mais recentes, chega daqui a poucos dias. Esperamos que, com a ajuda dele, resolva-se a dificuldade administrativa que nos prende aqui. Sem dúvida, os cortesãos de Abou Bekr estão contentes por nós, falam em Bey e sorriem.

Pobre Hector, ele se preocupa demais com a chuva. A certa altura, pensou em me deixar aqui, voltar para Aden e ir para o Ceilão antes do mau tempo chegar, mas parece que o seu pai recomendou que me instalasse a qualquer custo. Não acho que a companhia dele tenha ficado mais fácil, mas sou grato por ele ter ficado. Sozinho seria muito complicado.

Eu estava assistindo a dois cormorões na dança do acasalamento, o que foi muito engraçado. O macho é mais esperto...

Vinte e cinco

E foi então que a vi.

Escrevo uma carta, sentado no convés do nosso barco, quando surge outro na curva do rio. Uma *dhow*, embarcação costeira movida a quatro pares de remos pretos que saem da água e somem dentro dela, num movimento ritmado parecendo um só remo. No convés, vejo um quadro vivo:

Um homem em traje árabe (túnica branca), muito corpulento, está sentado num banquinho, como se fosse num trono, com a mão sobre o joelho, apoiando o peso do corpo nele, como se estivesse prestes a se levantar. A postura é de alerta, ansiedade. O rosto sensual, pesado, parece o de um potentado, mas os olhos (aqueles olhos empapuçados) não perdem nada, ao vascular o quebra-mar. Tem lábios grandes, polpudos, nariz curvo, de árabe. Atrás dele, em pé, está um negro alto, ou melhor, um rapaz alto, pois, apesar da altura, há algo jovem no rosto negro. Parece uma sentinela aguardando ordem, as mãos postas sobre o cabo de uma arma enorme, uma espécie de espada, com a ponta enfiada no convés de madeira, como um londrino apoia as duas mãos na bengala.

E atrás *desse* rapaz, do outro lado do árabe, há uma moça.

Veste uma túnica amarelo-açafrão que a cobre dos tornozelos aos cabelos. O rosto sob o capuz é delicado, de ossos pequenos, quase indiano, mas o corpo... uma brisa súbita passa sobre o rio e infla a túnica, noto que a moça é forte e ágil, tem a postura ereta de uma atleta. Noto também, surpreso, que sua beleza é de perder o fôlego, a pele tão negra que, como um carvão, parece quase prateada onde a luz bate.

Soa um apito. Os remos levantam, tão concatenados quanto os barcos de corrida no Tâmisa, em Eton, e o *dhow* ruma para o quebra-mar. Em terra, as pessoas correm de um lado para outro, com cordas. Uma multidão surge do nada e ruma, agitada, para a embarcação. Começa o inevitável e agitado tumulto. O barco atraca perto do nosso. Os dois homens continuam olhando para a frente, mas, quando passam por nós, a moça vira o rosto e olha direto para mim. Esse contato com os olhos dela causa um efeito extraordinário e é a única coisa que posso fazer para não recuar: sustentar o olhar dela sem piscar em função daquela beleza impressionante.

Assim que a embarcação atraca, o árabe se levanta. É gordo, mas rápido, e recusa todas as mãos que se oferecem para ajudá-lo a desembarcar. O negro segue atrás, também recusando ajuda, segurando a arma na frente como um padre com a cruz. Em seguida vem a moça, com passos destros e firmes, dá para ter um vislumbre daquele corpo através da túnica de algodão que se cola quando ela sobe na amurada falsa da embarcação, equilibra-se um instante com os pés descalços e pula ou, melhor, salta sem esforço no quebra-mar, leve como um gato.

Então, ocorre o caos de sempre: estivadores retiram a carga da embarcação. Continuo olhando para ela, hipnotizado. Os pés são muito negros, quase cinzentos, porém, ao sair do barco, vejo um lampejo de rosa nas solas. Sob o lenço solto que cobre a cabeça, veem-se agora os cabelos compridos e encarapinhados. Fios e cachos negros escapam. O vento faz a túnica amarela, que quase se pode chamar de sari, grudar no seu corpo, delineando primeiro uma parte do corpo, fugaz, depois outra... ela arruma o pano sobre os cabelos e noto que a palma da mão é cinza-rosada também.

A bagagem ainda não foi descarregada, mas o árabe dá ordens com voz tonitruante e os três se encaminham para a aldeia, mantendo a mesma formação até o conjunto de construções da realeza. Acompanho a túnica amarela-açafrão no meio da turba de cabeças negras, o jeito como ela se move, tão diferente deles, forte, leve e ágil, como peito erguido e os ombros para trás como um corredor. Algo desperta na minha mente, uma chave girando num cadeado que eu nem sabia que existia. A sensação é muito vívida, tenho certeza, embora não saiba se está trancando ou destrancando. Percebo que fiquei contendo a respiração e quando solto, o som é semelhante a uma exclamação. Olho para baixo. Seguro a carta para Emily, que estava por terminar. Amasso-a e jogo-a na água, onde forma dois círculos antes de flutuar, devagar, seguindo mais rápido naquela silenciosa e negra corrente que vai para o mar.

Vinte e seis

Picante – agradável estimulador do paladar. Saboroso; azedo; aguçado ou mordente, acre.

– Rose Pangborn, *Principles of Sensory Evaluation of Food*

Meia hora depois, eu ainda estou sentado lá, quando Hector volta, esbaforido:

– Fomos convocados. Ibrahim Bey chegou e parece que o maldito rei crioulo vai finalmente falar conosco.

– Que bom, alguma coisa acontecendo. Finalmente.

– Se quer saber, isso é um grande desaforo.

Levanto da minha cadeira de acampamento e vou desembarcar, mas ele me para.

– Acho que precisamos fazer um escândalo, Robert. Não estamos aqui apenas como pessoas, como aquele patife do Hammond. Estamos como representantes da indústria britânica. Se ele não nos respeita como ser humano, tem que respeitar isso.

E foi assim que entramos na corte de Abou Bekr, o inútil tirano de um monte de excremento largado num cantinho selvagem e cheio de moscas. Fomos o mais emperiquitados possível: de casaca, cartola, faixa na cintura e, no caso de Hector, um maravilhoso chapéu branco com penas vermelhas de cacatua. Os africanos olharam para nós sem demonstrar qualquer curiosidade. Desconfio que, para eles, começamos finalmente a nos vestir direito, como fazem as tribos do interior do país.

Abou Bekr está estirado no sofá, comendo tâmaras. Ibrahim Bey está de pé na frente dele. Aos pés do tirano, há uma bandeja de prata com muitas folhas; talvez sejam alguma especiaria ou droga, um presente de comerciante para soberano. O negro está ao lado do chefe. Procuro a jovem, mas não a vejo.

Ele faz sinal para nos aproximarmos. Abou Bekr nos apresenta, falando numa língua que não entendemos, embora os gestos sejam bem claros. Bey, Hector e eu nos cumprimentamos. O soberano se manifesta outra vez, trazem um documento no qual ele marca o selo real com tinta, espirrando um pouco na túnica branca. Em seguida, sem um sorriso, estende a mão para mim. Aperto-a: é grossa e rude como o pé de um leproso, mas cumprimento assim mesmo. Ele olha firme. Somos dispensados.

– Chegaram faz tempo? – pergunta Bey, solícito, quando saímos. Dá a impressão de que ele nos encontra num trem que atrasou um pouco.

– Quase um mês – resmunga Hector, furioso.

– Ah, então não é tão grave. – Bey sorri. – Que bom conhecê-los. Você deve ser Crannach, e você – vira-se para mim –, Robert Wallis.

– Como sabe?

– Meu bom amigo Samuel Pinker me escreveu dizendo que você vinha para a África. Pediu para eu ajudar no que fosse preciso. – Ele inclina a cabeça. – Será uma honra.

– Por que o rei demorou tanto? – pergunta Hector, brusco.

– Demorou para quê?

– Por que Sua Baixeza Real nos fez esperar tanto, exatamente?

A cara grande de Ibrahim Bey demonstra pasmo.

– Não faço ideia. Mas ainda temos de enfrentar o conselho de anciãos. Vocês vão dar um presente para eles? Eu tratei de presentear Abou Bekr.

– Presente? – Hector está irritado.

– Bastam dois bodes.

– Não temos bodes – lembro eu.

– Mesmo se tivéssemos – pondera Hector –, não iríamos trocá-los pelo visto de entrada num país onde já temos o direito de entrar como súditos de Sua Majestade Britânica.

– Claro – diz Ibrahim Bey, pensativo. – Ninguém é obrigado a dar nada. – Ele me olha e dá uma piscadela. – Mas se não der pode ficar preso aqui por muito tempo.

– Acho também que, quando um branco recorre ao suborno, está complicando as coisas para todos os brancos que vierem depois – diz Hector.

– Então sorte minha não ser branco ou, pelo menos, não completamente branco – observa Bey. Percebo então que ele é muito simpático, pois qualquer um teria se ofendido com o tom de Hector, quanto mais com as palavras. Mas Ibrahim age como se fosse tudo muito engraçado. – Se o *harour* autorizar, vocês aceitam dividir comigo os gastos de uma caravana? Também preciso ir para Harar e quanto maior o grupo, menos perigoso.

– É perigoso? – pergunto.

– Meu amigo, essa viagem é sempre perigosa. Quando saímos da proteção de Abou Bekr – Hector funga com desdém só de ouvir o nome –, é uma luta de todos contra todos. Menelik, o imperador abissínio, está em guerra com os italianos e dominando a tribo dos gala que, por sua vez, guerreiam contra todas as outras. Os egípcios estão sempre fomentando problemas, esperando que alguém peça para invadirem. Mas nós temos armas e um pedaço de papel assinado por Abou Bekr, além da proteção que nossos passaportes representam. Seria falta de sorte sermos assassinados.

Estranho, mas depois que Bey explicou que a expedição é perigosa, fiquei bem seguro. Deve ser pelo carisma, pois ele lembra um pouco Samuel Pinker.

– Mas não vamos subornar ninguém – repete Hector, com teimosia.

– Você dá gorjeta para porteiros e garçons; por que não pode dar para um rei ou um chefe? – compara Bey, em um tom conciliador.

– Porque a gorjeta vem depois, o suborno vem antes – responde Hector, com firmeza.

– Então está combinado: dois bodes de presente, *depois* da reunião com os anciãos. Tenho certeza de que eles vão aceitar quando você disser que vai dar, todo mundo sabe que a palavra de um inglês é confiável. – Bey bate palmas, chamando alguém. – Agora, posso lhes oferecer café? Acampei na colina, lá é um pouco mais fresco.

Hector diz, aborrecido:

– Preciso preparar algumas coisas.

– Obrigado, será uma honra – respondo quando Bey me olha.

– Isso é típico de árabe – resmunga Hector, quando Bey sobe a colina. – Ele só quer viajar conosco porque sabe que ninguém ousa atacar uma caravana de ingleses. Não me surpreenderia ao saber que ele pagou para Abou Bekr nos fazer esperar.

Quando entro no acampamento, os carregadores levam recipientes com água e alguns homens tiram o couro de um bode morto. No centro, há uma tenda maior que as demais. O jovem negro está à entrada, supervisionando algumas mulheres que cozinham num fogo. O rapaz me vê e, em silêncio, levanta a aba da tenda e faz sinal para eu entrar.

O interior foi revestido de sedas estampadas, e o chão, coberto por pilhas de tapetes. Há um cheiro forte e temperado, algum tipo de incenso que depois informam ser mirra. No meio da tenda, ladeando uma mesa baixa, há dois bancos em forma de trono.

– Robert, seja bem-vindo.

Bey aparece, vindo de um outro aposento. Mudou de roupa, usa calças largas de algodão com camisa do mesmo tecido e um colete de seda estampada. Não se move como um gordo, porém com rapidez: caminha para mim e segura meus ombros para me saudar.

– Você é muito bem-vindo – repete. – Samuel me escreveu contando da sua ventura, quero dizer, da sua aventura. E do Guia também, estou louco para conhecer esse importante método. Mas antes, sempre, antes, vamos ao café. Já conhece o estilo abissínio de servir?

– Acho que não.

Ele sorri e chama:

– Mulu! Fikre!

O negro aparece na tenda e conversam em árabe. Bey mostra o banco.

– Por favor, sente-se – diz para mim.

Ele senta no outro banco e fica me observando. Um instante depois, a jovem entra. Fico meio tonto, tal é a perturbação que ela me causa. A túnica de algodão que usa agora é mais escura, quase marrom, e vai até os quadris. Por baixo, está de calça de seda clara bordada com pérolas; um comprido bracelete de cobre enrosca-se pelo braço como uma serpente. Eu ainda não vira direito os olhos dela. São extraordinariamente claros, o único detalhe claro naquele delicado rosto cor de ferro; ela talvez tenha antepassados com sangue de marinheiro europeu. Os olhos quase cinzentos que encontraram os meus por um instante (um instante infinito, com uma expressão indecifrável) se abaixam quando ela ajoelha para acender incenso num braseiro. Uma fumaça perfumada invade a tenda. Ela tem a boca vermelha-escura, quase preta, cor de romã.

– A cerimônia do café – ensina Bey – consiste em três xícaras, *abol*, *tona* e *baraka*, tomadas uma após a outra. A primeira, por prazer; a segunda causa contemplação e a terceira concede uma bênção. Os abissínios acreditam que faz uma espécie de transformação do espírito.

O negro volta com uma bandeja de cobre com diversos objetos: xícaras, um bule de barro preto, um saco de pano fechado por um cordel, com grãos de café, um pano e um prato com um líquido rosa. A garota mergulha o pano no líquido e se ajoelha na minha frente. Só de olhar para o rosto dela me dá vontade de suspirar de prazer.

Então, para surpresa minha, ela passa no meu rosto o pano úmido e perfumado, na testa, nos olhos fechados, um toque leve nas maçãs. O aroma de água de rosas enche minhas narinas, doce e forte. Sinto os dedos dela sobre o pano. O toque é sensual, leve, mas estranhamente impessoal. O rosto perfeito, fica bem perto do meu e em seguida ela se afasta novamente. Puxa o cordel fechando o saco e entrega-o para mim com as duas mãos.

– Você agora tem que cheirar os grãos de café, Robert – explica Bey.

Pego o saco e levo-o ao nariz. Imediatamente, sei que conheci aqueles grãos em Londres (ou grãos muito parecidos). Cheiro de madressilva... licor... fumaça de madeira... maçã.

– Já tomei esse café. Você vendeu um lote para Pinker – digo. Bey sorri.

– Ele treinou bem você. Esse café é das terras além de Harar, onde você deve fazer sua plantação.

– Tem nome?

– Muitos e nenhum, depende de onde for. O mundo chama de moca, embora, como você notou, seja bem diferente dos mocas do meu país. Vem de Harar, percorrendo a mesma e antiga rota de escravos que faremos. – Olho para ele, surpreso. – Não sabia? O caminho pelo deserto é usado há séculos pelos traficantes de escravos. O comércio de escravos e de café é a origem da riqueza de Harar e o motivo para não chamarem muito a atenção de forasteiros. Mas estão ligados também de outras formas.

Ele se cala um instante. Os grãos soltam um assovio ao serem torrados na panela de barro. A moça mexe-os com uma colher de madeira, num movimento rítmico, ritualístico. Tem dedos esguios e compridos do mesmo tom negro, mas as palmas são quase tão claras quanto as de um europeu.

– De que outras formas? – pergunto.

– Para ficarem acordados quando viajavam à noite, os traficantes de escravos comiam os grãos de *kaffa* misturados com um pouco de manteiga. Nas regiões de clima mais temperado, os grãos eram jogados fora, às vezes, durante as paradas. Novas áreas de cultivo surgiram onde os grãos vicejaram.

– Então foi bom que os traficantes fizessem pausas durante a viagem.

– Para os escravos, não, pois nesses momentos os meninos eram castrados. Depois, eram enterrados na areia quente até a cintura para cauterizar o corte. Em alguns infelizes, o corte infeccionava e eram largados no deserto, onde tinham uma morte sofrida.

Apesar do calor, estremeço.

– Agora, isso é passado.

Ele não diz nada. Os grãos chegaram ao ponto que os torradores chamam de primeiro estalo, quando pulam e chiam na panela de barro. A jovem despeja-os num prato. O cheiro fica mais forte. Alcatrão queimado, cinza, fumaça de turfa mas, acima de todos esses odores, um toque dominante de aroma adocicado, floral. Ela me entrega o prato e aspiro bem o cheiro da panela quente.

– Estes são bons – digo para ela, com educação. O lindo rosto é tão vazio de emoção quanto uma máscara.

– Ela não entende o que falo – digo para Bey, passando o prato.

– Engano seu, Robert. Fikre sabe sete línguas, incluindo francês, inglês, amárico e árabe. Mas não fala uma palavra sem minha autorização. – Ele levanta o prato na altura do rosto e cheira. – Ah!

Encaro a moça. Por um instante, os olhos dão um sinal, ela mexe a cabeça e há mais: uma espécie de desespero, um apelo, um pedido calado de louca intensidade.

Franzo um pouco o cenho como para dizer *não entendo*.

Ela fica indecisa. Aí, faz um gesto rapidíssimo de dar de ombros. *Não posso falar.*

Olho para Bey como quem pergunta. *Por quê? Por causa dele?*

Outro sinal quase imperceptível. *Sim.*

Ela arruma as xícaras, coloca-as de cabeça para baixo sobre a fumaça da mirra para perfumá-las. Depois, com movimentos rápidos e fluidos, mói os grãos num pilão. Despeja o pó do café num bule de prata e põe a água quente. Um vapor. O cheiro é como uma fanfarra: enlevada, exultante, uma mistura de madressilva com especiarias, lírios e limão.

O bule tem o bico comprido e curvo como o de um beija-flor. Ela serve duas xícaras, num filete contínuo e ralo de café. Ao entregar uma para mim, inclina-se para a frente, escondendo nossas mãos de Bey. Sinto algo ser colocado na minha mão, de forma furtiva, uma coisa pequena e dura. Ao levar a xícara à boca, olho o que é.

A palma da minha mão tem um único grão de café.

O que significa? Tento encará-la, mas ela ainda evita o meu olhar. Bebo o café. Sim, é tão bom quanto da última vez, em Limehouse, talvez até melhor, pois nesse momento minhas narinas ficam impregnadas de mirra e água de rosa, meus sentidos formigam com o calor, o incenso e a presença da moça.

A segunda xícara tem uma diferença sutil: o café ficou de molho um pouco; por isso os sabores ficam mais acentuados e é mais encorpado. Observo-a andar e o movimento da túnica de algodão em volta do corpo, quando ela se agacha. Tem os quadris estreitos como um guepardo e os gestos têm a mesma fluidez e ondulação deste animal. Claro que ela concluiu que está se arriscando demais; por isso evita meus olhos mesmo quando mergulha o guardanapo na água de rosa e passa no meu rosto, preparando-me para degustar a próxima xícara. Mas noto que passa a mão bem devagar no meu rosto segurando o pano úmido.

Deixa cair o guardanapo. Nós dois tentamos pegá-lo ao mesmo tempo. Nossos dedos se tocam. Ela arregala os olhos, assustada.

Por favor, cuidado.

Aperto a mão dela, tranquilizando-a. *Não se assuste. Confie em mim. Espere.*

Enquanto isso, Bey fala sobre café. Discutimos os diversos tipos de secagem, a seco e úmido.

– Se possível, Robert, prefira o processo úmido, os lotes são mais consistentes e aproveita-se mais a colheita. – Depois, fala sobre Harar. – Transportar o café é difícil, mas vai melhorar. Menelik fala em construir uma estrada de ferro do litoral até Dire

Dawa. Você chegou na hora certa: logo vai haver muito enriquecimento.

A terceira xícara, *baraka*. O café é um pouco salgado, o vapor tornou-o mais denso. Ela refresca-o com um ramo de erva com sabor de gengibre.

– Sabe o que é isso, Robert? – pergunta Bey, pegando o ramo e cheirando-o.

Não.

– *Tena adam*. Os abissínios acreditam que é afrodisíaco. Como você vê, a cerimônia do café tem muitos significados. Quando é servido entre amigos, é um gesto de amizade; entre comerciantes, como nós dois, um símbolo de confiança. Mas entre amantes é outro tipo de ritual. Quando uma mulher serve café para um homem, mostra desejo.

Os dedos de minha mão esquerda apertam o grão de café, pequeno, duro e redondo. Será esse o significado?

– Assim é a cerimônia do café. Agora sei que você nunca vai me enganar. Ha, ha, ha! – Seu riso estrondoso reverbera por toda a tenda.

Fikre recolhe as xícaras vazias e coloca-as na bandeja com cuidado. Na saída da tenda, fora da vista dele, vira para trás e me olha. Um relance de dentes brancos, lábios cor de romã, pele negra. Depois desaparece.

– Há quanto tempo Fikre trabalha para você? – pergunto, da forma mais casual possível.

Bey me olha, pensativo.

– Ela é muito bonita, não?

Dou de ombros.

– É, sim.

Ele fica calado um instante e diz, de repente:

– Ela não trabalha para mim. Sou o dono. Robert. Ela é minha escrava.

Eu desconfiava, mesmo assim fico chocado e indignado ao ouvir.

– Estou lhe contando – diz Bey, bem sério –, pois você ia saber de qualquer maneira e porque não vou contar mentira. Mas garanto que não é o que parece, um dia conto como a comprei. Hoje, não.

– E Mulu?

– Ele também. É o *lala* de Fikre: o empregado, protetor, criado.

– Então ele é...?

– Eunuco, sim. Foi retirado da tribo quando criança e castrado durante a viagem, exatamente como descrevi.

Estremeci. Isso explica por que fiquei intrigado com o jeito de Mulu, era alto como um homem, mas com o rosto imberbe de um menino...

– Para vocês, ingleses, a escravidão é um grande mal. Mas aqui é diferente. Não é só dizer para alguém "você agora está livre, vá para casa". Para onde essas pessoas iriam? Mesmo se soubessem a que povo pertenciam, não seriam aceitas, pois não têm posição social. Eu dou a eles uma vida melhor do que teriam – explica com calma.

Concordo com a cabeça. Por um lado, fico impressionado com o que ele disse. Por outro, sinto uma inveja furiosa, terrível.

Vinte e sete

– Sei que ele é seu noivo, Emily, mas gostaria que Robert não escrevesse coisas tão abusivas a meu respeito – diz Ada, irritada.

– Você está falando da carta dele para a Sapa sobre os nativos e Wagner? – pergunta Emily suspirando.

– É. Estou com vontade de responder.

– Ele agora deve estar na Abissínia. Não sei quando vai receber cartas, não tem respondido às minhas. Além disso, Ada, acho que ele estava apenas querendo ser engraçado. É o jeito dele ficar animado.

– Na minha opinião, ele já é animado demais.

– Mesmo assim, deve ser complicado para ele. Devemos, no mínimo, ser um pouco compreensivas.

– É fácil você dizer isso, pois deve estar recebendo bobaginhas e bilhetinhos amorosos.

– Na verdade, Robert não é muito bom em bilhetinhos de amor – observou Emily com um sorriso desapontado. – Acho que considera-os uma distorção de sua arte poética.

Ada ri, zombeteira.

– Você não gosta muito dele, não é? – pergunta Emily, calma.

– Não o entendo. E... – Ela fica indecisa, pois há um limite para ser contra a irmã. – Fico surpresa de você gostar tanto dele.

– Acho que é porque ele me faz rir.

– Eu não gostaria que meu marido fosse motivo constante de risos – diz Ada, afetada.

Nisso, o pai delas entra na sala. Segura um papel branco de quase meio metro de comprimento, da máquina do escritório.

– Minhas caras! Gostariam de ver algo maravilhoso? – pergunta, alto.

– O que é, pai?

– Vistam seus casacos, vamos à Bolsa de Valores. As ações da Lyle vão derrubar o monopólio do mercado do açúcar!

– Mas isso nos atinge? – pergunta Ada, franzindo o cenho.

– Diretamente, não. Mas se eles podem fazer isso com o açúcar, nós podemos fazer com o café. De todo jeito, será ótimo!

As filhas não se animam tanto quanto ele, mas correm para vestir os casacos e chapéus. Enquanto isso, o pai chama um tílburi e todos seguem rumo à City.

– Durante muitos anos, a Lyle teve uma situação parecida com a nossa – explica Pinker. – Ela está para a Tate como nós estamos para a Howell. Mas não aceitam perder! Começaram a ganhar fama fazendo o marketing do açúcar deles como melado. Agora, a Lyle passou a usar o açúcar de suas plantações de beterraba na Ânglia oriental e espera derrubar o mercado.

– Continuo sem entender como será – diz Ada, com um franzir de cenho.

– A Lyle vai colocar no mercado uma enorme quantidade de açúcar – explica Emily. – O sindicato da Tate terá de comprar o produto para manter o preço no nível artificial. Depois, é só uma questão de quem tem nervos para aguentar mais tempo: se a Lyle parar de vender, vai perder e o preço se manterá alto. Se a Tate parar de comprar, vai perder e o preço vai cair.

– Exatamente – diz o pai, premiando-a com um sorriso. – A Tate já está sob pressão por causa da colheita. E a Lyle tem boas reservas... vai ser um embate fascinante.

Na Bolsa, eles se dirigem para a galeria reservada ao público. É meio parecido com um teatro, pensa Emily, olhando o que se passa lá embaixo. Vê um grande salão onde os sons ecoam; em volta dele se espalham meia dúzia de estrados octogonais feitos de mogno e metal.

– Esses lugares são onde se negocia só um produto – explica o pai delas. – O estrado de Norfolk está exatamente embaixo de nós. Dezenas de corretores circulam ali, prestando atenção num quadro-negro. Emily acha que a cena lembra crianças num teatro de marionetes, esperando a peça começar. A única ação é feita por um funcionário que usa chapéu-coco vermelho e escreve números no quadro-negro. Quando termina, apaga tudo, fazendo uma nuvem de poeira e começa de novo.

– Ah, estão ali o Neate e o Brewer também – exclama o pai. Emily percebe que é o membro do parlamento que ela conheceu antes com o pai. Ele vem na direção deles, junto com um jovem de terno. Arthur Brewer cumprimenta-a com um sorriso e um aceno de cabeça antes de sentar-se. Enquanto, isso, Pinker fala com rapidez no ouvido de Neate e dá um tapinha no ombro do jovem quando ele vai embora.

– Esse é o nosso corretor – explica ao sentar-se de novo. – Apliquei uma pequena soma na Lyle.

– Uma aposta? – pergunta Emily.

– Sim. Fiz uma ordem de compra. Se o preço cair, como espero, ganho a diferença.

Ela concorda com a cabeça, mas obviamente não entende tanto daquele mercado como o pai. Esse é um novo aspecto, que ela não conhecia: no passado, quando ele se referia às sacas de café como sendo soldados e cavalaria, ela imaginava um outro tipo de batalha.

Soa uma campainha lá embaixo, no térreo. Na mesma hora, começa um burburinho em redor do estrado. Alguns homens agitam as mãos para o alto, como se quisessem falar por sinais, enquanto outros fazem recibos, passando-os por cima do balcão. Apesar de não entender o processo, ela percebe que algum drama se desenrola. Parece que a gravidade se centraliza em dois participantes situados em cantos opostos do octógono.

– Esse é o corretor da Lyle. E aquele lá, o da Tate – diz o pai dela. – Ah, aqui, se não estou enganado, estão os compradores, venham ver.

Dois grupos chegam separados à galeria. Ambos consistem em meia dúzia de homens que fazem questão de se ignorar, que seguem até o parapeito, atentos ao que se passa lá em baixo.

– São os irmãos Lyle. E aquele, acho que é Joseph Tate, filho de Sir Henry. – Pinker volta a prestar atenção no térreo, esforçando-se para enxergar os números que vão sendo mudados no quadro-negro. – Pelo que vejo, Lyle continua comprando. Estão comprando para acumular ações.

– Mesmo com a esperança de que o preço caia?

– É uma encenação. Querem que a Bolsa veja que eles estão confiantes.

Durante vinte minutos nada acontece. Ada olha para Emily e faz uma careta. Mas a irmã, longe de estar entediada, está encantada. Não é que goste do mercado de ações; na verdade, acha um pouco repulsivo, já que, em resumo, o pai só entrega e recebe pedaços de papel sobre um balcão de mogno. É perturbador como os homens em redor do estrado parecem uma matilha, imagina-os atacando ferozmente um dos dois negociantes.

– Impressionante – murmura Pinker.

Ele olha para a lateral da galeria, onde um cavalheiro bem idoso, de bengala, aproxima-se do grupo da Tate. Ao lado dele está um jovem, pronto a ajudar se preciso.

– Sir Henry Tate. Deve ter mais de 70 anos – informa Pinker, baixo.

Como se a chegada do idoso fosse um sinal, o barulho no térreo muda. O corretor da Lyle recebe gritos e acenos naquela estranha linguagem de sinais e enfiam nas mãos dele o que parecem ser pedaços de papel. Sem se perturbar, ele recolhe tudo, dá tapinhas no peito dos homens para reforçar a aceitação da proposta deles, enquanto ao mesmo tempo sinaliza com a cabeça para outra pessoa, assina os bilhetes e entrega-os.

– A Lyle está vendendo, é isso! – diz o pai das meninas.

A agitação continua por cinco minutos. Pinker olha para Sir Henry, sentado ao lado do filho Joseph, as mãos sobre o cabo da bengala. Os dois assistem ao movimento em silêncio, os rostos impassíveis.

– Eles vão à falência logo. Gastaram uma pequena fortuna – murmura Pinker.

De repente, o barulho parece sumir; há um longo silêncio cheio de expectativa no térreo. Então, o corretor da Lyle balança a cabeça.

Na mesma hora, os homens no térreo viram-se e olham para o corretor da Tate.

– Terminou. A Tate venceu – diz Pinker suspirando.

– Por que, papai?

– Não sei – declara de modo brusco. – Talvez a Lyle tenha avaliado mal. Talvez tivessem menos reservas do que disseram. Talvez o velho tenha sabido conter melhor o nervosismo. – Ele se levanta e chama: – Vamos para casa.

A galeria começa a esvaziar. O pessoal da Lyle é o primeiro a sair; o da Tate se cumprimenta em silêncio. É difícil acreditar que se apostou e perdeu uma fortuna.

– Na próxima vez, eles não vencerão – prevê o pai, olhando o térreo. – A longo prazo, não. O mercado quer ser livre e ninguém é mais poderoso que ele. – Vira-se para Arthur Brewer: – Não esqueça do jantar, Brewer. Temos de aprender as lições de hoje, se não quisermos ter o mesmo destino.

Vinte e oito

Fumaça – o próprio símbolo da volatilidade, é o cheiro de certos tipos de madeira e resinas quando queimadas.

– Lenoir, *Le Nez du Café*

Quatro dias depois, saímos de Zeila numa caravana de trinta camelos e, além de nós dois e Ibrahim Bey, há Hammond e Tatts, ansiosos para irem o mais longe possível na segurança da nossa companhia. Fikre e Mulu seguem a pé atrás de nós, com os outros criados. Às vezes, perto do fim de um percurso, noto que ela encosta no eunuco quando cansada. Ele coloca o braço ao redor dela, terno, amparando-a.

Em Tococha, paramos para armazenar água. Enchemos os *gherbes*, barris de pele de cabrito amarrados um de cada lado dos camelos como se fossem imensas bolas de futebol. A água tem um sabor rançoso de bicho (*hircinos*), que piora muito depois de ficar o dia inteiro ao sol. Em Warumbot, 35 quilômetros depois, chegamos ao interior do país. É a entrada do deserto e a aldeia parece pendurada à margem das areias escaldantes como um pequeno porto à beira de um imenso mar. À luz da lua – viajamos do final da tarde até o amanhecer –, a areia é cor de sal, brilhante e clara como uma enorme planície de quartzo. Passando a língua nos lábios, dá para sentir que estão cheios de areia salgada. Os rostos negros brilham como gotas cristalinas. Segundo Hammond, estamos abaixo do nível do mar. Às vezes, há vapores e fumarolas no deserto disforme e pedregoso; outras vezes, só as ondas infinitas e petrificadas de areia. Durante toda a noite, só vemos um ser vivo, um espinheiro que, a julgar pelas poucas folhas, devia estar morto.

Fico devaneando sobre Emily, repassando cenas da nossa corte amorosa: o jeito como ela bateu pé quando discutimos na rua; o almoço no bar da Narrow Street... mas então espio Fikre, com a lua brilhando em sua pele cinza-ardósia, e na mesma hora fico quase totalmente excitado. O passo do camelo, depois que se acostuma, é hipnótico, quase sensual, um movimento constante de cutucar e balançar que só instiga as fantasias da minha mente.

O sol aparece, pairando sobre o deserto como um balão de Montpellier, ainda estamos no mesmo deserto disforme. Sinto que os condutores da caravana estão assustados. Ficar sob o calor do sol mata. Os *gherbes* estão quase vazios e ninguém parece saber exatamente a nossa localização. Após alguma discussão, continuamos a marcha. Surge outra aldeiazinha, as casas disformes são quase invisíveis, em contraste com as rochas também disformes espalhadas pelo deserto. A ilusão de perspectiva pode torná-las maiores que um navio ou menores que um grão de areia. A aldeia é Ensa, nosso destino naquele dia. Todo mundo sente um alívio. Há uma dúzia de cabanas decadentes, algumas cabras procurando grama entre as pedras, uma negra amamentando um bebê na teta achatada e cinza, murcha como um bagaço de laranja. Abutres de ombros largos andam em volta das cabanas ou bicam os restos fedorentos da palha de um camelo, mas o lugar tem um poço para encher nossos cantis. Percorremos 80 quilômetros.

Na noite seguinte, fico um pouco culpado por estar montado num camelo, não me parece certo, enquanto uma mulher anda a pé. Mas aqui existe uma etiqueta e não posso oferecer meu camelo para a escrava de Bey, assim como não posso oferecer lugar no ônibus para um criado.

Ibrahim Bey me flagra observando Fikre e emparelha seu camelo com o meu.

– Prometi contar como a encontrei.

– É?

– Quer ouvir agora?

Penso, estou no deserto andando de camelo. A lua está bem grande em cima de mim, tão grande e clara que quase consigo tocar sua face manchada. Há vários dias não durmo direito. Vou para um lugar onde não existe civilização. Os camelos fedem. Um comerciante árabe vai me falar sobre sua escrava. Não há dúvida de que tudo isso é um pesadelo.

– Conte, por favor – peço.

Vinte e nove

Durante quase uma hora, Bey fala em uma voz baixa e monótona. Tudo aconteceu por acaso: um leilão de escravos em Constantinopla, a insistência de um amigo curioso e a ida de Bey a contragosto.

– Entenda, por favor, Robert: não era um bazar poeirento e miserável, onde os escravos usados em plantações são comprados e vendidos por atacado. Era uma exposição dos melhores espécimes – moças escolhidas na infância por sua beleza e criadas no harém de um comerciante respeitado, que aprenderam matemática, música, línguas e xadrez. Algumas, eram das terras do Oriente (Geórgia, Circássia, Hungria) valorizadas pela cor clara; outras, da família do próprio comerciante.

Ele explica que tais garotas podiam não ser compradas direto do dono, mas passadas de um agente de escravos para outro e as melhores chegavam ao harém imperial. Cada agente aumentava um pouco o valor e uma moça vendida para servir ao sultão tinha preço astronômico, mais do que Bey ganharia na vida inteira. Porém essas eram poucas, precisava ser muito especial para chegar àquelas alturas.

Bey olha a escuridão e continua:

– O comerciante nos recebeu e ofereceu sucos de frutas, café, doces folheados e tal, depois mostrou nossos lugares, arrumados de acordo com o status dos convidados – declara Bey fitando a escuridão. – Éramos só uns vinte, mas notamos que alguns estavam dispostos a gastar pequenas fortunas naquela tarde.

"Num lado do salão havia um biombo e atrás dele percebiam-se rostos animados, olhos espreitando, risinhos femininos nervosos... era lá que as moças melhores aguardavam. Um escriba sentou-se à mesa e arrumou canetas e cadernos para anotar os pagamentos. A mãe do comerciante, a *hanim*, usando as melhores roupas, andava de um lado para outro para fazer acertos de última hora. O comerciante fez um pequeno discurso de boas-vindas. Depois, apresentou a primeira moça, descrevendo-a com entusiasmo. Estava tudo muito bem, mas queríamos vê-la. Ela finalmente apareceu, tímida na frente de tantos homens, mas contente, pois era uma honra ser escolhida para abrir a apresentação. Nascera na Rússia e era linda, quase uma criança. Usava um *gomlek*, uma túnica comprida, de seda brilhante, incrustada de joias, calças compridas de seda e botinas delicadas. Olhamos, impressionados. Claro que nunca tinha sido tocada. Uma parteira garantia a virgindade da garota com um certificado, mas o intuito da encenação era provar que aquelas eram moças de harém e não prostitutas."

Abro a boca para perguntar uma coisa. Fecho, sem querer interromper, mas Bey percebeu.

– Você deve estar imaginando o harém como uma espécie de bordel, Robert. Mas não tem nada a ver. Ninguém compraria uma escrava que foi possuída por outros compradores, violada, digamos assim. É como comprar um livro; você gosta de livros finos, não?

Concordei com a cabeça, apesar de não lembrar ter conversado com ele sobre isso.

– Quando compra um livro recém-lançado, as primeiras páginas estão dobradas, precisa abri-las. Por quê? O livreiro ou o gráfico podiam abrir facilmente, mas, na verdade, gostamos mesmo de garantir que somos os primeiros a ler. Com as mulheres é a mesma coisa.

Passamos por um trecho da estrada pedregoso. A caravana vai mais devagar, cada animal se desvencilha dos obstáculos espalhados pelo solo. Olho para trás. Mulu ajuda Fikre, carregando-a de uma pedra a outra. A pele dela brilha como uma moeda de prata, luar reluzente sobre o preto retinto.

– Os compradores deram os primeiros lances – disse Bey, baixinho. – Quase imediatamente, uma espécie de recorde foi quebrado, não lembro dos detalhes, só pouca coisa. Claro que não me comprazia ver seres humanos arrematados ao som do martelo de um leiloeiro. Mesmo assim, a maioria das moças parecia sentir uma felicidade pueril. Era evidente que nunca tinham usado roupas tão bonitas e cada uma saía de trás daquele biombo orgulhosa, com uma espécie de torpor encantado, andando com as botas de seda macias quase como se deslizassem até a cadeira no meio do salão. Porém o motivo para meu coração bater mais rápido era outro. Como você sabe, sou comerciante, comprar e vender está no meu sangue. Estive em muitos leilões, mas nunca num como aquele. O leiloeiro era esperto, falava num murmúrio, mas seus olhos percorriam todo o ambiente, percebendo quando alguém levantava a mão para fazer uma oferta, ou sorrindo de leve para alguém participar de novo, depois que seu lance foi suplantado por outro. O ambiente estava muito animado. Moças como aquelas eram raras e, para aqueles homens, a riqueza não era nada comparada à emoção de comprar uma... e, acho eu, a emoção de derrubar os outros lances. Claro que, mesmo se quisesse, eu não podia participar. As quantias iam muito além das minhas posses. Eu era apenas um comerciante de café, um observador, que não devia nem poder assistir àqueles poderosos em ação.

"Depois que uma meia dúzia de garotas foi arrematada, houve um intervalo anunciado como serviço de chás e sucos, mas, na verdade, era para aumentar a tensão e, num truque esperto da *hanim* e do filho, enquanto tomávamos café, os dois prepararam uma atração. Nada que fosse vulgar: as garotas saíram de trás do biombo para tocar instrumentos musicais, outras para jogarem uma partida de xadrez.

"Os homens se levantaram e ficaram circulando, conversando ou admirando os azulejos decorados que revestiam as colunas do mercado mas, principalmente, avaliando melhor as moças ainda à venda. Foi então que ouvi um boato que corria pelo salão. Havia um jovem ali que, pelos trajes, mostrava tratar-se de um rico integrante da corte. Dizia-se que ia comprar a melhor moça para presentear o sultão, esperando assim ganhar o cargo de governador de alguma província. Os outros compradores especulavam quem seria a escolhida.

"Percorri o salão e avaliei as candidatas pelos olhos dele. As mais procuradas, como eu disse, eram as de pele clara. Será que ele queria a húngara de longos cabelos louros? Claro que a mãe do leiloeiro achava que sim, por isso ficou em volta, ajeitando as roupas dela como se fosse uma noiva prestes a subir o altar.

"Foi então que notei numa das mesas de xadrez uma jovem muito negra, linda demais. Era africana de origem e, era evidente, tinha passado alguns anos no harém. Vestia um paletó de seda vermelha fosca da melhor qualidade e mexia as peças do xadrez com expressão sombria. Isso me deixou intrigado, pois, ao contrário das outras, ela não usava o jogo como um artifício, lançando olhares para os homens. Estava concentrada na partida, com firme determinação. Vi que ela queria vencer.

"Era a reação dela ao leilão, aos compradores, àquele indigno circo; ela os ignorava, focando na única área em que podia ganhar. Admirei-a por isso.

"Parei ao passar pela mesa dela. Sua oponente jogava muito mal; de todo jeito, não se concentrava no xadrez, mas em acompanhar o que se passava em outra parte do salão. Depois de perder em apenas meia dúzia de jogadas, eu me adiantei e disse que gostaria de ter a honra de jogar com ela.

"A africana deu de ombros e arrumou as peças no tabuleiro. Comecei com duas jogadas simples. Queria ver como ela reagia. A etiqueta do harém mandava que perdesse para mim, para me adular. Algumas vezes, achei que isso aconteceria. Mas então, de repente, os olhos dela ganharam um brilho de determinação e ela começou a tentar me vencer.

"Enquanto jogávamos, observei-a. Não me encarou, isso seria ousado demais, pelo menos naquele lugar. Mas tive de apreciar a beleza que você conhece, Robert, não preciso descrever. Porém, talvez eu precise descrever seu espírito. Ela não aceitava a derrota. Cada músculo do corpo dela mostrava irritação com a situação.

Ganhar de mim era a única vingança que tinha – pequena, talvez, mas uma prova de sua determinação.

"Notei então alguém se aproximar da mesa onde jogávamos. Era o jovem cortesão. Ficou nos olhando e a imobilidade dele me fez pensar que ele também tinha visto algo de extraordinário naquela jovem africana. Fiz uma expressão zangada, esperando afastá-lo, mas ele já tinha se retirado.

"Voltarnos para nossos lugares e o comerciante anunciou o próximo lote de escravas. A jovem loura ficara para o final, o auge do espetáculo. A africana foi a primeira e o leiloeiro salientou suas qualidades: línguas que falava, instrumentos musicais que tocava, esportes que praticava (era arqueira e corredora). Dava a entender que se tratava de um tipo exótico, uma novidade, um animal amestrado. Dois homens competiam irracionalmente, fazendo os lances subirem para uma quantia mais que vultosa. A disputa tinha empatado quando, de repente, com um gesto entediado, o jovem e rico cortesão resolveu participar.

"Percebi na hora que ele quis dar a impressão de que decidiu comprar mais de uma escrava e, embora tivesse mais interesse numa outra, quis arrematar Fikre também. Ele pode ter enganado a outros, mas não a mim. Eu entendia pouco de escravas, mas muito de leilões. Sabia muito bem os motivos dele, eram os mesmos que os meus.

"Naquele breve instante na mesa de xadrez eu havia... não digo me apaixonado, mas sido enfeitiçado por ela. Era marcante, visceral, físico, arrasador. Eu simplesmente *sabia* que não podia deixar aquele homem, nem nenhum outro, tirá-la de mim e quebrar a fibra dela.

"Houve uma rápida série de lances. O cortesão fez um lance muito alto; os outros desistiram. O martelo bateu uma vez. Houve um murmúrio de nervosismo, ou melhor, de surpresa. Outro comprador entrou no leilão. Alguém teve a ousadia de tentar arrebatar aquele produto tão raro, nas barbas do cortesão: sobressaltado, vi que essa pessoa era eu. Minha mão estava levantada para dar um lance. Meu oponente franziu o cenho e também levantou a mão para mostrar que estava na disputa. Estalei os dedos, cheio de agressividade, mas sem me incomodar. Os presentes se levantaram. O cortesão franziu o cenho e dobrou a oferta. Não havia mais dúvida, aquilo era apenas um capricho dele. Ele a queria. Eu também, mas o preço já estava mais alto que a minha renda anual. Levantei a mão outra vez. O homem dobrou o lance de novo. Se eu vencesse, teria de hipotecar tudo o que tinha (inclusive, ela). Isso não me impediu de prosseguir. Levantei a mão e anunciei uma quantia tão alta que nada significava. O leiloeiro concordou com um aceno de cabeça e olhou a reação do cortesão. Ele dobrou o lance. Era minha vez e, sem pensar, dobrei mais uma vez.

"De repente, o cortesão piscou, deu de ombros, balançou a cabeça. Desistiu. Ouviram-se alguns aplausos, que cessaram logo, pois os presentes lembraram que não era muito político aplaudir a vitória de um comerciante pobre contra um poderoso cortesão. O leilão prosseguiu.

"Durante todo esse tempo, Fikre continuou sentada no meio da sala, olhando para o chão. Então, levantou a cabeça e olhou de relance para mim. Jamais esquecerei aquele olhar. Era de total desprezo.

"Eu tinha arriscado tudo para ser o dono com poder de vida e morte sobre ela, e ela demonstrava tanto medo ou interesse quanto se eu fosse um jovem pretendente idiota fazendo galanteios para ela na rua."

Em algum lugar atrás de nós, na escuridão prateada, um camelo emite um estranho ruído, estala os lábios num som parecido com um aplauso. O dono fala com ele, um cochicho em beduíno.

– Sim, eu era o dono dela – Bey murmura, quase para si mesmo. – Se for capaz, imagine o que é isso. A responsabilidade e as decisões que eu tinha de tomar. Pense no meu dilema.

– Por quê? – pergunto.

Bey estranha.

– Por que o quê?

– Por que o dilema?

Acho que ele estava falando para ele tanto quanto para mim. E ficou muito surpreso por eu questionar.

– Isso, meu amigo, é história para ser contada em outra ocasião – disse, apenas, e apressou seu camelo para o início da caravana.

Trinta

Outra parada, outro dia tentando dormir no calor. Quando o sol finalmente começa a amadurecer como um fruto, ficando mais vermelho, botamos a carga nos camelos. A areia sob nossos pés não tem mais a cor do quartzo, é preta como grãos de azeviche. Estamos agora num campo vulcânico, o *samadou*.

Desmond Hammond segue ao meu lado. Enrolou um lenço beduíno em torno do pescoço para proteger-se da areia trazida pelo vento; com a cara marcada de rugas pelo sol e a pele dura como couro, ele lembra um africano. Passa um bom tempo calado até comentar:

– Desculpe, Wallis, mas você não parece muito com um plantador de café.

– Há dois meses, eu consideraria isso o maior elogio.

– Veio por motivos particulares, não? – resmunga.

– Totalmente.

– Lá aonde você vai há poucos europeus, ingleses menos ainda. Se tiver algum problema... mande recado pelos beduínos. Eles são totalmente confiáveis, embora um pouco lentos.

– Obrigado – disse eu, realmente grato.

– Se quiser, podemos fazer umas trocas. Soube que lá tem mogno, ouro e diamantes. O que você quiser trocar, me avise.

– Acho que Bey vai ser meu vizinho mais próximo, em Harar.

– Bey... – Hammond ia dizer algo, mas mudou de ideia. Fez sinal com a cabeça mostrando Fikre a pé, ao lado do camelo de Bey, com a mão apoiada no estribo dele.

– Sabe a história dessa mulher?

– Sei, ele contou na noite passada. Comprou-a num leilão.

Hammond resmunga novamente.

– É o que ele diz.

– Você não acredita?

– Acho que não é a história toda. Ninguém é menos confiável que um árabe; um comerciante árabe é pior.

– Meu patrão negocia com ele há anos. Eu mesmo provei os cafés dele, são sempre da melhor qualidade. – Ao dizer isso, penso que essa deve ser a verdade sobre Fikre e o leilão de escravas: Ibrahim Bey não resiste a comprar o melhor produto, seja café ou escrava.

– Sabe o que os beduínos dizem sobre ele?

Nego com a cabeça.

– Que é um sentimental. Que comprou a garota pelo pior motivo, porque se apaixonou por ela.

– Isso é grave?

– Mistura negócios com prazer. Pense bem. Ele então a compra. E daí?

Eu já tinha imaginado em detalhes a defloração que deve ter vindo após a compra, cheia de gemidos em êxtase.

– Não é como comprar uma prostituta – prossegue Hammond. – Na cultura deles, uma jovem assim é muito diferente de uma puta e custa muito mais. Mas o preço dela depende de duas coisas. A primeira, a virgindade e, lembre-se, de que ele pagou uma pequena fortuna por ela. Assim que é deflorada, ela se desvaloriza. É como funciona esse comércio: só vale o preço até continuar intocada, seja por ele ou por outro.

– Qual é a segunda coisa?

– A juventude – diz Hammond, ríspido. – Os árabes ricos compram esposas púberes ou pouco mais que isso; quando fazem 18 anos, perdem quase todo o valor. Aos 25, não valem nada, jamais serão compradas para um grande harém.

"Agora imagine o que é ser Ibrahim Bey. Pagou uma fortuna por essa garota, investiu nela tudo o que tinha. É o dono, pode fazer o que quiser com ela. E claro que sonha com isso. Basta olhá-la para concluir que qualquer homem sonharia. Mas, como comerciante, você sabe também que, ao realizar o sonho, vai desvalorizá-la. O dinheiro, o investimento que fez vai sumir como água na areia.

"Vendê-la ou trepar com ela? É uma decisão sem volta. Então você espera, paralisado, tentando resolver. Mas a pior ironia é que, enquanto você espera, ela vai desvalorizando, dia a dia.

"Mesmo assim, você não resolve. Passa-se um ano. A essa altura, todo mundo sabe da situação e você vira motivo de pilhéria, o que, para um comerciante, é péssimo. Ninguém negocia com o sujeito ou, se negocia, tenta enganá-lo. É difícil conseguir crédito, já que todo mundo sabe que não consegue vender o seu único bem. Os concorrentes riem nas suas costas. Enquanto isso, a jovem vai ficando cada vez mais mimada e desobediente. A única saída é ter pulso suficiente para vendê-la. Ainda assim, alguma coisa o impede... o sentimento."

– Ele disse que vive um dilema, devia estar se referindo a isso – digo.

Hammond concorda com a cabeça.

– Já faz um bom tempo que ando pela África oriental e vejo as diversas raças que convivem no continente: árabes, africanos, europeus. Nós, europeus, decidimos e fazemos. É a nossa força. Já os africanos pensam de outro jeito, esperam para ver o que acontece, pois não têm controle sobre a vida. De certa maneira, essa também é a força deles, a capacidade de resiliência. Mas os árabes são fascinantes, nunca sabemos em que pé estamos com eles. Há sempre alguma coisa turvando a opinião deles – seja a religião, a vaidade, o orgulho. – Ele faz uma pausa. – Quero dizer o seguinte: mantenha distância de Bey. No final das contas, ele não é um deles, nem um dos nossos.

Viajamos a noite toda, com dificuldade, pelo terreno cheio de pedras escuras e escorregadias. De vez em quando, sopra um vento quente e seco que faz a escuridão sussurrar e envolve os tornozelos dos caminhantes. Às vezes, imagino que estamos num deserto infinito de grãos de café torrado.

A água é pouca. Os condutores de camelos têm uma quantidade racionada, duas bocas cheias para cada um. Ninguém ousa dizer que os brancos devem seguir o racionamento, mas procuro obedecer.

Chega a vez de Mulu beber e ele apenas umedece os lábios e passa a xícara para Fikre.

Esta noite não tem lua, por isso é preciso andar devagar. Aos poucos, notamos uma vibração no ar que vai se transformando em som, como um trovão a distância. Mas não é trovão. São tambores.

Na escuridão total, é impossível saber de onde vêm. Então, num choque, percebo que estão em toda a nossa volta, a escuridão fala e ecoa pelo deserto vazio como um trovão rolando no céu.

Ficamos calados. Ninguém sabe o que aquilo significa.

– Deve ser um ataque da tribo gala – diz Hammond, finalmente.

Prosseguimos, mas com cuidado. Aí, em meio ao breu, ouvimos um cântico. Está bem perto, mas não vemos ninguém. Nos aproximamos e seguimos em grupos de quatro, com os camelos do lado de fora. Os beduínos tiram os punhais, ansiosos. Hammond confere seu rifle.

– O que cantam? – pergunto.

– É na língua deles, em gala – explica Hammond dando de ombros.

De repente, Fikre diz:

– É uma canção de guerra, diz "Amor sem beijo não é amor. Uma lança sem sangue não é lança."

É a primeira vez que a ouço falar inglês. Tem um forte sotaque, como um francês falando inglês, mas a gramática é correta. Fala baixo e a pronúncia é levemente sibilante, como se a língua ficasse presa nos dentes.

– Vou assustá-los – diz Hammond, levantando o rifle e dando quatro tiros para o ar. Os camelos se assustam e saem trotando, depois vão devagar.

O canto para de repente. Em seguida, ouvimos apenas o rangido farfalhante da areia escura sob nossos pés.

De madrugada, encontramos alguns ossos. Primeiro, vemos os abutres voando em círculos, lentamente, sobre alguma coisa à nossa frente, na areia. Depois, a silhueta de uma corcova de camelo. Um pássaro está pousado nas costas dele, bicando-o, metódico.

Ao nos aproximarmos, vemos outro camelo e mais um terceiro. Só quando estamos quase em cima deles vemos algo mais. Os abutres pulam a alguns metros de distância, esperando que os deixemos comer.

Entre os camelos, estão os restos de quatro pessoas. Os corpos estão em decomposição, a pele negra com os ossos brancos aparecendo, os pássaros comeram a carne. Há outros ossos de um lado, com os membros esmagados como se arrancados e pisados.

– Foram as hienas, mas elas não mataram – diz Hammond, de forma abrupta.

Eu me obrigo a olhar. Primeiro, as aves carniceiras comem os tecidos macios, ou seja, olhos, rosto e estômago. Acho que um dos rostos mutilados é de uma mulher. Tudo foi comido, exceto a mandíbula e os dentes.

– Deviam ser beduínos, coitados – lastima Hector.

– Também podem ter sido europeus; depois que apodrece, toda pele escurece – resume Hammond.

– Temos de prosseguir. Biokobobo ainda fica a uma hora de distância – diz Bey.

Continuamos. Ninguém sugere enterrar os cadáveres. O sol já está no ápice. Com faces sem olhos, os camelos caídos na areia nos veem ir embora.

Trinta e um

> *Condimentado* – essa classificação de aroma é típica das espe-
> ciarias doces como cravo-da-índia, canela e pimenta ja-
> maicana. Os degustadores cuidam para não descrever as-
> sim o cheiro de especiarias fortes como pimenta, orégano
> e temperos indianos.
>
> – Organização Internacional do Café, *The Sensory*
> *Evaluation of Coffee*

Biokobobo é o local de descanso, um oásis em todos os sentidos. Trata-se de uma cidadezinha de casas cor de areia construídas entre palmeiras. De um lado, há três pequenos lagos de um azul cobalto brilhante. Do outro, vemos o deserto; a outra parte sobe para as montanhas.

Devemos ficar vários dias para nos recuperarmos e deixarmos os belicosos gala irem embora. No pequeno mercado comemos tâmaras, nozes, cocos, pão sírio e queijos de leite de camelo. Hector e eu nadamos num dos rios e tiramos itens essenciais da bagagem. É incrível como depois de viajar dias sem qualquer conforto, um lago de água brilhante e um lugar para pôr uma cama de acampamento viram grandes luxos.

Tento escrever. *Cara Emily, estou no meio de um deserto. Nosso jantar é assado num espeto na fogueira: trata-se de mais um cabrito, estou ficando especialista neles...* Mas não consigo continuar a carta e não é devido ao calor. Não consigo lembrar direito de Emily. Pego o Guia na bagagem e com cuidado, na sombra de uma casa, abro vidros de aromas. Parecem insípidos, irreais. Ou talvez eu tenha perdido o palato depois de ficar muito tempo com o cheiro de camelo sujo entranhado nas narinas.

Comemos o cabrito assado com *berberi*, uma pimenta em pó que, depois que se prova, vicia. Fikre e Mulu não fazem a refeição conosco, sentam-se meio longe. Às vezes, ele arruma o cabelo dela com um pente de ferro e então conversam em tom baixo, mas animado, numa língua que não identifico. Ouço-a rir, muito rápido e com facilidade, depois toca o ombro no dele como se fossem dois colegiais. Ele apenas sorri, tímido.

Uma ou duas vezes, vejo-a virar na minha direção, mas seus olhos são inexpressivos. Não há sinal daquela intensidade, daquele silencioso desespero que senti há dias, na tenda de Bey. Fico pensando que talvez eu tenha interpretado errado... Mas havia o grão de café enfiado na minha mão.

Na segunda manhã que passamos em Biokobobo, acordo cedo. Suspiro, levanto, espreguiço e saio.

À meia-luz, vejo uma figura esguia correndo para o rio, envolta numa canga azul.

Fikre.

Ela fica atrás da palmeira e perco-a de vista. Claro, não pôde se banhar no dia anterior, quando os homens estavam na piscina, então veio agora, para ter privacidade. Na mesma hora, dou a volta e passo para o outro lado do lago, a tempo de vê-la tirando a canga.

À luz fraca do dia, a pele cor de ferro parece polida e lustrosa. De relance, vejo-a pisar na água, os cabelos no meio das pernas são escuros como cravos-da-índia, os seios pequenos e firmes também são quase negros. Desfruto a cena com ganância, sedento como se estivesse tomando café aos goles. Ela então fica de costas para mim. As costas são compactas, estreitas, flexíveis como de uma cobra quando, com as mãos em concha, ela pega água para lavar o rosto. No sol da manhã, as gotas de água refletem e brilham como uma cascata de diamantes. Ela mergulha, vem à tona, faz barulho e nada direto para onde estou.

Recuo antes que seja visto. Mas algo me faz mudar de ideia. Dou um passo adiante, de propósito, para mostrar que a observo.

Tão de propósito quanto eu, ela se levanta. Fica com a água na altura da cintura. A água escorre, polindo a pele escura. As joias pingam da ponta dos seios.

Sinto meu coração bater no pescoço.

Ficamos um bom tempo nos olhando. Aí, ouvem-se os sinetes das cabras no ar matinal.

Ela vira e vai pela margem até onde deixou a canga, as pernas movem-se lentamente na água cristalina.

Amor sem beijos não é amor;
Espada sem sangue não é espada.

Essas continuam sendo as únicas palavras em inglês que a ouvi falar. Ouço-as de novo, com aquele estranho sotaque francês e sei que vou ficando desesperadamente obcecado.

Trinta e dois

Estou louco para falar com ela a sós, porém sou impedido por Hector, que quer aproveitar nossa parada para continuar lendo cada página de *O café, seu cultivo e lucro*, e por Ibrahim, que quer discutir poesia.

– Seu futuro sogro me disse que você é escritor, Robert. Conhece a obra de Hafiz?

– Creio que não.

– Conhece então os versos de Said Aql?

– Não.

– Os sonetos de Shakespeare?

– Bom, claro. – Fico meio irritado pela insinuação de que, não conhecendo literatura árabe, sou um total idiota.

– Um dia, vou declamar para você alguns versos de Hafiz de Shiraz. Ele era persa e seus pensamentos são muito profundos. "Calculei a influência da razão sobre o amor e descobri que é a mesma de uma gota d'água no oceano que deixa uma única marca e some..."

– Seria muito interessante.

– Robert? – ressoa a voz tonitruante e com o carregado sotaque escocês. – Ouça isso: "O autor plantou café no monte Kilimanjaro e seis meses depois descobriu que as plantas vicejam que é uma maravilha."

– É muito animador, Hector.

– "Faça como Hafiz e beba vinho ouvindo harpas, pois o próprio coração é tocado por fios de seda." Invejo o seu talento, Robert. Ser poeta é ser um príncipe entre os homens.

– É mesmo, Ibrahim.

– Às vezes, pressionados pelo tempo, ficamos sabendo de áreas que podem ser plantadas, bastando apenas nivelá-las e afofá-las, mas é uma solução desleixada e ruim. Faça os seus locais de plantio tão amplos quanto o seu dinheiro e a sua paciência permitirem – prossegue Hector com a leitura.

– Obrigado, Hector. Sem dúvida, vou levar isso em consideração.

É impossível. Entre a conversa de Bez a respeito do amor e a de Hector a respeito de estacas, covas para plantio, estufa e adubo, só dá para esperar que a caravana parta.

Guardo a imagem de um gracioso corpo negro entrando num lago do deserto. Há semanas não possuo uma mulher.

– Aceita café, Robert?

Olho para quem pergunta. É Bey, que vem sentar-se perto de mim. Tento ler um conto no *Yellow Book*, uma comédia de costumes de Meredith. Mas não consigo concentrar-me, mesmo antes dessa interrupção.

– Você trouxe café?

– Claro, nunca viajo sem uma saca de grãos. – Ele bate palmas. – Fikre, Mulu. Café, por favor.

Eles vêm correndo. Na mesma hora, fazem fogo, retiram o café da saca, trazem bule de barro e xícaras, moem os grãos. O fogo é aceso e colocado na temperatura certa. Arrumam, sem eu ver, um pratinho de água de rosas.

Tudo isso, para que possamos tomar café.

– Hector? – Bey chama.

– Se estão fazendo café, também quero.

Fikre vem passar água de rosas em nossos rostos e sua pele escura transpira pequenas gotas prateadas. Encaro-a, mas seus olhos são vazios, ilegíveis.

Aí, sinto um grão de café colocado dentro da minha mão.

Toco a única parte dela que está fora das vistas de Bey e Hector: escorro a mão no tornozelo dela e aperto.

Os olhos dela continuam vazios. Nada. Mas, de repente, noto que treme como se manter a calma fosse um enorme esforço.

Saindo de Biokobobo, atravessamos a bacia plana do rio Dahelimale e começamos a subir as montanhas. De vez em quando, passamos por campos cultivados, com finas e longas faixas que parecem espalhadas aleatoriamente em meio aos arbustos. Negros altos andam pelo caminho, sempre carregando um bastão preso entre o alto das costas e com os braços enganchados nele, as mãos penduradas. As mulheres se vestem com túnicas esvoaçantes, vermelha, turquesa ou verde. Enfeitam a testa com moedas de piastra. As crianças andam nuas. As cabanas onde moram são pilhas de peles de animais e tapetes. Dá a impressão de que tudo ali é transitório.

A viagem sem fim está ficando aborrecida. Não há mais aquela sensação de perigo de atravessar o deserto e, no final de cada noite de marcha, as montanhas parecem tão distantes quanto no coneço.

Cara Emily,

Olho a página em branco. É como um deserto de sal, um brilho branco refletido pelo sol me deixando tonto. As palavras parecem ter fugido de mim, junto com tudo.

Fecho os olhos. O rosto dela flutua na minha frente. Está de cenho franzido. "Robert, preste atenção", ela diz. Sorrio, abro os olhos. Mas a página continua vazia, empacada.

– Café – grita Bey.

O cheiro de grãos torrando percorre o acampamento; dobro o papel de carta e guardo num bolso interno do paletó.

– Já vou.

É imaginação ou nesse dia, enquanto Fikre prepara o café, Bey nos observa com mais atenção? Os olhos empapuçados estão sérios, ilegíveis. Fikre passa o pano em nossos rostos e entrega as xícaras. Não há como me entregar nada.

Entretanto, quando termino de beber, encontro no fundo da xícara um único grão no meio da borra.

Fico horas tentando adivinhar o significado desses presentes. Haverá alguma pista conforme o tipo do grão? Mas, ao observá-los, vejo que são simples mocas Harar, os mesmos grãos de todos os cafés.

Aí, levo um susto ao concluir que as mensagens não são os grãos, mas passá-los escondido. Ela está dizendo que tem confiança em mim, a única coisa que possui no mundo, a única que tem para dar.

Finalmente, na segunda noite depois de Biokobobo, Bey se distrai numa discussão interminável com Hector sobre os prós e os contras do contrato com os trabalhadores. Aos poucos, vou para a parte de trás da caravana, onde Fikre caminha. Ela olha em volta e também recua. Como se fosse por coincidência, ficamos no meio dos beduínos, cujos camelos nos escondem dos outros.

Há sempre a chance de sermos ouvidos. Falamos em código, ou melhor, trivialidades e bobagens.

– Você fala inglês muito bem – elogio, baixo.

– Falo melhor francês.

– *Je suis Robert Wallis.*

– *Oui, je sais. Je m'appelle Fikre.* Em abissínio, meu nome quer dizer "amor".

– Acho que meu nome não quer dizer nada.

– Pelo menos, é o seu nome verdadeiro – diz ela, com um sorriso torto, triste.

– Ah, então Fikre...

– ... foi como o meu senhor resolveu me chamar. Como um cão, eu não tenho nada, nem nome.

Pela primeira vez, sinto a força do... como foi que Bey chamou? Desafio? Paixão seria mais adequado. Aquela jovem frágil é como uma espiral de ressentimento e luta condensados.

De repente, ela olha para a frente. Bey, de cenho franzido, percorre com os olhos toda a caravana. Em segundos, está muito próximo de nós.

Percebo então a outra mensagem que aqueles grãos traziam. Interpretei errado o tremor, aquele nervosismo, como sendo medo. Mas a emoção que domina a vida dessa jovem não é medo – é uma raiva profunda, que corrói. Da mesma maneira que outra mulher podia estar plena de amor, ela está plena de ódio pelo homem que a comprou; e fica atraída por mim, em parte, por causa da doce chance de uma vingança.

Trinta e três

Doce – um café ótimo, limpo, suave, sem qualquer amargor.

– L.K. Smith, *Coffe Tasting Terminology*

O jantar é um grande sucesso. Além de Arthur Brewer, Pinker convidou Lyle, o pai, que, nesse momento, é um aliado honorário na guerra contra Howell e vários outros partidários do livre mercado. Emily espera sentar-se ao lado do parlamentar. E, ao se encaminharem para a mesa, descobre que está sentada exatamente à esquerda dele, o que a agrada e assusta ao mesmo tempo. Não está preocupada com a responsabilidade de distraí-lo (tem certeza de que sabe conversar com inteligência sobre temas políticos), mas porque sabe que o pai só a colocou naquele lugar por achar que seria bom para os dois.

Assim que o prato de sopa é recolhido, Brewer passa sua atenção da convidada à direita para Ada à esquerda.

– Então – diz ele, com um sorriso –, o que achou da tentativa de Lyle de quebrar o monopólio do açúcar?

– Foi muito emocionante – responde ela. – Mas, como liberal, não existe uma contradição inerente no mercado livre?

Ele levanta as sobrancelhas.

– De que forma?

– Se o preço de, digamos, o açúcar ficar artificialmente alto, pessoas como Sir Henry Tate não vão se preocupar mais com seus funcionários?

– Sim, embora não seja obrigado a isso – ele concorda.

– Enquanto, se o mercado seguir seu caminho, os operários ganharão sempre o mínimo.

– É verdade.

– Desse modo, o livre-mercado pode ser contra a liberdade individual dos operários – opina ela –, por negar as oportunidades proporcionadas pela liberdade. Não estarão livres da doença, da pobreza, da degradação moral, nem terão oportunidade ou incentivo para saírem da situação atual.

Olha-a, encantado.

– Srta. Pinker, Emily, resumiu num eloquente parágrafo a discussão que no momento preocupa o nosso partido – declara encantado.

– É mesmo? – Ela fica muito satisfeita com o elogio.

– Claro que Gladstone achava que, se largarmos tudo como está (*laissez-faire*), acabará dando certo. Mas estamos descobrindo as desvantagens dessa conduta. Você sabia que a metade dos homens que foram lutar contra os bôeres tiveram de voltar para as fábricas? Simplesmente porque não tinham condições de lutar. Alguns de nós falam agora no liberalismo construtivo ou na liberdade positiva, na qual o governo salvaguarda a liberdade e o bem-estar do indivíduo.

– Na prática, o que isso significa?

– Uma mudança completa no papel do Estado. Assumiríamos, na verdade, muitas das responsabilidades de patrões esclarecidos. Por exemplo: por que os empregados não têm direito a algum tipo de assistência médica? A benefícios e auxílios para quando ficarem doentes ou depois da aposentadoria?

– Essa será a sua plataforma? – pergunta suspirando.

– Sim.

– Como será custeada?

– Bom, obviamente não será por impostos de importação do café e do chá, pois estamos dispostos a reduzi-los. Discutimos uma espécie de projeto federal de seguridade em que cada trabalhador pagaria de acordo com as possibilidades próprias. – Ele sorri. – O caminho é longo. Mesmo dentro do partido, Gladstone foi muito influente. E – ele olha para baixo da mesa –, algumas pessoas que precisamos arregimentar ainda não estão convencidas.

– Como posso ajudar?

– Fala sério?

– Nunca fui tão séria na vida. – Aquilo era exatamente o que ela sempre acreditou, um meio-termo entre o paternalismo dos tories e a agressividade do livre-mercado. Mas radical... emocionante... não um compromisso sombrio, mas um avanço totalmente novo. Bastou isso para Emily sentir o pulso mais rápido.

– Você está preparada até para trabalhar com o eleitorado? – pergunta ele, inseguro. – Em Ealing, meu distrito eleitoral, precisamos muito...

– Posso, por favor! Qualquer coisa!

– O que está acontecendo? – pergunta, em tom cordial, Pinker da cabeceira da mesa. – Brewer, o que está tramando com minha filha?

Ao responder, Arthur mantém os olhos fixos nela.

– A Srta. Pinker está se apresentando como voluntária, Samuel. Eu não imaginava que ela se interessasse por política. Claro que, primeiro, eu pediria a sua permissão.

Pinker sorri, compreensivo.

– Emily decide o que faz nas horas vagas. Se ela pode ser útil a você, Arthur, recrute-a.

Trinta e quatro

Rico – indica os gases e vapores presentes com alta intensidade.
> – Lingle, *The Coffee Cupper's Handbook*

Na tarde seguinte, quando tentamos dar um cochilo, começa um grande tumulto. Levanto, tonto, ao ouvir tiros. Três beduínos seguram um homem que implora, as palavras saem de sua boca como uma ladainha sem fim. Enquanto reclama, ele é levantado, derrubado no chão outra vez, chutado com força. Parece que foi pego quando fugia com algumas mercadorias de Bey.

Forma-se um tribunal improvisado – uma roda de beduínos de cócoras, com Bey sentado ao centro numa cadeira e mais duas ao lado para Hector e eu. Sinto que algo desagradável está prestes a acontecer, tento recusar meu lugar, mas os beduínos não gostam.

– Tem de assistir, Robert – diz Bey, com voz monótona. – Eles acham que é um grande favor para nós, fazerem justiça com esse homem.

Relutante, sento-me. O acusado é trazido para a roda e forçado a se ajoelhar na frente de Bey. Há um breve diálogo e nada mais. Alguém traz uma espada e oferece ao comerciante.

Dois beduínos colocam o acusado de pé. Cada beduíno segura os braços do condenado esticados. O homem faz vários protestos que se transformam num grito. Bey se aproxima dele. A lâmina da espada gira. Um dos homens que segura o preso se afasta para trás e, um instante após, o preso cai para o outro lado.

O homem que segura a mão esquerda do acusado continua a segurá-la. Enquanto isso, o preso olha, chocado, o coto do braço pingando sangue em horrendas gotas latejantes.

Casualmente, sem pressa, um dos condutores de camelo faz um torniquete no pulso ensanguentado e ajuda o preso a sair dali. A mão decepada cai no chão na frente de Bey, que a ignora. Ele larga a espada e sai da roda. Os beduínos, que até então mantiveram um silêncio atento, conversam entre si educadamente, como se fossem a plateia de uma festa particular.

Mais tarde, encontro Bey ao lado das bagagens. Ele parece triste. Não quero incomodá-lo, mas ele se aproxima.

– Você decerto não aprova esse tipo de justiça – diz.

– Não julgo nada.

– Se eu não tivesse cumprido a lei deles, matariam o ladrão. E ainda iam me considerar fraco e impotente, assim como você e todos nós, *ferengi*. Aqui onde estamos, isso poderia ser perigoso para nós.

– Entendo.

– Entende mesmo? – Ele examina minha cara como se procurasse outro tipo de reação, diferente do que eu disse. Seja lá o que viu, ficou satisfeito, pois resmunga e diz: – Se quem bebe café em Londres soubesse o verdadeiro custo, hein, Robert?

Estamos subindo as montanhas. Castelos quase em ruínas se dependuram em rochas inacessíveis, com as ameias patrulhadas por águias e milhafres. Vemos pequenas boiadas de animais magros, os bois têm chifres altos em forma de lira. Até a aparência das aldeias mudou e, em vez das tendas arredondadas dos nômades, há construções de madeira e palha; os nativos têm rosto redondo e nariz chato como os aborígines. É uma estranha mistura de medieval com pré-histórico; eu não me surpreenderia se na próxima curva surgisse um cavaleiro.

Acampamos à margem de um lago no alto, cheio de pelicanos, e compramos peixes de um aldeão. As escamas de brilho ofuscante parecem feitas de metal. Acendem-se fogueiras e enfiam-se os peixes em espetos para serem assados. Enquanto comem, os beduínos conversam baixo, depois se retiram um a um para dormir.

O chão é duro, e a noite, fria. Levanto-me e fico mais perto da fogueira.

Um brilho súbito ilumina o rosto à minha frente. Ela observa as cinzas. Olhos firmes e luminosos refletem as chamas, como a pele luzidia. Sob o lenço na cabeça, há um rosto belo como o de uma fada. Qualquer garota em Londres mataria para ter aquelas maçãs do rosto.

– Só penso em você – sussurro.

Por um instante, acho que ela não entendeu. Depois, reage, ríspida, com seu sotaque cadenciado:

– Não fale assim. É a mesma coisa que *ele* me diz.

– Talvez seja verdade.

Ela faz um som de zombaria.

– Ele contou como me comprou?

– Contou.

– Ele gosta dessa história. Decerto não pensa que eu preferia ser comprada pelo outro homem.

– É mesmo?

Ela dá de ombros.

– Antes do leilão, tínhamos de sair e juntar as nossas coisas. Eu sabia onde tinha um caco de azulejo. Procurei até encontrá-lo e escondi no meio das minhas roupas. Quando meu novo dono tentasse possuir o que tinha comprado, eu cortaria a garganta dele e depois a minha.

Ela olha de novo as chamas que vão sumindo e prossegue:

– Esperei todas as noites. Mas Bey não veio. Isso significava que ele ia me vender. Mas também não vendeu. Fiquei intrigada... depois entendi. Queria me possuir, mas também me guardar como um objeto valioso que só ele pode tirar da caixa, vangloriar-se e guardar de novo.

Olha para mim e empina o queixo. À meia-luz, vejo seus dentes muito brancos e os lábios entreabertos.

Inclino-me sobre ela. Fico indeciso um instante e encosto minha boca. Ela segura meu rosto e diz, ofegante:

– Eles podem comprar e vender o corpo, mas o coração é meu.

Nós nos beijamos de novo, com mais ardor. Ela olha em redor, vultos adormecidos.

– Temos de tomar cuidado. Por menos que isso, muita gente foi morta.

Ela pega os nossos lençóis e cobre nossas cabeças.

No escuro, na caverna de lençóis, como uma brincadeira de criança, sinto o cheiro de seu hálito: mirra, canela, violetas, almíscar... e o sabor de sua pele, a língua, a doçura cálida de um beijo, os sons que ela faz, os gemidos.

E as palavras que sussurra, enquanto mordisca minha boca:

– *Esperei você a vida inteira.*

Trinta e cinco

Couro – é o forte cheiro natural de peles bem curtidas de animais.

– Lenoir, *Le Nez du Café*

A partir de então, Emily acrescentou atividades políticas liberais aos seus outros interesses. Três tardes por semana, embarca na estação ferroviária de Waterloo e vai até Ealing ajudar na sede do distrito eleitoral de Arthur. Entre as voluntárias, há várias sufragistas. O trabalho é interessante, mais que isso até, é emocionante, há camaradagem e envolvimento com aquelas pessoas diferentes, de origens e motivações variadas, unindo forças por um ideal.

Pois os ideais são os mesmos. É o que ela compreende nesse momento: o mundo está dividido entre os que querem explorá-lo para o próprio bem e os que querem mudá-lo para o bem de todos. Quem quer mudar, está ao lado dos idealistas. Quer esse interesse seja pelo voto das mulheres, pela reforma das prisões, leis a favor dos pobres e das pensões, estão todos do mesmo lado, trabalhando juntos pela vitória.

Arthur é o líder do pequeno grupo, porém faz pouco uso dessa liderança, lembrando sempre de agradecer às voluntárias o que fazem por ele. Às vezes, leva pequenos grupos de colaboradores para tomar chá na Câmara dos Comuns e, quando convida Emily também, ela fica ainda mais satisfeita por saber que não está querendo a atenção só dela. Leva-a à Galeria das Damas, na qual as senhoras podem assistir às sessões escondidas atrás de uma espécie de grade de ferro. Nesse dia, debate-se a guerra, e os liberais pressionam o governo para garantir o emprego dos que lutam no exterior. Emily fica impressionada com a agitação do local, a Câmara lembra a Bolsa. Mas a agressividade e a agitação são ainda mais ritualísticas. Os políticos se xingam e, cinco minutos depois, saem de lá abraçados.

Arthur faz uma pergunta. Fala com muita polidez e parece receber aprovação para pronunciar uma pequena questão de ordem. Senta-se, enquanto um sério coro de vozes pede: "Ouçam, ouçam". Mais tarde, quando Emily o encontra no saguão, ele está com as faces rosadas pela vitória.

– Viu como ataquei o tribunal da Marinha? Eles não vão gostar – diz em voz alta.

Ela o cumprimenta. Um grupo de homens passa, rápido. Um deles para e, jovial, dá um leve soco no braço dele:

– Bom trabalho, Brewer.

– Obrigado – diz Arthur, orgulhoso. Seus olhos charmosos e brilhantes viram-se para Emily.

– Quem é ela? – pergunta o político, referindo-se a Emily.

– A Srta. Emily Pinker. Este é o Sr. Henry Campbell-Bannerman, um grande reformista – explica Arthur para Emily.

– O que acha do nosso parlamento, Srta. Pinker?

– Maravilhoso – responde ela, sincera. – Há muita gente com vontade de agir, progredir.

– É verdade, embora haja quase o mesmo número tentando exatamente o contrário – diz o Sr. Henry, balançando a cabeça de um jeito engraçado. Os outros ao redor dele riem muito. Por um instante, ela sente o brilho cálido de integrar aquela camaradagem inteligente, ativa, capaz.

– A Srta. Pinker tem muito interesse na concessão do voto feminino – explica Brewer.

– Ah! Como a senhorita deve ter percebido, aqui só há homens – observa o Sr. Henry. – Chamamos o local de Mãe dos Parlamentos, mas excluímos dele aquelas que poderiam ser mães. Talvez um dia a senhorita tenha direito não só a votar, mas a ser eleita.

– O senhor acha mesmo?

Ele sorri, como se perguntasse como ela pode duvidar daquela possibilidade. Faz um cumprimento com a cabeça e se retira, envolvido numa conversa séria com o assessor. A comitiva segue atrás. Ela sente a força do otimismo dele como se fosse a luz do sol iluminando um bulbo.

Arthur acompanha-a até a estação Westminster Bridge para voltar para Limehouse e os dois se despedem. Depois, ela se sente desolada como se tivesse sido expulsa do Paraíso por um anjo gentil, porém firme.

Trinta e seis

Mais um dia de viagem. A paisagem mudou novamente. Agora, as encostas das montanhas formam terraços para o plantio. Olhando para baixo nos desfiladeiros, tem-se a impressão de que alguém passou um pente gigante na terra.

Às vezes, vejo de relance arbustos com folhas escuras e macilentas. Hector faz sinal para mim e grunhe de satisfação.

– Está vendo? Isso é café.

Intrigado, conduzo meu camelo até um dos arbustos e olho de perto. A planta é cheia de pequenas flores brancas, com pétalas que, quando as aperto nos dedos, exalam um cheiro doce e perfumado. São quase tão densas quanto cactos, com uma seiva perfumada. Têm cheiro de café, mas também um leve toque de madressilva e jasmim ainda mais forte do que a catinga da minha roupa suada e suja de viagem.

Cada galho tem frutos amarelos, de muita polpa. Colho um e mordo para experimentar, mas a polpa é amarga, azeda como limão.

Descubro que o cheiro fica mais intenso no final da tarde. Ao anoitecer, o aroma daquele arbusto no escuro chega até onde estou, atingindo meu olfato. Quebro alguns galhos ao passar, como se fossem teias de aranha perfumadas que flutuam no silêncio.

A cada parada da caravana, Fikre faz café para nós, cheiroso e forte. Quando passa o pano com água de rosas no meu rosto, sinto a leve pressão de seus dedos. Ela esfrega lentamente, demora preciosos momentos na minha boca, pálpebras, nas laterais do nariz. Mal consigo respirar. Esses afagos parecem durar eternamente, mas, na verdade, suponho que gaste o mesmo tempo fazendo o mesmo com Hector e Bey.

Antes de me deixar, coloca sempre um grão de café escondido na minha mão. Ou, se não consegue, põe em algum outro lugar – no meu colarinho ou entre os botões da camisa. Encontro-os depois, quando estou montado no camelo: são pequenos e leves sinais mostrando sua presença, no meu corpo, como o grão de areia dentro de uma pérola. Às vezes, ela me olha, dá um sorriso luminoso só para mim, que desvia rapidamente; um clarão de dentes alvos e olhos brancos sob o lenço na cabeça.

Os dias são quentes, abafados, sem uma brisa. Minhas pálpebras fecham como se estivessem sob o efeito de alguma droga. O andar compassado dos camelos entra na minha cabeça e se transforma num ritmo lento e incessante do sexo.

Devaneios lascivos e obscenos esvoaçam como mosquitos em redor da minha cabeça entorpecida. Podia afastá-los, mas sei que daqui a pouco voltam.

Outra parada. Só consigo falar com Fikre uma vez. Quando estamos descarregando os animais, conseguimos nos esconder perto dos camelos.

– Bey quer alugar um armazém em Harar – diz ela, bem rápido. – Pertencia a um comerciante francês de café. Diga que você vai ficar com ele.

– Está bem.

Os camelos se movimentam e, antes que alguém nos veja, ela some.

Estou no final da caravana, por isso não sei por que paramos. Chego perto dos outros, que subiram num cume.

Lá embaixo, aninhado numa fértil planície alpina, há um grande lago. Ao lado dele, uma cidade. Mesmo a essa distância, vemos os muros e fortificações que a protegem; as longas e esfarrapadas bandeiras que flutuam nos telhados; as casas de barro e os minaretes brancos, em forma de cebola; as aves carniceiras voam alto, em círculo, sem parar, como moscas numa fruta podre.

– Chegamos a Harar – informa Bey, embora seja desnecessário.

Trinta e sete

Cravo-da-índia – esse delicioso e complexo aroma lembra cravos, cravina-do-poeta, armário de remédios, baunilha e produtos defumados. É valorizado e apreciado pela sua delicada e forte complexidade, que acentua o sabor do café.

Lenoir, *Le Nez du Café*

Ao passar pelo portal de madeira, sente-se o cheiro pungente e telúrico de grãos torrados que sai de uma dúzia de janelas. Os vendedores de café percorrem as ruas com jarras de metal sob os braços. Nos bazares, há imensas pilhas de sacos de juta despejando seu conteúdo como gotas polidas. É uma cidade do café.

Ibrahim dá uma volta comigo pelo armazém do comerciante francês, uma linda construção de dois andares que abre para o mercado. Está vazio, exceto por alguns objetos pessoais do ex-proprietário. Há um livro-caixa escrito em francês, algumas cartas, uma arca de latão com livros, uma cama de acampamento. Tudo dá a impressão de que foi largado às pressas. Segundo Bey, é uma história triste. O comerciante veio jovem para a África, ansioso por fazer fortuna com o café, mas se envolveu em complicações. Acabou perdendo uma perna, voltando para Marselha, e a irmã depois mandou uma carta dizendo que ele havia morrido. Bey fica muito satisfeito quando digo que quero alugar o imóvel.

Enquanto isso, Hector contrata um capataz, Jimo, com experiência no cultivo do café. Meu companheiro de viagem se recusa a permanecer em Harar um minuto mais que o necessário.

– Vamos embora amanhã. Assim que comprarmos as sementes.

– Ficar mais uns dias não farão diferença.

– Está enganado. Você agora é um fazendeiro, Robert, tem de trabalhar de acordo com as estações do ano. As chuvas...

– Ah, as chuvas. Sempre esqueço delas.

Ele xinga baixo e vai embora.

Encontro no mercado não só café, mas açafrão, anil, algália, almíscar e marfim, além de uma dúzia de frutas que nunca tinha visto. E Fikre fazendo compras.

Usa uma túnica vermelho-escura, com a parte de cima formando um capuz que cobre a cabeça. Ela vira o rosto e a batida do meu pulso dispara ao ver aquele perfil perfeito.

– Você não deve ser visto na minha companhia – ela murmura, pegando uma manga e apertando-a com seus dedos finos e negros, como se só quisesse saber se está madura.

– Fiquei com o armazém do comerciante francês – murmuro. Pode me encontrar lá?

Ela paga o vendedor com moedas.

– Tentarei ir ao anoitecer.

E some, uma túnica vermelho-escura esquivando-se nas sombras.

Ao anoitecer, aguardo.

Ando, sem rumo. Há dúzias de pequenos vespeiros nos cantos dos aposentos; um papagaio fez seu ninho sob um dos telhados e o chão ficou salpicado de seus excrementos. Passo o tempo dando uma olhada nos papéis do comerciante francês.

* * *

*Item: um rolo de lãs coloridas. O azul merino é de boa qualidade,
assim como a flanela vermelha. E, pelo preço cobrado, não há o que
temer, exceto fungos, se forem guardadas durante muito tempo.
Mas, no momento, estão em boas condições.*

Ouço um ruído. Olho. Ela chegou e corre para mim, descalça no
piso de madeira. Os olhos sob o capuz vermelho brilham. Ela
para. Ficamos nos olhando um instante como se fôssemos recuar
um passo à beira do precipício. Abro os braços e ela vem, ofegante. A pele dela tem sabor de café, Fikre trabalhou o dia todo no
meio das sacas de Bey, os lábios e pescoço ainda têm o gosto en-
fumaçado de grãos torrados. Cheiram também a uma *mélange* de
especiarias, cardamomo, água de rosas, mirra.

Ela afasta o corpo do meu.

– Não imaginei que fosse ser assim – cochicha, colocando a
mão no meu rosto.

– Assim, como?

– Que eu fosse desejar tanto você, como se estivesse faminta.

Sinto os dedos dela entrando por baixo da minha camisa, frios
na pele nua e nos beijamos outra vez.

– Não posso ficar, tenho só alguns minutos, mas precisava ver
você – diz.

Ela se aperta em mim, empurro-a, sentindo meu corpo em
chamas.

– Temos de esperar – diz ela, quase como para si mesma.

– Esperar o quê? – pergunto, ofegante.

Cada frase demora um século, as palavras espocam entre beijos.

– Esperar ele ir embora. Para o litoral, com o café.

– E aí o que acontece?

– Não entende? Vou me entregar a você. É o único jeito.

A expressão dela é de vitória. Está tudo planejado. Vai dormir comigo para acabar com a preciosa virgindade. Bey perderá seu investimento como se espalhasse a riqueza pelo deserto. E Fikre se vingará do homem que a comprou.

– Quando descobrir isso, ele vai ficar furioso – avisei.

– É, vai querer até me matar, porém me deixando assim, também está me matando. E se pudermos ter uma noite... – Ela me olha direto. – Vai valer a pena. Pelo menos, morro sabendo o que é o amor.

– Deve haver um jeito menos perigoso – falo preocupado.

Ela balança a cabeça.

– Não se preocupe, ele jamais saberá que foi você. Mesmo se me torturarem antes de eu morrer.

– Não precisa morrer. Ouça, Fikre: ninguém precisa morrer.

– Não importa. Uma noite de amor e depois, a morte – sussurra.

– Não, Fikre, prometo pensar em alguma solução...

– Me beija – ela pede. Eu beijo. – Estou preparada para o que ele vai fazer comigo. Só precisamos esperar que vá embora.

Solto-a com um gemido. Ela se afasta, fica indecisa, olha para mim pela última vez. No ar, fica apenas aquele cheiro de café, água de rosas e tempero.

Trinta e oito

Yamara, agosto

Meu caro Hunt,

Deixamos para trás os derradeiros vestígios de civilização e nos embrenhamos pela floresta, em busca da terra que vamos cultivar.

É como viajar rumo à Idade da Pedra, não há construções, só cabanas de palha; não há estradas, só as trilhas feitas pelos animais; a copa das árvores é tão densa que não vemos a luz do sol, ficamos como as minhocas num canteiro. De vez em quando, chegamos a clareiras com enormes falos de madeira da altura de um homem, pintados com desenhos berrantes. Achamos que é algum tipo de ju-ju ou vodu.

Encontramos nativos esquisitos, cada vale parece abrigar uma tribo diferente. Os rapazes usam pulseiras de marfim e brincos de cobre e as garotas pintam os cabelos de vermelho ou passam cal no rosto. Todos, homens, mulheres, crianças, fumam enormes charutos de folhas de tabaco e ninguém trabalha. Ontem, troquei um anzol de pesca por um colar de dentes de leão. A julgar pelo cheiro, o bicho era carnívoro e não tinha escova de dentes. Mas vou causar sensação nos arredores do Café Royal.

Mais uma coisa me aconteceu, algo tão estranho que hesito em escrever, você pode achar que fiquei totalmente maluco. Mas preciso contar para alguém e certamente não pode ser para Hector. Eis, meu amigo: parece que me apaixonei. É, por menos provável que soe, aqui no meio da floresta, eu me envolvi em uma grande paixão. O objeto do meu afeto é uma jovem chamada Fikre, uma africana. Mais inacreditável ainda é ela ser uma espécie de criada. Mas tem muita cultura e teve uma vida extraordinária. Como pode imaginar, é uma situação delicada, pois a dama em questão já está comprometida com outro, pelo qual não tem qualquer afeição. Seja como for, não sei se algum dia poderia me casar com ela e seria estranho romper o noivado com Emily, sendo eu o administrador da plantação do pai dela. Portanto, é uma situação melindrosa sob todos os aspectos. Só sei que nunca senti isso por ninguém e acho que é recíproco. Vivo numa espécie de devaneio enlevado, com um sorriso pasmo na cara, pensando no nosso encontro mais recente. Hector me acusou de mascar khat, que é a droga local! Mas, em vez de ficar entorpecido, me sinto mais vivo do que há meses.

Não tenho a menor ideia de quando poderei enviar esta carta, talvez entregue a alguém para levar até o litoral. Às vezes, vendo falhas na floresta, nos vales sem fim, cheios de verde, tenho a impressão de estar passando por um portal, prestes a atravessar uma grande cerca viva e sumir de vista.

Seu amigo,

Robert

TERCEIRA PARTE

A lei da selva

Novos distritos foram inaugurados, provendo campos novos para os negócios e finanças e, com sua prosperidade, mudando a aparência das regiões que, antes imersas na selva densa, agora estão salpicadas com os luxuriantes jardins verdes característicos da indústria e pontilhadas pelos bangalôs brancos dos superintendentes europeus. Observar uma área que muda de mãos – da natureza para o homem – é uma experiência que não se esquece facilmente. As vastas e produtivas plantações, terras já conquistadas dos bárbaros primitivos, situam-se ao longo de um montanhoso vale selvagem rodeado por espessas e expansivas florestas, à espera apenas de ficarem sob o machado do lenhador (...)

– Edwin Lester Arnold, *Coffee: Its Cultivation and Profit,*
1886

De vez em quando, a dimensão da mente humana se amplia devido a uma nova ideia ou sensação e nunca mais retrocede ao que era.

– Oliver Wendell Holmes,
The Autocrat of the Breakfast Table

Trinta e nove

Flor de café – é o doce perfume das lindas flores brancas do cafeeiro que, no século XVII, eram chamadas de jasmim árabe, pois as duas plantas são muito parecidas. O óleo essencial do *Jasminium grandiflorum*, que produz mais frutos e tem mais perfume do que o jasmim Sambac, é o que proporciona aquela nota agradável no café.

– Lenoir, *Le Nez du Café*

Amanheceu na selva, a luz e o som passam sob a copa das árvores e os primeiros raios do dia são, como sempre, saudados por uma cacofonia de cantos, guinchos, rugidos e chiados que aos poucos se aquietam nos resmungos letárgicos da manhã. Na colina, os brancos roncam em suas camas de acampamento. Na aldeia, as mulheres acendem a fogueira comunitária, moem café e vão até a ribanceira fazer as necessidades antes de acordarem os maridos. A madrugada foi fria e tomam o café da manhã agachados em redor da fogueira, enrolados em cobertas coloridas.

O assunto da conversa era um só: os visitantes. Os brancos já tinham passado por ali, percorrendo o vale com longas caravanas de animais e provisões, mas aqueles eram diferentes, construíram uma casa. É verdade que era mal projetada, perto demais do rio, quando viessem as chuvas ia ficar cheia de mosquitos; perto demais da ravina, onde os animais acabariam caindo e quebrando as pernas. Mesmo assim, era uma casa. O que eles queriam? Ninguém sabia.

Um dos membros estava especialmente preocupado. Era a curandeira Kiku que, sozinha, pensava. Verdade que os brancos não pareciam agressivos, mas o medo dela era que aquilo pudesse desencadear algo pior. Ela não sabia por quê, nem a razão da cisma, talvez fossem os espíritos da floresta, os *ayyanaa*, que às vezes lhe contavam o que não poderia saber de outra forma. Então, ela ficou separada dos outros nativos, tentando ouvir a floresta como quem tenta isolar a conversa das pessoas em volta para ouvir os sussurros vindos do aposento ao lado.

Percebeu então que a floresta estava com medo era da mudança. Kiku ficou surpresa, pois, embora fosse da natureza dos homens temer transformações, esta não afetaria a natureza. Como água, a floresta podia ser movida, mexida, mas, como água, ela sempre voltaria a ser como era e tudo o que os homens tinham feito com ela acabaria, mais cedo ou mais tarde.

– Sei o que é. Eles vieram para matar o leopardo – disse o jovem Bayanna.

Todos concordaram. Claro, era por causa do leopardo. Há alguns meses, tinha aparecido um leopardo no vale que preocupou quem tinha filhos pequenos. Se os brancos vieram caçá-lo, seria benéfico para todos – bem, talvez não para o leopardo, mas para os demais: o caçador faria uma túnica com a pele e os nativos viveriam mais seguros. O único da aldeia que já tinha matado um leopardo era Tahomen, o chefe deles, há vinte anos, quando jovem. Ele ainda usava a pele do animal de vez em quando, mas, comida por larvas e outros insetos, estava feia demais.

Como eles queriam que o leopardo fosse a razão da chegada dos brancos, fomentaram essa esperança. Em pouco tempo, todos passaram a ter o mesmo desejo e sossegaram, só não sabiam quem mostraria aos estranhos quais os melhores locais para caçar um leopardo.

A floresta disse a Kiku que os brancos não se importavam com leopardos, mas não revelou o interesse deles. Talvez ela não tivesse ouvido direito, ou a floresta não soubesse, talvez ainda a floresta dos brancos fosse tão longe que para entender era preciso viajar, como uma rajada de vento que demora para ir de um lado a outro do vale. Então, por enquanto, ela não contou para ninguém sua intuição.

Foi aí que eles ouviram o ruído do caminho da mata sendo aberta e passos irregulares de duas pessoas de botas andando na trilha e uma terceira sem botas, mas também não acostumada a caminhar na floresta. Vinham se aproximando da aldeia. Todos ficaram assustados, e alguns, até apavorados. Mulheres pegaram os filhos e correram para as cabanas, outras pegaram as crianças e saíram para ver o que acontecia lá fora. O barulho aumentou, com vozes ribombantes e guturais falando coisas que os aldeões não entendiam.

– É por aqui, sinhô – dizia uma voz.

– Espero que eles tenham fugido para as árvores – disse outra, segura. – Wallis, a mente nativa não funciona como a de um trabalhador, lá em Londres. Está provado que eles têm o sangue muito mais ralo; portanto, seus métodos são mais lentos. Opa, o que é aquilo ali?

– Acho que descobrimos onde eles moram, Hector.

Confusos, os nativos viram três homens entrarem na clareira. Dois eram muito altos, de pele branca e roupas estrangeiras; um deles era ainda mais assustador por causa da barba ruiva e farta; o outro usava um terno de lã de alpaca verde e um capacete colonial de cortiça branco. O terceiro era um negro da tribo adari, de túnica estampada e bengala comprida. Olhava em volta com arrogância.

– Muito bem. Quem é o chefe desse lugar selvagem? – perguntou, olhando os nativos com desdém.

– Um momento, Jimo – disse o ruivo, dando um passo adiante. – Ouçam todos vocês – disse, com voz tonitruante. – Nós vínhamos para cá – declarou mostrando o chão – plantar café. – Mostrou então a vasilha de madeira onde um dos surpresos nativos tomava café. – Se vocês trabalharem bastante para nós, serão pagos.

Fez-se um silêncio. Bayanna disse:

– Acho que ele quer café antes de ir matar o leopardo. – Os aldeões concordaram, aliviados. Claro! Solícito, Bayanna disse aos visitantes:

"Vou levar vocês até o animal. – Vendo que os brancos não entenderam, mostrou a túnica de leopardo que Tahomen usava e fez de conta que atirava uma lança. – *Dixe-daxe*? – perguntou, esperançoso."

– *Dixe-daxe*? – perguntou Hector, rindo. – Ótimo. Sabia que conseguiríamos um acordo com esses sujeitos. Diga a eles que amanhã vamos derrubar a floresta – explicou fazendo um gesto de como se cortava uma árvore ou, interpretado talvez, como matar a porretadas um leopardo ferido.

Outro jovem apareceu para disputar com Bayanna o direito de levar os brancos até o leopardo.

– Eu! Eu levo vocês! – interrompeu, ficando rápido de pé. Apontou para si mesmo e começou a imitar, animado, os leopardos levando porretadas.

– Ótimo – aprovou, tonitruante, o ruivo. – Parece que temos o nosso primeiro lenhador. E você? Hein? E você?

Outros jovens se aproximaram, ansiosos para participar do grupo de tamanho considerável que seria regiamente remunerado apenas para levar os brancos até o leopardo.

– Está vendo, Wallis? – perguntou o ruivo, virando-se para o companheiro. – Veja o efeito de um simples acordo numa mente selvagem! Veja a língua universal do comércio rompendo as barreiras das espécies! Belo sinal, não?

– Sem dúvida – respondeu o outro branco, incerto. – Ahn... será que devemos dizer que compramos essa terra? Que agora somos, digamos assim, os donos dela?

– Não creio que essas mentes primitivas vão entender. – Hector mostrou a floresta com as duas mãos e gritou: – Floresta... inteira... cortar!

O grupo de caçadores entendeu que os brancos perguntavam se deviam procurar o leopardo naquela direção, a leste. Muitos concordaram, incentivando Hector com sorrisos e movimentos de cabeça. Outros, sabendo que o leopardo estava a oeste, achavam que fazia mais sentido ir naquela direção. No final, disseram ao primeiro grupo que os brancos não iam gostar de serem levados a quilômetros de distância para não conseguirem nada.

O grupo da facção oriental replicou que, pelo contrário, seria muito indelicado logo no primeiro encontro dizer ao branco que ele era burro. O certo era concordar, mesmo se eles estivessem redondamente enganados. Começou uma discussão acalorada na qual o grupo oriental apresentou um argumento impossível de rebater: se os brancos fossem levados para oeste e achassem o leopardo, iriam embora logo. Mas, se fossem levados para leste como queriam, teriam de fazer outras expedições para oeste e era bem mais provável que pagassem mais *dixe-daxe*.

Jimo entregou cartões para os jovens. Cada um, explicou ele, era dividido em trinta dias. Cada dia em que cortassem árvores seria marcado e quando completassem um mês, receberiam o dinheiro. Os participantes de caça compreenderam perfeitamente que aqueles cartões mostravam que eles foram escolhidos como um campeão da caça do leopardo. Alguns escolhidos começaram a pular para cima e para baixo, em uma dança que encenava a morte do leopardo.

– Ah! – exclamou o ruivo –, chegamos há poucos minutos, mas vejam como já os deixamos animados! A floresta vai ser derrubada num zás-trás!

– É mesmo – concordou o outro branco.

Kiku assistiu a tudo, cada vez mais nervosa. Tinha a impressão de que os brancos falavam em cortar árvores e não em matar leopardos. Mas isso não a incomodou, pois os nativos cortavam árvores quando precisavam construir cabanas. Não, o que incomodou Kiku foi que, ao olhar para os dois brancos, via claramente que estavam encantados, de maneiras diferentes. E se ela não estava enganada, pelo menos um dos encantamentos era uma forte sedução amorosa.

Naquela noite, os jovens da aldeia fizeram uma dança para dar sorte à caça do leopardo. Quanto mais barulho, mais provável que os *ayyanaa* os ouvissem e abençoassem a empreitada; por isso fizeram todo o barulho possível, berrando e fazendo algazarra, com a ajuda de muita cerveja fermentada.

– Céus, que barulhada – reclamou Hector, a 500 metros de distância, em sua cama de acampamento. – Não sabem que amanhã vão trabalhar?

– O que fazemos, se eles não aparecerem?

– Vão aparecer. Você viu como estavam ansiosos pelo *dixe-daxe*.

– É – concordou Robert em sua cama de campanha. Calou-se um instante e concluiu: – É estranho eles nunca terem plantado café.

– Estranho? Nem tanto. Por que iriam plantar? Ninguém como nós mostrou como fazer.

– Mas eles não fazem nada nem remotamente parecido com plantar, não? – insistiu. – Ou pelo menos, do jeito que fazemos. Não parecem ter qualquer vontade... de dominar a selva. Queria só entender. Talvez tenham tentado e não deu certo. Sabe, é como se eles soubessem algo que nós ignoramos.

– Como sempre, você está olhando pelo lado errado, Wallis – disse Hector rindo. – Nós é que sabemos algo que ignoram. – Ele apagou a chama fraca que tremulava entre os dois na mesa feita com malas empilhadas. – Hora de dormir.

O silvo da chama sumiu e a escuridão encheu o quarto. Os tambores e gritos vindos da aldeia pareceram mais altos do que nunca.

– Boa noite, Hector.

– Boa noite – respondeu com o forte sotaque.

Sonhou com Fikre, negra e esguia, em cima dele, os olhos claros o fitando sem piscar, enquanto prazeres sem nome fluíam em um vaivém em seus quadris. "Daqui a pouco. Quando Bey sair de Harar", ela sussurrava, naquele sotaque cadenciado. Ele meio que despertou e, no escuro, ouviu um animal rir dele. O batuque sem fim dos tambores na aldeia era como uma outra batida do coração ecoando no sexo.

Os nativos estavam ficando embriagados e também começavam a pensar em sexo. Animados, os jovens faziam a dança da matança do leopardo, mas na verdade queriam impressionar as garotas que, por sua vez, demonstravam o grande regozijo de quando os homens traziam um leopardo morto para a aldeia; na verdade, a intenção era incentivá-los.

Kiku ficou de lado, assistindo. Achava que dançar era mais para as jovens e deixava de ser interessante quando os peitos, em vez de sacudir, convidativos, ficavam dependurados. De todo jeito, já sabia quem ia deixar a lança do lado de fora da cabana dela naquela noite. Mais cedo, Bayanna fez grande escarcéu trazendo comida para ela, mostrando para todo mundo que dormiam juntos. Kiku não se importou; em parte, porque ele era um amante vigoroso, embora meio convencido, mas também porque tinha suas razões para aceitar Bayanna.

Nesse instante, um dos motivos apareceu e sentou-se ao lado dela.

– Você não quer dançar – disse Tahomen.

– Estou muito velha – respondeu ela de modo casual. Pelo tom, podia-se pensar numa observação tão inofensiva quanto a de

Tahomen. Mas, na verdade, levava a conversa ao cerne da discórdia entre os dois.

Tahomen resmungou:

– Claro que você não está velha, quem disse? É ridículo.

Ela queria responder *você mesmo*. *Não com palavras, mas tomando Alaya como segunda esposa.* Olhou do outro lado da fogueira, onde a moça dançava com outras jovens. Maldita, tinha peitos que eram como pequenos cabaços e, quando ela mexia o corpo, mal balançavam.

– Alaya dança bem – ela elogiou.

– É – concordou Tahomen, sombrio. Também sabia o que estava por trás do problema de Kiku. E tinha vontade de perguntar por que ela *era tão inflexível*. *Claro que ele tinha arrumado outra esposa. Como não? Primeiro, porque sou o chefe, alguém já ouviu falar em chefe com uma mulher só? Segundo, porque preciso ter filhos e você não me deu nenhum.* Mas não disse nada, pois tinha certeza de que ela sabia disso tudo. E observou, calmo: – A lança de Bayanna tem ficado muito na porta da sua cabana.

Kiku desenhou um zigue-zague na areia.

– É uma lança muito ativa.

– E é um bom lanceiro – disse Tahomen. Fez uma pausa curta para depois acrescentar: – É o que ele diz.

Kiku não queria que Tahomen achasse que podia desfazer a mágoa fazendo piada com o amante dela. Por isso, sorriu, mas continuou olhando para os rabiscos na areia.

– Então você andou muito ocupada para vir à minha cabana – observou Tahomen.

– Como você para vir à minha.

– Mesmo se eu quisesse visitá-la, a lança de Bayanna estava lá.

– Mas você não foi, então não fez diferença.

– Como sabe que eu não fui?

Por que eu estava prestando atenção em você, ela queria dizer. *Você estava muito ocupado com Alaya, claro.*

– Uma nova esposa é como um pé de café, precisa ser colhido logo – ele lembrou.

– Exatamente. – E teve de citar outro provérbio: – O homem tem muitas esposas, mas uma esposa tem muitos amantes.

Ele concordou com a cabeça. Como muitos provérbios, esse mostrava a importância do *saafu*, isto é, do equilíbrio e reciprocidade.

– Mas, veja, o provérbio começa dizendo que "o homem tem muitas esposas".

Ao ver que tinha caído numa armadilha, Kiku se controlou.

– Ninguém está dizendo que você não devia ter esposas. Tenha três, quatro, quantas quiser!

Tahomen suspirou.

– Só porque tomei Alaya como mulher, não significa que não gosto mais de você. Ainda é a esposa-mor.

– Por que ainda? Nunca fui a esposa-mor, era a *única*.

– Significa que você será sempre respeitada.

Respeito. Para que servia, pensou Kiku, quando se queria ter seios jovens, bebês e ser adorada? Para que se tornar anciã, se significava ser velha demais para ser amada?

Tahomen suspirou de novo.

– Talvez, quando Bayanna levar sua lança para outra cabana.

Os dois ficaram em silêncio. Até que Tahomen disse:

– Esse tal leopardo.

– O que tem?

– Você acha mesmo que os brancos vieram até aqui só para nos ajudar a matá-lo?

Ela deu de ombros, sem revelar nada.

– Também me preocupo com isso – disse ele, cuspindo na fogueira. – De todo jeito, fico contente que não vieram matar o leopardo. Eu mesmo quero fazer isso.

– Você?!

– É, por que não?

– Os anciãos deviam deixar isso para os mais jovens.

– Acha que estou velho demais para matar um leopardo? – perguntou Tahomen, surpreso e irônico. – Alguém diz isso?

Ela suspirou. Tahomen tinha a mania de devolver o que lhe perguntavam. O que ele estava dizendo era *Olhe, eu também estou ficando velho, mas reclamo?* E, embora ela jamais fosse dizer isso alto, naquela briga silenciosa, seria obrigada a dizer *Não! Mas com você é diferente, basta arrumar outra esposa!*

Claro que, por fora, ela apenas resmungou.

Tahomen deu outra cuspida certeira no fogo.

– Há muitas formas de matar um leopardo – disse, pensativo.

– E pelo que sei, em todas se corre o risco de morrer.

– Bom, veremos.

Quarenta

O cozinheiro Kuma acordou os dois homens brancos bem antes do amanhecer e lhes ofereceu um café forte. Do lado de fora, Jimo aguardava junto a uma fila de nativos entorpecidos, de ressaca. Muitos tinham desenhos mágicos no corpo, especiais para a ocasião; já outros tinham pintado os bigodes e as manchas do animal que iam caçar, embora alguns estivessem com a tinta apagada, em razão das atividades noturnas. Traziam machados, tacos, ou lanças.

– Parecem crianças! Levam lanças para cortar árvores! Imagine! Jimo, pegue mais machados no estoque – disse Hector, com um suspiro.

Depois que todos receberam o equipamento adequado, o grupo foi para a floresta, com Hector à frente subindo a colina até o cume. De lá, ele mostrou as árvores e mandou:

– Cortem essas!

Os nativos pareciam confusos.

– *Bwana* disse para cortar! Agora! – gritou Jimo.

Os nativos se entreolharam. Se parassem para derrubar aquelas árvores, certamente não encontrariam o leopardo nesse dia.

– Vamos, rapaz – disse Jimo, empurrando, rude, um dos mais jovens para cima da árvore próxima. Relutante, ele levantou o machado e começou a cortar.

– Muito bem, agora o próximo! Corte! – gritou Jimo, levando o rapaz seguinte para a árvore ao lado. Dali a pouco, uma fila de nativos confusos cortava árvores.

Quando estavam quase cortadas, Hector mandou Jimo levar os homens para a próxima fileira. Novamente, cortaram até as árvores estarem quase partidas ao meio e pararam antes que elas caíssem. Trabalhavam irritados, pois tinham entendido que não iam caçar o leopardo, mas ainda tinham a promessa de *dixe-daxe*. E, enquanto cortavam, se perguntavam: para que serviria tanta madeira? Os estrangeiros decerto iam construir uma cabana grande ou, talvez, várias. Mas por que não derrubavam as árvores no chão, em vez de largá-las partidas ao meio? Devia ser o jeito dos brancos, mas por quê?

Continuaram até passarem para outra fila. Nenhuma das árvores era um *quiltu*, isto é, um plátano. Automaticamente, os nativos iam para um lado ou para outro para não cortá-las.

– Ali, eles deixaram uma! – gritou Hector.

Jimo pegou um dos homens pelo ombro e levou-o até o plátano.

– Corte! – mandou.

Primeiro, o homem ficou assustado, depois incrédulo, depois apavorado. Os outros pararam para explicar o problema aos visitantes. Explicaram que aquela era uma árvore sagrada dos rituais femininos nos quais as mulheres usavam seus galhos.

– Mande parar com essa tagarelice – disse Hector para Jimo, que mandou os reclamões de volta para as árvores. – Robert! Está na hora de mostrar para eles que não ordenamos nada que nós não saibamos fazer – disse Hector, mostrando a base da árvore. – Fique de um lado.

Num silêncio pasmo, os nativos assistiram aos dois brancos cortarem a árvore com os machados. Era um trabalho duro e eles transpiravam muito no final ou, melhor, quase no final, pois, mais uma vez, deixaram um cone estreito no meio da árvore.

Era começo da tarde quando Hector finalmente mandou que parassem. A essa altura, umas quarenta árvores estavam cortadas até a metade. Todos subiram a colina e ele mandou os homens cortarem o que faltava na primeira árvore. Com um estrondo, ela caiu e a queda foi amenizada pela árvore mais baixa que, de certa maneira, aguentou o peso. Essa também foi derrubada e também caiu ao lado da vizinha na colina. O peso das duas era suportado apenas pela copa da floresta que se estendia pela colina.

A terceira árvore era enorme, alta e copada. Ao cair com mais um estrondo, o tronco se partiu e os homens pularam longe. Os galhos bateram na árvore ao lado que, com um estalido, caiu também – depois a próxima e a outra, fazendo com que a colina se tornasse uma enorme onda de troncos desmoronando e galhos batendo violentamente no que estivesse pelo caminho. A avalanche levou tudo, até as árvores que não tinham sido atingidas pelo machado caíam como dominós colina abaixo. Era como se um gigante poderoso tivesse enchido as bochechas de ar e soprado a floresta. O som ribombava como trovão, ia e voltava num urro que ecoava por todo o vale. Os pássaros voaram, a poeira subiu no meio dos galhos caindo e tudo parecia bater com força e desabar em câmera lenta.

– Essa é a melhor paisagem na droga desse mundo – exclamou o escocês, olhando satisfeito a colina desmatada.

Na aldeia, Kiku ouviu o barulho e gelou. Ao redor, as mulheres gritaram, pensando que era um terremoto e correndo para procurar os filhos, Kiku percebeu logo que não era terremoto, mas também não sabia o que era. Era algo que jamais tinha visto, a floresta parecia uma ferida aberta como quando se corta a pele num rochedo. No enorme espaço vazio, entre restos de troncos quebrados e galhos revirados, ela via homens – pequenos, naquela distância – seguindo para a outra parte da colina.

Naquela noite, os nativos sentaram em torno da fogueira e comentaram o que tinha acontecido. Já estava clara a intenção dos brancos. Não ia haver caça a leopardo, os visitantes queriam era acabar com a floresta. Mas o que significava quando uma floresta inteira, formada por árvores e também por espíritos, era destruída assim? Quando alguém morria, seu espírito passava para uma árvore e quando ela por sua vez caía, seus espíritos passavam para as que estavam perto. O que ia acontecer com todas as centenas, os milhares de espíritos que os brancos soltaram naquela tarde? Ninguém sabia, pois nunca tinham visto nada parecido.

Alguns anciãos achavam que os jovens deviam se negar a trabalhar. Mas os jovens achavam que o prejuízo da floresta não era tão importante quanto a recompensa prometida pelos brancos. Sentiam que tudo estava prestes a mudar e que podiam tirar vantagem disso. Em vez de viverem à mercê da natureza, como sempre foi, os nativos agora poderiam controlá-la como os brancos. Alguns dos mais novos até acharam inteligente e emocionante a maneira como os estrangeiros limparam a colina. Não paravam de lembrar do som dos troncos caindo – era preciso estar lá na hora para saber como foi, garantiam para os outros nativos, parecia a tempestade mais forte que jamais ouviram e tudo feito pelo homem! Era muita sorte eles trabalharem para pessoas com tais poderes e, ao mesmo tempo, enriquecerem.

Quarenta e um

— Vou receber umas pessoas hoje, quem sabe você gostaria de estar presente? – perguntou Pinker, desconfiado.

Emily tirou os olhos do que estava fazendo.

– Que pessoas, pai?

– Trabalham para uma empresa americana, do Sr. J. Walter Thompson. – Pinker faz uma careta. – Não sei por que os americanos precisam pôr a data e as iniciais ao contrário. Seja como for, são essas pessoas que ajudaram a fazer os anúncios do Arbuckle. Agora abriram um escritório aqui. E me escreveram dizendo que têm ideias novas sobre como vender para o mercado feminino. Achei que você era mais adequada do que eu para avaliar se eles estão certos.

– Eu adoraria participar.

– Ótimo, eles chegam às 11 horas – disse Pinker, olhando o relógio.

Para desaponto de Emily, só um é americano. Chama-se Randolph Cairns e é praticamente o oposto do que ela esperava – em vez de um propagandista cativante e dinâmico, o Sr. Cairns é calado, educado e meticuloso como um professor ou um engenheiro.

– Como está o marketing da sua marca, Sr. Pinker? – perguntou, de modo cordial.

– Uso os métodos que, acho, vocês lançaram nos Estados Unidos – respondeu Pinker, de pronto. – Todos os pacotes do café

Castelo têm um vale dando direito a desconto de meio centavo na compra do próximo.

– Muito bem. Mas creio que entendeu mal a pergunta, senhor. Não quero saber como está vendendo o produto, mas como está o marketing da *marca*.

O pai dela ficou confuso.

– O produto é o que o senhor *vende*. A marca é aquilo que as pessoas *compram* – explica o Sr. Cairns.

Pinker concorda com a cabeça, mas Emily sabe que ele continua tão pasmo quanto ela.

– Vamos dizer de outra maneira – diz Cairns, olhando bem para pai e filha, com desdém. – A marca é o que os clientes esperam do produto. Eu diria mesmo que o produto influi muito pouco nisso. – Recosta-se na cadeira. – Pois. A pergunta é: como criar uma expectativa de superioridade?

Fica satisfeito em deixar a pergunta suspensa no ar. Emily fica pensando se o homem aguarda uma resposta dela ou do pai.

– Posso falar? – É um dos membros da comitiva de Cairns que se dispõe a responder, um jovem que, Emily percebe então, é ao mesmo tempo atraente e ávido.

Cairns faz sinal para o jovem falar.

– Philips.

– Criamos essa expectativa usando de psicologia?

– Exatamente. – Cairns vira-se para Pinker. – Psicologia! Um dia, senhor, os empresários verão que os consumidores são apenas sacos de estados mentais e a mente é um mecanismo sobre o qual podemos influir com a mesma precisão com que controlamos uma máquina numa fábrica. Somos cientistas, Sr. Pinker, cientistas de vendas. Não nos baseamos em conjecturas nem promessas vazias, focamos no que *funciona*.

Emily nota que o pai está muito impressionado.

– E o que isso significa para o Castelo exatamente? Como mudaria o que fazemos? – pergunta ela, cética.

– Nada de vales com desconto – diz Cairns, decidido. – Temos de criar uma expectativa favorável, um clima. Queremos convencer a consumidora, não suborná-la. – Faz um sinal com a cabeça para Philips, que tira alguns jornais de uma pasta.

Cairns entrelaça os dedos das mãos sobre a mesa.

– Primeiro, é preciso largar a ideia antiquada de que o senhor vende café. O senhor vende, mas o que a dona de casa compra é amor – ele anuncia.

– Amor? – Pinker e a filha exclamam igualmente pasmos.

– Amor – repete Cairns, firme. – Por servir ao marido uma ótima xícara de café. Existe maneira melhor de uma esposa mostrar seu amor?

De novo, a pergunta fica suspensa no ar. Dessa vez, Philips não se oferece para responder e Emily percebe que aquilo é um truque de retórica.

– O cheiro do café é o da felicidade – continua Cairns, sonhador. – Quando minha esposa faz um café para mim, por que sente prazer? Porque sabe que me dá prazer. E... – gesticula. – Ela tem certeza de que a melhor forma de mostrar sua dedicação é servindo Castelo.

– Como ela sabe? – pergunta Emily, indecisa se aquele palavrório todo é brilhante e absurdo ou só uma confusa mistura dos dois.

– Porque nós vamos dizer para ela, claro. – Cairns vira-se para Philips, que abre o primeiro jornal com um floreio.

A página que mostra foi preparada, é uma sugestão do anúncio que propõem, imagina Emily: um homem, só de camisa sem paletó, está sentado, tomando café. Dá um largo sorriso. Atrás, segurando um bule de café, uma esposa sorridente. Um truque de perspectiva dá a impressão de que ele é bem maior do que ela.

O texto diz: *O direito de todo homem. O dever de toda esposa.* Em letras menores, no pé da página: *Não o desaponte! Escolha certo. Escolha Castelo!*

– É... sem dúvida, diferente – avalia Pinker. Olha, indefeso, para a filha: – O que acha, Emily?

– É um pouco... negativo.

– É de propósito – concorda Cairns com seriedade. – Está comprovado que, em vendas, a negação tem mais força do que a afirmação.

– Bom, se foi comprovado... – diz Pinker, aliviado.

Cairns faz um sinal para Philips, que mostra um segundo anúncio. *Se você gosta dele, prove. Escolha Castelo e ele vai saber!* – Ele lê alto. – *Qualquer refeição é um banquete com uma mulher adorável segurando um bule de café quente Castelo.*

– Hum... – diz Pinker. Ele parece impressionado.

Philips mostra um terceiro anúncio. Uma mulher está de pé ao lado do marido, sentado. Segurando a xícara de café, ele sorri para o leitor. O texto diz: *O prazer dele é a alegria dela! Agora ele sabe que é Castelo, ele tem CERTEZA que ela oferece o melhor!*

– Porém não fala absolutamente nada sobre qualidade – diz Emily, desanimada. – Nem sobre os ingredientes, a proporção de moca, se usamos café *bourbon* ou típica...

– A dona de casa não quer saber dessas coisas. Ela quer agradar o marido – garante Cairns, contrariado.

– Bom, mas *eu* quero. Só posso dar a minha opinião... – argumenta Emily.

– Exatamente – diz Cairns. – Contudo, não nos baseamos em opiniões, minha cara, seja a sua ou a minha. A opinião é subjetiva. Testamos esses conceitos com mulheres *de verdade.* – A insinuação faz Emily pensar se ela não se enquadra nessa categoria. – Queremos nada menos que uma campanha militar coordenada. Sabemos nossos alvos, calculamos como causar o maior impacto neles e traçamos a estratégia. – Ele dá uma batidinha na mesa. – Esse é o novo enfoque positivo da propaganda. Esses anúncios vão *vender*.

Depois que foram embora, Pinker diz para a filha:

– Vejo que você está indecisa.

– Pelo contrário, pai, estou bem segura. Acho muito desagradável usar tão concretamente as inseguranças da mulher.

– Será que a sua reação está ligada às suas convicções políticas? – ele pergunta, olhando-a com carinho.

– Claro que não!

– Nunca critiquei o seu envolvimento com o sufrágio das mulheres. Mas você concorda que isso te deixa menos... – ele não sabe bem que palavra usar –, capaz de, digamos, ver as coisas como a mulher comum.

– Pai, que bobagem!

– Como disse o Sr. Cairns, os conceitos deles foram testados, sabemos que vão funcionar. E, se não usarmos esse novo enfoque psicológico, tenho medo que Howell use. E aí ficaremos para trás. – Ele concorda com a cabeça. – Precisamos ficar à frente dele, Emily, e essa pode ser a solução. Vou dizer ao Sr. Cairns que a campanha está aprovada.

Quarenta e dois

Sem a proteção das árvores grandes, os delicados brotos e plantas rasteiras da floresta, salpicados de orquídeas e borboletas, logo murcham ao sol. Assim, a madeira derrubada ficou pronta para queimar quase imediatamente. Quando o vento soprou na direção certa, Hector organizou os homens para acenderem várias fogueiras no lado norte do vale.

Se a queda das árvores foi espetacular, o incêndio também foi algo jamais visto. As chamas corriam de um lado para outro limpando a terra, enchendo-a com uma nova planta que em pouco tempo estava quase tão alta quanto a copagem original: uma floresta de chamas, soltando fagulhas, crepitando, que brotou, morreu e se propagou sem parar durante uma semana. Às vezes, o clarão diminuía e ficava só sobre uma árvore no chão; outras, o fogo cobria toda uma clareira como se fosse uma relva baixa e tremeluzente. Outras ainda, as chamas ficavam quase invisíveis ao sol como se liquefeitas sob o calor intenso.

Claro que os nativos conheciam o fogo, mas aquela dimensão descomunal provocou uma espécie de medo supersticioso e relutância em seguir as nossas recomendações. Hector jurou nunca ter visto empregados tão desobedientes – consequência, concluiu ele, do fato de sermos os pioneiros. Por mais que eu tivesse restrições a Hector, só pude me alegrar por estar comigo. Sem ele, eu seria totalmente incapaz de enfrentar as centenas de problemas diários que surgiam.

Após o incêndio, as colinas queimadas pareciam uma paisagem lunar fumegante, cheia de neve cinza. Aqui e ali, os restos de troncos carbonizados se destacavam na fuligem, enquanto duas enormes árvores que sobreviveram intactas à derrubada e ao incêndio ficaram isoladas na vasta extensão, com os galhos inferiores franzidos como renda.

– Esse é o melhor fertilizante do mundo – disse Hector, abaixando-se sobre cinzas que cobriam até os nossos joelhos e esfregando-as nos dedos. Fiz o mesmo: era uma cinza porosa, incrivelmente macia e ainda morna, após dias da queimada. Ao se dissolver em pó na palma das minhas mãos, soltou um cheiro fumacento e fuliginoso. – Robert, o café exaure até a melhor terra, você tem sorte de ter tanto campo aqui. Vamos para casa.

"Casa" era o castelo Wallis, uma propriedade colonial que dava direito a caçar na região que abrangia Abissínia e Sudão, que continha saguão de entrada, sala de jantar, sala de visitas, biblioteca, sala de café da manhã, inúmeros quartos com aposentos para se vestir – tudo num incomum espaço circular de uns 5 metros de diâmetro. Em outras palavras, Hector e eu estávamos morando como dois latoeiros numa miserável cabana nativa feita de barro, com teto de palha. A palha farfalhava a noite inteira e, de vez em quando, pequenas coisas venenosas e serpenteantes caíam para nos visitar (nesse ponto, não era muito diferente da minha escadaria em Oxford). O piso era de terra, embora tivéssemos colocado um tapete de duas peles de zebra, conseguidas em um escambo com os nativos. Jimo achou muito estranho que não fôssemos compartilhar os aposentos com um bode; pelo jeito, uma boa quantidade de urina de bode no chão afastava os *jiggas*, seja lá o que fossem eles. Mas resolvemos que bastariam os cobertores e os chinelos.

Nosso maior inimigo era o tédio. Nos trópicos, anoitece cedo e, embora tivéssemos lâmpadas a querosene, o combustível só era suficiente para uma hora por noite. Fiquei surpreso com o pedido de Hector para eu ler alto algum livro da minha pequena biblioteca: abri *A importância de ser prudente* e ele riu do começo do texto:

Algernon: – Ouviu o que eu estava tocando, Lane?

Lane: – Achei que não seria educado ouvir, senhor.

Algernon: – Lastimo por você. Não toco bem, qualquer um pode tocar bem, mas toco com sentimento. Em matéria de piano, o sentimento é o meu forte. Deixo a ciência para a vida.

Lane: – Sim, senhor.

Algernon: – E, por falar em ciência da vida, cortou os sanduíches de pepino para Lady Bracknell?

Continuei lendo, ele acabou pegando o livro e fazendo um ótimo *falsetto* de Gwendolen.

– Por favor, não fale sobre o tempo, Sr. Worthing. Sempre que alguém faz isso, tenho certeza de que está querendo dizer outra coisa. E fico bem nervosa.

Só Deus sabe o que Jimo e Kuma achavam disso, quanto mais os outros nativos, o estranho *falsetto* escocês que ressoava na nossa cabana, os ataques de riso à noite e o aplauso arrebatador com que Hector saudou a minha Lady Bracknell. Ele até começou chamar de Prudente quando andamos pela plantação.

Mas era tudo irreal – uma espécie de sonho, de alucinação. Eu participava das rotinas diárias da plantação, mas minha verdadeira vida era depois que apagávamos a lamparina e os roncos de Hector me livravam de seu mundo de estacas, plantio e trabalho. Então, quando a escuridão entrava na cabana, com a música da selva noturna fazendo contraponto – muito mais barulhenta do que a floresta de dia –, Fikre entrava na minha cama sem fazer barulho, sussurrando: "Agora" e "Logo" e enroscava as pernas em mim de forma que eu podia sentir com as mãos suas coxas, cintura, seios...

Às vezes, pensava em outras mulheres que conheci – até Emily. Mas o rosto dela tinha sempre uma expressão levemente melindrada como se emprestar o corpo para aquelas fantasias fosse um dever desagradável que a impedia de dedicar-se a assuntos mais importantes lá na Inglaterra. Ela agora era – literalmente – uma lembrança distante, menos real do que as prostitutas cujos corpos um dia conheci bem.

Era como o relógio de pulso marca Ingersoll que Pinker tinha me dado quando saí de Londres e que tentei manter no fuso horário europeu. Um dia, em Zeila, ele parou e não houve jeito de acertá-lo. Era mais fácil se adaptar ao horário local e largar o hábito de usar relógio. Pois um relógio é como o Guia, só serve se a pessoa com quem você está falando também o utiliza. Foi o que aconteceu com Emily. Não parei de repente de gostar dela, mas a parte do meu coração que devia ter continuado tiquetaqueando do pensar nela emperrou e nunca mais voltou a funcionar.

Só uma vez lembrei dela de uma forma diferente. Os nativos tinham percebido logo que, se tivessem qualquer pequeno problema de saúde no trabalho, como cortar um dedo no machado, ou furar o pé num galho quebrado, nós cobriríamos e envolveríamos o ferimento melhor do que a curandeira deles, ou seja, o emplastro de ervas que, no começo, era apenas mais um incrível componente da nossa caixa de remédios, acabou sendo uma invenção maravilhosa, misto de unguento e óleo antisséptico que melhorava o ferimento e isolava-o, não deixando infeccionar.

Um dia, uma nativa nos trouxe o filho doente. A criança estava completamente apática e, apesar da febre alta, o pulso era muito baixo. Apesar da pele negra, dava para ver o amarelo da icterícia.

– Isso não é problema nosso, a mulher nem trabalha para nós – disse Hector, ríspido.

– Pinker gostaria que fizéssemos o possível.

– Pinker gostaria que guardássemos os remédios para os nossos empregados. E de garantir que a criança fosse batizada para ao menos salvar sua alma.

Mas a filha de Pinker discordaria, pensei. Consultei o nosso Galton e concluí que a criança estava com febre amarela. Segundo o livro, metade dos casos infantis resultava em morte, mesmo assim, dei um pouco de láudano. Ela dormiu melhor, mas no dia seguinte começou a sangrar pelo nariz e pelos olhos e vi que não tinha solução.

Dei várias indiretas para Hector de que eu precisava ir logo a Harar, mas ele não deu ouvidos. Aí, certa noite, pouco depois de nos deitarmos, ouvimos um barulho lá fora. Jimo entrou correndo na cabana, ofegante, falando rápido.

– Sinhô, venha, venha. *Bicho* come os brotos de café.

Pegamos rifles e saímos da cabana. A lua estava minguante e vimos silhuetas nos canteiros de café. Quando nos aproximamos, um bando de javalis grunhia em êxtase, enquanto pisavam em nossas preciosas mudas.

Nós os expulsamos e deixamos Jimo de guarda. De manhã, vimos que eles tinham destruído a plantação. Foi um desastre e Hector culpou-se.

– Eu devia ter colocado cercas, nunca imaginei que essas pestes pudessem causar tanto estrago. – Ele suspirou. – Pelo jeito, você vai finalmente fazer sua viagem para Harar, Prudente. Teremos de substituir tudo.

– Que pena – disse eu, embora por dentro exultasse. – Vou amanhã.

Amanhã. Amanhã, amanhã e amanhã... Naquela noite, mal dormi, minha cabeça fervia de fantasias eróticas.

No dia seguinte, quando saí do acampamento, Hector mandou os nativos atearem fogo outra vez. Muito depois que saí do nosso vale, ainda sabia em que ponto daquelas imensas colinas era o incêndio: imensas colunas de fumaça com seus enormes galhos pretos se espalhavam pelo céu como se fossem uma nova e gigantesca espécie de árvore.

Quarenta e três

Mel – essa nota tem um forte cheiro do mel perfumado por flores. Lembra também cera de abelha, pão de gengibre, nogado e certos tipos de tabaco. O fenil etílico aldeíde, substância isolada do café, evoca muito bem esse aroma.

– Lenoir, *Le Nez du Café*

Chegando a Harar, mandei um bilhete avisando Fikre, com a desculpa de que precisava de ajuda numa tradução. Um criado trouxe a resposta, no mesmo nível inócuo e precavido. Não fazia qualquer referência a Bey, o que significava que ele estava fora. Os deuses sorriam para nós.

Esperei, esperei. A ansiedade era insuportável, os próprios sentidos pareciam mais afinados, como músicos de uma orquestra que ajustam os instrumentos antes do concerto. Passei o tempo improvisando uma cama com sacas de café cobertas por panos de seda. Ficou incrivelmente confortável, os grãos cediam sob o peso do meu corpo, formando um côncavo macio.

Então, tão leve que mal percebi, a porta no andar de baixo se abriu. Ouvi passos subindo a escada correndo.

Cada vez que eu a via, sua beleza causava um choque, com o rosto negro e anguloso, os olhos penetrantes, que brilhavam, o corpo esguio envolto numa túnica amarelo-açafrão.

Depois que ficamos juntos, finalmente, foi como se nenhum de nós quisesse começar. Ela preparou um café suave e cheiroso do campo, como fazia no deserto, e ficou, solene, olhando eu tomar a primeira xícara. Lembrei do que Bey disse sobre a cerimônia do café, naquela primeira vez, na tenda dele: ela é também uma cerimônia do amor.

Subitamente, fui tomado pelo desejo. Com um gesto impaciente, desamarrei a túnica que a cobria até deixá-la nua – ou quase. Ela usava um fino cinto de argolas na esguia e negra cintura, com piastras douradas que mexiam e luziam na pele quando ela se aproximou de mim.

Possuí muitas mulheres – submissas, volúveis, irritadas, dissimuladas –, mas cada uma mostrou à sua maneira que estava ansiosa para aquilo terminar – nunca vi nada como aquilo: transar com uma mulher tão apaixonada quanto eu, que ofegava, gemia, tremia e vibrava de prazer a cada toque. Ela cheirava a café e cada beijo tinha esse gosto, os cabelos tinham cheiro dos tambores de torração... as mãos eram café, os lábios eram café, a pele e o brilho no canto dos olhos tinham esse gosto. E, sim, entre as coxas negras, onde a pele se abria como pétalas para revelar um interior rosado com cheiro de madressilva, descobri um único e minúsculo grão, um nó de carne dura com gosto de café. Coloquei-o na boca, mastiguei-o de leve e, como por mágica, mesmo depois de ter me fartado, lá estava ele de novo.

Eu não queria causar qualquer dor, ia devagar. Foi a própria Fikre que ficou impaciente. Ficou por cima e foi se encaixando até encontrar uma pequena resistência; então, debruçando-se sobre mim para olhar bem nos meus olhos, pressionou os quadris para baixo. Ela retraiu-se quando algo cedeu e ficou totalmente possuída por mim. Uma mancha vermelha riscou como teia de aranha nossas barrigas e logo sumiu com os movimentos circulares que ela fazia com as ancas.

Os olhos dela brilhavam num misto de vitória e raiva.

– Seja como for, venci – sussurrou.

E aí aconteceu algo sobre o qual eu tinha lido, mas nunca tinha me acontecido. Enquanto continuávamos, ela foi tomada por uma série de espasmos internos que quase doíam de tão intensos e os efeitos no corpo podiam até ser vistos na pele como uma explosão submarina faz a superfície ficar levemente encapelada. Após cada espasmo, seu corpo amolecia e ela cobria meu rosto de beijos, murmurando com deleite até que, de repente, arqueava as costas outra vez, estirando-se e ofegando quando tomada novamente pelo prazer. Eu sentia os músculos dentro dela apertarem a cada espasmo. Entendi então que todas as prostitutas que gemeram e caíram ofegantes nos meus braços fizeram uma fraca imitação do que era o prazer. Talvez nenhuma delas jamais tenha sentido o verdadeiro orgasmo, nem eu jamais parei para pensar o que elas ganhavam com aquilo, fora o dinheiro.

Houve mais café e mais amor, depois ela se deitou nos meus braços e conversamos. Não falamos de Bey, nem de nenhum assunto sério: isso era o mundo exterior ao qual tínhamos renunciado. Ela me contava do comerciante francês que morou naquela casa antes de mim.

– É uma história bem triste. Quando jovem, ele foi muito bonito, além de um gênio, pois escrevia poemas elogiados pelos maiores letrados. Um deles, que também era poeta, tomou-o como discípulo, mas queria que o jovem também fosse seu amante. O rapaz acabou dando um tiro nesse homem. Por estranho que seja, o homossexualismo foi também a fonte do talento dele; então, nunca mais escreveu um verso, mudou-se para este fim de mundo e viveu como se já estivesse morto.

– Quem contou isso para você?

– Ibrahim. Por quê?

– É uma boa história, mas, se tivesse mesmo existido um rapaz francês tão genial, eu teria ouvido falar.

– Acha que Bey inventou a história?

– Acho que ele exagera.

Ela sorriu.

– O que foi?

– Não vai precisar exagerar quando souber disso aqui.

– Mas jamais precisará saber – observei. Naquele momento, depois que a loucura da nossa cópula tinha terminado, era difícil controlar o medo. O que tínhamos acabado de fazer era mais do que um crime. Em poucos minutos, eu tinha possuído a mulher de outro homem, violado o que era dele e arruinado seu investimento. Eu não tinha ideia de como era a lei em Harar, mas desconfiava que ser cidadão britânico não oferecia muita proteção

Bey, que já era motivo de riso pela forma como conseguiu Fikre, veria que a única forma de recuperar alguma credibilidade seria uma vingança tão cruel que impressionasse até os inimigos dele.

– O que foi? – Fikre levantou-se na cama e me encarou.

– Nada.

– Você estava pensando no que ele vai fazer – ela adivinhou.

– Como sabe?

– Você entrou na casca, como um caracol – afirmou tirando meu membro.

– Ah.

Eu estava chocado por termos feito algo que não podia ser desfeito. Não adiantava dizer "não podemos nos ver mais" ou "precisamos parar com isso antes que seja tarde". Já era tarde. Tínhamos feito a única e terrível coisa que condenaria a ambos. Mas até isso era uma espécie de liberdade, não havia como retroceder.

Com a terceira xícara de café, ela trouxe um galho de *tena adam*. Fizemos amor lentamente, quase refletindo, sem pressa alguma. Lembrei outra coisa que Bey tinha dito da cerimônia: a terceira xícara era a bênção, lacrava a transformação do espírito. Mas, na verdade, para mim isso já tinha ocorrido fazia tempo.

Dormimos e acordamos juntos e ficamos num abraço sem palavras, cheio de sorrisos e silêncio.

– Vamos pensar numa solução – disse ela, interrompendo meus pensamentos. Acariciou minha barriga com as costas da mão, de leve. – Juro que a primeira vez que vi você só pensei que seria uma ótima vingança de Ibrahim. Eu queria mesmo morrer e queria também causar muitos problemas para ele. Mas agora... – Fez um círculo em volta do meu umbigo, carinhosa, como quem passa o dedo na borda de um copo. – Agora, não quero que isso acabe.

– Nem eu. Mas é difícil encontrar uma saída.

– Talvez eu possa seduzi-lo e ele vai pensar que me deflorou.

– Você faria isso?

– Claro, se fosse para ver você de vez em quando.

Pensei em Bey com o corpo gordo em cima dela, a boca úmida babando nos lábios que pouco antes tinham sido meus.

– Ele perceberia que você não é virgem.

– Há jeitos de fingir, saquinhos com sangue de carneiro que arrebentam quando se é penetrada. Não enganaria um médico, mas um homem cheio de luxúria acredita no que quer.

– É muito arriscado. Além disso, pense se der errado, se ele rejeitar você. Saberia que alguma coisa estava acontecendo.

– Então, o que fazer?

– Não sei. Vou pensar. – Era como uma ladainha, um de nós estava sempre dizendo *Vou pensar.* Eram palavras reconfortantes, como as que as mães diziam: *Não se preocupe, durma. Vai dar tudo certo.* Não daria tudo certo, estávamos condenados, porém as palavras exerciam a magia do mesmo jeito.

– Tenho de ir embora. – Ela sentou-se na cama e pegou a túnica.

– Ainda não.

– Tenho de ir. Os criados vão desconfiar. Procurei não ser seguida, mas não posso garantir.

– Não vá – pedi tocando o seio dela.

– Não há tempo. – Mas ela estremeceu de prazer e deitou-se. – Seja rápido – sussurrou, levantando as pernas e abrindo-as.

Ela deitou de barriga para cima embaixo de mim, segurando meu rosto com as palmas das mãos, os olhos fixos nos meus. Desta vez não houve espasmos dentro dela, mas, quando apressei, ela levantou as pernas mais alto ainda, a sola rosada dos pés ficaram quase nas minhas orelhas e sussurrou, *sim, sim, sim* até eu terminar. Depois, beijou-me, levantou-se, lavou-se sem inibição com a água que eu tinha trazido para o café e foi embora.

* * *

Pouca gente nota como o café é salgado. Em estado natural, o sal fica latente, funciona como suporte dos outros sabores e causa um leve *aftertaste* amargo que é um dos prazeres dessa bebida. Mas se deixarmos um bule uma ou duas horas e o líquido se evaporar, o sal aumenta a tal ponto que fica quase impossível bebê-lo. Por isso a cerimônia do café tem apenas três xícaras, sendo a última servida antes que a bebida fique salgada como lágrimas.

Mas pode-se tomar uma quarta xícara, que não tem nome: apesar de amarga, é bebida pelo amante, deitado sozinho na cama, enquanto pensa na amada esgueirando-se pelas ruas escuras numa túnica amarelo-açafrão, voltando para a casa do seu dono.

Quarenta e quatro

Selvagem – um sabor forte encontrado geralmente em cafés etíopes.

– Smith, *Coffee Tasting Terminology*

Passaram-se semanas. Como um animal hibernando, sobrevivi recorrendo à minha coleção de lembranças da pele lisa, suave, cheirosa de Fikre, o gosto de seus mamilos...

– Devo dizer – observou Hector certa manhã, enquanto andávamos entre os grupos de operários – que você está se saindo muito bem, Robert. Confesso que achei que fosse ficar saudoso dos seus velhos fantasmas da Regent Street.

– Regent Street? Engraçado, não sinto a menor falta. Na verdade, acho que a minha antiga vida na Inglaterra era muito sem graça, comparada com a daqui.

– É mesmo? – Hector parecia bastante surpreso. – Vamos acabar transformando você num aventureiro.

– Por falar nisso, preciso ir logo a Harar outra vez – informei, casual.

– De novo? – perguntou franzindo o cenho.

– Sei que vai ser bem mais difícil para mim sair daqui depois que você for embora – disse eu, persuasivo. – Mais um motivo para eu antes comerciar ao máximo, não?

– Creio que sim – respondeu com relutância.

– Certo, então está combinado. Vou no domingo.

Tínhamos chegado ao alto da colina e, lá embaixo, os grupos cavavam os buracos onde seriam plantadas as mudas, uma a cada 2 metros, acompanhando a fita branca de marcação do terreno. Hector olhou-as e concluiu:

– Veja aquelas linhas, Robert. Quando estiver tudo pronto, a civilização será apenas linhas retas e uma linda tinta branca.

Vinha um som da selva até nós – o cantochão baixo e erradio dos homens que nem era um canto, mas um ritmo para manter a marcha. Todos pararam de trabalhar, inclusive Hector e eu, e olhamos ansiosos para as árvores molhadas.

– Não parem! – berrou Jimo. Ele tinha transformado um galho comprido numa vara e estalava-a no ar para enfatizar seus gritos. – Sem parar! – Relutantes, os nativos voltaram ao trabalho.

Em meio às árvores, duas compridas filas de homens vinham na nossa direção. Não, havia mulheres também, trazendo panelas, sacos de milho e até crianças amarradas às costas. Eram negros, mas bem diferentes dos da nossa aldeia, pequenos e atarracados, de cabelos ondulados e sobrancelhas grossas.

– Não imaginei que esses cules fossem aparecer por aqui – disse Hector, satisfeito.

O primeiro de cada fila deu uma ordem e os recém-chegados pararam, colocando os pertences no chão e se agachando ao lado deles.

– De onde vieram? – perguntei, intrigado.

– Do Ceilão. São indianos da etnia tamil. Excelentes operários, não são como esses africanos.

– Mas como chegaram aqui?

– Nós encomendamos, claro. – Hector parecia impaciente com minhas perguntas quando subiu a colina em direção ao líder do grupo. Ele estava de pé à nossa espera, de cabeça baixa, respeitosamente.

– Você os trouxe de navio?

Hector estendeu a mão sobre a cabeça do tamil chefe, que entregou um monte de papéis sujos.

– Eu os contratei, mas eles pagam a passagem.

– Mas como têm dinheiro para isso?

– Não têm. – Hector suspirou, como se fosse obrigado a explicar para um idiota. – Não há trabalho para eles agora no Ceilão. Então, contrataram um capataz para trazê-los aqui. O preço da passagem de navio vai ser descontado do salário deles. Nós compramos os contratos do capataz cobrindo as despesas dele e os tamil terão trabalho e comida, todo mundo fica contente.

– Sei – concordei, mas sem entender que mecanismos financeiros tinham arrastado aquelas pessoas para um lugar a milhares de quilômetros da casa deles.

Os tamil eram um bando mal-encarado. Viviam de cenho carregado, ao contrário dos nossos nativos, que estavam sempre rindo. Mas não posso negar que eram ótimos trabalhadores. Em poucos dias, levantaram três enormes cabanas, uma para os homens dormirem, outra para as mulheres e outra, conforme Hector me explicou, na qual os grãos de café seriam selecionados. Os tamil

261

cavavam trezentos metros de buracos de mudas, enquanto os nativos faziam sessenta.

– É porque eles são contratados. Trabalham muito porque têm dívida – explicou Hector.

Dias depois, ele reuniu os nativos africanos no nosso acampamento. Foi até o caixote onde ficavam nossas ferramentas e pegou dois machados fabricados na Europa.

– Estes machados são ótimos e muito caros, custam centenas de rupias. Normalmente, nenhum de vocês conseguiria comprar um – explicou, mostrando os machados.

Jimo traduziu e todos concordaram com a cabeça.

– Mas com os nossos empregados é diferente. Se vocês trabalharem até a colheita, daremos um machado para cada homem e uma pá para cada mulher.

Jimo traduziu de novo. Dessa vez, fez-se um silêncio intrigado.

– Não precisam nos dar dinheiro agora, pagarão uma rupia por semana, descontada do salário – explicou Hector.

Jimo traduziu. Houve uma agitação, os que tinham entendido explicavam para os de raciocínio mais lento. Alguns correram para examinar o machado e, impressionados, passaram a mão no cabo liso, torneado, tocando a lâmina que parecia um espelho, com o aço lubrificado.

– Tenho mais a contar – gritou Hector mais alto do que o barulho. – Vejam aqui! – Foi até o caixote com outras ferramentas. – Anzóis de pesca! Espelhos! Tudo pode ser comprado a crédito pelos que se inscreverem! – Segurou um colar de vidro e balançou-o. – Estão vendo? – Um nativo tirou da mão dele, encantado.

Hector virou-se para mim com expressão satisfeita:

– Todos vão concordar. Como não? É a melhor proposta que já receberam!

– Mas depois que pagarem a dívida vão usar essas ferramentas na terra deles?

– Sim, em tese. Acho que poucos vão conseguir lidar com elas. – Esfregou as mãos, satisfeito. – O bom é que teríamos de comprar mais ferramentas mesmo. Assim, todo mundo ganha.

À noite na aldeia, havia muito o que comentar. Kiku, com experiência naquelas discussões, sabia que o melhor era não dizer logo o que achava, mas ouvir o que as outras mulheres tinham a dizer e usar seu status de anciã para fazê-las chegar a um acordo. Porém estava difícil, pois, pela primeira vez desde que se lembrava, todas discordavam dela.

– O que vai ser da floresta, depois que todos nós tivermos machados? O que vai ser das árvores? – perguntou ela, triste.

– Mas as árvores são muitas, e nós, poucas. Acho que é certo derrubá-las. Então, teremos mais *saafu* porque os números estarão mais equilibrados – disse alguém. Para desaponto de Kiku, quem falou foi Alaya, a nova esposa de Tahomen e, para desaponto ainda maior, as outras pareciam impressionadas com a lógica de Alaya.

– Dizer que não devemos usar os machados para cortar árvores não é o mesmo que não usar jarros para carregar água? – acrescentou mais alguém. – Já trabalhamos tanto, não precisamos dificultar mais a vida.

– Eu não me importo de usar uma boa pá mas, certamente, vou parar quando estiver grávida – acrescentou Alaya.

As outras concordaram. Quando Alaya engravidasse de um filho de Tahomen, era razoável que não trabalhasse. Mas ficaram admiradas que ela estivesse disposta a dar duro até ter o filho. Nem todas as esposas dos chefes eram tão ativas.

Kiku quase conseguia ouvir o pensamento das mulheres e quando a olharam, esperando reação, era como se a questão estivesse implícita nos olhos delas. *E Kiku? Ela não tem filho de Tahomen, mas também não quer cavar! Por isso não quer que tenhamos machados e pás, pois pela primeira vez na vida ela ia ter de trabalhar duro!*

– Essa pá que você comentou – disse Kiku.

– O que tem? – perguntou Alaya, sorrindo.

– Como vai pagar por ela quando engravidar?

Alaya franziu o cenho. Não tinha pensado nesse detalhe. Então, seu rosto desanuviou.

– Se Tahomen tiver um machado, pode pagar a minha pá e o machado dele cortando árvores – anunciou.

As outras deram um suspiro coletivo. O chefe cortar árvores? Como se ele fosse igual a todos os outros homens? Mais uma vez, Kiku podia quase ouvir o que elas pensavam: por que não? Por que o chefe devia ser isento de trabalho físico? Que ele trabalhe ao lado da esposa estéril!

Kiku concluiu que tinha sido manobrada por Alaya e por isso disse, apenas:

– Discordo.

– Você não é obrigada a concordar, certo? – perguntou Alaya. – Quem quiser machado e estiver disposto a trabalhar para eles, que tenha. O mesmo quanto às pás, podemos fazer a escolha ou não.

Fez-se outro silêncio pasmo. Pensar que aquela decisão era para ser tomada por cada um e não pela tribo toda também era totalmente novo. Kiku notou as mulheres se entreolhando, avaliando a reação das outras acenando com a cabeça. Achavam que Alaya tinha razão: por que elas seriam obrigadas a fazer o que os outros queriam? Quem tiver marido jovem e forte, preparado para trabalhar duro, que aja assim e compre machados! Alguns iriam prosperar, mas nem todos, obviamente. Os muito velhos, os muito jovens, os doentes, mas eles não teriam de trabalhar duro sem ganhar machados.

Nesse momento, Kiku concluiu que estava tudo acabado. Estas mudanças não podem ser impedidas, como também não se pode impedir a água de descer morro abaixo. Mas ela ficou inquieta, não sabia o que ia acontecer, nem o fim disso.

No dia seguinte, todos assinaram os novos contratos, até Tahomen. Mas quando Kiku viu os colares que enfeitavam as mulheres, achou que eram mais parecidos com as correntes usadas pelos escravos do que com qualquer outro adorno confeccionado com itens da floresta.

Quarenta e cinco

Para irritação de Emily, fizeram muito sucesso os condescendentes anúncios do Sr. Cairn. Não sabia se era por causa da mensagem ou apenas por Pinker chamar atenção para si ao fazer uma campanha tão ambiciosa, o fato era que o Castelo era o café empacotado mais vendido nas mercearias. Naquele momento, o setor se expandia bastante, com gente como Thomas Lipton e John James Sainsbury abrindo grandes empórios em estilo tão agressivo quanto Pinker ao ampliar a venda de café. O novo estilo de marketing serve para todos. Sainsbury pode encomendar uma quantidade de Castelo sabendo que receberá exatamente o mesmo produto em todas as lojas, enquanto Pinker sabe que a grande demanda criada pelos anúncios pode ser suprida com pontos de venda. Lipton, principalmente, passou a ser quase um parceiro e Pinker concorda na mesma hora com a sugestão de uma nova versão do Castelo, pré-moída, para combinar com a novidade do chá em pequenos pacotes porosos.

– Mas o café pré-moído não dura tanto, nem tem sabor igual ao que é preparado na hora – observa Emily.

– Talvez haja uma pequena diferença, mas hoje nem todas as esposas têm tempo de moer café. Muitas trabalham fora, Emily. Você não ia querer que as mulheres fossem penalizadas por trabalharem fora, não?

Claro que não, e assim ela retira a objeção, desconfiando que sua opinião não ia mesmo ser muito considerada. O pai passou a ter um exército de conselheiros, secretárias e faz-tudo, além de um novo tipo de assistentes chamados *executivos*. A linguagem do comércio está mudando junto com o próprio comércio. Ela percebeu que, às vezes, ele chama os armazéns de *depósitos* e o Castelo de *o produto*. Pelos livros-caixa viu que não estão mais comprando tanto café de boa qualidade quanto antes, em razão das quantidades cada vez maiores do café mais barato, melhorado com um pouco do arábica de boa qualidade. É verdade que o produto também barateou o bastante para competir com o café de Howell, mas o que economizam nisso é gasto com propaganda. A meta da empresa passou a ser a expansão, não o lucro.

Um dia, o pai mostra para ela na rua uma cena maravilhosa. Estacionadas ao lado da calçada, há três caminhonetes movidas a gasolina, pintadas com o preto e dourado vibrante da marca Castelo, os motores enchendo a rua de fumaça cheirando a terebintina. Todas têm o mesmo desenho de castelo das embalagens da marca, sobre a frase *Café Castelo, a escolha da esposa sensata*.

– Foi ideia de Cairn. Quando os veículos circularem por Londres fazendo entregas, as pessoas vão ver e pensar em comprar Castelo.

– Acho que devemos ficar satisfeitos por ele não ter colocado nada sobre amor – ela resmunga.

Na verdade, a única parte do império Pinker que não prospera são as Tavernas da Moderação. Às vezes, Emily as visita com o pai, tentando descobrir qual o entrave.

– Não pode ser o conceito – diz Pinker, olhando para a cafeteria quase deserta. – O Lyons vende o chá em mercearias como nós, mas as casas de chá deles estão sempre cheias.

– Talvez seja a localização. As lojas da Lyons ficam em ruas movimentadas, onde as mulheres podem fazer uma pausa durante as compras. Nossas tavernas ficam em áreas residenciais.

– Porque foram adaptadas de bares. – O pai suspira. – Acho que dessa vez avaliei mal os clientes, Emily. E se elas não derem lucro teremos de fechá-las.

– Mas as tavernas não são a causa de tudo? Ou sua meta não é mais a Moderação? – ela pergunta, intrigada.

Pinker aperta os lábios.

– Claro, a meta é essa, mas talvez os meios sejam outros, talvez o café empacotado é que vá mudar os hábitos do trabalhador.

– Enquanto houver bares e álcool, haverá bêbados – lembra ela.

O pai dá de ombros.

– Pode ser, mas um negócio que não rende não pode ser o instrumento de mudança. Por enquanto, não vamos fazer nada, talvez o mercado aja por nós.

Quarenta e seis

Estou nos braços de Fikre, saciado. Cada gesto nosso libera novas ondas de perfume, ela se envolveu na fumaça de mirra antes de me encontrar, ficou nua ao lado do braseiro com a mirra, como fazem as beduínas, o cheiro agora se misturava aos líquidos do nosso ato de amor, o cheiro de pano de aniagem e o de grãos de café da cama improvisada.

De repente, lembrei do Guia e ri: fizemos tantas categorias de café, mas no final a pessoa escolhe por instinto: *quero esse, é bom.*

– O que está pensando? – perguntou ela, mexendo-se nos meus braços.

– Um empreendimento bem idiota que fiz antes de vir para cá – respondi. Contei do Guia, de Pinker, das caixas de amostras...

– Quero ver! – Ela pulou da cama, nunca ficava quieta por muito tempo; logo depois de fazer amor, ela queria mais: mais sexo, mais conversa, mais paixão, mais planos. – As amostras estão aqui?

– Sim, em algum lugar.

Achei a mala onde estavam os aromas e trouxe.

– Que aroma você prefere?

– Acho que este. – Abri o frasco com o rótulo "maçã". Por um instante, pensei que tinha evaporado, quase não havia nada, mas senti um cheiro leve de algo ameno e sem graça, insípido como leite. – Agora parece um cheiro ruim – mostrei para ela.

– É tão fraco – declarou depois de cheirar, dando de ombros.

– Você mudou o meu olfato.

– Foi a África.

– Você e a África.

Voltei para a cama e ela também.

– Encontrei um dos poemas dele – disse ela.

– De quem?

– Do francês que morava aqui. Quer ouvir?

– Se for preciso.

Ela sentou de pernas cruzadas em cima das sacas de café, nua, à vontade, e leu alto. Após alguns versos, eu pedi:

– Fikre, pare. São... sons sem sentido.

– É como se ele estivesse embriagado com as palavras – ela insistiu. – Você não vê? – Levantou-se e andou pelo quarto, batendo o ritmo com a mão enquanto declamava:

– *Est-ce en ces nuits sans fond que tu dors et t'exiles,*
Million d'oiseaux d'or, oh future Vigueur...

Tive de rir, Fikre tinha a energia de uma criança e em sua boca as frases em francês, embora absurdas, eram deliciosamente sensuais.

– Volte para a cama.

– *Mais, vrai, j'ai trop pleuré! Les Aubes sont navrante...*

– Quero trepar de novo.

– Pois eu, não. Quero declamar essa poesia!

Agarrei-a pelos pés e carreguei-a para a cama. Ela reagiu, me arranhando, lutando, rindo e tentando gritar o poema enquanto eu a possuía. Mesmo quando a penetrei, aquela estranha e demoníaca energia não diminuiu. Fikre ficou por cima de mim e nem depois que gozei ela parou, cavalgou meu membro mole e berrou para mim, enquanto enfiava as unhas com força na minha barriga:

– *Oh, que ma quille éclate! Oh, que j'aille à la mer!*

Eram versos ruins e sem rima, claro que eram, mas tinham alguma coisa na cadência, na batida simples e selvagem do ritmo, que ecoava e pulsava no meu sangue.

Não sou um administrador de plantação, pensei. Não sou um comerciante de café. Nem tampouco um marido.

Prometi que, quando tudo aquilo terminasse, eu iria voltar a escrever – iria redescobrir aquele demônio selvagem e exultante que vivia dentro de mim e escrever poesia.

– Tive uma ideia – disse Fikre.

– Hein? – eu estava quase dormindo.

Uma coisa dura, leve e seca bateu nos meus dentes. Levei um susto e abri os olhos. Ela estava despejando grãos de café na minha boca. Riu e comeu os grãos restantes, mastigando-os direto da palma da mão, com movimentos rápidos e decididos, como um gato triturando ossos.

– Você come grãos? – perguntei.

Ela concordou com a cabeça.

– São gostosos.

Experimentei um. Eram mesmo, o sabor do café puro, sem dissolver.

– Além do mais, você precisava acordar. – Ela parou. – Minha ideia é que temos de matar Ibrahim, é o único jeito.

– Como faríamos isso?

– Contratamos um bando de *bashibazuks*, mercenários. Eles matam e então podemos ficar juntos.

– Infelizmente, você está hipotecada, ele me disse quando estávamos no deserto. Se ele morrer, os agiotas pegariam você para saldar a dívida.

Os olhos dela brilharam.

– Eu o odeio. – Jogou-se na cama. – Quando isso terminar, temos de achar um jeito de fazer com que o mundo não seja mais assim.

– Essa é a menor das nossas preocupações – resmunguei.

– Agora que tenho você – que tenho *isso* –, quero viver. Quero estar com você – declarou, acariciando meu rosto.

– Vou pensar numa solução – prometi.

De novo, aquela mentira confortadora.

Quarenta e sete

Cáustico – causado por amargor, em vez de doçura na gradação básica do sabor.

> – Lingle, *The Coffe Cupper's Handbook*

Ouviu-se um grito no silêncio da noite.

Na hora, Kiku sabia que não era o grito de quem pisou numa cobra ou machucou sem querer a mão no pilão de moer cereal.

Nem o grito de alguma dor. Era de quem estava – desesperada e inarticuladamente – tentando dizer que tinha algo muito errado.

Ela correu para fora da cabana. Alaya vinha aos trancos pela trilha do acampamento dos brancos, com uma mão no peito e a outra sobre a boca, como se tentasse não sufocar.

Kiku e outras mulheres que ouviram o grito ajudaram-na a entrar numa cabana e, aos poucos, ouviram a história. Um homem tinha se aproximado, mas ela não se interessou ou, pelo menos, só aceitou ir à cabana dele. Ele disse que tinha um presente e lhe deu um colar. Mas ela não quis dar o que ele queria em retribuição; então ele bateu nela, derrubou-a no chão e a possuiu à força.

– Quem é ele? Quem fez isso? – perguntou Kiku.

– Vanyata Ananthan – sussurrou Alaya.

Era o capataz da tribo tamil. Aquilo complicava ainda mais a situação. Os empregados tinham mais medo daquele homem do que do Sinhô Crannach ou do Sinhô Wallis. Os capatazes arrumavam tarefas fáceis para os nativos – como cavar com enxada – ou difícil – como retirar uma árvore caída. Eles batiam com vara nas pernas de quem não trabalhava direito; também reduziam o salário de alguém que não fazia o que queriam.

Kiku sabia que, se os nativos não se unissem naquele momento, a vida deles ficaria um inferno. Foi para sua cabana e pegou seu galho de *siqquee*.

Toda mulher tinha um, recebido da mãe quando deixava de ser menina. Era feito de plátano, a árvore das mulheres, e simbolizava que todas estavam ligadas. Quando Kiku fazia um parto ou fervia ervas para tratar uma febre, batia de leve com o galho na testa do doente para mostrar que usava não só o seu conhecimento, mas o poder do *siqquee*, por onde fluía o poder das antepassadas. Só de segurá-lo, já dava força – não a força masculina, que levantava pedras ou lutava, mas a feminina, a força da resistência. Porém esse dom trazia uma responsabilidade. Se uma mulher precisasse de ajuda numa emergência, bastava pegar o galho, sair da cabana e gritar. Era uma espécie de alarme, as que ouvissem deviam parar o que faziam e ir gritar junto.

Kiku tocou com o galho na testa, recebendo a força. Depois, saiu da cabana e gritou:

– *Intala Aayyaa dhageettee?* Mulheres, estão ouvindo?

Fez-se um silêncio e, a seguir, veio a resposta de dentro de uma das cabanas:

– *Oduun na gahee!* Ouvi!

– Ouvi! – gritou outra.

De todos os cantos, vieram mulheres correndo. Diziam ter ouvido o grito do *siqquee*. Ficaram ao redor de Kiku e Alaya, olhando para fora da roda, empunhando os galhos e entoando a mesma pergunta: "*Intala Aayyaa dhageettee? Intala Aayyaa dhageettee?*", até todas da aldeia chegarem. Os homens ficaram em volta delas, balançando a cabeça.

Fez-se silêncio e esperaram Kiku falar. Ela pensou no que ia dizer: todos precisavam entender a importância do assunto.

– *Saafu* se perdeu – disse ela. – Primeiro, violaram a floresta. Vocês viram alguns homens em volta da fogueira dizerem que isso foi bom, que os brancos podem nos ensinar a controlar as árvores com o machado. Mas como eles vão restaurar o *saafu*? *Saafu* significa que nós e a floresta vivemos juntos, nenhum tem superioridade.

Alguns concordaram com a cabeça mas, fora do círculo de mulheres, Kiku notou que os jovens não estavam convencidos.

– Agora, minha irmã Alaya foi atacada – prosseguiu. – Hoje foi ela, amanhã pode ser a esposa ou a filha de um de vocês. Por isso, vocês precisam dizer ao homem branco que não vão mais trabalhar para ele. Em vez de nos ensinar seus maus hábitos, nós é que vamos ensinar a eles o *saafu*. Até lá, as mulheres vão atravessar o rio.

"Atravessar o rio" era linguagem ritualística. Significava que as mulheres iam se ausentar do cotidiano da aldeia. Não iam tomar conta das crianças, cozinhar, nem ter vida familiar até que a paz e a ordem fossem restabelecidas.

Kiku levou as mulheres para longe, na mata. Quando passaram pelos homens, Tahomen levantou-se e declarou com formalidade:

– Sem as mulheres, o fogo vai se apagar. Os homens vão fazer o possível para trazer de volta o *saafu*.

Voltei de Harar e encontrei a plantação no maior alvoroço. Os empregados africanos tinham feito uma espécie de greve. Os tamil não participaram; portanto, a tranquilidade da fazenda não estava ameaçada, mas Hector queria restaurar a ordem logo.

– Claro que aquele homem não devia ter feito o que fez, mas agora é tarde. Precisamos mostrar a essa gente que obedecer é o que interessa, não o que eles sentem.

Um tribunal foi reunido. Um envergonhado tamil foi trazido na frente de toda a aldeia e confessou o que fez. Foi multado em dez rupias.

– Então, a situação está resolvida. Agora, podem voltar ao trabalho – disse Hector, olhando para os nativos.

A frase foi traduzida para a língua deles, mas ninguém se mexeu.

– Qual é o problema agora, Jimo? – perguntou Hector.

Após uma conversa com os nativos, Jimo disse que queriam que a multa fosse paga a eles e não ao tribunal.

– De jeito nenhum. Não é assim que se faz justiça – disse Hector, balançando a cabeça.

– E querem que o acusado seja expulso, sinhô – disse Jimo, baixo.

– O quê? Nem pensar. Ele pagou a multa. Essas pessoas não entendem que isso acaba com o problema?

Pelo jeito, não. Mesmo quando Hector desfez o tribunal, irritado, os nativos não voltaram ao trabalho.

– Traga-me a moça – mandou Hector, impaciente.

Alaya foi trazida e obrigada a cumprimentar o tamil para mostrar que não estava magoada. Ela ficou ali, olhando para baixo, recusando-se a obedecer e, embora o homem pegasse a mão dela e apertasse, os nativos estavam mais rebeldes do que antes.

– Isso já foi longe demais. – Hector levantou-se e, irritado, entrou na roda dos nativos. – Fez-se justiça – disse, falando mais alto. – Se vocês não trabalharem, estarão violando o contrato. – Pegou uma pá e jogou na mão da moça. – Pegue. – Ela pegou sem olhar. – Agora, voltem ao trabalho.

Ninguém se mexeu.

– Jimo, bata nela – disse Hector, ríspido.

– Sinhô?

– Dê 12 chicotadas. Depois, escolha um homem e faça a mesma coisa.

Jimo gesticulou para dois tâmeis segurarem Alaya e ele chicoteou os ombros e as costas da moça que gritou, mas não se mexeu. Quando terminou de apanhar, caiu de joelhos. Os tâmeis pegaram um dos observadores, puxaram-no pelos pulsos como se estivessem convidando um dançarino relutante para participar de uma comemoração. Ele também recebeu 12 chicotadas. Depois, outro nativo...

– Hector – chamei, enojado com a cena. – Pelo amor de Deus, você não pode chicotear todos.

– Claro que posso. – Virou-se para mim. – Robert, essa plantação é sua. Se não consegue manter a disciplina, volte para casa. Como vai impor a ordem depois que eu for embora, se não mostra quem manda aqui?

Jimo percebeu nossa discussão e olhou para Hector e eu, aguardando ordens.

– Então, Robert? Vai chicoteá-los ou tem alguma ideia melhor? – exigiu Hector.

Fiquei indeciso. Emily diria que tinha uma ideia melhor e se colocaria entre o algoz e a vítima, se preciso. Mas o que sabia eu de trabalho numa plantação? Hector, claro, achava meus escrúpulos bobos. Na verdade, eu confiava nele para me mostrar como agir.

– Está bem, se precisa bater nos malditos brutos, bata.

– Prossiga, Jimo.

Jimo levantou o instrumento e bateu nas costas do homem, sem qualquer expressão na cara até completar 12 chicotadas. Ao passar para o próximo, o nativo levantou as mãos num gesto de submissão e resmungou algo.

– Ele disse que vai trabalhar, sinhô – informou Jimo.

A plateia emitiu uma exclamação, um som estranho – mais de horror do que raiva.

– Muito bem. Qual é o próximo? Você... vai trabalhar? E você também? Ótimo – disse Hector para os nativos.

Não resistiram mais. Foi como se os nativos estivessem chocados ao descobrir que a frágil insurreição não resistiu à determinação de Hector. Quase tive pena deles.

Dali a duas semanas, eu voltaria a Harar. Eu só pensava nisso. Fikre.

Após a greve, Hector fez algumas mudanças. As cabanas dos nativos, que formavam um círculo, foram derrubadas e a área plana foi limpa para servir de terreiro de secagem dos grãos. Os nativos foram instalados em compridas construções de madeira iguais às da tribo tamil, os homens ficavam numa, e as mulheres, em outra. Assim, como disse Hector, não havia mais africanos e indianos, eram todos iguais, empregados da plantação.

Poucos dias depois, encontrei um pequeno boneco feito de grama na nossa cabana. Lembrei-me das bonecas de espiga de milho que os plantadores costumavam fazer na colheita, quando eu era criança. Mas essa era costurada com um dos cadarços do sapato de Hector e no meio do corpo havia um pequeno pedaço de madeira, como a lasca de um chicote.

Quarenta e oito

Assim que pude, fui para Harar. Mas quando Fikre chegou à casa do comerciante francês, estava muito amedrontada.

– Bey está na cidade – disse, assim que entrou.

– Você não pode ficar?

– Não, é muito perigoso. Mas eu precisava ver você. Ele quer me vender.

– O quê?

– Teve prejuízo com o último carregamento de navio e agora não pode pagar o café que comprou. Disse que pensou nisso ao atravessar o deserto e chorou. Contou chorando, disse que me amava, que não tem coragem de me vender, mas não tem escolha.

– O que você disse?

– Que não importa quem é o meu dono. Escrava é escrava – disse, com desdém.

– Acho que não vale a pena irritá-lo agora, Fikre.

– Ele finge que é um homem bom. Por que vou dar essa satisfação a ele?

– Mas isso significa que você vai ser mandada para longe...

Ela deu uma risada vazia.

– Não vou.

– Vai.

– Escute, Robert – disse ela, como se falasse com uma criança.
– Antes de ser vendida, serei examinada por uma parteira. Qualquer comprador vai exigir isso. Então, serei descoberta. E eles certamente vão me matar, a menos que eu consiga me matar antes.

– Você não vai se matar.

– Será melhor que a alternativa. Pelo menos, estarei livre para escolher quando morrer. Agora, preciso ir. Você me beija?

– Você não vai morrer – eu repeti, abraçando-a. – Ninguém vai morrer. Prometo pensar numa solução.

Quarenta e nove

Lamacento – um sabor indistinto e denso. Talvez criado quando os grãos são muito mexidos.

— Lingle, *The Coffee Cupper's Handbook*

Hector entra em silêncio na selva, de rifle em punho. Na frente dele, Bayanna levanta a mão pedindo que pare. Os dois gelam.

– Ali, sinhô – diz Bayanna, baixo.

Hector olha entre as árvores. As listras claras e escuras que o sol forma são muito parecidas com a pele de um leopardo – tanto, que é impossível dizer se há um animal ali. Ele supõe ver um movimento leve, mas pode ser apenas uma folha ao vento.

– Por aqui, sinhô – sussurra Bayanna, seguindo sem fazer barulho.

Hector não tinha avisado que, enquanto Wallis ia dar voltas em Harar, ele iria caçar um leopardo. E imagina a zombaria de Wallis, se fracassar. Não: o melhor, o jeito mais másculo, é matar o animal e deixar a pele no chão da cabana deles até Wallis voltar, a bela cabeça da fera de boca aberta dispensaria comentários.

Apenas diria de modo casual, "Ah, pois é. Enquanto estou por aqui, pensei em me exercitar um pouco casual."

Atrás deles, um graveto estala ao ser pisado. O cozinheiro Kuma fica ao lado de Hector para protegê-lo. Está com a segunda arma e uma caixa de projéteis.

– Acho que o bicho não está aí, sinhô – diz, olhando à frente.

– Fique quieto, Kuma.

– Sim sinhô, desculpe.

Se ao menos não estivesse tão escuro sob a copa das árvores. Os três andam mais um pouco. Há um riacho, depois, algumas pedras. Hector pensa: aquele é o tipo do lugar que, se ele fosse um leopardo, escolheria para...

Ouve-se um som como uma enorme corrente se arrastando. Um vulto salta sobre eles, fazendo uma curva no ar, com as garras à mostra. Hector apoia a arma no ombro e atira num gesto certeiro e firme. O leopardo cai no chão da floresta, contorcendo-se. Hector observa: é um espécime magnífico e quanto menos balas usar, mais preservada ficará a pele.

Finalmente, o corpo do animal endurece e para.

– Céus! – diz Hector, aproximando-se com cuidado. – Que bicho enorme! – exclama sentindo uma onda de animação. Está morto e foi ele quem matou. Wallis pode zombar o quanto quiser, mas essa vitória e o troféu da fera a ser ostentado são dele. Ele pode até...

Há mais um rugido e outra coisa voa pelo ar. O segundo leopardo é menor, mas é também mais forte. Hector tenta pegar a segunda arma mas, sem querer, Kuma recuou e sua mão só encontra o vazio, quando o animal pula sobre ele. As imensas mandíbulas grudam no pescoço dele, com pressão total. Ele ouve alguém gritar. Bayanna bate no leopardo com um galho e Kuma, com o cabo do rifle. O felino abre a boca para rosnar novamente e Hector aproveita para escapar. O leopardo dá mais duas dentadas na cara de Hector, e a visão dele obscurece aos poucos.

Quando voltei, encontrei-o na nossa cabana, ainda com a roupa que usou para caçar, o sangue manchando a cama de acampamento. Kuma tirou os curativos enquanto eu abria nossa caixa de remédios.

– Olha, sinhô – disse Kuma, baixo. Virei-me. Um lado da cara de Hector estava como que fatiado por uma faca de corte. O lado esquerdo estava quase todo aberto, dava até para ver os dentes; o outro, tinha três cortes profundos feitos pelas garras do animal, que iam da orelha ensanguentada até o pescoço. Era horrível e, tudo indicava, que não tinha jeito.

Enquanto eu avaliava os ferimentos, Hector abriu os olhos. Um deles estava cheio de sangue.

– Ah, Robert, é você.

– Estou aqui, Hector. Vou fazer um curativo e chamar o médico.

Ele riu, ou melhor, tentou, pois só emitiu um chiado leve.

– Que médico, homem? O mais perto está em Aden.

– Vou dar um jeito.

– Certo – disse e fechou os olhos. – Não deixe eles me comerem.

– O que disse?

– Depois que eu morrer, prometa, sim? Garanta que eu seja... enterrado direito.

– Falar em enterro é meio prematuro, você não vai morrer – disse eu.

Ele tentou sorrir.

– Não vou.

– Não.

– Você é um rapazola bobo, Wallis – pronunciou com seu típico sotaque.

– Hector, acho incrível que mesmo no... – eu quase disse "leito de morte", mas me contive a tempo – doente, você me agride. Não é a melhor maneira de tratar o seu cirurgião.

– Cirurgião?

– Pelo jeito, sim – avisei. – Se for preciso uma cirurgia, na falta de um médico de Harley Street, o residente local é um tal de Dr. R. Wallis.

Um leve suspiro escapou de seus lábios.

– Vou fazer o melhor curativo que puder – acrescentei. – Depois, levamos você para Harar. Deve ter alguém lá que possa ajudar. – Virei-me para Jimo e pedi, com mais segurança do que sentia: – Preciso de água morna, fios encerados e agulhas.

Despejei quatro colheres de clorodine pela goela de Hector e comecei. Ficou evidente que nem aquela forte mistura de láudano, extrato de maconha, clorofórmio e álcool anestesiava a dor da agulha de costura, precisei que Jimo e Kuma ajudassem, um segurando os ombros, e o outro, as pernas dele. Os gritos dificultavam a minha concentração e não dava para me orgulhar depois do trabalho feito. Quando terminei, a cara dele parecia uma calça mal remendada, com um serpenteado desigual de fio encerado juntando tudo, mas pelo menos tinha terminado.

Não me envergonho de dizer que depois dei um bom gole no clorodine. Caí no sono e tive sonho com cores tão reais que parecia verdadeiro. Estava em Limehouse, avaliando cafés com Emily, Ada e a Sapa. No sonho, Emily perguntava para Ada: "Qual é o próximo líquido que precisamos degustar?" E a irmã respondia: "Ah, acho que sangue." Serviram-me então três pequenas cumbucas de porcelana com um líquido vermelho escuro que bebi delicadamente, às colheradas. Assim que avaliei os sabores contidos no líquido – caldo de carne, cobre, vegetação –, Emily virou-se para mim e disse, com a voz de Ibrahim Bey: "Agora sei que você jamais me trairá."

* * *

Naquela noite, Hector teve uma pequena melhora e tomou um pouco do ensopado que Kuma deu para ele na colher, mas na manhã seguinte estava com febre alta. Dei Sudorífico de Dover e algumas gotas de Warburg, porém dali a pouco ele suava muito e o rosto inchou tanto que ficou quase irreconhecível.

– Kuma, chame a curandeira. Ela talvez possa ajudar. E mande os rapazes fazerem uma maca.

A curandeira trouxe ervas e cascas de árvore com os quais fez um mingau que pôs nos ferimentos. Começou a cantar com voz aguda, ao mesmo tempo que fazia gestos ritualísticos com as mãos. Novamente, isso deu resultado por um tempo e à tarde Hector voltou à consciência. Mas só conseguiu abrir um olho, o outro estava inchado demais.

– Robert? – grunhiu com aquele sotaque carregado.

– Estou aqui.

– Plante as mudas.

– O que disse, Hector?

– Os novos grãos... você conseguiu em Harar?

– Sim, consegui. Mas não faça esforço...

– Cubra os canteiros com folhas de bananeira. E tire as ervas daninhas. Não use a Gangue Vermelha para capinar, eles são canalhas preguiçosos.

– Está bem, Hector.

– Fizemos um bom começo. Um dia... esse lugar vai ser civilizado, se você continuar. Isso é o que importa... civilização. Nós, não, somos dispensáveis.

Fez-se um longo silêncio, rompido apenas pelos murmúrios da curandeira e a dolorosa respiração de Hector, que parecia um serrote raspando a madeira.

– Diga para Emily que sinto muito.

– Emily?

– É, cuide dela, Wallis. É uma moça ótima.

– Claro – disse eu, pasmo.

– Não deixe que me comam.

– Ninguém quer comer você, Hector. Com exceção daquele maldito leopardo.

– Quando eu morrer, quero ser cremado. Promete?

– Eu já disse que não vai morrer, Hector. – Levantei-me e fui até a porta da cabana. – Kuma? Onde, diabos, está a maca? Vamos para Harar assim que o sinhô estiver em condição de viajar.

Voltei para o lado da cama. A curandeira estava inclinada sobre a cabeça de Hector como se puxasse com as mãos uma corda que estava dentro da boca dele. Ao terminar de tirar a corda imaginária, pareceu jogar algo para o alto.

Hector suspirou.

– Obrigado.

Ele teve uma espécie de tremor – a luta do corpo para viver era quase concreta, e o esforço da vida querendo prevalecer a todo custo. A curandeira fez de novo o gesto de puxar e jogar fora. Dessa vez, Hector apenas concordou com a cabeça, fraco e, com um gemido súbito e forte, parou.

Vieram mais mulheres da aldeia preparar o corpo e mandei os homens cavarem uma sepultura. Esperei fora da cabana e, de vez em quando, dava uns bons goles no clorodine.

A curandeira saiu com as roupas ensanguentadas de Hector. Mostrei a fogueira e mandei:

– Queime.

Ficou indecisa, depois tirou alguma coisa de um dos bolsos e me entregou. Era uma pequena pilha de papéis, pareciam cartas amarradas com uma fita velha e desbotada.

– Obrigado. Deve ser alguma coisa para entregar à família dele. – Tirei a fita e olhei a carta que estava por cima. Por um instante, achei que estava tendo outra alucinação. Conhecia o endereço do remetente. Era a casa de Pinker.

Meu querido Hector...
Virei a folha. Estava assinada. Da sua amada, Emily.

Fiquei indeciso, mas por pouco tempo. Hector estava morto e Emily estava a milhares de quilômetros. Assim, os escrúpulos pareciam não ter qualquer importância.

Meu querido Hector,

Suponho que você vá receber esta carta quando estiver no Ceilão! Que emocionante, nem digo a inveja que sinto e o quanto gostaria de estar com você. Quatro anos – parece uma eternidade –, mas sei que você vai ter tanto sucesso e sua plantação vai prosperar tanto, que meu pai certamente vai desistir das objeções, antes de terminar o tempo que você precisa ficar aí. Enquanto isso, escreva-me e conte tudo o que vê, para eu enxergar pelos seus olhos e desfrutar cada instante com você. Como desejo me casar da maneira adequada para poder estar aí ao seu lado e não viver nossa vida em comum através de papel e pena de escrever! Tenho um atlas e todos os dias calculo o quanto o seu barquinho deve ter percorrido (no momento em que escrevo, você deve estar no litoral de Zanzibar) e tento imaginar o que deve estar vendo...

Tinha mais, muito mais, porém nada interessava, estava tudo nas primeiras linhas. *Meu pai certamente vai desistir das objeções...* Hector e Emily. Noivos. Parecia inacreditável, mas a prova estava ali, na minha frente. Ela se apaixonou por Hector e concretizou o

283

sentimento fisicamente, sem reservas, de modo intenso. Acima de tudo, era o que mostravam aquelas cartas de amor – a paixão com que descrevia o caso, o quanto desejava a união. Que diferença do tom amistoso, mas reservado, das cartas que me escreveu.

As cartas não tinham data, mas dava para calcular. Hector tinha ido para o Ceilão quando ela estava com 18 anos. Lendo nas entrelinhas, dava para ver que houve uma espécie de escândalo. *Eu queria ir ao porto de Southtampton para ver a sua partida, mas papai acha que quanto menos formos vistos juntos agora, melhor...*

Folheei as cartas até encontrar o que procurava.

Se fomos ousados, foi por excesso de amor; não somos os primeiros, nem seremos os últimos a "avançar o sinal" – ou quase, se meu pai não tivesse se metido e transformado algumas semanas em quatro longos anos...

Ela dormiu com Hector. Por trás dos eufemismos, a verdade era clara. A Srta. Emily Pinker, educada ao estilo moderno – moderno demais, Pinker deve ter achado. Ou talvez ele tenha atribuído a falta de mão firme materna responsável por atirar a filha para cima daquele escocês cabeçudo e sem graça.

Nessa hora, algumas coisas passaram a fazer sentido: o dia em que comparei um determinado café suave ao hálito de uma donzela; claro que Pinker não deu atenção e claro que ela enrubesceu. E quando ele percebeu o que eu queria com ela, disse que precisavam evitar não um escândalo, mas *mais um*. Na época, não pensei nada, mas ele devia saber que mais um abalo levaria a reputação da filha por água abaixo.

Mergulhei nas cartas com atenção. Aos poucos, percebi uma mudança de tom; Emily não era tão efusiva ou tão pueril, parecia responder aos comentários ou observações de Hector nas cartas dele. Até que, após mais de um ano, lá estava:

*Não sei como pode dizer que está me "liberando", já que estou
ligada a você apenas por amor – sentimento que julgava ser
recíproco. Nunca pensei que você tivesse qualquer obrigação ou
contrato em relação a mim e espero que também considere o mesmo.
Porém, se, como você diz, a atração da viagem e da aventura são tão
mais agradáveis do que uma família e um lar, então claro que não
devemos nos casar. De todo modo, não consigo imaginar nada mais
horrível do que casar com quem não queira se entregar de todo o
coração – ou não me queira.*

Era estranho como as coisas mudaram de repente, como numa
dança que troca de compasso. Eu não gostava de Hector, porém,
de certa maneira, ele se tornou meu amigo. Era a única companhia – o único branco – a milhares de quilômetros e acaba que
mal o conheci. Conhecia Emily menos ainda e era irônico que
naquele momento, tão longe, eu a conhecesse melhor do que
quando estava em Londres.

Havia mais uma carta, menos desbotada.

Caro Hector,

*Não sei bem como responder à sua última carta. Claro que fico
contente por você pensar em criar raízes e lisonjeada por você ainda
pensar em mim depois de tanto tempo, mas devo dizer que, após
tantos anos de separação, não posso considerá-lo um provável futuro
marido. Na verdade – se me permite ser direta –, a nossa separação
e o sentimento que você demonstrou à época me causaram muita
angústia e tentei não pensar mais em você com o afeto que tive até
então, seguindo o que você mesmo me aconselhou. Mas não posso
impedi-lo de vir para a Inglaterra e certamente meu pai vai
convidá-lo para vir à nossa casa; então vamos tentar ficar amigos,
pelo menos...*

A carta tinha data de 7 de fevereiro. Dois meses antes de ela começar a trabalhar comigo no Guia. Tanta mágoa e sofrimento, sem eu saber de nada.

À noite, os tambores rufaram na aldeia. Quando fomos enterrar Hector de manhã, descobri que os olhos e os testículos tinham sido retirados do cadáver, o rosto e o sexo ficaram como grandes ferimentos sem sangue.

– É para o vodu – disse Jimo em tom de lamento. – O corpo dos brancos tem muita magia – explicou e fez um gesto que mostrava alguém comendo. Saí aos tropeços e vomitei, tive uma ânsia seca que causou apenas uma tremenda dor no estômago. Mudei de ideia sobre o enterro e mandei que enchessem a sepultura de gravetos secos. Assisti ao corpo de Hector contrair-se e queimar como uma carne assando no espeto: a gordura pingava nas chamas, pipocava e elas ficavam verdes. Tive a impressão de que os nativos assistiam com uma cara triste, como se achassem aquilo um grande desperdício.

Depois, entrei num torpor de apavoramento. Além do clorodine, eu consumia outras drogas e tinha também o uísque para emergências. Tentei até a droga usada por Jimo, o *khat*. Era amarga, meio azeda, parecia com mascar folhas de limão. Primeiro, achei que não fazia efeito mas, aos poucos, fui tendo um formigamento pelo corpo como se eu tivesse ficado maior que meu corpo e escapasse pelos poros como um gás. Fiquei quase uma semana nesse torpor gasoso, mastigando mais algumas folhas cada vez que os efeitos diminuíam, acabava dormindo e acordando com uma dor de cabeça forte.

Percebi então que, no meio daquela confusão etérea, eu tinha tomado uma decisão.

Cara Emily,

Lastimo ter uma notícia muito trágica. O pobre Hector morreu. Foi atacado por um leopardo e, embora eu fizesse todo o possível para salvá-lo, os ferimentos infeccionaram quase de um dia para o outro.

Ele manifestou o desejo de ser cremado, o que providenciei logo após a morte. Mexendo nas coisas dele, achei essas cartas. Talvez eu não devesse fazer isso, mas as li. Considerando as revelações, não se surpreenda por eu não pretender me casar com você. Mas deixo claro que comecei a pensar nisso antes de ler essas correspondências. Em resumo, me apaixonei por outra pessoa.

Desejo muitas felicidades em seu futuro.

Ia escrever "seu fiel Robert", mas talvez, para ser preciso, seja melhor dizer sinceramente,

Robert Wallis.

Portanto, eu agora estava livre.

Cinquenta

Azedo – uma secura na boca, indesejável no café.

Organização Internacional do Café, *The Sensory Evaluation of Coffee*

— Vamos ver se entendi direito: você quer comprar Fikre? – perguntou Ibrahim Bey, franzindo o cenho.

– Quero.

– Mas por quê?

– Estou apaixonado por ela.

– Ninguém se apaixona por uma escrava, Robert. Aprendi com dura experiência própria.

– Mesmo assim, quero comprá-la – insisti.

– Robert, Robert... – Ele bateu palmas para chamar o criado. – Vamos tomar café e explico por que isso é uma idiotice.

Estávamos na casa dele, numa sala cheia de tapetes e lanternas de latão filigranado. Em Harar, a entrada das residências ficava no primeiro andar para pegar a brisa suave que vinha das montanhas ao entardecer. Biombos entalhados evitavam que da rua se visse o interior das casas, dando privacidade, embora às vezes se pudesse olhar para baixo e encontrar os olhos revoltos de um camelo.

– Falo muito sério, Ibrahim. E garanto que não vou mudar de ideia. Mas claro que aceito o café, se oferece.

Mulu trouxe pequenas xícaras de um arábica aromático e denso. O cheiro de madressilva me lembrou Fikre cujo corpo tinha o doce sabor de café. Fechei os olhos. *Daqui a pouco, você será minha.*

– Então. Essa estranha proposta não tem nada a ver com a morte do pobre Hector? – perguntou Bey, descansando a xícara.

Neguei com a cabeça.

– Acha que, se ele estivesse vivo, ia proibir?

– O seu negócio é café, Robert. Não escravidão.

– Isso não é um negócio, Ibrahim. Soube que você estava pensando em vendê-la. Quero comprar, é só.

– Infelizmente, é verdade que sou obrigado a vendê-la. Não queria. Mas sabe que você não poderá revendê-la? O imperador aceita a compra de escravos, mas só um árabe pode vendê-los.

– Não faz diferença, não pretendo vender.

Ele me olhou angustiado.

– Seu futuro sogro ficaria furioso se soubesse dessa conversa.

– O Sr. Pinker jamais saberá – disse eu, com cuidado.

– Robert, Robert... acho que lhe contei que precisei hipotecar tudo o que tinha para comprá-la. Foi um instante de loucura, que lastimo profundamente. Gostaria de impedi-lo de cometer o mesmo erro. – Fez uma pausa. – Você talvez não saiba como uma jovem como essa é cara.

– Diga o quanto você quer.

– Mil libras – disse baixinho.

Recuei.

– Confesso que não imaginava tanto.

– Eu disse, é exorbitante. Não estou querendo lucrar com isso. Minha consciência e a nossa amizade me impedem. Foi o quanto paguei.

– Mas agora ela vale menos.

Ele franziu o cenho.

– Por quê?

Ele não desconfia. Fique calmo.

– Por que está mais velha.

– É verdade. Que preço você acha justo?

Ela não vale nada, eu tinha vontade de gritar. *Ela não é mais virgem.*

– Oitocentas libras, é tudo o que tenho.

– Já negociei o preço dela uma vez e me arrependo pelo resto da vida – declarou com gravidade. – Não vou fazer isso de novo. Aceito a oferta, embora eu perca um pouco de dinheiro. Quer que ela seja examinada por uma parteira?

– Claro que não. Você não é o único homem honrado aqui.

– Por favor, Robert, não faça isso. Posso levá-la para a Arábia e vendê-la lá. Dou um ou dois dias para você pensar melhor...

– Você aceita dólares austro-húngaros?

Ele concordou, desamparado.

– Claro.

– Trago o dinheiro amanhã.

– E vou mandar o meu advogado preparar os papéis. – Ele balançou a cabeça. – Temo que, quando você cair em si, vai me culpar. E aí, você não vai mais ser meu amigo.

– *Eu a possuí apesar da sua amizade, seu gordo imbecil.*

– Garanto que faço isso de forma consciente. – Estendi a mão para cumprimentá-lo.

Ele ainda estava indeciso.

– Dizem que, quando você aperta a mão de um inglês, o negócio não pode mais ser desfeito.

– Isso mesmo.

Ele cumprimentou com as duas mãos.

– Então vou apertar sua mão, Robert, mas, sinceramente, é com tristeza.

Oitocentas libras. Era, como disse Bey, exorbitante. Teria de usar não só o adiantamento que Pinker me deu, mas todo o dinheiro para despesas da plantação e o pouco que ganhei com comércio.

Era o dinheiro que, se as coisas fossem diferentes, me permitira casar com Emily Pinker.

Ainda sobravam umas 50 libras. Não era muito, mas as mudas estavam plantadas e pagas, dava para o salário dos nativos e eu tinha poucos gastos. Quando a plantação crescesse, podia fazer um empréstimo em troca da provável venda. Sobreviveríamos. Aí, quando tivéssemos um pouco de dinheiro entrando, podíamos ir embora. Não para a Inglaterra, claro, mas para outro país europeu, Itália, talvez, ou sul da França. Iríamos viver à margem da sociedade: artistas e rebeldes, longe das restrições da moral convencional.

O baú com o dinheiro era pesado demais para um homem carregar. Então fui ao mercado procurar dois soldados que ajudassem. Levei o revólver, caso encontrasse ladrões, e juntos fomos andando pelo labirinto de ruas de terra.

A escuridão nos envolveu como se despejada por um enorme jarro. Quando finalmente chegamos à casa de Bey, ela estava toda iluminada por pequenas velas dentro de lanternas filigranadas, tremulando como estrelas.

O advogado, um homem taciturno chamado Adari, nos aguardava no térreo. Fez algumas perguntas para garantir que eu estava ciente. Respondi, com paciência, dando olhadas para a porta, vendo se Fikre chegava. Mas claro que Bey não se arriscou a enfrentar uma cena, devia imaginar que ela reagiria com sua fúria habitual.

O advogado mostrou um documento em árabe.

– Essa é a origem dela, um recibo de venda feito pela casa que a vendeu anteriormente. Quer mostrar para o seu advogado?

– Não precisa.

Ele deu de ombros.

– E esse documento aqui prova que ela era virgem ao ser vendida. – Pôs outro papel escrito em árabe na minha frente. – Pelo que sei, o senhor não quer que ela seja examinada?

– Não precisa – repeti.

– Muito bem. – Colocou um terceiro documento na mesa. – O senhor tem que assinar isso, dizendo que a aceita como está.

Assinei. Dessa vez, havia uma tradução, num inglês capenga, mas razoável. *Eu, signatário, aceito por meio desta a escrava chamada Fikre pela quantia de...* Olhei e assinei também.

– Agora, o recibo de compra. – O advogado olhou para Bey. – Quer contar o dinheiro?

– Robert não me enganaria – disse Bey, firme.

Assinei meu nome outra vez e Bey assinou o recibo.

– Ela é sua – disse o advogado para mim. Olhei para porta, enquanto ele me entregava mais um papel, um simples certificado com algumas linhas em árabe. – Isso é para confirmar. Se o senhor um dia libertá-la, deve rasgar o papel.

– Entendi.

Ela ainda não tinha chegado.

O advogado tomou uma última xícara de café. Era o melhor que Bey tinha, ou pelo menos foi o que ele disse. Eu não conseguia tomar nada, queria tanto Fikre que o sentimento saturava meus sentidos e se espalhava como mel pelas veias.

Finalmente, o advogado foi embora.

– Robert, eu acho que um dia vai se arrepender, você sabe. Quando esse dia chegar, lembre que você insistiu, não eu.

– Sei.

Fikre chegou, afinal, com o rosto sério. Mulu estava atrás dela, carregando uma saca de café.

– Dei algumas roupas para ela e tal. Como escrava, não pode ter nada, mas isso vai com ela – explicou Bey.

– Obrigado – disse eu, pegando a saca. Mulu estava com lágrimas nos olhos, mas não disse nada ao me entregar a saca.

Estendi a mão para ela.

– Fikre, você vem comigo?

– Tenho escolha? – respondeu ela, furiosa.

– Não.

Mantivemos a farsa até virarmos a primeira esquina. Aí, não aguentei mais. Empurrei-a contra uma porta e beijei-a, escorregando as mãos pela cintura dela, segurando a cabeça mais perto da minha, e com meus lábios a devorei.

Finalmente nos afastamos.

– Então, agora sou sua – disse ela, sorrindo.

– Exatamente.

– Sabe o que vai fazer comigo?

– Seja o que for, acho que vai ser com muito sexo.

Cinquenta e um

Caramelo – os provadores devem ser avisados para não usar essa característica ao descrever uma nota de caramelo queimado.

– Organização Internacional do Café,
The Sensory Evaluation of Coffee

Sobre os dias que se seguiram posso escrever bem pouco. Posso descrever o sabor etéreo do café malabar indiano, posso encontrar palavras para diferençar o café de Trinidade do de Tanganica, posso definir as sutis variações entre os diversos níveis do Java. Mas, das dezenas de relações sexuais que Fikre e eu tivemos após a compra, o mais arrebatador sexo da minha vida, lembro-me apenas de dois ou três detalhes e não tenho palavras para descrevê-los. Mesmo assim, foram todos diferentes, como são os cafés; além de que fazíamos todas as variações possíveis entre dois corpos.

O que lembro – mesmo, ora, tão difícil de descrever – é do prazer físico, a deliciosa beberagem de um mundo restrito a apenas um quarto, dois corpos e uma cama, com o coito interrompido só às vezes, em saídas ocasionais para comprar comida no mercado. Porém essas pausas foram poucas, pois, quando tínhamos fome, mastigávamos punhados de grãos do nosso falso travesseiro e, revitalizados, voltávamos a nos proporcionar prazer. Outras vezes, íamos ao mercado achando que estávamos esfomeados e voltávamos com braçadas de flores, como se não vivêssemos de nada mais substancial que seu perfume inebriante, café e nossos corpos.

O altar onde me ajoelhava era a junção das pernas dela, a taça onde comungava. Eu era Ali Babá sussurrando *Abre-te, Sésamo* à porta da caverna, com a língua desdobrando como o chinelo de ponta enroscada de um califa. Eu era um beija-flor, enfiando meu bico no cálice cheio de orvalho. Ela também se ajoelhava e me adorava com a boca, os olhos fixos nos meus, mesmo quando eu despejava minha semente naqueles lábios, no rosto, enfeitando os ombros negros com pérolas opalescentes de sêmen, que também tinham gosto de café, Fikre me disse quando as lambeu dos dedos; aromatizadas pelos grãos que eram nosso vício e alimento.

Ela não tinha qualquer pudor e, ao amá-la, também fiquei despudorado. Não havia nada que não aceitasse experimentar, nunca dizia "já chega". Se ficava dolorida, pedia para eu comprar ópio no mercado, que fumávamos à moda árabe, num narguilé borbulhante. Os dias seguiam numa névoa de sensações, entre *khat*, café, ópio e sexo. O erudito Walter Pater tinha escrito que "queimar sempre nessa chama dura, em forma de gema, para manter esse êxtase, é sucesso na vida". Sabia bem disso. Vivi mais intensamente naquele quarto do que nunca antes e depois.

Às vezes, quando eu dormia, meio que despertava e descobria que ela estava brincando com os meus bagos, rolando-os nos dedos, observando-os, fascinada. Deixava-os na palma da mão, cutucava-os com as pontas dos dedos... Uma vez, perguntei por que chamavam tanto a atenção dela e ouvi, na voz que parecia quase hipnotizada:

– Porque são o centro de tudo. Sem eles, não existe nada. – Não entendi o que ela quis dizer, nem tentei, às vezes, ela era meio mística. De todo jeito, o cutucão suave dos dedos dela me excitava e logo eu já estava pronto para penetrá-la.

Até que, finalmente, o banquete de nossos sentidos chegou ao último prato. Estávamos saciados e, apesar de ainda copularmos em qualquer oportunidade, era como reencher a taça de vinho quando ainda está quase cheia, não se precisa esvaziar tudo. Por fim, começamos a pensar no futuro.

– O que você pretende fazer?

– Tenho de voltar para a plantação. As mudas precisam ser transplantadas. Não é justo deixar Jimo fazer tudo sozinho, eu relaxei.

– Devo ir também?

– É um trabalho duro e o lugar não tem qualquer conforto.

– Eu posso viver sem.

– Então, venha.

– Robert... – chamou ela.

– Sim?

– Você planeja fazer alguma coisa comigo?

– Meu planejamento vai até aí – declarei, apontando a cama.

– Eu quero dizer... com a minha situação.

– Está me pedindo para casar? – perguntei rindo. De vestido branco, igreja, todas os rituais dos burgueses?

Ela negou com a cabeça.

– Não quero casar, quero ser livre.

– Nós somos livres.

Ela me olhou firme.

– Robert, o que fiz com você foi por querer e não por causa de um pedaço de papel.

Eu sabia que Fikre esperava que eu dissesse que ia rasgar os papéis. Por que não disse? Provaria assim o meu amor. Mas algo me impediu. Era, afinal, um gesto sem volta. E, no fundo, eu ainda precisava saber que tinha aquele poder sobre ela, como se amor e posse estivessem de certa maneira ligados.

Preferi fazer piada.

– Mas pretendo vendê-la assim que encontrar alguém melhor – disse algo parecido, ou talvez tenha sido mais canhestro, não lembro. Seja como for, acho que os olhos dela endureceram. Em seguida, concordou com a cabeça, de leve, e encerrou o assunto.

Só falou nisso mais uma vez. Estávamos na cama, com nossos corpos girando em torno de um eixo na lenta e simples dança dos amantes que não têm pressa. Uma borboleta batendo asas ao sol.

Ela sussurrava "Sim" e "Agora" e de repente segurou meu rosto nas mãos e disse, firme:

– Se me der a liberdade, eu me darei a você. Toda. Serei completamente sua.

Resmunguei e disse:

– Eu te amo.

Como se vê, não era bem a mesma coisa.

Dois dias antes de irmos para a plantação, voltamos do mercado e encontramos Mulu sentado na porta de casa. Fikre abraçou-o com tanta alegria que ele levou algum tempo até conseguir me entregar a carta de Bey.

Meu caro Robert,

Mulu está definhando sem a presença de Fikre e não tenho trabalho para ele aqui. Por isso, tomo a liberdade de mandá-lo para você. Não precisa de salário, só casa e comida. Você vai ver que é um bom criado, desde que sirva a Fikre e também a você. Se não o quiser, mande-o de volta. Se ficar com ele, não precisa pagar; ao contrário de Fikre, ele é um escravo que vale muito pouco, embora eu lastime perdê-lo.
    Seu amigo,
    Ibrahim

Não havia como devolvê-lo. Fikre estava enlevada com a presença dele e vice-versa. Acho que, às vezes, ela se sentia solitária, sem uma companhia feminina. Mas eu não estava acostumado a ter um eunuco por perto, ficava sem jeito e, para ser sincero, os dois eram tão próximos como duas jovens, tagarelando numa língua que eu não entendia. Às vezes, ele a ajudava a vesti-la ou tomar banho e eu também estranhava isso, a intimidade que era mais de uma dama com a criada do que de um homem com uma mulher.

Uma noite, levantei para ir ao banheiro e Mulu fazia a mesma coisa. Ele estava meio de lado e vi as horríveis cicatrizes da mutilação que tinha, a carne torturada em zigue-zagues brilhantes, cor de rosa na pele negra. De resto, a genitália era a de uma criança.

Ele deu um grito envergonhado e virou-se, escondendo. Eu não disse nada, o que podia dizer? Era horrível, mas eu não podia fazer nada.

Cinquenta e dois

Acre – um sabor de queimado, forte, amargo, às vezes irritante.

– Sivetz, Coffee Technology

A agência dos correios de Harar é lenta e as cartas de Robert demoram várias semanas para chegar com o carimbo dos inúmeros países pelos quais passou. A Sapa as recebe e sai correndo pela casa para entregar o prêmio nas mãos de Emily.

– Por favor, posso ler, posso? – pede.

– Ainda não as li. Além disso, as cartas de Robert são pessoais.

– Então, por favor, posso ficar com o selo e o envelope e ler os pedaços que não forem pessoais? – insiste a Sapa, esperançosa. – Olha... tem uma coisa dentro, será que ele mandou um presente para você?

Emily não responde. Abre o envelope que, na verdade, é mais um pacote de velhas cartas que escreveu para Hector. Por um instante, ela não entende; depois, empalidece. Dá uma lida no bilhete.

– O que foi? Aconteceu alguma coisa? – pergunta a Sapa.

– Não, não – responde Emily, levantando-se. – Preciso falar com papai. Tenho más notícias sobre Hector. E Robert, Robert está... – Ela não consegue dizer e a Sapa tem o prazer de assistir à competente, eficiente e todo-poderosa irmã mais velha cair em lágrimas.

Algum tempo depois, Pinker sai do escritório e a Sapa está à espera.

– Philomena, acho que sua irmã está muito abalada – informa ele, sentando ao lado da caçula.

– Eu sei. Robert deu o fora nela.

– Eu... – Olha-a, irritado. – Como você soube disso?

– Perguntei para Ada por que Emily estava chorando e ela disse:

– Sei. Bom, você agora tem que ser boazinha com Emily. Por exemplo, não seria gentil dizer "deu o fora". Eles apenas resolveram que o futuro de ambos é separado.

– Mas se ele não deu o fora, por que ela está chorando?

– As outras notícias ruins são que Hector ficou muito doente na selva e, infelizmente, faleceu.

– Foi enterrado?

– Foi.

– Não foi comido pelos canibais?

– Não. Houve uma cerimônia curta e digna junto ao caixão, um discurso e todos os nativos rezaram.

A Sapa declara após refletir:

– Ele decerto chegou mais depressa no céu saindo da África do que se saísse daqui. Pois a África fica no meio.

– Isso mesmo. – Pinker levanta-se.

– Sem Robert, agora com quem Emily vai se casar?

– Bom, no momento certo, ela vai gostar de outro cavalheiro e casar-se.

De repente, algo surpreende a Sapa, uma ideia tão impressionante que faz seus olhos empapuçados se arregalarem, e pergunta, ansiosa:

– Mas Robert vai continuar escrevendo para mim, não?

– Acho que não – diz o pai, balançando a cabeça.

Aí, para surpresa de Pinker, passa a ter duas, em vez de uma filha aos prantos.

Cinquenta e três

Encontramos a plantação em mau estado. Chegamos de manhã, mas não vimos nenhum empregado. As covas para plantio das mudas que, quando saí de lá, vinham sendo feitas à média de 15 metros por dia, pareciam ter diminuído para menos de um décimo disso. E apesar de Hector e eu termos marcado com fitas as fileiras a serem feitas pelos trabalhadores, as novas escavações se espalhavam aleatoriamente em redor da colina, como se esburacadas por uma enorme toupeira. Sem a disciplina férrea de Hector, parecia que aquilo não ia andar. Mas o pior eram os canteiros. As folhas das novas mudas estavam desbotadas, com leves círculos de ferrugem como os que ficam nas páginas de livros velhos.

Era algum fungo. Não entendi o porquê de aquilo ter acontecido. Hector e eu tínhamos examinado atentamente todos os pés de café na floresta próxima e nenhum tinha sinais de praga. Senti uma tristeza súbita. Hector saberia o que fazer. Consultei o livro de Lester Arnold, que mandava lavar as plantas com uma mistura de sabão e café forte.

Quando ficou evidente que as mudas de café iam morrer, tivemos de decidir o que fazer. Havia dinheiro para comprar mais um lote de sementes e só; depois, não poderíamos mais pagar os empregados.

Uma noite, expliquei tudo a Fikre enquanto jantávamos.

– Você está preocupado – observou.

– Claro que estou. Se o próximo lote de mudas morrer, acabou, não há mais dinheiro. – Fui mais enérgico do que pretendia, era o nervosismo.

Ela ficou calada um instante, depois perguntou:

– É culpa minha?

– Claro que não.

– Mas se não tivesse me comprado, teria mais dinheiro.

– Não adianta pensar assim. O que passou, passou.

Não foi a coisa mais diplomática que eu podia dizer.

– Então, você se arrepende – insistiu ela.

– Fikre, não mude de assunto. Tenho de pensar no que fazer.

Por um instante, os olhos dela voltaram a brilhar. Depois, refletiu e disse:

– Por que não cultiva café como os nativos?

– Os nativos *não* cultivam, eles apenas colhem os grãos que nascem na floresta.

– Certo. Talvez você não precise de toda essa terra – Ela mostrou com o braço as colinas devastadas, os canteiros, as fileiras de covas para mudas. – Podia transformar os cavadores em catadores. Eles trariam o café da floresta, você pagava e levava ao mercado com lucro.

– Não é isso que Lester Arnold ensina.

– Lester Arnold não está aqui.

– Pode ser, mas o livro dele é a única orientação que tenho. Não posso trocar métodos comerciais comprovados por um café que cresce de forma zoneada pela selva. – Suspirei. – Posso experimentar uma outra coisa. Há um comerciante de marfim em Zeila, um branco chamado Hammond. Ele disse para eu procurá-lo, se precisasse de ajuda.

– Mas como ele vai lhe ajudar?

– Pelo que todos dizem, o imperador quer armas e compra qualquer rifle que dê para o gasto que chegue a Harar. Brancos como Hammond podem consegui-los em Aden. Com o lucro, eu poderia dar jeito na plantação.

– Para que o imperador quer armas?

– Hector acha, ou melhor, achava, que para conquistar mais terras no interior.

– Em outras palavras, para atirar nos nativos.

– Contanto que só fuzile negros, não é problema nosso.

Ela me olhou. Por um instante, eu tinha esquecido a cor da pele dela.

– Você sabe o que eu quis dizer – observei, impaciente.

– É um negócio arriscado.

– Tenho certeza que pode funcionar. Mas vou pensar um pouco.

– Sei. – Ela virou-se para sair. – Depois conte o que decidiu.

– Claro. Afinal, isso afeta a sua vida também.

Caro Hammond,

Escrevo para lhe pedir um favor. Você disse que gostaria de fazer um pequeno negócio comigo. Se ainda for assim, pode conseguir para mim tantas Remington quanto um inglês puder comprar e mandá-las para Harar? Se alguém perguntar, diga que as caixas contêm ferramentas para plantação. Por motivos que não posso explicar, preciso urgente de uma fonte de renda e existe no momento um mercado interessado em produtos como esse.

Anexo vinte dólares austro-húngaros como adiantamento.

Saudações,

Wallis

Enviei a carta por um agente que passou rumo ao litoral, embora pudesse levar semanas ou até meses para ter uma resposta.

Enquanto isso, fiquei ocupado, muito ocupado. Era como se a plantação estivesse com má sorte. As mudas que não tinham morrido foram atacadas por formigas pretas. Um javali africano entrou nos canteiros e destruiu tudo. Os empregados ficavam cada vez mais truculentos. Fui atacado por bichos-de-pé, que precisavam ser retirados com a ponta de uma agulha. A ferrugem se espalhou entre as plantas que sobraram e, se não as destruiu, impediu que vicejassem. Replantei em canteiros maiores as mudas empestadas, coloquei terra nova nos canteiros e plantei mudas novas no lugar das que morreram. Houve dias em que dormi sem ao menos tirar as botas, o que pelo menos impediu de pegar mais bichos-de-pé.

Mesmo assim, mesmo assim... todos os dias, quando a noite chegava – aquelas noites tropicais que começavam ridiculamente bem cedo, com a escuridão cobrindo a selva como um lençol – os cormorões e papagaios voavam de um lado para outro no lusco-fusco, macacos colobos pulavam sem esforço nas árvores e vaga-lumes passavam pelo breu como mágica. Fikre e eu jantávamos tendo por única companhia o silvo da lamparina. Naqueles momentos, era impossível não ficar satisfeito. Quando fui expulso de Oxford, nunca imaginei, nem em meus devaneios mais insanos, que meu futuro seria assim.

Cinquenta e quatro

Às vezes, Emily acha que, se a dor fosse um café, ela saberia nomear os inúmeros componentes. Coração partido seria um deles, claro, mas é apenas um elemento dos seus sentimentos. Há humilhação – saber que pela segunda vez na vida ela foi feita de idiota. O pai e Ada gostam muito dela, não conseguem dizer "eu avisei", mas disseram, ela não deu ouvidos e eis que tinham razão sobre Robert. Fracasso – ela se sente burra, inútil, incompetente. Como pode querer mudar o mundo, se não consegue nem escolher um marido? Raiva – como ele ousa largá-la assim, em poucas linhas, como se cancelasse a assinatura de um jornal? Mas ela conclui que a concisão e elegância do bilhete faziam parte do recado. Solidão – sente falta dele, faria qualquer coisa para tê-lo outra vez. Lembra das tardes degustando cafés no escritório do pai, a rica troca de descrições entre ambos como musicais, um dueto, uma linguagem pessoal e sensual com uma carga de sentidos muito maior do que o sabor do café... E há também uma emoção para a qual não existe palavra, ou pelo menos nenhuma de que ela consiga lembrar, e que retrata a terrível e lancinante amputação de um desejo físico que jamais será demonstrado. Ela se sente uma velha dama de companhia desafortunada, grotesca e inferiorizada... Dane-se, Robert Wallis, pensa, enquanto recolhe abaixo-assinados a favor do voto das mulheres. Dane-se, continua pensando, enquanto aguarda as reuniões de eleitores de Arthur. Dane-se, pensa, quando acorda à noite e lembra de repente do que aconteceu, o motivo para seus olhos estarem inchados, o nariz irritado e espera as lágrimas escorrerem mais uma vez, inevitáveis como uma febre.

Cinquenta e cinco

> *Twisty* (bebida composta de dois ingredientes misturados)
> – um café com características que deixam dúvidas quanto
> à sua confiabilidade.
>
> – J. Aron & Co., *Coffee Trading Handbook*

— Preciso ir a Harar pegar mudas para substituir aquelas – avisei a Fikre.

– Claro. Quer que eu vá também?

Fiquei indeciso.

– Você aguenta ficar aqui? Os rapazes trabalham melhor, se há alguém de olho.

– Claro. Você pode trazer umas coisas para casa, vou fazer uma lista.

– Seria ótimo. – Olhei para ela. – Sabe que eu te amo?

– Sei, sim. Volte logo.

Terminei logo o que tinha de fazer em Harar, então pensei em procurar Bey para saber se tinha notícias de Hammond.

A casa dele estava um pouco diferente, pois o balcão não tinha mais as lamparinas filigranadas. Bati na porta. Um homem que eu não conhecia abriu.

– Em que posso servi-lo? – perguntou, em francês.

– Procuro Ibrahim Bey.

Ele deu um sorriso triste.

– Todos nós procuramos. Bey foi embora.

– Embora? Para onde?

– Para a Arábia, talvez – respondeu dando de ombros. – Saiu de repente, fugindo dos credores.

Não fazia sentido.

– Tem certeza?

Ele riu sem achar graça.

– Sim, eu era um deles. Tive sorte, fiquei com esta casa como garantia.

O patife vinha planejando há algum tempo, não sobrou nada para vender.

Pensei uma coisa tão terrível que quase não consegui acreditar.

– Você por acaso sabe ler árabe? – perguntei, devagar.

Ele concordou com a cabeça.

– Sim, um pouco.

– Posso lhe mostrar uns documentos?

– Se quiser.

Voltei para a casa do comerciante francês e peguei os papéis que assinei ao comprar Fikre. Voltei pelo mesmo caminho e bati de novo na porta entalhada da antiga residência de Bey.

O homem espalhou os papéis ao lado da janela e olhou-os.

– Isso é um recibo de venda – disse.

Graças a Deus...

– Recibo por dez caixotes dos melhores pistaches do Cairo. Já esse aqui – explicou batendo com o dedo num outro documento –, é um empréstimo para uma remessa de café.

E este – ele segurou o certificado de posse –, é uma carta. Ou melhor, um bilhete. Parece dirigido a você.

Se você algum dia libertá-la, deve rasgar isso...

– O senhor está se sentindo bem? – perguntou, solícito. – Aceita um café? – Disse algumas palavras em adari, e uma criada entrou com um bule.

– Não. Por favor, o que diz a carta?

– Diz: "Meu amigo, não nos julgue com muito rigor. Ficou muito difícil ganhar dinheiro com café e minhas dívidas se acumularam durante anos. Quando estiver menos zangado, espero que lembre ter pago apenas o que quis. Quanto à moça, perdoe-a. Está apaixonada e esse era o único jeito."

Não entendi. O que significava? Que jeito era o único jeito? Eu teria que perdoar Fikre por quê? Como ele sabia que estava apaixonada por mim?

A menos que...

Outra coisa passou pela minha cabeça, uma série de lembranças isoladas que de repente se juntaram e ficaram coerentes.

– *Não enganaria um médico, mas pode enganar um homem cheio de desejo que acredita no que quer acreditar.*

Eu precisava voltar para a fazenda.

Era impossível apressar aquela jornada – a selva se fechava em volta, enroscava os pés com trepadeiras, estendia galhos e folhas, punha a mão no peito do viajante e dizia, *espere*; solapava a força e exauria a vontade.

Além disso, eu já sabia o que ia encontrar.

Fikre foi embora. Mulu foi embora. Um bilhete estava sobre a cama de campanha.

Não tente nos procurar.

Depois, numa letra um pouco diferente, como se ela tivesse voltado no último instante, sem conseguir ir embora sem essa última e apressada explicação: *Ele é o único homem que realmente amei.*

Não vou tentar descrever o que senti. Acho que dá para imaginar. Não apenas desespero, mas tristeza – um horror absoluto, arrasador, sufocante como se o mundo tivesse desabado ao redor. Como se eu tivesse perdido tudo.

E tinha mesmo.

No final das contas, as histórias perigosas são as que contamos para nós mesmos, que nos matam, nos salvam, ou nos deixam encalhados no meio da selva, a milhares de quilômetros de casa.

Os dois devem ter planejado aquilo muito antes de me conhecerem. Talvez fosse o que estavam fazendo enquanto Hector e eu esperávamos, impacientes, em Zeila: vendo os detalhes, as nuances, preparando tudo; a farsa, tão perfeita, tão *apetitosa* que eu só podia engolir.

Será que a isca foi preparada especialmente para mim? Sem dúvida, a chegada de um inglês deve ter animado os dois. E que inglês: jovem, ingênuo, impetuoso, indiferente a tudo, com exceção do fluido que troava em suas veias...

Histórias contadas no deserto. Teias de aranha incrustadas de joias para atrair um inseto distraído. Talvez algumas histórias até fossem verdade. Por exemplo, acho que Fikre foi criada num harém, como ela disse – senão, como explicar as línguas que falava e a educação que tinha? Acho pouco provável que ainda fosse virgem quando nos conhecemos, pois sabia ser uma boa parceira na cama. Por isso precisou me seduzir, claro, pois, assim, eu abriria mão do meu direito de mandar examiná-la.

Mas uma coisa era certa: os três precisavam de dinheiro. Bey, para pagar as dívidas, Fikre e Mulu, para começarem vida nova juntos. E eu tinha uma caixa cheia de dinheiro. Era óbvio para eles que eu já havia pago por sexo antes, mas a quantia era irrisória, comparada ao que queriam.

Sabiam que o verdadeiro prêmio seria conseguir que eu pagasse por amor.

Não sei exatamente como a história foi tramada. Mas fui juntando possibilidades, semelhanças, construindo diferentes versões dos fatos e testando a autenticidade de cada uma como um homem que esfrega uma moeda na outra para saber qual é a falsa, qual a autêntica...

E, assim, comecei a ser um esmerado contador de histórias.

A história começava num harém em algum lugar nos rincões do império otomano. Um mercado de escravos. Um jovem comerciante que, por direito, não devia estar ali, entre aqueles ricos membros da corte. E um jogo de xadrez que o mercador perdeu para uma jovem escrava, cheia de ódio e ressentimento.

Deve ter notado como ela era inteligente, como raciocinava rápido, mesmo sob pressão. E os dois deveriam ter notado o jovem e rico cortesão que era para ser a sina dela.

Quem teve a ideia? Fikre, imagino. Afinal, não tinha nada a perder. Talvez ela planejasse até enquanto o vencia no jogo.

Se você me ajudar, eu ajudo você.

O que você quer?

Ser livre.

Como posso ajudar nisso?

Compre-me.

Com que dinheiro? Ele pode cobrir todos os meus lances.

Por mais caro que seja, garanto que você sai lucrando.

Ela então olharia para o jovem sem implorar, mas no mesmo nível, olhos nos olhos com aquele olhar arrasador que conheci tão bem. E só viu que o olhar tinha funcionado quando Bey entrou no leilão na última hora, acenando animado como alguém tomado por uma paixão súbita e arrasadora.

Depois vieram anos de planejamento. Imagino que Mulu tenha participado mais tarde, embora deva ter vindo da mesma casa, vendido no mesmo lote de trabalho das escravas.

Amor sem beijos não é amor.
Espada sem sangue não é espada...

Mulu e Fikre. Então entendi que o amor deles era total. Como não notei? Era um tipo de amor entre homem e mulher que, na minha ignorância, nem imaginava existir. Um amor que não tinha nada a ver com sexo.

Mesmo assim, mesmo assim... Suponha que Bey tivesse prometido libertar os dois escravos se conseguissem que eu entrasse com o dinheiro. Claro que isso não explicava aquelas semanas em que fodemos sem parar, quando ela me acordava com um toque, rolando meu sexo nas mãos... Se amava Mulu, por que se entregava a mim com tanto ardor?

Ele é o único homem que realmente amei na vida...

Mas Mulu não era homem, era? Num certo sentido, não. Então, talvez ela simplesmente quisesse saber como era mesmo o amor, ou melhor, o *sexo*, antes de aceitar passar o resto da vida sem ele. Talvez até esperasse que nós três déssemos certo: o patrão, a escrava e o criado entregando o corpo para um e o coração para outro, todos juntos sob o mesmo teto.

Até que eu, com a minha falta de jeito, minha recusa em ouvi-la, mostrei que aquele casamento fora de qualquer convenção, era impossível.

Ou talvez ainda – meus pensamentos corriam, encontrando outra explicação, querendo rejeitá-la mas sem poder, ela não quisesse apenas sexo.

Havia mais uma coisa que um eunuco não podia oferecer.

Lembrei do que ela disse, olhando, fascinada, meus bagos aninhados em sua mão. *Sem eles, não há nada.*

Por isso ela foi tão insaciável ao transar.

Queria um filho.

Eu nunca me afastei dela. Foi outra forma de não ver o futuro. Mas bastava ter lido Darwin para ver que tudo aquilo – a lascívia que me atirou às cegas de um desastre a outro – era, no final, apenas uma expressão da mesma força que faz cafezais florescerem.

Como fui idiota.

Não só caí na armadilha deles, mas enfiei-me nela, me prendendo aos fios, feliz.

A lascívia me cegou, me prendeu, me levou, como se tivesse uma corrente trancando meu pau, pela estrada de caveiras até Harar e aquela situação.

Deus não é um relojoeiro. É um gigolô.

Cinquenta e seis

Suave – caracterizado pela ausência de um sabor predominante em qualquer parte da língua, exceto por uma leve secura.

– Lingle, *The Coffee Cupper's Handbook*

Arthur Brewer entra no escritório de campanha segurando uma carta.

– Essa vai ter de ser respondida. Algum pobre guardião da lei que afirma que quem se faz de doente para não trabalhar... está fingindo. Emily, você está bem?

– Hum? – Ela pensa em olhar para ele, depois lembra que está com os olhos vermelhos e inchados. – Estou bem, claro – responde, virando o rosto para a máquina de escrever.

– Gostaria que desse uma resposta conciliatória e descompromissada. – Põe a carta na mesa ao lado dela. – Tem certeza de que se sente bem?

Leva um susto quando ela estremece e faz uma grande exclamação, pondo a mão sobre a boca, como se tivesse dado um soluço ou cometido algum outro *faux pas*.

– Desculpe. Já vou melhorar... – Mas não consegue continuar. Explode em soluços e choro.

– Céus – diz ele, pasmo, e num passe de mágica oferece um lenço para ela.

Emily pega, sente que é um lenço macio, denso e branco, perfumado com uma colônia cálida de canela. Da marca Trumper's, conclui, a mesma que o pai usa. Esconde o rosto nas dobras confortadoras do tecido. Sente a mão de Arthur tocar o ombro dela, descer até a metade das costas, dando tapinhas de consolo enquanto ela chora.

Depois que ela se recupera um pouco, ele pergunta, de forma gentil:

– O que foi?

Fica dividida entre a vontade de contar tudo e a necessidade de esconder a burrice, a condenável, vergonhosa, credulidade feminina.

– Não foi nada, uma decepção só.

– Mas você está transtornada. Precisa descansar o resto da tarde. – Ele tem uma ideia. – Já sei, vamos ao cinema. Já viu algum dos filmes em cartaz?

Ela nega com a cabeça.

– Veja só! Certamente somos os únicos em Londres que não viram nada. Tenho feito você trabalhar demais.

Ela seca os olhos, dá um sorriso.

– Nós é que temos dado muito trabalho a *você*.

– Bom, seja quem for, a solução está em nossas mãos. – Ela tenta devolver o lenço.

– Pode ficar – diz ele.

Acompanha-a até a porta, ainda com o braço protetoramente nos ombros dela. Emily percebe que tinha esquecido como é agradável ser cuidada assim.

Cinquenta e sete

Áspero – sensação primária de sabor relacionada à presença de componentes de sabor amargo.

– Lingle, *The Coffee Cupper's Handbook*

Tahomen está agachado no meio das árvores, imóvel. A lama espalhada em seu peito e ombros copia as listras do reflexo do sol ao passar pela copa das árvores, fazendo com que ele fique quase invisível. Os dedos seguram de leve o cabo de um machado. Tinha disfarçado a lâmina com lama para o sol não bater no aço e revelar a presença dele; tinha também cortado o cabo pela metade, assim servia tanto para se defender quanto para cortar madeira.

Ele aguardava há três horas, perto de onde o Sinhô Crannach foi atacado. Podia ser que o leopardo tivesse se assustado e ido embora, mas Tahomen achava que não. Tinha vários insetos sobre a pele, a lama seca esfarelava e coçava nos braços. Uma enorme centopeia laranja, que os nativos chamavam de *gongololo*, caminha por um galho, tropeça na perna dele e rola nas pilhas de folhas caídas que cobrem o chão da floresta, onde some.

Por um instante, Tahomen se distrai e olha para cima. A 5 metros de distância, uma sombra nas árvores ficou branca e rosa quando um leopardo bocejou, mostrando os dentes.

Tahomen procurou não endurecer o corpo, mas, sem querer, seus dedos apertaram o machado. Era capaz de jurar que não fez barulho algum, mesmo assim, o leopardo virou a cabeça, de narinas infladas.

Estava longe demais para arriscar um ataque. Homem e animal esperaram vários minutos.

Num movimento elástico, o felino levantou-se e andou com leveza por cima dos gravetos e brotos. Sua pele brilhou na luz verde da floresta como cinzas de uma fogueira. Tahomen fez um esforço para ficar imóvel. Estavam a menos de 3 metros de distância.

Mais alguns passos, e ele atacaria.

O leopardo deu uma espécie de miado. Atrás dele, vinham dois filhotes, cada um do tamanho de um coelho. Quando chegaram na mãe, um deles foi para baixo da barriga dela e começou a mamar. O outro, mais corajoso, saltou para pegar com as enormes patas uma borboleta azul que passava.

Portanto, foi por isso que a fêmea atacou o Sinhô Crannach. Tahomen já desconfiava, agora tinha certeza. Ela estava protegendo os filhotes e não vingando o companheiro.

A fêmea deitou-se de lado e afastou o filhote que queria mamar. Este ficou olhando o irmão, imitando os saltos para pegar a borboleta, de boca aberta. Foi um golpe de sorte, o pequeno ficou mais que surpreso ao agarrar a borboleta com a boca. Por um instante, ele ficou com uma língua azul, abriu a boca e a borboleta esvoaçou sem rumo, como se estivesse meio bêbada.

Tahomen pensou em Kiku e nos filhos dos dois, que morreram ainda bebês. E se perguntou em que lugar da floresta o espírito deles tinha ido parar.

A mãe deu um rugido e os três seguiram pela floresta. Passaram a poucos metros de Tahomen; a fêmea prestava muita atenção nos filhotes; por isso não o notou.

Se é para atacar, tem que ser agora, ele pensou.

Depois que os três se foram, ele levantou-se. Estava com o corpo duro por ficar tanto tempo parado – outro sinal de que já não era tão jovem, constatou, triste. Aquela, certamente, tinha sido sua última chance de matar um leopardo.

Ao voltar para a aldeia, desenrolou o colar de couro onde estavam dependurados os testículos e os olhos de Sinhô Crannach e jogou-o na floresta. Não precisava mais do vodu.

Aproximou-se da aldeia e ouviu um som estranho. Vinha de uma moita de espinheiro. Com cuidado, Tahomen separou os galhos com o cabo do machado e olhou.

O Sinhô Wallis estava caído no meio da moita, com as roupas rasgadas e sujas, os cabelos cheios de ervas daninhas. Parecia chorar.

Tahomen abriu caminho na vegetação e tirou o Sinhô Wallis de lá. Mas viu logo que havia algo mais errado do que ficar preso num espinheiro. O olhar dele estava perdido, ele resmungava e reclamava, baixo.

Prendendo o machado no cinto, Tahomen segurou o branco e ajudou-o a ir para a aldeia.

Cinquenta e oito

Delicado – caracterizado por, ao primeiro gole, proporcionar uma leve e doce sensação logo após a ponta da língua.

– Lingle, *The Coffee Cupper's Handbook*

Arthur e Samuel Pinker se encontram no clube desse último. Discutem temas de interesse mútuo – ou seja, a ascensão do Partido Trabalhista Independente e as consequências para os outros dois tradicionais partidos. Depois, comentam a guerra na África do Sul que domina as manchetes dos jornais e como afetará o Império Britânico.

Pinker se preocupa cada vez mais com temas mundiais. Os Irmãos Lever, com seu sabonete Sunlight, mostraram ser possível comercializar no exterior um produto inglês. Ora, o sabonete é até *produzido* fora, em filiais de fábrica no Canadá e Brasil! Por que o café Castelo não pode fazer o mesmo? Afinal, os holandeses e franceses bebem mais café do que os ingleses, tanto que a ilustração da marca de Pinker é universal. Ele estudou a iniciativa de Lever que: abriu uma fábrica aqui, instalou uma usina de processamento ali, dividindo as despesas sempre que possível, mas mantendo o controle. Ele tem certeza de que isso é avanço. Da mesma maneira que os países estão fazendo alianças complexas na política externa, as empresas dessas nações devem procurar uma união parecida.

Claro que há um problema – e é político. Alguns jornais dizem que essas alianças não são boas para o consumidor, são pouco melhores que os cartéis. Evidente que isso é bobagem, há muita diferença entre duas companhias que aceitam não competir com agressividade em determinadas áreas e um sindicato do café com um pequeno número de aristocratas latinos, governos e ricos fazendeiros que se juntaram para negar a essas empresas acesso à matéria-prima. Ele tem certeza de que o livre-comércio vai vencer, mas a mensagem precisa ser defendida da forma correta e chegar aos ouvidos das pessoas certas no governo... Portanto, ele e Arthur Brewer têm muito o que conversar.

Finalmente, terminam o assunto e fumam charutos enquanto acabam as bebidas. Mas Pinker tem certeza que alguma coisa ainda intriga o jovem.

– Sr. Pinker – diz Arthur.

– Pode me chamar de Samuel, por favor.

– Samuel... eu gostaria de fazer uma pergunta.

Pinker faz um gesto de incentivo com a mão que segura o charuto.

– É sobre Emily – diz Arthur, com um sorriso tímido.

Pinker sorri, sem dizer nada.

– Claro que não comentei com ela, nem faria isso sem a sua permissão. Mas noto que temos muitos interesses em comum e ela é uma companhia tão agradável, aliás, graças à educação que o senhor deu, permita-me dizer.

Pinker franze o cenho.

– Queria saber se dá permissão para eu conhecê-la melhor – Arthur explica.

– Permissão? – pergunta Pinker, soltando fumaça pelo nariz como um dragão furioso. – Você quer permissão para cortejar minha filha?

Controlando-se, Arthur concorda com a cabeça.

– Exato.

De repente, o rosto de Pinker abre um sorriso.

– Meu amigo, eu esperava que isso já estivesse acontecendo.

Cinquenta e nove

Finalmente, chegaram as chuvas, um dilúvio de água cinzenta que caiu do céu como se fosse uma enorme cachoeira.

Enquanto isso, os nativos discutem o que fazer com o Sinhô Wallis. A tribo tamil quase não participa da discussão. Agora que a plantação não tem um chefe definido e eles não sabem se serão pagos, foram escapulindo pela floresta, procurando outras plantações para trabalhar.

A água da chuva invadiu as construções da fazenda. Então os nativos as derrubaram e usaram a madeira para construir cabanas redondas com telhados de sapé que impediriam a água de entrar. A chuva amoleceu a terra, então arrancaram algumas mudas doentes de café e plantaram inhame e milho. Afinal, a floresta tinha muito café e ninguém podia encher barriga só com café.

Mas parecia que alguém ia tentar. O Sinhô Wallis ficou na cabana de Kiku, alimentando-se só com café e *khat*, dormindo pouco, acordando e, às vezes, em sua loucura, chorando e batendo com a cabeça no chão.

– A magia está saindo bem devagar – disse Kiku aos outros nativos –, e não podemos fazer muita coisa para apressar. Por isso, ele pode mastigar, se ajudar a diminuir a dor.

O Sinhô Wallis só saiu do torpor uma vez, quando chegou à fazenda um comerciante de uma das novas empresas que traziam e levavam coisas da selva. Veio com duas mulas, cada uma carregando um pesado caixote de madeira. O comerciante, que era da tribo somali, usava roupas de branco, coisa que os nativos nunca tinham visto.

– Vim entregar as encomendas do Sr. Wallis – informou para um surpreso Tahomen. – Onde ele está?

Tahomen ficou mais surpreso ainda ao ver o Sinhô Massa sair animado, com olhos brilhantes, da cabana de Kiku.

– Minhas armas chegaram – ele gritou.

Os caixotes foram retirados das mulas e Jimo abriu-os com a ponta de um machado.

Havia um bilhete, que Wallis abriu e leu.

Wallis,
Conforme seu pedido, envio 12 dos mais recentes modelos Remington. Se acha que consegue vender mais, mande mais dinheiro.
Saudações, Hammond.

* * *

– Vender mais? Claro que posso, abra os caixotes, sim, Jimo? Finalmente...

Ele se aproximou e tirou algo pesado de dentro. Desembrulhou rápido de um oleado. Era um objeto que os nativos não conheciam: quatro fileiras de botões sobre alavancas; por cima delas, um semicírculo de dentes que fazia a máquina parecer uma mandíbula sorridente. Wallis ficou pasmo um instante. Depois, pôs a máquina no chão. Ficou um tempo rindo, com o corpo dobrado ao meio como se tivesse uma dor, lágrimas escorrendo dos olhos. Os nativos se entreolharam, sorrindo educados, sem saber qual era a graça, mas prontos a rir dela.

– Hammond, seu burro! – disse Wallis. Olhando para Tahomen, disse uma série de palavras incompreensíveis. – Ele me mandou 12 malditas máquinas de escrever.

Depois que os caixotes chegaram, o branco voltou para a cabana de Kiku. Era como se estivesse sob um novo feitiço da morte e ficou simplesmente de cara para a parede.

– Será que ele vai morrer? – perguntou Tahomen para a esposa.

– Talvez, se ele quiser. Não é como uma praga rogada por um feiticeiro, o Sinhô Wallis se amaldiçoou e só ele pode resolver se quer retirar a praga.

Todas as manhãs, ela fazia café grosso e escuro, murmurando a velha reza, enquanto o moía:

Café nos dá paz
Café faz nossos filhos crescerem
Nos protege do mal
Nos dá chuva e planta.

Mas Sinhô Wallis não tocava no café, ficava só mascando *khat*.

* * *

Kiku resolveu perguntar à floresta o que devia fazer. Foi até lá, sentou-se e ficou imóvel, ouvindo as miríades de sons da *ayyanaa*. A parte da mata devastada para receber as mudas de café já estava cheia de ervas daninhas, dali a pouco as árvores viriam se espalhando da floresta, e aquele grande vazio se encheria novamente, como a pele que cresce e fecha um ferimento.

Como muitas vezes, a floresta não respondeu diretamente, mas fez com que a mente de Kiku se acalmasse até ficar evidente e ela percebeu que a solução estava diante de si o tempo todo.

Sessenta

Medicinal – sabor secundário do café, relacionado ao *azedo*.

– Lingle, *The Coffee Cupper's Handbook*

Carregaram o Sinhô Wallis para a cabana de cura e deitaram-no no chão. Lá havia um lugar para fogueira, mas não tinha abertura no teto para a fumaça sair. Na fogueira, Kiku tinha empilhado um monte de folhas e cascas da moita de iboga. Também havia café, que acentuava o efeito da iboga, e uma pasta feita com raízes trituradas.

Quando a fumaça acre encheu a cabana, Kiku despiu o Sinhô Wallis e pintou o corpo dele com os desenhos do clã ligados à ancestralidade dele. Depois, pegou a tigela com a pasta e passou nos lábios e gengivas do branco, fazendo o mesmo no próprio corpo.

– Por que faz isso? – murmurou ele.

– Para irmos juntos para o mesmo lugar – disse ela, em língua gala. Aí, sentou-se ao lado à espera, com a mão de leve sobre o pulso de Wallis para que os espíritos do *zar* viessem e voassem carregando os dois.

* * *

O tempo na cabana do sonho não era igual ao mundo de fora, mesmo assim Kiku teve a impressão de demorar demais até ela sentir os espíritos chegarem batendo nos telhados. O Sinhô Wallis se empertigou e ficou a alguns centímetros do chão enquanto os *zar* tentavam botá-lo nos ombros deles, mas Kiku o segurou firme, até eles se dignarem a notá-la.

– Quem é você? – perguntou um dos espíritos em tom ameaçador.

– Sou a guia que garante a segurança dele.

– Por quê? Ele não é seu.

– Ele é nossa visita e preciso cuidar dele.

O *zar* consultou os outros espíritos até finalmente decidirem:

– Não somos os seus *zar*.

Viemos de longe para levar este homem. Isso não tem nada a ver com você.

– Vocês não são o nosso *zar*, mas essa é a nossa cabana e ele está sob a nossa proteção e hospitalidade. Ele foi pintado com desenhos do nosso clã.

– Temos de ir para longe e você não poderá voltar.

– Mesmo assim, estou pronta a ir – avisou.

Voaram sobre o vale e, pela primeira vez, Kiku olhou para baixo e viu as mudanças que os brancos fizeram – não só as concretas, como devastar a floresta, mas as complexas conexões de parentesco e clãs que a pasta de iboga tornou visível e que tinham sido ainda mais destruídas do que as árvores. A natureza se recuperaria, mas ela não tinha certeza se a estrutura social da tribo teria a mesma capacidade.

Continuaram voando sobre Harar, o deserto, o mar imenso e as montanhas cobertas de neve. Voaram para um lugar estranho até para os padrões das viagens de iboga, cheio de caixas de pedra cinzentas e muitas linhas retas e ela concluiu que aquela era a aldeia do homem branco.

O *zar* tentou separá-los, mas, com grande esforço, Kiku segurou bem o Sinhô Wallis virando o corpo de modo que, quando desceram, ele estava montado nas costas dela. Assim, ela viu o que ocorreu a seguir como se fosse pelos olhos dele.

Uma mulher de meia-idade está à mesa. Mexe numa grande pilha de folhetos, dobrando-os e colocando-os em outra pilha. Quando a pilha está prestes a cair, uma moça mais jovem chega e leva os folhetos para outra mesa para serem guardados em envelopes. Fica claro que estão fazendo isso há algum tempo.

As duas são vistas através de silhuetas de várias cores, devido à influência do iboga, mas dá para dizer que a mais jovem é bem-apessoada. Kiku conclui que ela tem importância para o Sinhô Wallis, pois fica assustado ao vê-la. Então, os dois ficam sobre a segunda mesa, onde acompanham a moça enfiar os folhetos nos envelopes.

A garota não pode vê-los, porém suas delicadas narinas inflam e ela vira na direção de Kiku e Wallis, com uma expressão intrigada. Por um instante, parece cheirar o ar.

– Mary? – ela chama.

A outra olha.

– Sente cheiro de café?

– Não, só de tinta de impressão. E cortei três vezes o dedo nesses folhetos afiados. Vamos parar para um chá?

– Sim, vocês precisam parar mesmo – diz um homem, entrando na sala. – Será o nosso primeiro ato legislativo... ninguém dobrará folhetos de campanha por mais de duas horas, sem uma parada para o chá.

– Então temos de continuar, pois estamos fazendo isso há apenas quarenta minutos – avisa a mais jovem, de forma seca. Mas sorri para o recém-chegado.

– Vou pôr a chaleira no fogo – diz Mary e, ao passar pela mais jovem, cochicha: – Essa chaleira é lenta, pode demorar a esquentar.

Ela sai, faz-se silêncio. Kiku não entende a língua dos brancos, mas o silêncio deles também é diferente. Na língua dos gala, há muitos tipos de silêncio, desde uma pausa desconcertante até uma quietude solidária; ela percebe imediatamente que este silêncio é de um galante nervosismo.

– Esta noite tem reunião – diz o homem. – Tenho de ir, mas pensei... se você não estiver muito cansada, poderia ser minha convidada.

– Qual é o tema da reunião?

– Autonomia para o governo da Irlanda – declara gesticulando. – Temos de achar um jeito de os parlamentares aprovarem uma lei. Como está, os proprietários de terras deixaram claro que vão impedir qualquer tentativa de resolver a questão irlandesa.

– Eu gostaria muito de ir, Arthur.

– É mesmo? Não vai se entediar?

– Vou ficar fascinada. Sir Henry estará presente? – pergunta ela.

– Sim, é o principal orador.

– Mais uma razão para eu ir. Dizem que ele fala muito bem e, de todo jeito, será um prazer acompanhar você.

Nas costas de Kiku, o Sinhô Wallis deixa escapar um terrível soluço.

O Sinhô Wallis estava ficando pesado, e as pessoas na sala, mais coloridas. Estava na hora de ir embora. Kiku sentiu os *zar* segurando-a firme pelos braços e levantando-a, mas eles tinham ido longe demais e demorado muito, o Sinhô Wallis estava tão pesado e Kiku tão cansada, que os *zar* não conseguiam levantá-los. Por um instante, dava a impressão de que ficariam presos. Ela sabia que às vezes isso acontecia, as pessoas ficavam sob o efeito do iboga e, por um motivo qualquer, nunca mais voltavam, condenando seus espíritos a vagar pelo mundo eternamente, invisíveis e desamparados. Com muito esforço, ela subiu. Sentiu os *zar* puxando e voltaram a voar, passando por cima do fervilhante ninho de cupins que era a aldeia dos brancos. Voaram devagar e foram aumentando a velocidade quando ficaram sobre o mar.

Ao chegar à cabana da cura, o Sinhô Wallis caiu em sono profundo. Kiku disse as palavras mágicas de agradecimento aos *zar* pela ajuda, desejou-lhes boa viagem de volta. Então, pegou um pontudo espinho de ouriço e o mergulhou com cuidado, primeiro na cinza do iboga na fogueira apagada e depois nas marcas tribais no peito do Sinhô Wallis. A ponta furou a pele, e a cinza, ainda levemente tóxica, faria a pele inchar e endurecer no desenho que mostrava a iniciação de Robert Wallis no clã de Kiku.

Enquanto o Sinhô Wallis dormia, Kiku procurou Tahomen.
– Tive uma ideia – anunciou ela, discreta.
Ele a conhecia muito bem para saber que aquilo não era só uma ideia.
– Diga.
– Acho que o Sinhô Wallis devia ter Alaya como criada.
Tahomen tentou entender.
– Por que Alaya?
– Porque ela é a jovem mais bonita.
– Quer que os dois durmam juntos?
Ela balançou a cabeça, negando.
– Acho que, por enquanto, o Sinhô Wallis está muito doente para essas coisas. Mas uma moça bonita vai ser bom para ele. E vai dar algo para ela se ocupar também.
Tahomen olhou para longe, ainda digerindo a ideia. Mesmo pelos padrões de Kiku, a sugestão era muito complexa para ser aceita.

– Se Alaya ficar de criada do branco, não vai estar em casa quando eu quiser – concluiu ele.

– Então, sorte sua ter outra esposa.

– A lança de Bayanna não vai ficar na porta da sua cabana?

– A lança de Bayanna... – disse Kiku, pensativa – nem sempre fica bem dura ou tem a mira tão certeira.

Tahomen riu.

– Será que os homens são tão simples que basta uma cara bonita para acabar com uma maldição?

– Você está dizendo que minha ideia é óbvia? – declarou Kiku se empertigando.

– Claro que não. Só simples, o que é bem diferente – apressou-se a dizer Tahomen.

– Hum – ela fez, apaziguadora. – Bom, os homens são simples sim, mas as mulheres também, quando se trata desse assunto.

– O que elas querem?

– Elas querem... jamais ter de responder o que querem.

– Ah, velha, me poupa das suas frases enigmáticas – resmungou.

– Velha? Nem tanto – disse, dando uma leve bofetada no ombro de Tahomen. – Não sou tão velha, por exemplo, para você ir de novo na minha cabana...

– É mesmo?

Ela confirmou com a cabeça.

– Digamos que a floresta me fez uma promessa.

– Ah – exclamou ele. Ela viu que foi entendida e também que ele não ia estragar tudo verbalizando aquela esperança de Kiku. Percebeu que essa era uma das coisas que fizeram com que ela o amasse: em geral, ele sabia quando calar.

Sessenta e um

É um flerte estranho, no mínimo porque grande parte se realiza durante os preparativos para uma eleição geral, com toda a intensa atividade de uma campanha política. É preciso escrever folhetos, imprimi-los, dobrá-los, ir de porta em porta entregá-los, comparecer a reuniões, organizar debates, fazer lobby, conversar com o eleitorado... É emocionante, mas raramente os dois ficam juntos por mais de alguns minutos por hora; ele é o general, e ela, soldado da infantaria. Arthur demonstra afeto, perguntando, com ternura, se ela não está trabalhando demais, dizendo às outras voluntárias que ele precisa insistir para ela fazer pequenas pausas, na companhia dele. A fragilidade dela se torna um mito adequado entre eles: a referência tácita é às lágrimas dela naquele dia no escritório e o oferecimento do lenço perfumado com colônia Trumper's.

Para os demais, é evidente que os dois se entendem. O cavalheirismo e a galanteria dele passaram a ter Emily como foco. Quando, numa reunião pública, ele fala sobre os *vulneráveis*, os olhos dele buscam os dela na plateia. Quando fala no papel da mulher, é para uma determinada mulher que ele sorri. Quando diz que o Liberal é o partido da família, olha com seriedade para ela, tanto que ela tem que sorrir e precisa olhar para o chão, com medo de que ele ria também.

Emily não pensa mais em Robert Wallis. Ou, se pensa – por mais que se esforce, é impossível comandar o inconsciente –, de todas as emoções, a única que restou foi a raiva. Então, não se sente como a mulherzinha frágil que Arthur pensa que ela é: ainda pensa em encontrar aquele jovem idiota, imprestável, autocentrado e dar um bom soco no nariz dele, daqueles de sangrar.

* * *

A eleição coincide com a volta de milhares de soldados da guerra contra os bôeres, na África do Sul. O governo conservador organiza desfiles da vitória, um atrás do outro. Às vezes, fica difícil separar a eleição das comemorações.

Os conservadores têm uma boa margem de vantagem. Depois, Pinker se irrita ao descobrir que William Howell, do Café Howell, foi condecorado com o grau de cavaleiro por seus serviços filantrópicos, mas, na verdade, todo mundo sabe, por sua contribuição para os fundos do partido Conservador.

O alto escalão do partido Liberal reclama que apoiar temas como sufrágio feminino faz com que eles não sejam eleitos em maioria para o governo. Argumentam que o que falta são políticas que atraiam os *eleitores* e não aquelas, por definição, que não conseguem um único voto de apoio para eles. Abono-doença, pensões, auxílio-desemprego, isso é que atrai os operários.

Em Londres, a União Sufragista redobra os esforços para ganhar influência. Emily se dedica ao grupo como jamais trabalhou pelos eleitores de Arthur. Está com a aparência frágil – magra demais, mas os olhos brilham e, de todo jeito, quanto mais magra e mais frágil, mais Arthur parece louco por ela.

Quando seu partido perdeu a eleição, o desaponto de Arthur foi compensado pelo aumento de votos do parlamentar em seu distrito eleitoral. Ele ganhou importância entre os liberais, pode até ser um provável futuro ministro.

Está na hora de arrumar a vida doméstica. Por sorte, ele encontrou a esposa perfeita para um ministro: trabalhadora, bem-intencionada e, graças aos empreendimentos do pai, rica.

Nada mais natural do que pedi-la em casamento.

É um pedido discreto, propositalmente, pois nenhum dos dois gosta de cenas. Ele leva-a ao terraço do parlamento, é fim de tarde e o vaivém do trânsito no rio Tâmisa já diminui. Arthur toma tempo para se declarar, insistindo que o matrimônio não é um passo que ele dê sem pensar, que ninguém mais que ele tem em alta consideração a santidade do amor, expressada na mais pura de suas formas na união eterna entre duas pessoas.

– Em resumo, gostaria da sua permissão para pedir sua mão ao seu pai – diz ele.

– Ah, Arthur – ela exclama. Era de esperar, pois nas últimas semanas ele tem sido bastante expressivo em atenções. – Minha resposta é sim, claro que sim.

Claro que sim. Como não? Era o que ela sempre quis. Trata-se de uma pessoa racional e fugir da situação, de tudo o que sonhou para si, seria totalmente irracional.

Se, nos próximos dias e semanas, ela tem dúvidas – e tem mesmo –, também são naturais. Trata-se de um grande passo, uma mudança na vida de ambos. Quando ele fala em casamento, às vezes ela tem a impressão de que se refere a algo diferente, mais abstrato e talvez mais nobre do que ela imagina, mas isso também é de esperar. Ele é um idealista, aliás, uma das qualidades que mais admira nele.

Não será o amor que sustentará o casamento dos dois, mas o inverso. Ela acredita nisso com fervor. Mesmo assim, não deixa de pensar no que acontecerá se não for desse jeito.

Pinker vê que errou ao confiar nos políticos. Se alguma coisa precisa ser feita, o comércio fará. As vendas do café Castelo estão sempre aumentando, e ele, com os cofres cheios. É verdade que Howell copiou a estratégia e lançou o café empacotado Howell's Planter's Premium, mas Pinker sabe que está um passo à frente. Cria novos pacotes: de meio quilo, de 250 gramas e até um novo tipo de embalagem a vácuo, aluminizada, que permite estocar por semanas o café moído. Os redatores da sucursal londrina da J. Walter Thompson chamam essa embalagem de "café eterno". Ficam aturdidos, criando uma dúzia de anúncios por semana, todos batendo na tecla do café Castelo como ingrediente primordial para um casamento feliz.

(*Quando faz para ele aquela xícara especial de Castelo... você está fazendo um lar!*)

Ele passa muitas horas no escritório, planejando e pensando.

Sessenta e dois

Kiku concluiu que, no geral, as coisas estavam funcionando. Alaya ficou satisfeita de cuidar de alguém tão importante e distinto quanto o Sinhô Wallis. Este, por sua vez, embora continuasse falando pouco, voltou a comer e a trabalhar diariamente na floresta, colhendo café.

Kiku e Tahomen passavam várias noites por semana juntos, nem sempre fazendo amor – sim, pois ela ainda era jovem para ter um filho, mas não tanto para ficar exagerando. Os dois então passavam noites conversando, refletindo sobre o andamento das coisas, comentando os mexericos da aldeia e dormindo abraçados, aninhados no familiar contorno do corpo um do outro. E, embora ainda fosse cedo demais para dizer se ela teria outro filho e cedo demais para saber se essa criança iria ficar com eles ou ser chamada para o além, os sussurros da floresta eram tranquilizadores.

Porém a situação de Sinhô Wallis ainda não estava resolvida e Kiku achou que tinha chegado a hora. Esperou até o conselho de anciãos discutir alguns problemas da aldeia e levantou o galho de *siqquee* para pedir a palavra.

– Filhos e filhas de mulher – ela começou.

Tahomen concordou com a cabeça.

– Fale, estamos ouvindo.

– Vocês lembram que, quando os brancos chegaram, *saafu* foi rompida – disse ela. – A natureza estava triste, mas soube esperar.

Agora, o campo que eles devastaram está cheio de ervas daninhas e mato e as árvores estão crescendo outra vez.

"Mas não pensem que tudo voltará a ser como era. Já ouvimos falar de outros fazendeiros brancos em outros vales. Comerciantes já estão vindo aqui com caixotes de coisas para vender, procurando o que comprar ou trocar.

"A floresta pode crescer de novo, mas não pode se defender dos brancos que quiserem derrubá-la e plantar em linha reta. Podemos avisar o branco que o cultivo deles vai morrer, que os javalis vão comer as mudas e o sol vai secar os canteiros, mas os invasores não vão nos ouvir, pois eles são assim."

– O que sugere? Ou você é como o cachorro que só late depois que a hiena vai embora? – perguntou alguém.

Ela balançou a cabeça.

– Sou como a aranha que diz que uma teia pode ser destruída facilmente, mas mil teias podem prender um leão. Sugiro que devolvamos ao branco o dinheiro que ele pagou por nosso trabalho, em vez de usar esse dinheiro.

Fez-se um longo silêncio, enquanto os nativos avaliavam aquela estranha proposta.

– O Sinhô Wallis não pode continuar aqui – ela explicou. – Enquanto estiver, não haverá *saafu*. Ele precisa de dinheiro para voltar para o vale dele, muito dinheiro. Se devolvermos o que recebemos, será suficiente.

– Mas aí não teremos dinheiro para comprar roupas, ou comida para nossos filhos. Todo o trabalho que fizemos para o branco será desperdiçado – ponderou um ouvinte.

– Sim, mas depois que ele for embora, ainda poderemos colher grãos de café na floresta e levar para vender em Harar. Vai valer mais do que antes, porque os brancos ensinaram como lavar a polpa e secá-la ao sol. Aí, todos nós vamos compartilhar o dinheiro que ganharmos. E, mais importante ainda, nenhum branco poderá dizer que vai ficar com a terra. Não funciona assim, eles terão de procurar Sinhô Wallis e comprar a terra dele, mas ele estará muito longe daqui.

– Claro que a terra já é nossa – alguém contestou.

– Devia ser, mas não é. Não podemos fazer nada e foi isso que eu quis dizer que mudou.

– E por que devemos ajudar esse homem? Por que ele merece a nossa generosidade? – perguntou mais outro.

– Porque é uma pessoa, filho de mulher da mesma maneira que nós somos filhos e filhas de mulheres.

Fez-se um longo silêncio. Então, Tahomen pigarreou e disse:

– Obrigado, Kiku. Você nos deu muito no que pensar.

Eles conversaram durante dias. Era assim que faziam, parecia uma conversa inútil mas, na verdade, era um lento processo de chegar ao consenso, considerando o assunto de vários pontos de vista, testando cada um dos provérbios que formavam a sabedoria herdada até haver um acordo coletivo. Era um processo de decisão bem diferente do que o branco tinha, no qual o mais importante era a rapidez e não o acordo; assim, permitia a imposição de ordens impostas aos indecisos, em nome da disciplina. Os nativos não tinham disciplina, mas tinham algo bem mais forte: a necessidade de *saafu*.

Sessenta e três

Caramelo – esse maravilhoso aroma evoca o caramelo, café, abacaxi assado e morangos, o que é compreensível, já que todos quatro contêm furaneol. Ele realça muito o sabor e é parte importante do aroma do café.

– Lenoir, *Le Nez du Café*

Ao anoitecer, estou sentado em minha cabana. É a melhor parte do dia, quando a dor pela ausência de Fikre diminui graças à perspectiva do anoitecer. Lá embaixo, no vale, as nuvens se juntam e parecem borbulhar. Pássaros tropicais dardejam, de repente, entre a copa das árvores, são lampejos de cores fortes na escuridão. Fico pasmo como eles são bonitos: um, tem uma longa faixa laranja como rabo, se agita e pula entrando e saindo das plantas rasteiras; outro, azul iridescente, pula impaciente de uma perna para a outra; um terceiro arrepia as penas vermelhas do pescoço, vaidoso, enquanto gorjeia para o mundo, como um trio de janotas num café.

Tahomen sobe lentamente a colina na minha direção. Usa seus melhores trajes de chefe: o velho paletó de alpaca que foi meu, sobre um pedaço de pano amarrado na cintura. Atrás, vem Kiku. Os cabelos da curandeira foram pintados com tinta vermelha e ela usa no pescoço um colar de contas negras. Atrás dela está Alaya, depois vem uma fila de nativos. Mas não estão na habitual agitação, a procissão segue num silêncio lúgubre e atento.

Tahomen para na minha frente.

– O sinhô vai para sua casa – avisa ele. Solene, coloca duas moedas, dois táleres, no chão aos meus pés. Depois, anda um pouco e se agacha para observar.

Kiku diz alguma coisa em gala. Ela também coloca duas moedas aos meus pés.

Alaya sorri e me dá um táler. A pessoa atrás dela faz a mesma coisa, e assim por diante...

Os que não têm dinheiro entregam um espelho, ou um colar de vidro, ou qualquer quinquilharia, presentes meus e de Hector. Um senhor idoso mexe no pano da cintura e tira um cigarro fumado até a metade e coloca na pilha de doações. Quem não tem nada entrega um ou dois punhados de grãos de café.

Para um estranho, pode parecer que estão me prestando uma homenagem, sentado ali na minha cadeira de acampamento como um rei no trono e eles passam por mim fazendo uma reverência. Mas sou eu o humilde, abaixo a cabeça quando cada um passa, de mãos juntas, as lágrimas escorrendo dos olhos, dizendo sem parar *galatoomi, galatoomi.*

Obrigado.

No dia seguinte. Jimo, Kuma e eu colocamos meus poucos pertences no lombo de uma mula. Levo só o que posso vender em Harar, deixo o resto para os nativos. Talvez até hoje exista nas altas montanhas africanas uma aldeia que usa o aparelho recarregável para fazer água de soda, um assento de privada de madeira, um exemplar do *Yellow Book* de abril de 1897, uma xícara de café quebrada Wedgwood, uma dúzia de máquinas de escrever Remington e diversos outros apetrechos da civilização.

A última coisa que vejo é uma resistente caixa de mogno com alguns tubos de vidro e um folheto intitulado *Método Wallis-Pinker de Clarificação e Classificação dos Diversos Sabores do Café. Com Notas, Tabelas e Ilustrações.* Londres, 1897. É pesado demais para a mula carregar e completamente inútil, mas fico satisfeito porque tanto as amostras quanto o texto desafiaram a previsão de Hector e sobreviveram intactos ao tremendo calor dos trópicos.

QUARTA PARTE

Leite

Sessenta e quatro

Aftertaste ou sabor residual – os vapores do café torrado, que vão do carbonado ao achocolatado ao sabor de especiaria, e canforado liberados pelo sabor residual.

— Lingle, *The Coffe Cupper's Handbook*

— Dizem que o preço do café vai duplicar o do ano passado. – Arthur Brewer olha do jornal para a esposa. – Parece que em Nova York os investidores que especularam na baixa estão se jogando pela janela dos edifícios, em vez de pagarem as dívidas.

– Do jeito que você fala, parece que o suicídio é uma medida de economia – diz Emily, de forma ríspida, colocando de lado no prato os ovos e descansando a faca e o garfo na mesa. – Vai ver que esses coitados acharam que não tinham outra saída.

Arthur franziu o cenho. Não tinha a intenção de iniciar uma conversa sobre os fatos do dia, só de preencher o silêncio na mesa do café com uma observação fortuita. Fez isso principalmente para mostrar que, ao ler o jornal, não ignorava a esposa.

Na verdade, já que pensava no assunto, era como se estivesse lendo pelos dois, comentando as coisinhas adequadas para o interesse dela. Todas as manhãs, ele pegava o *The Times* enquanto tomavam o café da manhã e recebia um olhar de reprovação que já tinha se tornado hábito. Mas era sem razão. E o jeito como ela tossia de propósito quando ele acendia o cachimbo... Ele voltou ao jornal, procurando algo para mudar de assunto.

– Há um movimento para transferir os restos de Oscar Wilde para o cemitério de Père Lachaise. Falam até em fazer uma espécie de mausoléu.

– Aquele coitado. Em primeiro lugar, foi uma desgraça ser preso quando seu único crime...

– Minha cara – disse Arthur, calmo – *pas devant les domestiques* – declarou sinalizando a criada Annie, que limpava o aparador.

Achou que Emily suspirou de leve antes de calar-se. Arthur deu um gole no café e virou a página do jornal.

Tocaram a campainha, a criada foi atender. Os dois, sem demonstrar, prestaram atenção para ver quem era.

– O Dr. Mayhews está na sala de visitas – anunciou Annie.

Imediatamente, Arthur levantou-se, tocando os lábios com um guardanapo.

– Eu vou primeiro e explico a situação – disse. Não acrescentou "de homem para homem", mas era evidente. – Espere aqui, minha cara, mando Annie chamar quando ele estiver pronto para recebê-la.

Emily esperou. De vez em quando, o som forte das vozes masculinas vinha da sala de visitas até a sala ao lado, embora não desse para entender o que diziam. Mas também não interessava, ela conhecia o assunto.

Serviu-se de mais café. As xícaras de porcelana Wedgwood foram presente de casamento do pai, embora o café não fosse de Pinker. Depois que a marca Castelo começou a metralhar a classe média com propaganda, passou a não ser considerada boa para lares como o de Arthur. Na verdade, o café que comprou – ou melhor, que a governanta comprou para ele – era um pouco melhor, um brasileiro barato disfarçado de mistura de Java, mas Emily escolhia as batalhas uma por uma e ainda não tinha decidido enfrentar o problema da honestidade da governanta.

* * *

– Estamos casados há quase dois anos – explicou Arthur. – E ela é... – Ele interrompeu a frase. – É um pouco difícil tocar nesse assunto.

O Dr. Mayhews, um senhor magro de uns 50 anos, tranquilizou:

– Pode ter certeza que não vai dizer nada que eu já não tenha ouvido muitas vezes.

– Sim, claro. – Mesmo assim, Arthur ficou indeciso novamente. – Depois que nos casamos, minha esposa mudou. Na lua de mel, estava ótima, mas depois foi ficando cada vez mais... teimosa em suas concepções. Briguenta, poderia dizer, se fôssemos julgar. Qualquer coisa a perturba. Critica as restrições da vida conjugal... bom, talvez isso seja natural, é uma grande mudança da liberdade que ela desfrutava antes. Na minha opinião, foi estragada pelo pai. Ela sempre foi espirituosa, não tenho nada contra isso. Mas, hoje, é capaz de ficar calada durante uma hora, depois falar tanto e tão depressa que é difícil entender uma palavra. E não é só tagarelice feminina, ela discorre sobre ideias radicais e política com a mesma paixão frenética de um *sans-culotte*. Às vezes, quase não faz sentido o que ela diz. – Parou, sabendo que estava misturando um caso médico com seus próprios rancores. Mas o Dr. Mayhews concordava com a cabeça, sério.

– Existe alguma incompatibilidade conjugal? – perguntou, delicado.

– Sim, claro... Ah. – Arthur percebeu o que o médico perguntava e corou. – Na lua de mel, não. Mas depois.

– Um erotismo exagerado?

– Às vezes, sim.

– E nessas ocasiões, ela é lasciva?

– Francamente, doutor. Estamos falando da minha esposa.

– Sim, mas preciso saber os fatos direito.

Relutante, Arthur concordou com a cabeça.

– Às vezes, sim. De uma maneira surpreendente.

– E ela fica mais tratável após a relação sexual? Mentalmente, quero dizer.

– Sim, em geral. Mas também pode ficar mais difícil. – Ele pigarreou. – Tem mais um detalhe: quando nos casamos, minha esposa não era virgem.

O médico franziu o cenho.

– Tem certeza?

– Tenho, fiquei chocado. Fiquei pensando se isso poderia estar relacionado com a situação atual. Se ela passou por alguma experiência desagradável.

– Pode ser. Sofre de nervoso ou cansaço?

– Creio que sim, às vezes.

– O senhor nunca desconfiou de histeria? – perguntou o médico, calmo.

– Ela nunca deu berros, nem desmaiou ou andou pela rua de camisola, se é isso que o senhor quer dizer.

O médico negou com a cabeça.

– A palavra histeria é um diagnóstico e não a descrição de um comportamento. Aplica-se a males causados pelas partes femininas, daí a palavra vir do grego *hysteros*, que significa útero. Há vários graus de histeria, da mesma maneira que há vários graus de gripe, lepra, ou qualquer outra doença.

– E o senhor acha que o caso é de histeria?

– Pela descrição, tenho quase certeza. Ela bebe café demais?

– Bebe. O pai é comerciante de café. Ela sempre bebeu muito – explica Arthur fitando o médico.

O Dr. Mayhews balança a cabeça novamente.

– A mulher é muito diferente do homem – informou. – A força reprodutora é tão forte que pode irradiar para todas as partes do corpo.

Quando fica atacada, o que pode ocorrer até por um motivo tão simples quanto o consumo excessivo de café, pode confundir todas as áreas, até os recessos mais profundos da mente. Conhece o trabalho do Dr. Freud?

– Ouvi falar.

– Ele provou que tais reclamações geralmente têm origem histeroneurastênica. Quando a pélvis fica congestionada... O senhor notou alguma inchação? Alguma umidade abdominal?

– Pensei que fosse só... o jeito dela. Um sinal de sua natureza apaixonada – concorda Arthur com tristeza.

– Emoção e histeria são primas próximas – disse o médico, sombrio.

– Tem cura?

– Ah, sim. Quer dizer, pode ser tratada. E pode ficar menos crítica com o tempo.

Geralmente, as mulheres têm menos tendência a essas doenças depois de procriarem, quando o corpo cumpre a função natural.

– Então o que se pode fazer?

– Vou examinar sua esposa, mas tenho certeza de que ela precisa de um especialista. Não se preocupe, Sr. Brewer. Há muitos profissionais excelentes tratando esse tipo de doença.

Três dias depois, o carro a motor leva Emily a Harley Street para consultar o especialista. Fica em um bairro rico, as salas de consulta eram maiores do que as antigas dependências lotadas, usadas por médicos em volta de Savile Row. Uma fila de veículos esperava no meio-fio e a rua estava cheia de pessoas entrando e saindo de entradas imponentes, na maior parte mulheres.

– Pode aguardar – recomendou a Billit, o motorista.

Ele concordou com a cabeça e puxou o degrau do veículo para ela saltar na calçada.

– Certo, madame.

O número 27 tinha a porta maior e mais imponente que as outras. Ela entrou e deu o nome ao porteiro uniformizado.

– Por favor, sente-se – disse ele, indicando uma fila de cadeiras.

– O Dr. Richards já vem.

Ela sentou e esperou, de olhos fechados. Céus, estava cansada. Eram exaustivas aquelas brigas constantes com Arthur. Não que estivessem brigando, não era a palavra adequada. Estavam mais se irritando, lutando contra a couraça que cada um tinha criado com o casamento, como se o matrimônio fosse um treinador, e o casal, dois cavalos desacostumados com a coisa, puxando em direções diferentes. No começo, ela se esforçou muito para ser a esposa que ele queria. Sabia que tinha de dar pistas e sugestões, mostrar o que a deixava feliz, em vez de ser resmungona ou carente. Mas a verdade era que ela gostava de uma boa discussão, sempre gostou. Achava que a discussão entre amigos era apenas o caminho mais curto para duas pessoas inteligentes trocarem opiniões. No entanto, para Arthur, uma esposa com argumentos era um desafio à autoridade dele. Dava a impressão de que ele queria silêncio, ordem, indulgência, enquanto ela queria... não tinha certeza exatamente, mas com certeza não era o tédio sufocante da casa em Eaton Square, com sua sucessão infinita de cômodos de pé-direito alto, cheios de relógios tiquetaqueando como se fossem corações mecânicos e todos os assuntos importantes do mundo se reduziam à "esfera feminina"; alguns metros de território doméstico, e mesmo assim, no feudo do marido.

O problema não era o casamento em si, mas as expectativas que vinham junto com ele. Emily achava que uma coisa era entregar folhetos e degustar cafés quando solteira; como esposa de um membro do parlamento, sua função passou a ser, de repente, social. Esperava-se que estivesse ao lado de Arthur em todas as visitas, os chás, os debates, mas sem jamais se manifestar, apenas aplaudir, indulgente, como se fosse uma manifestação concreta da aprovação feminina.

Ao mesmo tempo, ele andou traindo-a. A palavra tem um tom melodramático, porém não conseguia pensar em outra melhor. Os liberais, para os quais ela e outras sufragistas trabalharam muito durante anos, resolveram de repente esquecer o sufrágio feminino. O próprio Campbell-Bannerman, o jovial e simpático líder que ela havia conhecido no parlamento, tinha considerado o tema "uma divagação". E Arthur, de quem ela estava noiva na época, seguiu a nova linha do partido, com obediência – não, com entusiasmo. "Política é isso, minha cara. Apenas uma questão de prioridades. Você colocaria o sufrágio feminino à frente da pensão para os mineiros?", indagou. Ficou evidente pelo tom usado que, no momento, ele considerava a primeira questão uma espécie de mimo. "Vamos, não podemos deixar que isso altere nada entre nós", ele acrescentou. "Os laços entre marido e mulher são, certamente, fortes o bastante para resistir a discordâncias políticas." Ele não percebia que o afeto e os princípios políticos dela se originavam da mesma força. Não era um problema de estratégia política, mas de confiança.

Arthur não era cruel, mas era convencional, e, quando as convenções eram cruéis, ele também era, sem perceber nem ter a intenção. Só tarde demais ela viu que nem todos os idealistas são radicais. Na câmara, Arthur expressava a personalidade política através de uma devoção fanática aos milhares de leis e questões de ordem da instituição; em casa, expressava com desaprovação e críticas... e agora com aquela ridícula história com o Dr. Mayhews.

É estranho que, ao saber que a esposa estava doente, Arthur sentiu uma ternura que andava ausente. E descobriu, enfim, que papel desempenhar no casamento: o de marido protetor. Talvez tenha ficado também um pouco culpado, depois que conseguiu catalogar o comportamento dela como uma doença e não um defeito de caráter. Assim, começou por trazer xícaras de chá para ela, mandou a cozinheira preparar pratos para restaurarem a saúde e a força de Emily, e sempre que podia perguntava, solícito, como estava de saúde. Isso a enlouquecia. E se ela desse qualquer opinião, por menor que fosse, sobre algum assunto, ele fazia uma cara nervosa e lembrava que, por enquanto, o Dr. Mayhews tinha recomendado evitar emoções.

Emoção! O problema não era o excesso, mas a falta. Deus sabia que ela tentou mostrar isso a ele. Depois de passar tanto tempo presa às normas diferentes – mas igualmente restritivas – que regiam o comportamento da mulher solteira, ela aguardou durante o noivado a liberdade maior do leito conjugal. Com base no sentimento demonstrado por homens com quem se relacionou antes, esperava receber uma certa adoração por direito. Mas a realidade foi outra. Após o estranhamento inicial – inevitável, ela achava, entre duas pessoas inteligentes vivendo naquela época e local –, ela começou a achar que o casal havia encontrado seu ritmo e a relação iria deslanchar. Porém, quando a lua de mel terminou e, com isso, qualquer tendência de Arthur a manter os prazeres das núpcias, tiveram relações sexuais, mas rápidas, rotineiras, e com orgasmos acidentais. Na verdade, as demonstrações de prazer da parte dela pareciam quase desconcertá-lo; por uma ou duas vezes, ele ficou tão assustado com o entusiasmo da esposa que tomou a iniciativa de parar. E claro que, além de ser metódico na vida doméstica, Arthur também era no quarto do casal. Então, ela se conformou em ser insatisfeita nesse pormenor. Não foi tão difícil – afinal, tinha vivido assim quase toda a vida adulta –, mas foi um desaponto.

Claro, ela sabia muito bem que ir ao médico não mudaria coisa alguma, mas recusar-se a ir ficava mal, após o diagnóstico do Dr. Mayhews. O médico podia até interná-la num hospício, como se sabia. Portanto, lá foi ela à consulta.

– O senhor pode dizer ao meu motorista para trazer o carro até a porta do consultório? São tantos, não sei qual é o meu – pediu uma senhora ao porteiro.

Emily olhou-a. Ela a conhecia: era Georgina Dorson, esposa de um amigo de Arthur.

– Olá, Georgina – Emily cumprimentou.

A outra virou-se:

– Ah... Emily. Não a vi. Você também é paciente do Dr. Richards? Ele é ótimo, não?

– Não sei, é minha primeira consulta.

– Ah – exclamou a Sra. Dorson, sonhadora. – É uma cura incrível, me sinto outra pessoa depois de ser tratada por ele. Estou mais viva.

– Que bom saber. – Na verdade, ela não parecia muito animada, pensou Emily. A outra continuou a olhá-la com um sorriso estranho, beatífico, como se dopada. Emily tomou uma decisão: não tomar nenhum remédio recomendado pelo Dr. Richards.

– Ah, nosso carro chegou com meu motorista. Céus, eu decerto vou dormir até chegar em casa. Estou muito exausta. Mas ele é maravilhoso, querida. Maravilhoso. O que nós fazíamos antes de existirem médicos como ele? – Ao descer os degraus da entrada, Georgina precisou segurar com a mão para não se desequilibrar.

– Sra. Brewer?

Emily virou-se. Quem chamava era um jovem bem-apessoado, usando um terno elegante, de corte moderno, cabelos muito bem penteados e sorriso largo. Uma corrente de relógio de prata atravessava a frente do colete como se fosse um segundo sorriso mais largo. Ela podia confundi-lo com um jovem banqueiro próspero, ou talvez assessor de um ministro de Relações Externas, algo assim, em vez de um médico.

– Sou o Dr. Richards – ele se apresentou, cumprimentando-a. – Pode me acompanhar?

Ele andou rápido até o final do prédio:

– É aqui – disse, abrindo uma porta.

O consultório tinha uma mesa, um biombo e duas cadeiras. Fez sinal para ela sentar-se e pegou a cadeira ao lado.

– Então, o que a senhora acha que é o problema? – perguntou, animado.

– Acho que o problema sou eu.

Ele levantou as sobrancelhas.

– Hum?

Ela percebeu que gostou dele, ou melhor, ele era uma pessoa gostável, o que não era exatamente a mesma coisa.

– Acho que sou um desaponto para o meu marido.

O Dr. Richards sorriu ainda mais.

– Bem, na carta de recomendação, o Dr. Mayhews dá a entender algo assim. – Mostrou alguns papéis sobre a mesa. – Por enquanto, porém, estou mais interessado em saber se o seu marido é um desaponto para *você*.

– O que o senhor quer dizer com isso? – perguntou ela, pensando se devia admitir a verdade para aquele jovem. Sempre podia ser alguma armadilha: ele contaria ao Dr. Mayhews que, por sua vez, contaria para Arthur... – Arthur tem toda a minha confiança – garantiu.

– Naturalmente. Mas será que a senhora precisa confiar? – perguntou ele, fixando seus olhos claros e agitados nela. – Confiança pressupõe uma ligação de dever, Sra. Brewer, mais do que de amor.

– Amor! – exclamou ela, ainda insegura sobre como reagir.

– Talvez o amor... não tenha sido tudo o que a senhora esperava.

– Sim – concordou. Era ridículo, mas a necessidade de contar para alguém era tão forte, tão constrangedora, que ela sentiu o pulso batendo num som surdo. – O amor não tem sido exatamente como pensei.

Ele pegou um estetoscópio na mesa, aproximou mais a cadeira onde estava sentado e ficou com os joelhos quase no meio dos dela.

– Vou ouvir os seus batimentos cardíacos – anunciou, colocando a campânula entre os seios dela. Ao toque da mão dele, ela sentiu o peito bater mais forte.

– A pressão está um pouco alta – disse ele, tirando o estetoscópio do ouvido. – A senhora dorme bem?

– Nem sempre.

Fica irritada?

– Às vezes.

– Sabe o que o Dr. Mayhews acha?

– Ele disse ao meu marido que tenho um tipo de histeria.

– Por sua expressão, vejo que a senhora discorda – afirmou franzindo o cenho.

– Posso fazer uma confidência? – perguntou indecisa.

– Claro.

– Acho difícil acreditar que sofro de uma doença quando o motivo disso é claro, ou seja: ser casada com um homem que não gosta de mim.

O Dr. Richards concordou com a cabeça.

– É uma reação compreensível.

– Obrigada – disse ela, grata por finalmente encontrar alguém que não a achava defeituosa.

– Porém – diz o Dr. Richards, rápido –, como não podemos mudar os motivos, temos de mudar a reação. Vamos tratá-la, Sra. Brewer, nos dois sentidos da palavra. Conhece a teoria da saúde ondulatória?

Ela nega com a cabeça. No fundo, tem a impressão de que revelou demais e se irrita consigo mesma.

– A ciência descobriu que a vida se baseia na oscilação – disse o médico, entrelaçando os dedos e olhando-a com seu jeito alegre. – Nas células que formam o tecido animal, uma pequena variação na velocidade oscilatória pode produzir uma víbora ou um vertebrado, um leão da montanha ou uma moça que trabalha como leiteira. A natureza literalmente pulsa com a força da vida! E na mulher em particular, que é fonte da vida, o espécime saudável tem oscilação do sangue em uníssono com as leis naturais do ser. Se nós induzirmos essa harmonia, a senhora vai sentir imediatamente os benefícios. Cada nervo vai acordar, cada fibra vai vibrar com forças renovadoras. Um rico sangue vermelho vai correr por suas veias. A senhora ficará revigorada, vitalizada e energizada. Muitas pacientes minhas saem daqui com tal leveza de espírito que parece que beberam champanhe.

— Então, por que não?

— Por que não o quê?

— Por que não bebem champanhe? Deve ser bem mais barato.

O Dr. Richards franze o cenho.

— Sra. Brewer, acho que a senhora não entendeu o que eu disse. Nós vamos restaurar o tônus e o vigor de todo o seu sistema. Vamos despertar a sua energia feminina.

— E como, exatamente, o senhor pretende fazer isso?

— Através da ritmoterapia ou, para ser mais exato, através da aplicação do princípio percussivo no tecido afetado. Garanto que a sensação é agradável e vai acabar logo com a histeria. Atrás daquele biombo ali a senhora vai encontrar um roupão; vista-o e vou levá-la para a sala de tratamento.

Ela vestiu o roupão, que era de algodão fino, amarrado na frente. Na sala ao lado havia uma maca forrada de couro e coberta por um lençol. Na base da maca havia uma espécie de aparelho elétrico e vários objetos misteriosos, que pareciam feitos de guta-percha e ligados ao motor por fios como as pontas de uma corda de pular.

— Suba, por favor — disse Richards, mostrando a mesa.

O médico ligou uma tomada e, enquanto ela subia na mesa, o motor fez um som parecido com um tamborilar.

* * *

Quando terminou, Emily se vestiu com dedos trêmulos e desmoronou na cadeira do consultório, enquanto ele testava os reflexos e o pulso.

– Seu batimento cardíaco já melhorou – garantiu.

– Que bom.

– E a congestão pélvica à qual se refere o Dr. Mayhews... a senhora sente que melhorou?

– Sem dúvida, estou diferente.

– Quase como se tivesse tomado champanhe? – perguntou sorrindo e foi para a escrivaninha fazer anotações. – Espere alguns minutos, Sra. Brewer. Muitas pacientes sentem um torpor após a sessão. É perfeitamente normal, sinal de que a histeria foi debelada, pelo menos temporariamente.

– Temporariamente?

– Em geral, não existe cura para as desordens histerocloróticas, é preciso repetir de vez em quando o tratamento.

– Com que frequência eu teria de fazer isso?

– A maioria das pacientes acha bom uma vez por semana. Devo acrescentar que muitas complementam o meu tratamento com os de colegas meus. Só nesse prédio, temos o Dr. Farrar, com o método muito confiável da ducha ascendente, que consiste num jato de água pressurizada na área em questão. Tem também o Dr. Hardy, especialista em eletroterapia com aplicação de uma corrente farádica média; o Dr. Thorn, especialista em massagem sueca; e o Dr. Clayton, que faz a fustigação elétrica do ventre. Temos até um defensor da cura vienense pela fala, o Dr. Eisenbaum, e no porão do prédio está em pleno funcionamento um tratamento hidroterápico, equipado com vários aparelhos hidráulicos.

– E como se paga por tudo isso?

– Por prestação de contas, naturalmente. Todos os meses, seu marido receberá uma conta.

– É caro?

Ele pareceu surpreso com a pergunta.

– São tratamentos dispendiosos, Sra. Brewer. Há também o equipamento... Um tratamento eficiente não fica barato.

Quando ela saiu, o doutor consultou o relógio de pulso. Ainda tinha 15 minutos antes da próxima consulta.

Pegou a caneta, releu o que tinha escrito e fez algumas correções. Acrescentou:

Observa-se quase imediatamente os efeitos penetrantes do aparato oscilatório. Após alguns minutos, o corpo começa a sacudir violentamente, mostrando o paroxismo histérico. Ela grita, o corpo arqueia um arco e mantém-se nessa posição durante vários segundos. Observam-se então leves movimentos da pélvis. Pouco depois, ela se levanta, deita de novo, emite gritos de prazer, ri, faz movimentos lascivos e cai sobre a mesa apoiada no quadril direito. A seguir, ela se transforma: o nervosismo impaciente mostrado antes da sessão é substituído por uma disposição amena, o cenho franzido dá lugar a um sorriso, a fúria contida característica da histeria é suplantada por calma e doçura. Certamente, a descoberta do princípio estatumizador vai transformar a medicina psiquiátrica no século por vir.

Franziu o cenho. Exatamente um dia antes, ele tinha lido o trabalho de um homem chamado Maiser, que afirmava que tais mulheres podiam ser tratadas em casa pelos próprios maridos, e "o que atualmente chamamos de tratamento não passa do que qualquer cônjuge carinhoso faz pela esposa". Aquilo era um absurdo, claro. Diferente de todos os demais, os histéricos eram excelentes pacientes: não melhoravam, nem pioravam e, na maioria dos casos, passavam anos em tratamento. Ele pegou a pena novamente e escreveu:

A mecanização do tratamento é, sem dúvida, fundamental para seu sucesso. O resultado advém da destreza e perícia manual do médico obtida através de longa prática.

Bateram à porta. Ele deixou a caneta de lado: a paciente seguinte tinha chegado.

Sessenta e cinco

O Dr. Mayhews estava certo, Arthur notou uma mudança imediata na esposa. Após a consulta ao especialista, ela dormiu quase a tarde inteira e, na manhã seguinte, parecia quase outra mulher. Parecia... Arthur buscou o termo exato. Mais calma, isso. Com uma tranquilidade que ele não via desde o noivado. E não se opunha mais quando ele lia o jornal no café da manhã. Só os pulmões não melhoravam, ela ainda tossia quando Arthur fumava cachimbo após as refeições, mas certamente não se pode conseguir tudo.

No final daquela semana, estavam tomando café juntos, num silêncio amistoso, quando ele riu alto de alguma notícia no jornal.

– Esse jornalista é engraçado, viu cada coisa na África... – disse.

– Quer ler um pedaço para mim?

– Ah, bom. Você tem que saber o contexto. – Ele ajeitou as páginas, dando uma sacudida para ficarem mais altas. – Ele fala dos franceses em Teruda – disse, com sua voz sem graça.

– Certo.

– O jornalista se chama Wallis. Robert Wallis. – Ele abaixou o jornal para pegar o cachimbo.

– Você está bem, querida? Parece pálida.

– Sinto mesmo uma palidez. A sala está muito fechada.

Ele olhou para o cachimbo.

– Quer que eu espere um pouco para fumar?

– Obrigada.

– Ou você pode ir para a sala de visitas.

– Sim, querido – disse ela, levantando-se. – Se eu sentar perto de uma janela, talvez melhore.

– Bom, cuidado para não pegar um resfriado.

– Se eu pegar, vou soltá-lo imediatamente.

– O que você disse? – perguntou fitando Emily.

– Estava brincando, Arthur. Não sei por quê. Pensei em outra coisa na hora.

– Céus – exclamou ele, voltando ao jornal.

Mais tarde, no jantar, houve outro incidente. Ele explicava ao convidado deles, vindo da França, que o governo liberal era o mais reformador que o país já teve, transformou a vida das classes operárias de uma forma impressionante...

– Dos homens, quer dizer. Quanto à vida das mulheres, não houve qualquer mudança.

A visita sorriu. Arthur olhou nervoso para a esposa, temendo que ela estivesse prestes a ficar inflamada por causa do tema favorito.

– Lembre-se do seu estado, querida – murmurou, enquanto a criada Annie servia legumes ao convidado.

A esposa olhou para ele e, de modo surpreendente, concordou. Humilde, ficou calada o resto do jantar. Era extraordinário, pensou ele, que diferença um diagnóstico podia fazer.

Sessenta e seis

Ela ficou pensando se os efeitos do oscilador do Dr. Richards seriam diferentes na segunda consulta. Talvez a reação forte se devesse a anos de congestão pélvica, como ele chamou, e dessa vez não haveria sacudidelas, uma avassaladora soltura da histeria. Na verdade, ocorreu o contrário. Bastaram alguns minutos para ela sentir as palpitações vindo em ondas, antecipando o incontrolável, apavorante ataque de paroxismo.

Depois, ela sentou-se novamente na cadeira do consultório e ficou olhando o médico anotar. Gostava do jeito dele escrever, rápido e decidido, a pena subia em pequenos gestos céleres antes de fazer uma curva de novo formando letras e palavras. Subir... subir... o movimento tinha algo de hipnótico.

– O que o senhor escreve a meu respeito?

– Em parte, são termos técnicos – respondeu sem tirar os olhos do papel.

Ela teve a impressão de ver um acento circunflexo.

– É em francês?

– Em parte, sim – confirmou com relutância. O trabalho pioneiro foi feito no Instituto Salpêtrière, de Paris, por isso só se aceitam os termos médicos franceses. E... – ficou indeciso se continuava –, garantem a privacidade.

– Da paciente, o senhor quer dizer? – Mas não era, ela percebeu imediatamente; ele queria dizer privacidade para ele, para as notas, caso alguém as encontrasse e achasse inadequado aquele tratamento. Ela se inclinou para a frente. *Trop humide... La crise vénérienne...*

Notando que ela olhava, ele escondeu a folha com o braço.

– As anotações de um médico são confidenciais.

– Até para a paciente?

Ele não respondeu.

– Eu acho – disse ela, com cuidado – que o que fazemos aqui, o tipo de tratamento, tornam certas minúcias redundantes.

Ele parou de escrever e olhou para ela.

– Os olhos azul-acinzentados, calmos, bonitos, observaram-na, pensativos. – Pelo contrário, Sra. Brewer. São ainda mais necessários.

– O senhor tem muitas pacientes?

– Mais de cinquenta.

– Cinquenta! Tantas assim?

– A mecanização do equipamento possibilita isso.

– Mas também deve ficar mais difícil para o senhor.

Ele franziu o cenho.

– De que maneira?

– O senhor deve gostar mais de umas pacientes que de outras.

– Que diferença faz?

Ela percebeu que estava querendo elogios, mas não conseguia parar.

– Deve ser mais fácil com aquelas com que o senhor simpatiza. Ou com as bonitas. Que o senhor acha bonitas, quer dizer.

O cenho franziu mais.

– O que isso tem a ver?

Desesperada, ela perguntou:

– O senhor é casado, Dr. Richards?

– Francamente, Sra. Brewer. Peço que pare com essas perguntas. Se quer conversar, devia marcar consulta com o Dr. Eisenbaum para a Cura pela Conversa.

– Claro – disse ela, encolhendo-se. Sentiu uma vontade súbita e irracional de gritar. Afinal de contas, pensou, eles tinham razão, ela não passava de uma mulher histérica e idiota.

O carro aguardava lá fora, mas ela mandou Billit voltar para casa sozinho.

– Vou andar até a John Lewis – disse.

Seguiu para o sul pela Harley Street e ficou pasma com a quantidade de mulheres entrando e saindo dos prédios com consultórios. Quantas estariam ali pelos mesmos motivos dela? Parecia inacreditável que todas entrassem naquelas enormes salas de teto alto devido a paroxismos histéricos.

Continuou andando até a Cavendish Square e virou na Regent Street. Ali ficava o limite da Londres respeitável: logo a leste estavam os cortiços de Fitzrovia, e ao sul, o Soho. Olhou pela Mortimer Street e viu uma fila de prostitutas encostadas nos gradis, inconfundíveis nos trajes sujos e fora de moda, os rostos parecendo caricaturas de musicais de teatro. Antigamente, ela teria atravessado a rua para conversar com elas, destemida em seu entusiasmo de salvá-las, mas não estava mais tão obcecada em suas certezas.

Não foi à loja John Lewis, queria andar, queimar um pouco do peso que sentiu depois da sessão com o Dr. Richards. E, para ser honesta consigo mesma, um pouco do constrangimento também, a vergonhosa constatação de que ele sentia o mesmo por ela que se estivesse operando um joanete ou um osso fraturado. Como era fácil confundir atenção com afeição! O mesmo ocorria em relação a Arthur. Não que aqueles homens desgostassem das mulheres, mas tinham uma espécie de padrão de como a mulher deveria ser e qualquer alteração exigia uma intervenção como se fossem relógios que precisavam ser acertados.

Como uma espécie de deboche, passou sob um enorme painel anunciando o café Castelo. Um casal de noivos no dia do casamento, ainda com as roupas da igreja, fazia um brinde com a bebida. O texto dizia PROMETO... *servir Castelo a ele. O que todo marido quer!*

Se o casamento fosse tão simples, ela pensou.

Um barulho do outro lado da rua chamou sua atenção. Era um pequeno grupo de mulheres na calçada. Uma delas carregava um cartaz dizendo FATOS, NÃO PALAVRAS! Era exatamente o que ela pensava tanto que, por um instante, chegou a achar que alguém tinha escrito exatamente para ela. Depois, viu que eram sufragistas. Duas delas abriam um cartaz com a inscrição em preto: *Votos para as mulheres.* O grupo deu um grito desafinado, fazendo com que alguns pedestres parassem para olhar. Emily não queria ser vista olhando, por isso virou-se para ver o reflexo delas, discretamente, na vitrine de uma loja.

– Veio fazer compras aqui, irmã? – perguntou uma mulher ao lado dela.

– Não. Vou para casa.

– Então não vai se incomodar por eu fazer isso. Por favor, afaste-se. – A sufragista escreveu alguma coisa na vitrine. Emily deu um pulo e aí viu que a outra estava só fazendo um enorme V com um batom escondido na mão. Dali a pouco, a vitrine tinha a mesma palavra de ordem do cartaz, em letras enormes, marrom-avermelhadas.

Por toda a rua, vinham gritos de protesto, enquanto outras vitrines tinham o mesmo destino. Ouviu-se o barulho de vidro estilhaçado. E o apito de um guarda. Perto dela, alguém gritou:

– É... logo ali! – Um homem apontava na direção delas. – Essa é uma! – A mulher de repente ficou apavorada.

– Rápido, dê o braço para mim – disse Emily. Deu um passo adiante e segurou o braço da mulher como se estivessem juntas. Depois, virou-a de frente para a rua. – Olhe para lá, como se também estivesse vendo alguma coisa – recomendou à companheira. – Mas não se mexa. – Quatro homens passaram correndo por elas e foram na direção onde as duas olhavam, pisando forte. Ela sentiu o corpo tenso da sufragista relaxar.

– Acho que foram embora – comentou Emily.

– Obrigada. – Os olhos da mulher brilhavam, e vitoriosos. – Marcamos um ponto para a liberdade.

– Mas o que a vitrine das lojas tem a ver com votos?

– Não queremos mais saber de conversa, somos um novo grupo e agora vamos atrapalhar. Se não fizermos isso, jamais chegaremos a nada.

– Mas se atrapalham, podem irritar os homens e eles nunca vão nos conceder nada.

– *Conceder?* – Elas iam em direção a Piccadilly e a mulher andava segura como se soubesse para onde ia. E as duas continua-

354

vam de braços dados. – Você faz a igualdade parecer um agrado, como um buquê de rosas ou um chapéu novo. Não é. É direito nosso e quanto mais tempo ficarmos pedindo, com gentileza, mais daremos a falsa impressão aos homens que eles podem nos negar isso. Você tem dinheiro?

– Sou casada.

– Mas antes, tinha dinheiro seu? Então, você paga impostos. Não existe um político que acredite em impostos sem representação... a menos que se trate de mulheres. Por que eles podem tirar o nosso dinheiro se não podemos dizer a eles como gastá-lo?

– Garanto que sou totalmente a favor do voto das mulheres. Fui ativista da União durante anos. Só não tenho certeza se vale a pena incomodar.

– Então, venha a uma reunião e deixe que nós a convencemos. Esta noite, se possível.

Emily ficou indecisa. A outra disse, impaciente:

– Olhe, vou anotar o endereço. – Rabiscou alguma coisa num cartão e entregou para ela. – Vamos despertar a força feminina!

Eram quase as mesmas palavras que o Dr. Richards tinha usado. E ela notou outra coisa. Aquela mulher parecia mais energizada pelo ato de vandalismo que praticou do que ela, Emily, após a consulta com o Dr. Richards.

Teve uma súbita onda de animação.

– Muito bem, eu vou – prometeu, num impulso.

Sessenta e sete

Ardente – um sabor de carvão amargo, em geral devido a torrar demais.

– Smith, *Coffee Tasting Terminology*

Demorei dois anos para voltar. Talvez por acaso, minha tentativa de viajar pelo Sudão coincidiu com um pequeno enfrentamento militar entre a Inglaterra e a França, que depois ficou conhecida como Incidente Teruda. Descobri que eu tinha certo talento para correspondente no exterior e assim não morri de fome, por um tempo, pelo menos. Do Egito, fui até a Itália e passei o verão à margem do lago Como, fase em que terminei de escrever e queimei um romance sobre um homem que se apaixona por uma escrava. Era um livro horrível, mas escrevê-lo foi a solução para deixar tudo aquilo para trás e depois que as chamas destruíram a última página do texto original vi que, finalmente, tinha me libertado dela.

Naquele longo retorno, descobri uma coisa importante. Amei Fikre, talvez não como ela merecesse ser amada, mas com uma paixão totalmente física e até um pouco mais que isso. Apesar do que aconteceu, vi que eu esperava que ela estivesse feliz. Pode não parecer uma grande descoberta, comparada com batizar o lago Vitória ou localizar a nascente do Nilo. Mas para mim era um novo território a ser marcado no doravante vazio atlas do meu coração.

Enquanto estive fora, Londres tinha se reinventado outra vez. Assim que o século terminou, Oscar Wilde, John Ruskin e a rainha Vitória morreram com poucos meses de diferença; todas aquelas terríveis monarcas vitorianas acompanharam-se umas às outras até a sepultura. Agora, em vez de falar em Pater e Tennyson, as pessoas comentavam sobre J. M. Barrie e H. G. Wells. As ruas ficavam cheias do que Pinker chamou de autoquinéticos, mas chamados agora de carros motorizados. O eletrofone tinha virado telefone e podia-se falar para qualquer canto do país e até para os Estados Unidos. E o ambiente – aquele indefinível cheiro de uma cidade – também tinha mudado. Londres estava bem-iluminada, bem-administrada e bem-arrumada. Os boêmios, os decadentes, os dândis – sumiram todos, escorraçados da penumbra pelos postes de luz elétrica e substituídos por uma respeitável classe média.

Eu pretendia evitar Covent Garden. Mas os velhos hábitos são difíceis de arrancar e, como tinha coisas a resolver na Fleet Street, fui nessa direção: conseguir publicar alguns artigos sobre minhas viagens. Saí da redação do *Daily Telegraph* com um cheque de 12 libras no bolso. Quase sem que eu percebesse, meus pés me levaram para a Wellington Street, que também tinha mudado muito. Havia lojas e restaurantes onde antes só funcionavam bordéis; o número 18, entretanto, continuava igual. Até os móveis na sala de espera do primeiro andar pareciam os mesmos e, se a Madame não me reconheceu, melhor, eu também não tive certeza de reconhecê-la.

Escolhi uma garota e levei-a para o andar de cima. Ela também era nova, mas experiente na profissão o bastante para ver que eu não queria ser incomodado com conversa. Depois de se assustar com as tatuagens esquisitas no meu peito, ela me deixou ir em frente. Mas havia algo errado. Primeiro, pensei que eu estivesse fora de prática. Depois, percebi o que eu estava estranhando: era esquisito, de certa maneira, fazer sexo sem tentar dar prazer. Tentei lembrar como era, há anos. Ou será que eu partia sempre do pressuposto de que todos aqueles gemidos e gritinhos significavam que eu estava fazendo a coisa certa?

Passei a mão em várias partes do corpo dela; ela gemeu como esperado, mas era encenação. Tentei acariciá-la com mais intensidade e tive a impressão de que ela suspirou.

Parei.

– Pode me fazer um favor?

– Claro, senhor. O que quiser, embora talvez seja um pouco mais caro...

– Não é um... serviço. De qualquer modo, nenhum que você esteja habituada a fazer. Quero que mostre como dar prazer a você.

Ela sentou-se, sorrindo, e passou as mãos para cima e para baixo dos meus braços, depois esfregou os macios seios no meu peito.

– O senhor me dá prazer com o seu grande pau duro, senhor – ela sussurrou. – Quando entra duro e com força.

– Gostaria que isso fosse verdade. Mas se eu tocar em você aqui, suavemente, e passar os dedos assim... é bom?

– Ahhh! É estranho, senhor. Não pare, não pare!

Foi a minha vez de suspirar.

– Não, diga a verdade.

Ela pareceu confusa. A pobre garota não conhece as regras desse jogo, pensei. Está pensando no que vai dizer.

Finalmente, ela revelou, tentando me agradar:

– Tudo que o senhor faz em mim é ótimo.

– Você tem namorado? Um amante? O que ele faz em você?

Ela deu de ombros.

– Deite-se – pedi. – Vou tocar em você e quando for melhor, avise.

Ainda confusa, deitou-se e deixou-me passar as mãos pelo corpo dela.

– Mas, senhor, por que fazer isso? – perguntou, pouco depois.

– Quero aprender a agradar uma mulher.

Fez-se uma pausa. Depois, ela disse, numa voz bem diferente:

– Quer saber mesmo?

– Claro, senão eu não perguntava.

– Então me dê mais uma libra que eu digo.

– Certo. – Dei o dinheiro.

Ela guardou. Quando voltou para a cama, disse:

– Você acabou de agradar.

– Como? Ah, com o dinheiro – sorri.

– Isso, senhor. Estou louca de alegria.

– Eu quis dizer agradar na cama.

– Dá no mesmo – respondeu dando de ombros.

– Suponha que eu queira que você sinta... o que os seus clientes sentem. O que preciso fazer? – insisti.

Ela negou com a cabeça.

– Não é assim, entende? Senão, eu perdia o emprego. Se as mulheres precisassem do que os homens precisam, não haveria lugares como esse aqui.

– Sabe... você tem razão – disse eu, pasmo com a grande verdade que ela disse.

– Bom, estou dizendo apenas o óbvio – Ela mostrou o meu pau. – Quer uma trepada? O senhor pagou.

Gostaria de dizer que a cena terminou comigo nobremente recusando que ela fizesse aquilo e a conversa para mim valia mais que uma trepada. Mas não seria verdade.

Quando eu estava indo embora, ela disse:

– Sabe, gostei de conversar com você. Pode voltar, se quiser.

– E dar mais dinheiro para você?

– Isso também – respondeu rindo.

Gostei dela. Nunca mais a vi, mas gostei. Por alguns minutos de uma ensolarada tarde, falamos honestamente, antes de cuidar da vida e seguir nossos caminhos separados. Mas, pensei, era tudo o que se podia querer de uma vida civilizada.

Meus artigos foram publicados e durante algumas semanas soube o que era ser adulado. Compareci a residências particulares, em noitadas em que se esperava que eu emocionasse os convidados com histórias de selvagens sanguinários e exotismo da África, tudo bem embrulhado no chavão de que o comércio um dia transformaria o continente em outra Europa. Desapontei. Nos artigos, tive de omitir minha opinião para que não fossem recusados, mas nas salas de visita de Mayfair e Westminster fui menos comedido.

Contei que os únicos selvagens sanguinários que conheci tinham pele branca e usavam roupas cáqui; que o que nós chamávamos de comércio era apenas uma continuação da escravidão por meios mais tortuosos; que os nativos com os quais convivi eram tão sofisticados à maneira deles quanto qualquer sociedade que vi na Europa. As pessoas ouviam, educadas, de vez em quando trocavam olhares significativos e depois diziam coisas do gênero:

– Sendo assim, Sr. Wallis, o que se deve fazer com a África?

E eu respondia:

– Nada. Devíamos sair de lá, admitir que não somos donos de nenhuma parte da África e simplesmente ir embora. Se queremos café africano, devíamos pagar para os africanos cultivarem. Pagar um pouco mais, se preciso, para que eles tenham condições de sozinhos plantar. A longo prazo, será vantajoso para nós.

Não era o que eles queriam ouvir. Na época, Londres estava com uma estranha mania de café. O governo brasileiro passou a fazer parte do cartel dos plantadores de café e apoiar o preço mundial com enormes empréstimos feitos na Bolsa de Valores de Londres: eles subscreviam, geralmente, ações em excesso, horas antes de serem emitidas e, como o preço subia cada vez mais, as pessoas correram para investir de todas as formas. Ninguém queria saber que aquele milagre econômico se baseava no desespero e na miséria e os que tinham começado a noite atentos a tudo o que eu dizia paravam de me ouvir bem antes do final. Era o que eu queria, eu não estava ali para ser popular.

Mas às vezes eu notava também olhares desaprovadores, antes mesmo de abrir a boca: eram as mães que afastavam as filhas solteiras e os maridos que puxavam as esposas para o outro lado da sala. Tinha a impressão de que me rejeitavam e não era só por minhas opiniões sobre a África.

* * *

Numa dessas vezes, reencontrei George Hunt. Meu velho amigo tinha ficado gordo e afável; era dono de uma revista literária chamada *Visão Moderna*, ou algo assim. Depois que afugentei os ouvintes com minhas próprias visões modernas, andamos até o clube que ele frequentava e nos acomodamos numa linda sala no primeiro andar, onde ele pediu conhaques e charutos.

Conversamos sobre isso e aquilo até ele perguntar, de repente:

– Conheceu Rimbaud?

– Quem?

– Arthur Rimbaud, o poeta francês. Não me diga que nunca ouviu falar nele? – Dei de ombros. – Incrível, ele esteve em Harar como você e era comerciante de café, embora trabalhasse para uma empresa francesa. Os poemas dele são fantásticos, mas acho que nessa época ele já tinha parado, escreveu quase tudo quando ainda era jovem e amante daquele sapo velho, Verlaine, aqui em Londres... – Ele parou. – Você não sabia de nada disso?

– Alguém me falou nele – respondi, rápido. – Lastimo informar que não acreditei em nada. Não, nós não nos cruzamos, ele foi embora de Harar pouco antes de eu chegar. Na verdade, aluguei a casa dele.

– Incrível. – Hunt fez sinal para um empregado do clube trazer mais dois conhaques. – Claro, o tempo que ele esteve lá foi um escândalo. Havia boatos de uma amante nativa, uma escrava que comprou de um comerciante árabe e abandonou ao voltar para a França. Mas dizem que na época ele estava falido.

Concordei, devagar. Minha cabeça deu um clique e de repente minha história se reescreveu. *Ela fala inglês como um francês...* O que mais um homem desses poderia ter ensinado a ela? Que algumas pessoas mentem qualquer coisa por amor? Mas aquelas eram reflexões para uma outra hora, a sós.

Hunt deu uma tragada no charuto.

– Imagino que por lá tudo pode acontecer. Você certamente teve algumas aventuras do gênero. – Olhou para mim com inveja.

– Os poemas dele são bons? – perguntei, sem dar atenção à observação dele.

– São revolucionários e hoje em dia é isso que interessa – respondeu, dando de ombros. – Vers libre: é o que todo mundo está escrevendo. No momento, os poetas irlandeses são considerados muito interessantes além, claro, dos americanos, todo mundo quer ser Whitman, a poesia inglesa morreu. – Bateu a cinza do charuto num pires. – Mas você ia me contar as suas aventuras amorosas.

– Ia? – duvidei, rápido.

– Na época você me escreveu, eu lembro... Algo sobre se apaixonar por uma negra? – insistiu ele. Olhou em volta. – Anda, homem. Ninguém nos ouve. E claro que não vou repetir nenhuma... confidência interessante.

De repente, entendi por que recebi aqueles olhares de reprovação durante a palestra.

– Quer dizer que comentaram coisas a meu respeito?

Ele riu, depois rapidamente recuou ao lembrar que, se comentaram, a origem da fofoca era ele mesmo.

– Suposições, Robert, especulações. Mas *houve* uma nativa, não? Uma Vênus hotentote?

– Houve, e passei algum tempo achando que estava apaixonado por ela.

– Sei. – Deu outra baforada no charuto e ficou me observando por uma tela de fumaça cinzenta, densa e macia como lã. – Talvez seja uma história que você prefira contar no papel. Como sabe, preciso de autores.

– Meus tempos de poeta acabaram.

– Não estava me referindo à poesia, necessariamente. – Pegou o conhaque e olhou para a profundeza âmbar. – Não publico só a *Visão*. Tenho livros para cavalheiros inteligentes também. Imprimo em Paris.

– Pornografia, você quer dizer?

– Se preferir. Pensei que, agora que você é um escritor, talvez precise de uma renda... e a africana pode ser um ótimo tema. Ouvi dizer que essas mulheres de sangue mais quente são qualquer coisa. Que tal uma *Fanny Hill* negra, ou um *Minha vida secreta entre os nativos*? Tenho certeza que venderia.

– Certamente – concordei, colocando meu copo na mesa. – Mas não serei o autor. – De repente, quase tive um enjoo. A fumaça do charuto dele entrou na minha garganta, acre e biliosa. Levantei-me. – Boa noite, George. Procure outro otário que possa causar excitação.

– Espere – disse ele logo. – Não seja tão apressado, Robert. Deve saber que não pode viver de palestras sobre Teruda para sempre. Eu procuro meus autores. Um artigo aqui, um poema ali... você é exatamente o tipo de homem que poderia tirar vantagem por ser lido em nossas páginas. Publicamos Ford Madox Ford, sabe.

– Foda-se, George.

Ele sorriu, cansado.

– Não seja tão convencional.

Quando eu estava saindo, ele disse alto:

– De vez em quando, vejo Emily, a filha de Pinker.

Parei na porta.

– Fez um ótimo casamento. Com um sujeito que é um tédio completo. Você está fora da história.

Não voltei. Fui em frente.

Sessenta e oito

Eu sabia que o capítulo Emily estava totalmente terminado na minha vida, mas o pai dela era outra questão. Finalmente, não pude mais adiar. Fui a Limehouse e entreguei meu cartão de visita no escritório dele.

Claro que me fez esperar. Enquanto fiquei numa das antessalas, uma procissão sem fim de carregadores e estoquistas passaram por mim com sacas de juta nos ombros – na verdade, não passaram mas *marcharam*, um a pouca distância do outro, em direção a uma fila de caminhões que aguardavam na rua. Pensei por que não estocavam no armazém, mas talvez o local tivesse outra finalidade agora.

Então, reconheci um rosto: Jenks, o secretário, embora ele agora fosse mais que isso, evidente: tinhas dois assistentes correndo atrás, enquanto ele ia de um lado para outro, comandando o carregamento.

– Jenks – chamei.

– Ah, olá, Wallis. Soubemos que você voltou. E cortou o cabelo. – Que comentário estranho: eu tinha cortado o cabelo dezenas de vezes, desde a última vez que o vi. – Estávamos pensando quando ia aparecer. – Continuou andando enquanto falava então, como os assistentes, fui obrigado a me levantar e ir atrás dele. – Ali – disse ele para um. – Lá, no segundo andar. Está vendo? Tem espaço para no mínimo mais quinhentos.

Parei, devido ao que vi na minha frente.

O armazém não estava cheio, mas abarrotado. Por todos os cantos, havia pilhas de sacas até o teto. Não tinha janelas, apenas duas aberturas lá no alto, onde as sacas tinham sido empilhadas nas janelas de verdade e deixava entrar uma ou duas faixas de luz. O espaço entre as sacas apertadas formava pequenos caminhos e corredores sinuosos, escadas feitas de sacos, buracos... devia ter mais de cinquenta mil sacas só no armazém.

Perto de onde eu estava, uma delas estava aberta. Peguei alguns grãos e cheirei.

– Indiano típico, se não me engano.

Jenks concordou com a cabeça.

– Você sempre teve um ótimo paladar.

Olhei para as torres de sacas sumindo na escuridão.

– É tudo igual? Para quê?

– Melhor você ir ao primeiro andar – disse Jenks.

Pinker estava sentado à escrivaninha. A máquina de telegramas conversava em silêncio consigo mesma e ele segurava uma fita de papel nas mãos em concha. Lia os símbolos, soltava a fita e a pegava de novo quase imediatamente, para ler os novos símbolos, com tanta rapidez quanto alguém que bebe a água da correnteza de um rio.

– Ah, você chegou, Wallis. Finalmente – disse, como se eu tivesse dado uma saída para almoçar no West End. – Que tal a África?

– Não foi um sucesso.

– Foi o que imaginei – declarou, ainda sem olhar para mim, pois continuava passando os dedos naquela estranha rubrica que a máquina lançava.

– O armazém está bem cheio – comentei, já que ele não disse mais nada.

– Armazém? Não é nada, você tinha que ver os entrepostos aduaneiros. Tenho quatro, todos maiores que esse e completamente lotados. Tenho de alugar espaço extra até terminar.

– Terminar o quê?

Ele então me olhou e fiquei pasmo de ver como era parecido com Emily. Mas os olhos tinham uma luz estranha, uma espécie de agitação nervosa.

– Meu exército está quase pronto, Wallis, estamos quase preparados – disse.

Pinker explicou que tinha feito uma descoberta. Percebeu, finalmente, que o mercado de café era cíclico. Se o preço subia, os

365

cafeicultores plantavam mais, porém, como as mudas levavam quatro anos até a colheita, os efeitos no mercado só eram sentidos então. Quatro anos depois de um aumento do preço, portanto, ocorria uma saturação, o café plantado nos anos de escassez chegava ao mercado em quantidades cada vez maiores, até o excesso fazer o preço cair e os cafeicultores largarem o ramo ou mudarem para outros cultivos. Quatro anos depois, isso causava outra escassez; o preço subia e os cafeicultores tinham outro excesso.

– Um ciclo de oito anos, Wallis. Tão imutável, tão inexorável quanto as fases da Lua. O cartel pode mascarar, mas não pode acabar com isso. Quando percebi isso, vi que o peguei.

– Pegou quem?

– Howell, claro. – Pinker sorriu, seguro. – Daqui a pouco ele vai uivar. – Parou, parecendo quase surpreso. – Você me fez ficar irônico, Robert.

Ele disse que aguardava há anos o ciclo chegar ao ponto de o preço ficar pressionado pelo ritmo natural do mercado.

– E esse momento é agora? O consenso em Londres não era de que o preço vai subir?

Deu de ombros.

– O governo brasileiro diz que vai. Eles têm um novo esquema, que chamam de valorização. Estão fazendo grandes empréstimos para comprar todo o café dos seus fazendeiros e assim facilitar a entrada do produto brasileiro no mercado. Mas isso não pode durar. O mercado é como um rio, só se pode contê-lo até certo ponto e quando o dique estoura leva tudo junto.

Foi até um mapa-múndi que cobria uma parede.

– Eu me preparei, Robert. Você viu um pouco lá embaixo, mas aquela é só a parte visível. A invisível é que vai fazer a diferença. Redes, alianças, acordos. Arbuckle na Costa Oeste. Egbert na Holanda. Lavazza em Milão. Quando agimos, é junto.

– Formaram um cartel?

– Não! – ele girou nos calcanhares. – Formamos o inverso de um cartel: uma associação de empresas que acreditam na liberdade, no livre movimento do capital. Você volta para nós num bom momento.

– Ah. Não vim pedir meu emprego de volta. Só queria me desculpar.

– Desculpar?

– Por desapontar o senhor.

Ele franziu o cenho.

– Mas está tudo bem. Emily está bem casada. Claro que a morte de Hector foi uma tragédia, mas foi um acidente, essas coisas acontecem. Porém estou precisando de uma pessoa com o seu conhecimento do café, Robert.

– Mal se pode chamar de café o que o senhor tem agora no armazém.

– É. E sabe de uma coisa? Graças à nossa publicidade, o consumidor acha que é mais saboroso que o mais fino arábica. Se você colocar uma xícara de Castelo ao lado de um moca Harar, eles vão preferir o nosso. O nariz de uma dona de casa é mais facilmente levado do que esse membro que você tem dentro das calças.

– Você despreza os fregueses – disse eu, surpreso.

Ele balançou a cabeça.

– Não desprezo, apenas não tenho nenhum afeto por eles; num negócio bem-sucedido, não há lugar para sentimento.

– Seja como for, não tenho espaço aqui. A partir de agora, vou viver de escrever.

– Ah, sim, li aqueles seus artigos. Bem escritos, embora um pouco inapropriados. Mas Robert, você pode escrever em jornais enquanto trabalha para mim. Na verdade, pode ser útil. Posso sugerir algumas áreas para você explorar, explicar algumas coisas...

– Não é bem assim que funciona.

– Então você quer acertar as contas. – A voz dele era quase a mesma, mas os olhos tinham um brilho perigoso que não existia antes. – Trezentas libras por ano, não era? E você trabalhou... quanto tempo? Seis meses? Digamos que você me deva mil e vamos esquecer a diferença. – Ele estendeu a mão. – Um cheque resolve.

– Não tenho como lhe pagar – disse eu, calmo.

Ele sorriu de leve.

– Então é melhor ficar conosco até poder.

Ao sair, encontrei Jenks de novo. Desconfiei que estava me esperando.

– Então? – perguntou ele.

– Ele quer que eu volte para cá.

– Que bom, Wallis.

– Acha mesmo?

– Sim. – Ele deu um suspiro. – O velho... às vezes acho que ele ficou meio esquisito, sabe. Talvez, nós dois juntos possamos... bom, acalmá-lo.

Sessenta e nove

O curioso é que Pinker parecia não ter qualquer ocupação para mim. De vez em quando, me procurava e fazia um discurso sobre os males da fixação de preços ou as iniquidades da Bolsa. Outras, mandava Jenks me entregar recortes que exaltavam o sucesso do modelo brasileiro, "exemplo para um futuro próspero e que certamente será acompanhado de perto pelos que estão empenhados em dar estabilidade ao açúcar, borracha, óleo vegetal e todos os demais produtos mundiais", como escreveu um jornalista. Na margem do texto, Pinker rabiscou a palavra IDIOTAS.

Uma vez, quando fez uma crítica bem ácida a seus adversários, olhou para mim e disse:

– Anote, Robert. Você não vai se lembrar direito, se não anotar.

– Mas não vou precisar lembrar.

– Anote – insistiu ele. – Assim, quando contar o fato, terá a prova.

– Contar? – perguntei, pensando em que bolso eu tinha deixado minha caneta. Aí, entendi o que ele queria dizer e por que queria que eu ficasse por perto.

– Quer que eu escreva a biografia dele – comentei com Jenks, quando ficamos a sós.

Ele concordou com a cabeça.

– Acha que está fazendo história. Sempre achou. Emily costumava anotar as coisas que dizia. Depois que ela se casou, não tem ninguém para isso.

– Por falar em Emily, tem notícias dela? – perguntei, casual.

Ele ficou me olhando e voltou a falar com um pouco do velho antagonismo:

– Por que teria? – respondeu, com frieza. – Ela está casada, tem suas preocupações. Não precisa se misturar com gente como nós.

Depois disso, fiz o que me pediram e mantive um registro das observações do patrão na minha agenda, a mesma na qual um dia anotava meus enleios poéticos.

Mas consegui saber algumas coisinhas sobre as Pinker. Ada tinha ficado em Oxford e casado com um professor da universidade; Philomena estava "badalada", como se dizia, indo a festas da sociedade e saindo com artistas em Bloomsbury. Não havia mais motivo para irem ao escritório do pai. Quanto a Emily, após o casamento, foi afastada dos negócios.

– O trabalho dela agora é ser esposa, mais exatamente, esposa de político – informou Pinker na única vez em que toquei no assunto. – Claro que daqui a pouco terá uma família para cuidar. Enquanto isso, nós cuidamos da empresa.

Ele cuidava da empresa de maneiras cada vez menos convencionais. Por exemplo: sem qualquer aviso, uma greve do cais alterou a entrada e saída de café no porto de Londres. Isso acontecia eventualmente, havia muitas greves naquela época, mas o curioso foram as greves simultâneas nos portos de Antuérpia e Nova York.

O preço para o consumidor comum subiu. Mas na Bolsa foi diferente. O café era mantido nos navios que aguardavam para descarregar: o Tâmisa, o Hudson e o Scheldt falharam como transportadores defeituosos. Ninguém mais podia comprar até esse problema ser resolvido e o preço caiu muito – até o governo brasileiro intervir e apoiar.

Claro que quem estocou café fora do porto de Londres não teve problema: pôde vender com muito lucro. Lembrei-me daquela longa fila de carregadores saindo do armazém de Pinker e fiquei impressionado com a proporção do planejamento dele.

Ele ganhou uma fortuna naquela semana, mas não ficou satisfeito. Queria vencer, não ganhar dinheiro.

– Foi uma luta, Robert. Sondamos a força deles. Mas a verdadeira batalha está por vir.

Passou a explicar para Jenks e a mim como a Bolsa funcionava. Emily me ensinou a degustar, Hector a plantar e Samuel Pinker me ensinou a misteriosa alquimia que cria riqueza na City.

– Este mês, vendemos meio milhão de sacas de café, com lucro de 2 xelins em cada. E se tivéssemos dez milhões de sacas em contrato?

– Não existe tanto café para ser fornecido – disse Jenks, confuso.

– Sim, mas vamos supor. O que aconteceria?

– Teríamos um lucro vinte vezes maior – concluí.

– Exatamente – concordou Pinker. – Acrescentando alguns zeros à nossa posição. Portanto: queremos dez milhões de sacas; onde consegui-las?

– É um enigma, um absurdo – declarou Jenks sem paciência. – O café não existe e nada que digamos vai mudar a situação.

– Mas no futuro vai existir – insistiu Pinker. – E se pudéssemos trazer essa hipótese para o presente, quando será mais útil?

Jenks dava a impressão de que achava aquela conversa ridícula.

Eu disse, devagar:

– Se alguém tivesse um contrato para fornecer esse café num prazo maior...

– Sim? Prossiga, Robert – disse Pinker, ansioso.

– E se você pudesse comprar esse contrato, bom, o valor dele aumentaria ou diminuiria, dependendo se o preço atual mostrasse que ele representava um lucro ou um prejuízo.

– Exatamente – concordou Pinker, satisfeito.

– Mas que diferença faz isso? – perguntou Jenks.

– Significaria, por exemplo, que um produtor podia fazer seguro contra uma futura queda de preços – continuei. – Podia comprar um contrato supondo que o preço fosse cair e lucrar um pouco, compensando os prejuízos maiores de suas safras.

– Sim. Ainda tem mais, Robert, muito mais – apartou Pinker. – Pense nisso como um negócio a prazo, um contrato em quatro dimensões. Pode-se criar tal contrato sem jamais ter cultivado um pé de café na vida, comprando o produto para preencher o contrato, se preciso, mas não seria preciso: ele poderia simplesmente substituir um contrato pelo outro, na hora certa. Ele estaria cultivando... – fez uma pausa, procurando a palavra.

– Estaria cultivando dinheiro, e não café – disse eu.

– Mas o que isso tem a ver conosco? – perguntou Jenks, em tom de lamento. – Temos um café, o Castelo. As pessoas bebem. Preferem nossa marca às concorrentes. Temos a obrigação de garantir que continue lá, nas prateleiras, não só em hipótese.

– Sim – disse Pinker, com um suspiro. – Temos um café e você tem razão, Simon. Não podemos nos distrair muito com o negócio a prazo. Por mais fascinantes que sejam as possibilidades.

Jenks achava que o nosso patrão tinha ficado meio doido. Sem dúvida, Pinker tinha algumas ideias estranhas. Uma vez, entrou de supetão na sala que Jenks e eu passamos a dividir e anunciou que teríamos de acompanhar os boletins meteorológicos.

– Desculpe, o que o senhor disse? – perguntou Jenks, confuso.

– Mais exatamente, estava me referindo às geadas. Elas matam milhões de pés de café no Brasil, mas parece que são imprevisíveis. – Fez uma pausa. – E se elas ocorrem em ciclo? E se, digamos, um verão seco na Austrália ou um tufão na Jamaica puderem causar uma geada nas montanhas brasileiras?

– Nunca ouvi falar nisso.

– Então pensem, sim? Eu tenho um sexto sentido para essas coisas.

Assim, contatamos várias associações meteorológicas e vieram à Narrow Street homens estranhos, com aparelhos mais estranhos ainda. Um deles trouxe uma engenhoca que tinha uma dúzia de lesmas vivas presas a sininhos por arame; quando as condições atmosféricas eram ruins – às quais, segundo ele, as lesmas eram particularmente sensíveis –, elas se encolhiam, fazendo tocar os sinos. Outro sujeito disse que a temperatura era condicionada à conjunção dos planetas, como um horóscopo; outro ainda, garantiu que a chuva de verão no Pacífico era certeza de geadas no inverno brasileiro. Pinker ouvia todos eles com a mesma atenção. Mas de repente gritava agitado, "Provas! Eu quero provas!", e esperava o próximo charlatão vir nos enganar.

Às vezes, ele se referia a ações, cotas e outras formas entendidas somente por especialistas de contrato como sendo *instrumentos financeiros*. Era uma descrição adequada: ele parecia um músico ou um maestro regendo grandes sinfonias de fluxo de caixa com gestos bem no compasso.

Jenks não ouvia essas melodias invisíveis. Acho que ele se considerava o homem prático, o criado diligente que garantia que o excêntrico patrão estivesse sempre de camisa limpa e meias nos pés. Na época, Jenks era o contato com a agência de publicidade e também negociava os acordos com a Sainsbury e a Lipton. Ele estava completamente à vontade naquele mundo de senso comum, no qual as mulheres compravam café porque assim seriam melhores esposas e os lojistas compravam para ter um lucro melhor. Só se aturdia com o mundo da Bolsa, que era mais filosófico e irreal.

Um dia, Pinker me disse:

– Você tem faro para as finanças, Robert.

– É pouco provável, já que nunca passei mais de dois dias sem dívidas na minha vida.

– Não estou falando de dinheiro, mas de finanças, que é outra coisa. E desconfio que a causa seja exatamente a forma como você vê a dívida. Simon acha que fazer empréstimos é ruim, que o dinheiro precisa ser ganho com trabalho, e os credores, pagos. Mas nesse novo mundo de cafés hipotéticos e negócios a prazo podem-se comprar e vender dívidas e contratos com tanto lucro quanto se vendem grãos. – Olhou bem para mim, batendo os dedos na mesa. – Não está vendo, Robert? Não somos mais comerciantes de sacas e grãos. Somos comerciantes de *obrigações*.

Setenta

O mesmo café, servido ao mesmo tempo para pessoas diferentes, vai mostrar pequenas diferenças aromáticas.

Da mesma forma, o mesmo café mostrará pequenas características diferentes quando servido à mesma pessoa em momentos diferentes.

– Lingle, *The Coffee Cupper's Handbook*

A essa altura, como Hunt previu, eu quase não tinha mais convites para escrever artigos nos jornais e fazer palestras. Porém fui a uma recepção em Pimlico mais para me fartar de canapés e vinho do que por vontade de contar novamente a história de Teruda.

E lá estava ela.

De costas para mim, mas reconheci-a imediatamente. Conversava com alguém, assim que ficou de perfil vi que tinha mudado. Parecia mais cansada e os cabelos, embora cortados na nova moda, não brilhavam tanto.

Ela não fazia parte do grupo que bebia minhas palavras, mas o marido fazia e chamou-me, como um idiota.

– Posso lhe apresentar minha esposa? Emily se interessa muito pela África, Sr. Wallis.

Ela apertou rapidamente minha mão, com uma expressão inescrutável.

– A Srta. Pinker e eu somos velhos conhecidos. Trabalhamos para o pai dela – disse eu.

– Ela não é mais Srta. Pinker – declarou enrubescendo.

– Claro, desculpe, Sra...?

– Brewer, Arthur Brewer – disse ela.

– E quero deixar claro que ela nunca trabalhou para o pai – corrigiu Brewer, nervoso, olhando em volta para ver quem ouvia. – Antes de se casar, ela costumava ajudar na papelada da empresa e tal, mas atualmente tem muitos afazeres como minha esposa.

– Bom, não há mal algum em trabalhar – observei.

– O senhor trabalha, Sr. Wallis? – perguntou franzindo o cenho, de leve.

– Não tanto quanto deveria.

– Voltou a ser um *boulevardier*? – perguntou, com um toque da velha rispidez.

– Eu quis dizer que não trabalho o bastante para preencher meu tempo. Seu pai me mantém na equipe, mas tenho pouco a fazer lá.

– Ah, mas o senhor é escritor – disse Brewer. – Li vários artigos seus sobre a África, eram muito evocativos, quase se podia sentir o cheiro da areia... – e mudou de assunto e continuou a falar, enquanto eu continuava com os olhos fixos na mulher dele.

É, ela havia mudado. O rosto era menos corado, e as feições, mais duras. Os olhos estavam levemente vermelhos, como se ela não dormisse o suficiente. E o olhar tinha uma agressividade que não existia antes.

Brewer continuava palrando. Era evidente, ele não sabia que a esposa e eu tínhamos sido noivos. Fiquei pensando nisso. Por que ela não contou? Talvez, pensei, qualquer mulher quisesse manter segredo da forma como a tratei.

Era inútil. Eu não podia falar com ele ali e, além do mais, as pessoas estavam começando a olhar: o marido podia não saber da nossa ligação anterior, mas alguns presentes na sala sabiam e, pelo canto do olho, vi duas mulheres já cochichando. Avisei a Brewer:

– Concordo com tudo o que o senhor disse até aqui, o que me leva a crer que certamente concordarei com tudo o que tem a dizer, portanto não há muito sentido em prolongar nossa conversa. – Cumprimentei a esposa com a cabeça: – Sra. Brewer, prazer em revê-la.

Fui para o outro lado da sala. Atrás, ouvi Brewer dizer: "Ora!" num tom ofendido. Não me importava por tê-lo ofendido; só queria saber se a esposa viria atrás de mim.

Não veio, nem podia, com tanta gente nos olhando. Eu estava preparado para aquilo. Dei a volta na sala falando rápido com um, com outro... caminhando, como por acaso, para lugares mais calmos, cantos discretos.

Mesmo assim, ela não veio. Até que, finalmente, quando a sala estava começando a esvaziar, ela estava atrás de mim, botando uma taça vazia numa bandeja pegando outra cheia.

– Diga uma coisa – perguntei, baixo. – Você está feliz no casamento?

Ela se empertigou.

– Você é bem direto.

– Não há tempo para diplomacia. Está feliz com aquele homem?

Ela deu uma olhada para onde Arthur continuava se exibindo.

– O casamento tem por meta a felicidade?

– Vou considerar isso um não. Posso vê-la?

Ela ficou calada um instante.

– Onde?

– Você diz.

– Vá amanhã às 4 horas da tarde à Castelo Street. – Ela deixou a taça na bandeja. – Sabe, Robert, você ficou realmente muito impetuoso – disse, baixo, ao se afastar.

Impetuoso: era uma palavra para descrever o que senti ao olhar por aquela sala e vê-la de perfil – antes do olhar de desgaste e acusação que ela me deu –, foi uma emoção impetuosa, sem dúvida. Mais que isso, até.

Desejei muitas mulheres na vida; senti ternura por algumas; afeto e admiração por poucas. Algumas foram um desafio; outras, uma diversão; outras ainda, tinham uma lascívia que era uma espécie de doce tormento estático.

Mas senti apenas por uma mulher aquela terrível dor, aquele vazio sufocante e desesperado. Piorava ainda mais a situação saber que poderia muito bem não ter sido assim; que um dia tive a plenitude quase ao meu alcance e joguei-a fora, esmaguei-a com a mesma certeza e selvageria que uma criança amassa uma amêndoa com uma pedra.

Amor sem beijos não é amor, cantavam os guerreiros da tribo gala. Então, o que é? O que sobra quando o desejo acaba? Como se chama essa coisa sem beijos, que queima mais do que um beijo – essa coisa mais terrível do que o amor?

Sem ela, estou vazio, um jarro à espera de ser enchido.

Sem ela não sou nada, um livro sem palavras.

No dia seguinte, cheguei às 16 horas e ela não estava. A cafeteria estava fechada, as janelas trancadas e o ar decadente mostrava que fazia algum tempo que não funcionava. Observei que, embora Pinker tivesse mudado a placa Taverna Pinker da Moderação, não resistiu em dar uma indicação de seu propósito filantrópico. Sob as janelas, escrito na madeira escura, uma citação dizia: *Pois ele será grande diante do Senhor, não beberá vinho nem bebida forte*. Era de se esperar que o lugar encalhasse.

Andei de um lado para outro, esperando. Eram mais de 17 horas quando ela finalmente veio pela calçada na minha direção.

– Aqui – disse ela, mostrando uma chave.

Segui-a e entrei. As mesas de mármore estavam cobertas de poeira, mas a máquina de fazer café atrás do bar parecia limpa. Emily foi até um armário e pegou um jarro de grãos de café.

– Estes são frescos.

– Como tem certeza?

– Eu mesma comprei, na semana passada.

– Por quê? – perguntei, sem entender.

– Às vezes, venho aqui sozinha para beber um café bom. O que temos em casa é horroroso. E de vez em quando preciso de um lugar tranquilo para encontrar... certas pessoas. Um lugar que meu marido não conheça.

– Sei.

– Sabe? – perguntou me olhando com rispidez.

– Não vou julgá-la por ter amantes, Emily. Deus sabe que eu também tive.

Ela moeu o café e o aroma encheu a sala.

– Tem algum, no momento? – perguntei.

– Amante? – perguntou sorrindo.

– Qual é a graça?

– É que você anda muito direto. Não, não tenho amante no momento. Ando muito ocupada para isso.

Olhei-a um pouco.

– Que tipo de café é esse?

– Pensei que você soubesse sem eu dizer.

Fui até ela e cheirei os grãos que estava moendo. O cheiro era forte, mas não tão floral quanto os cafés que conheci na África: tinha uma vivacidade também, uma acidez de limão.

– É jamaicano – disse eu.

– Não, é queniano, grãos graúdos. Está no mercado há pouco tempo. Consigo com um importador de Spitalfields.

– Pelo jeito, essa é outra coisa que entendi mal.

Quando o café ficou pronto, ela levou-o para uma das mesas. Peguei minha xícara: assim como uma nota de limão e de aroma, tinha uma composição forte de cassis. – Faz tempo que não tomo um tão bom. Estou surpreso de você ainda ter essas cafeterias.

– Nós não temos. Elas deram prejuízo e tivemos de vender. Mas quando descobri que os novos donos pretendiam transformá-las em bares de novo, quis ficar com essa aqui. Acho que Arthur nem percebeu que existe, só se interessa por ações e lucros, coisas que dão dinheiro. – Ela suspirou. – É a lei da selva, não? Sobrevivência do mais forte e o resto que se dane.

– Como vivi algum tempo na selva, garanto que as leis lá são um pouco mais complexas do que se pensa – disse eu.

Ela descansou a xícara na mesa:

– Robert?

– Sim?

– Pode me contar como Hector morreu?

Então, contei tudo, só deixando de lado o detalhe dos olhos e testículos. Enquanto eu falava, ela chorou, as lágrimas escorreram em silêncio pelo rosto. Não tentou enxugá-las e, apesar de eu ter vontade de beijá-las sobre a pele clara, não fiz qualquer gesto nesse sentido.

– Obrigada – disse ela, baixo, quando terminei. – Por me contar e pelo que você fez. Sei que não gostava de Hector, mas fiquei contente por estar lá quando ele morreu. Deve ter sido um consolo para ele.

– Você o amava.

– Eu era muito jovem.

– Mas o amava... – Foi a minha vez de ficar indeciso. – Com intensidade. Não como gostava de mim.

Ela virou o rosto.

– O que você quer dizer?

– Como você disse ao seu pai naquela manhã no escritório, você e eu éramos amigos e não amantes.

Lá fora, houve um barulho inesperado quando um bando barulhento de crianças correu pela rua, arranhando com pedaços de pau o gradil da cafeteria. Alguém deu um grito de animação, depois sumiram.

– Eu disse ao meu pai que queria me casar com você. Devia ter sido suficiente, claro.

– Mas estava apaixonada por Hector.

– Já tinha terminado há muito tempo. Você deve saber, já que leu minhas cartas. Ele preferia a liberdade de solteiro. E você... – ela finalmente me fitou com olhos acusadores – se apaixonou logo por outra.

– Foi.

– Quem era?

– Chamava-se Fikre – respondi, dando de ombros.

– E você... amou-a por inteiro? – perguntou, fazendo um gesto irônico.

– Creio que sim.

– Sei.

– Emily... andei pensando muito, nos últimos anos. Pedi para nos encontrarmos porque queria me desculpar.

– Desculpar!

– Sim, por causa da minha carta, foi indelicada.

– Indelicada!

– Gostaria muito que você me perdoasse.

– Vamos ver se entendi, Robert – disse, colocando a xícara com firmeza sobre o pires. – Você pede que eu perdoe a forma como terminou o nosso noivado, só isso?

– Talvez haja outras coisas...

– Bom, vamos pensar que outras coisas podem ser – disse ela. – Você pediu minha mão em casamento ao meu pai sem jamais me avisar que ia fazer isso. Depois das tardes em que estivemos juntos, você passou todas as noites nos bordéis de Covent Garden. Pensa que eu não sabia? Jenks viu você lá mais de uma vez e adorou me contar, acredite. Você foi embora para a África no maior mau humor e me escreveu aquelas cartas horrorosas, deixando claro que se sentia preso numa armadilha, antes mesmo de se apaixonar por outra...

– Garanto que eu faria qualquer coisa para corrigir isso – disse, com os olhos para baixo, fitando a minha xícara.

Ela deu um sorriso irônico.

– É tarde demais? – perguntei.

– Tarde demais para quê?

– Para deixar tudo para trás. Para começar de novo.

– Para ser a sua... para ser o que aquela mulher era para você? – perguntou incrédula.

Olhei-a. Duas bolas rosadas apareceram no rosto. Eu disse, devagar:

– Até fazermos aquilo, até nossos corpos se unirem, é como cheirar e não provar. Podíamos muito bem estar falando no telefone. Quero abraçá-la e ficar dentro de você e fazermos o outro sentir... bom, não posso explicar em palavras, mas talvez você já saiba. Só posso dizer que aprender a sentir prazer, o prazer do amor, é como aprender a degustar. Seu paladar muda da mesma forma que quando se aprende a tomar café.

– Foi isso que aprendeu em suas viagens? A insultar as mulheres? – perguntou, furiosa.

– Pensei que continuar com o mesmo sentimento por você depois de tanto tempo fosse um elogio – resmunguei.

– De todo jeito, é completamente impossível.

– Por causa de Arthur?

– Não do jeito que você pensa.

– Talvez com o tempo...

– Não, você não entende. Primeiro, porque não sou esse tipo de mulher. Não reclame, Robert, não há nada que possamos fazer sobre isso. E, segundo, porque não posso encarar um escândalo.

– Mas e os outros homens que você encontra aqui?

– Aqui, eu encontro mulheres.

– Ah... Mas por quê? – perguntei, intrigado.

Ela me encarou.

– Precisamos de um lugar discreto para planejar nossas ações ilegais.

Continuei sem entender.

– Sou o que chamam de sufragista – explicou. – Apesar de detestarmos esse nome. Tentativa da imprensa de fazer com que pareçamos mulheres bobas e inúteis.

– Ah. – Pensei no que ela disse. – Fizeram algumas ações ilegais... picharam frases nos muros, tentaram se manifestar no parlamento...

– Fomos nós. Pelo menos, uma parte.

– O que acontece se forem detidas?

– Iremos para a prisão. Não se trata de "se", mas de "quando".

– Você deve ter sorte.

Ela negou com a cabeça.

– Chegará uma hora em que o movimento precisará de prisioneiras – mártires, se você preferir. Imagine, Robert: aquelas "moças bobas", aquelas "sufragistas" prontas para serem presas pela nossa causa. Aí, eles não vão conseguir nos chamar de sexo frágil.

– E o seu marido?

– Não sabe. Mais cedo ou mais tarde, vai descobrir. Mas estou preparada.

– Talvez ele se divorcie de você.

– Não. Ia causar má impressão.

– E... por que isso é tão importante? Quer dizer... poder eleger um parlamentar... mandar algum imbecil arrogante como Arthur para o parlamento... vale a pena arriscar ser presa por isso?

– É o único jeito que resta – afirmou com absoluta certeza. – Eles nos prometeram tantas vezes e mentiram em todas. Será que um parlamentar tem importância? Talvez, não. Mas poder votar, admitir que nós mulheres somos seres humanos com direitos iguais a qualquer homem, tem importância. Quando um exército avança, Robert, não são eles que escolhem o local da batalha, mas os que querem impedi-los. O direito de votar, ter um representante é o ponto no qual nossos opositores montaram seu palanque. O parlamento é a fortaleza deles. Portanto, precisamos atacá-la, ou aceitar para sempre que não somos iguais a eles.

– Sei.

– Você nos ajuda?

– Eu! – exclamei, pasmo. – Como?

– Essa cafeteria... se o nosso grupo aumentar, precisaremos de lugares assim para deixar recados, fazer reuniões e dar informações aos interessados. Eu estava procurando alguém para administrar isso. Ontem, quando você disse que tinha tempo de sobra, concluí que poderia fazer isso muito bem. Posso pedir para meu pai liberá-lo à tarde, pelo menos. Tenho certeza que ele concorda e você poderia morar em cima da loja, há dois andares vazios, você não pagaria aluguel.

Neguei com a cabeça.

– Fico muito orgulhoso, Emily, mas você deve ver que é impossível. Publiquei artigos, as coisas estão começando a acontecer. Não posso mais abrir mão da minha liberdade.

– Ah, sim, entendo perfeitamente – disse ela, num súbito ataque de raiva. – Você acabou de dizer que faria qualquer coisa para reparar suas ações, era só mais uma pose, não? Quando me pediu para dormir com você, foi só um discurso bonito? Você fala muito bem sobre os prazeres do sexo, desde que seja um prazer sem responsabilidade, só mais uma de suas "sensações intensas". Lembra-se dessa frase, Robert? Foi assim que descreveu como era me beijar. Demorou muito até eu perceber como aquilo era horrível... mostrava como você me via. – Ela olhou bem para mim e disse: – É melhor você ir embora.

Fez-se um longo silêncio.

– Ah... está bem – concordei.

– Então o que está esperando? Vá. – Ela virou-se, preparando-se para me ignorar.

– Não, eu quero dizer está bem, administro o seu maldito café.

– É mesmo? – Ela parecia surpresa.

– Eu disse, não foi? Não pergunte o porquê. Pareço ter a ridícula incapacidade de dizer não a qualquer pessoa da sua família.

– Será uma empreitada e tanto. Depois que ficarem sabendo que nossas reuniões são aqui... É melhor você ter um cabo de picareta atrás do bar.

– Tenho certeza que vamos conseguir.

– Entendeu que nunca vou dormir com você? – perguntou franzindo os olhos.

– Sim, Emily, entendi.

– E o salário será bem pequeno. Você não poderá ter seu habitual harém de prostitutas e concubinas. Por que está sorrindo?

– Lembrei-me de uma negociação com Pinker sobre as condições do emprego. Tenho certeza que, qualquer que seja o meu salário, será o bastante para minhas modestas necessidades.

– Modéstia não é uma palavra que eu associe imediatamente a você.

– Então talvez eu possa surpreendê-la. Mas tenho algumas condições.

– Quais são?

– Quero tirar aquelas ridículas frases lá de fora. Senão, as pessoas virão aqui pensando que vou fazer uma palestra sobre as alegrias da sobriedade.

– Certo. O que mais?

– Não quero *blends* de café. Estarei perdido se, depois de beber cafés do mundo inteiro, eu misturá-los numa borra sem nome.

– E você acha mesmo que pode lucrar assim?

– Não faço ideia. Mas quer mesmo saber? Só espero não perder – disse eu.

Ela estendeu a mão e declarou:

– Nesse caso, Robert, estamos combinados.

Setenta e um

A experiência é essencial para desenvolver uma completa linguagem do sabor, entender o grande número de variações latentes no cheiro e as sensações específicas do gosto da bebida que conhecemos como café. É preciso tempo para adquirir esse tipo de experiência. Não há atalhos.

– Lingle, *The Coffee Cupper's Handbook*

Emily se enganou: a princípio, Pinker não aceitou a nossa proposta. Concluí que ele ficou preocupado com a indecência, com o fato de a filha casada empregar alguém que um dia foi próximo dela. Insisti que meu papel seria apenas de ajudar a instalar o lugar e ele acabou cedendo.

– Só uma coisa, Robert, lembre que não podemos fazer o relógio andar para trás. É melhor esquecer nossos fracassos. É o sucesso que nos conduz ao futuro.

Na época, não entendi bem se ele se referia à África ou ao fato de eu não ter casado com a filha dele. Outra possibilidade só me ocorreu muitos anos depois: ele podia estar se referindo não a mim, mas a ele mesmo e suas relações com Emily.

Fiquei ocupado nas semanas seguintes. Havia operários de construção a supervisionar, equipe a contratar e advogados para lidar, pois tivemos um pequeno problema por não podermos mais chamar o local de Café Castelo; acabamos rebatizando de Cafeteria da Castelo Street e todo mundo ficou satisfeito. Encontrei Frederick Furbank, importador que fornecia café queniano para Emily. Para surpresa minha, ele me conhecia de nome e ficou até orgulhoso de ser apresentado.

– Robert Wallis? – exclamou, dando tapinhas na minha mão. – Aquele que criou o Guia Wallis-Pinker? Saiba que uma versão modificada foi adotada por todos os pequenos comerciantes. Espere só até eu dizer aos outros que estou comprando café para Wallis! – Era estranho pensar que minha criação adquiriu vida própria. Mas não sentia muito orgulho pela autoria; na verdade, a força motriz tinha sido Pinker, não eu.

Furbank e eu degustamos alguns cafés e fizemos uma seleção inicial. Era incrível ver a rapidez com que os africanos estavam vencendo os sul-americanos em termos de qualidade e como os cafés de processamento úmido estavam passando à frente dos a seco... Alegres, usamos o jargão do comércio deste ramo durante várias horas e no final vi que Emily tinha um fornecedor que não iria enganá-la.

Depois que a cafeteria abriu, tive outra forma de ocupação: supervisionar os garçons, acompanhar o funcionamento da máquina Toselli e até lavar xícaras e pratos, quando preciso. Desde o princípio, muitas mulheres iam lá à procura de informação. Era sempre possível identificá-las – entravam no café com uma expressão ao mesmo tempo determinada e ansiosa, como se precisassem se fortalecer para dar aquele passo irrevogável.

O número de militantes sufragistas (da "causa", como elas diziam), aumentava rapidamente, alimentado por notícias nos jornais sobre os acontecimentos em Manchester e Liverpool. Emily e suas conspiradoras passavam horas na sala dos fundos debatendo tudo – a formação do grupo, a ética, o que era ou não uma ação legítima, argumentos favoráveis. Para um movimento cuja palavra de ordem era "Fatos, não palavras" havia sem dúvida uma terrível quantidade das últimas. Elas falavam em incitar Londres inteira, mas pareciam jamais ter selos suficientes para os folhetos de convocação.

Na verdade, eu às vezes achava que tudo não passava de um entusiasmo, uma aventura de garotas. Mas, no final das intermináveis reuniões, elas punham os chapéus, amarravam o cadarço das botas e, em vez de voltarem para casa de ônibus, saíam em duplas, com baldes e cal para pichar frases nos prédios do governo ou colar manifestos nos muros. Molly, Mary, Emily, Edwina, Geraldine e as outras, não eram mais "rainhas do lar", mas rainhas da vingança. Confesso que suas escapadas noturnas me deixavam muito apreensivo. Era difícil largar a doutrinação que tive desde pequeno, de que as mulheres eram criaturas frágeis.

– Você não precisa ficar aí de cara feia – disse Emily uma noite, enquanto se preparava para colar cartazes na ponte Chelsea. – Se está preocupado, venha conosco.

– Por que acha que estou preocupado?

– Pelo jeito como esfregou tanto aquela xícara que quase fez um buraco. Eu estarei muito bem, mas, se quiser, venha. Aliás, você seria útil, pode segurar o balde enquanto passo a cola.

– Muito bem. Se precisa de mim, vou.

– Eu não disse que precisava, Robert. Disse que você seria útil.

– Tem diferença?

– Como diria meu pai, são coisas distintas.

Na rua, pegamos tílburis: cinco senhoras com rolos de declarações debaixo dos braços, cada uma com um pequeno balde de cola e um pincel, mais eu. Se o governo um dia resolver acabar com essa revolta, pensei, não vai ser muito difícil.

Emily e eu descemos no Embankment. Ela começou a desenrolar os cartazes, mas, apesar da neblina, havia um vento forte, não era fácil passar a cola.

– Você não conseguiria fazer isso sozinha – disse eu, enquanto um cartaz voava pela ponte pela quarta vez. Corri para pegá-lo.

– Bom, você tem a satisfação de verificar que, afinal, era necessário – disse ela, rabugenta, segurando o chapéu na cabeça para não voar.

– Você está aborrecida!

– Claro que estou. Não consigo que os malditos cartazes colem no muro. – Entregou uma pilha de cartazes para mim. – Já que você é tão útil, cole esses.

– Com prazer.

Colei-os enquanto ela olhava.

– K.V. – disse ela, de repente.

– O quê?

– É uma senha para avisar que a polícia chegou – informou ela.

– Ah, você quer dizer *cave*, do latim *cave canem*, cuidado com...
– Olhei do outro lado da ponte. Dois policiais vinham na nossa
direção pela Lambeth Street. – Na verdade, diz-se "corra"!

Ouvimos um apito e passos pesados pela ponte.

– Mais depressa – avisei, segurando-a pelo cotovelo.

Fomos em direção à Parliament Square, colando cartazes em todos os prédios públicos. Perto da ponte Westminster, vimos um
carro. Tinha estacionado no meio-fio e naturalmente o motorista
saiu para comer alguma coisa. O capô tinha uma bandeirola do
governo.

– Esse carro é do ministro do Interior – disse Emily.

– Tem certeza?

– Sim, Arthur o conhece. Venha, vamos colocar um cartaz
nele.

– O quê?!

– É uma ótima oportunidade – disse ela, impaciente. – É bem
mais provável ele ler um cartaz colado no carro do que numa
ponte. Para garantir, jogamos alguns dentro do carro também.

– Mas Emily... não pode fazer isso.

– Por quê? – Ela já estava desenrolando meia dúzia.

– Porque... bom, é um carro. É uma linda máquina, uma coisa
bonita.

– Ah, nesse caso – disse ela, sarcástica –, vamos dar uma volta
até encontrar alguma coisa feia e colamos nela, certo? Robert, não
posso fazer nada se o ministro do Interior tem um carro especialmente maravilhoso para andar por aí. A mensagem é que interessa.

– Mas pense no coitado do motorista... o problema para ele.

– É uma pena, mas eis aí – disse, passando cola na parte de trás de quatro ou cinco cartazes. – Fique atento, certo?

– Isso não está certo – reclamei, mesmo fazendo o que pediu.

– O problema com as mulheres, Robert, é que não somos cavalheiras – disse, enquanto grudava o primeiro cartaz no lindo metal do carro. – E não no jogo, mas no combate.

– Ei! – alguém gritou. Virei. Nossos amigos policiais tinham nos visto novamente.

Percorremos várias ruas laterais até por fim eu levá-la para a entrada escura de um casarão. Esperamos, ouvindo. As ruas estavam silenciosas.

– Acho que eles se perderam. Melhor darmos cinco minutos, por segurança – eu disse.

– Isso não é maravilhoso? – perguntou ela, de olhos brilhantes.

– Maravilhoso? – respondi, sem acreditar.

– Você sempre quis ser rebelde. Agora, conseguiu.

– E você é minha ajudante.

– Pelo contrário, claro. *Você* é meu ajudante, e, por sinal, muito bom, aliás.

Não pude evitar; aqueles olhos brilhantes, os lábios trêmulos, o peito que subia e descia enquanto ela recuperava o fôlego... tudo tão parecido com uma situação em que alguém quer ser beijada que a beijei.

Ela retribuiu, eu tinha certeza: demorou com os lábios nos meus, com um suspiro de prazer. Mas quando fui repetir, ela impediu colocando a mão no meu peito.

– Precisamos achar uma esposa para você, Robert – disse, baixo.

– O que quer dizer?

– Você e eu... agora somos amigos, não é? Trocamos as trivialidades do romance pelos laços mais profundos da camaradagem.

- Não zombe de mim, Emily.

– Desculpe, eu estava só tentando não levar a questão a sério, acho. Mas o que eu disse antes é sério, nós somos amigos. Se quer mais que isso, tem que procurar outra pessoa.

– Não quero outra pessoa – disse eu. Mas soltei os ombros dela.

Setenta e dois

Aos poucos, fiz outras mudanças na cafeteria: aumentei o número de mesas, dependurei cartazes coloridos como os que vi nos cafés da Itália e França e instalei uma prateleira comprida atrás do balcão para garrafas de absinto e outros aperitivos. Emily aceitou tudo sem comentários mas, quando gastei a féria de uma semana numa grande vitrine de penas de pavão, ela me fez parar.

– Que diabo é isso, Robert?

– O Café Royal tinha um enfeite parecido com esse. Dá um clima no ambiente, não acha?

– Clima é exatamente o que *não* queremos – disse ela, firme.

– Hã?

– Na verdade, com clima você quer dizer o ambiente decadente de um bordel parisiense. Não, deixe eu terminar a frase, dá a impressão de uma coisa superficial. Aqui, precisamos de conversa e troca de ideias, não penas e futilidades. Penso num lugar mais parecido com a sala de reunião de metodistas: simples, sério e funcional.

– Por que, diabos, alguém iria a um lugar assim?

– Robert, parece que você não reparou que planejamos uma revolta de massa. As pessoas virão por causa da política, não pelas penas de pavão. Quanto ao seu absinto, alguém por acaso já pediu uma dose?

– Ainda não – admiti. – Suas sufragistas são abstêmias.

– Ainda bem. Vamos servir café e acabar com essa história.

Obedeci, mas achando que as sufragistas ficariam contentes do mesmo jeito tomando chá, ou até água. Desperdiçava o pouco de conhecimento que eu tinha naquele local.

O governo tinha aprendido com o sucesso das sufragistas em Manchester; por isso, adotou uma política diferente em Londres, de depreciar as militantes. Passavam a ideia de que elas eram mulheres muito nervosas, sem nada para fazer, em vez de retratá-las como uma ameaça à ordem natural das coisas, imagem transmitida no norte do país.

PUDIM PARLAMENTAR

Pegue uma jovem e inexperiente sufragista, acrescente uma fatia grande de autoestima e tempero a gosto; deixe ficar na entrada do gabinete de um ministro até aquecer ao máximo. Misture com um ou dois policiais, role bem na lama e, enquanto ainda estiver quente, passe numa delegacia de polícia. Deixe ferver lentamente e enfeite com molho de martírio. Custo: um pouco de amor-próprio.

– É tão desanimador – disse Emily, jogando o *Daily Mail* em cima da mesa. – Parecemos mosquitos atacando um rinoceronte.

– Mas até mosquitos incomodam, quando vêm em nuvens – disse Geraldina Manners. – Temos de fazer uma passeata.

Edwina Cole suspirou.

– O *Daily Mail* certamente vai dizer aos leitores que senhoras decentes não fazem passeatas.

– Então não vamos chamar de passeata, mas de procissão, eles não poderão ser contra senhoras indo a uma procissão.

A procissão foi planejada para o domingo de Páscoa. Os jornais chamaram de Cavalgada das Valquírias e Carga dos Soldados de Anágua, mas, àquela altura, nada mais importava para Emily.

– Quer que eu vá com você? – perguntei.

– Por que não?

– Levo o meu cabo de picareta?

– Ah, não creio que vá precisar. Estamos só fazendo uma procissão, a batalha árdua pode esperar.

A passeata, ou melhor, a procissão seguiria de Trafalgar Square a Westminster, onde apresentariam seu abaixo-assinado ao parlamento. Emily não tinha ideia de quantas pessoas viriam. Duzentas, informou o *Daily Mail*. Não sei como fizeram o cálculo, acho que era a média para um número que justificasse ser notícia e, ao mesmo tempo, fosse tão pequeno que não representasse uma parte significativa da população.

Demos a partida bem antes do horário previsto. Primeiro, achei que Emily fez bem, pois o local já estava cheio. Depois, desanimei ao ver quantos homens circulavam por lá. Umas cinquenta mulheres e alguns homens simpatizantes aguardavam nervosos, parecendo vulneráveis no gramado que ficava no meio da praça.

Quando começamos a andar pela praça, um policial nos deteve.

– Se ficar aqui, vamos te prender por prejudicar a circulação na calçada – disse ele para Emily. Alguns homens que nos olhavam aplaudiram, animados.

– Não estou na calçada – retrucou Emily, calma.

– Ah, está sim – disse o policial, puxando Emily à força para a calçada. Ela se assustou; depois, ouvi gritos dos homens que estavam atrás:

– Empurrem!

A massa de corpos masculinos veio para a frente e derrubou-a na rua.

Virei para o policial, pasmo.

– Vai deixar que eles façam isso com uma dama?

Ele me olhou sem qualquer expressão.

– De que dama está falando?

Não éramos mais de sessenta quando, finalmente, saímos cercados por uma multidão de duzentas pessoas. Alguns mostravam os punhos, outros gritavam grosserias, mas a maioria apenas olhava as mulheres com um interesse afrontosamente sexual. A hostilidade eventual passou a violência. Duas manifestantes carregavam uma faixa com palavras lindamente bordadas dizendo Comitê das Operárias Têxteis de Cheshire. Vi três homens correndo na direção delas. Arrancaram a faixa, jogaram no chão e pisaram em cima até ficarem só uns sarrafos quebrados e panos rasgados numa poça. Mais policiais observavam, a alguns metros de distância.

Havia poucos homens participantes, mas éramos um alvo especial. No começo, não entendi por que os opositores cacarejavam até ouvir também gritos: "Controla o galo, galinha!, Lava os pratos!"

Senti Emily segurar meu braço enquanto andávamos e ela disse:

– Não se incomode.

– Pelo contrário – disse eu. – Estou achando muito agradável ser confundido com o seu marido.

Assim que chegamos a Westminster, os desafetos começaram a cuspir, e alguns eram muito prolíficos: grandes cusparadas voavam à nossa volta. Uma delas caiu no paletó de Emily e ficou dependurada na lapela como um broche pegajoso e transparente.

– Vão precisar se esforçar mais – disse ela, lastimando, e pegando um lenço.

Ao entrarmos na praça Westminster, a multidão atrás de nós começou a empurrar. À nossa frente, bloqueando o caminho para o parlamento, havia uma fila de policiais montados. Parecia que, no final das contas, não poderíamos deixar de apresentar o nosso abaixo-assinado, nem voltar.

Ao redor, os gritos aumentaram, enquanto os curiosos aproveitavam a nossa parada para nos provocar mais. De repente, houve um tumulto à nossa direita. Um grupo de homens entrou na passeata, segurou as mulheres e jogou-as no chão.

– Por que a polícia não faz nada?

– Finalmente, eles estão se mexendo, olhe.

Era verdade: a polícia pegou seus cassetetes mas percebi, enojado, que afastavam as sufragistas e não os agressores. Elas gritaram. Não podíamos fugir, a multidão que, assustada, estava à nossa volta era muito grande e éramos empurrados de um lado para outro como mariscos num rochedo, sem sair do lugar. De uniforme azul e com seus cassetetes, eles estavam tão próximos que podíamos tocá-los. Vi o suor no rosto vermelho do policial mais próximo, quando jogou uma mulher no chão. Ela chutou, ele deu com o cassetete nas canelas dela.

– Fique atrás de mim – recomendei para Emily.

– Não vai adiantar.

– Mas fique.

Virei e segurei-a, ficando de costas para aquela onda azul de policiais que se preparava para nos atacar.

Esperei horas numa cela de prisão, ensanguentado, machucado e preocupado.

A lealdade é estranha. Pode ser intelectual e também visceral, forçada pelos fatos. Eu não tinha porque me interessar pela causa feminina. Mas fiquei ao lado delas quando foram atacadas e de repente vi que o que tentavam fazer era justo. Se as reivindicações sufragistas eram tão sem importância quanto diziam os jornais, por que usavam tantos argumentos para recusá-las? Se as mulheres fossem mesmo criaturas tão gentis e preciosas, por isso entravam primeiro nos lugares e eram protegidas do trânsito, ficando na parte interna das calçadas, por que jogá-las no chão ao primeiro sinal de discórdia? Seriam elas realmente o sexo frágil, ou isso era só uma invenção dos homens para podermos mantê-las frágeis?

Enquanto essas perguntas irrespondíveis pipocavam na minha mente, a porta da cela foi aberta. Um policial olhou lá dentro e disse:

– Venha comigo.

Ainda de algemas, fui levado pelo corredor até uma sala escura revestida de azulejos brancos como um banheiro. O marido de Emily estava sentado a uma mesa de aço. Ao lado dele, tinha um sujeito sério, de terno preto.

– Wallis, eu deveria ter desconfiado – disse Brewer, me olhando com desprezo, de cima a baixo.

– Desconfiado do quê?

Ele se inclinou para trás na cadeira, enfiando o polegar no bolso do relógio do colete.

– Quando me disseram que minha esposa e eu tínhamos sido presos, fiquei preocupado. Estar em dois lugares ao mesmo tempo já é difícil, mas provocar um tumulto do lado de fora do parlamento e, ao mesmo tempo, denunciá-la lá dentro é, sem dúvida, impressionante.

– Garanto a você que não fiz isso.

– Não, quem fez fui eu. Eu devia ter percebido que alguém ou alguma coisa tinha contagiado minha esposa com essa sujeira.

A ideia era tão ridícula que até ri alto. Ele me olhou, sério.

– Qual é a graça?

– Onde ela está?

– Recebe cuidados médicos.

– Por quê? Está machucada?

– Não é da sua conta – rosnou o homem de terno preto.

Brewer disse, calmo:

– Ela sofre de histeria. Você sabia disso, antes de empurrá-la para um motim?

– Histeria? Quem disse?

– Eu – informou o homem de preto.

– O Dr. Mayhews é o clínico dela. Há algum tempo ela não comparece às consultas. – Brewer me olhou com nojo. – De toda forma, agora vai ser tratada como precisa.

– Se você a machucou...

– Estou mandando-a para uma casa de saúde particular, no campo – ele interrompeu. – O ar fresco e a tranquilidade vão fazer bem. E *você* jamais terá contato com ela novamente. Fui claro?

– Pretendo mandar para um jornal o relato completo da procissão de hoje, inclusive as atividades ilegais da polícia – declarei.

– Por favor, faça isso. Vai ver que nenhum editor de jornal no país vai querer publicar. Leve-o de volta para a cela – disse ele para o guarda.

Com uma insolência proposital, eu disse:

– Não creio que você queira que minha parceria com sua esposa seja de conhecimento público, Brewer. – Dei à palavra *parceria* um tom especial. Sabia que ele ia entender.

A cara dele congelou.

– Se você vai trancá-la, divulgarei o nosso relacionamento em todos os clubes e cafés de Londres – insisti.

Ele se recompôs.

– As sufragistas não aguentam esse tipo de escândalo.

– Talvez. Mas eu não sou sufragista. E insisto que nada vai me impedir de soltar Emily.

– E se eu soltá-la? O que recebo em troca? – perguntou ele, devagar.

– A minha discrição.

Ele riu, incrédulo.

Dei de ombros.

– É a única garantia que vai ter.

Fez-se um longo silêncio.

– Ponham esse homem para fora – disse, por fim. – Doutor, vamos arrumar um jeito de tratar minha esposa em Londres.

Setenta e três

– O que você fez? – gritou.

– Disse que, se ele soltasse você, eu não contaria nada sobre o nosso caso.

– Eu acabo de vê-lo – contou, pasma –, e ele nem citou isso.

– Talvez estivesse muito sem graça com a situação.

– Não. Acho que subestimamos homens como Arthur. Eles sabem esconder o que realmente sentem. Por isso jamais nos darão força, a não ser que sejam obrigados. – Ela olhou para mim. – Quer dizer que você fez um acordo com ele.

– Não foi bem assim.

– Você não tinha o direito de fazer isso. Mesmo se fosse verdade, não teria o direito.

– Desculpe. Não tive outro jeito.

– E agora eu tenho de enfrentar Arthur todos os dias e ele jamais dirá nada, mas vai achar que sabe... – Ela suspirou. – Bom, perdi o moral, mas a culpa é minha. Talvez seja bom me sentir um pouco humilhada.

– Claro que há uma saída... – disse eu.

– Hã? Qual é?

– Se o seu marido acha que estamos dormindo juntos, podíamos também merecer a acusação.

– "Podíamos também", como você é romântico, Robert. Nunca fui cantada com tanta classe.

– Mas você entende o meu argumento? O que nos impede?

– O que nos impede, além de você ter dado a sua palavra e eu ter de enfrentar Arthur todos os dias no café da manhã. Ah, e a sua leve tendência a se apaixonar por outras mulheres. Lamento, Robert. Mesmo com a proposta colocada de forma tão irrecusável, acho que consigo recusá-la.

Setenta e quatro

Sabor Rio – um gosto forte e áspero, característico dos cafés cultivados no estado do Rio de Janeiro, no Brasil, e às vezes presente até em cafés suaves.

– Ukers' Coffee Buyer's Guide

À medida que o preço subia mais ainda, a quantidade de café vinda do Brasil e de outros países sul-americanos também aumentava, passando de chuva a dilúvio. E uma nova sombra surgia no horizonte: o excesso de produção. Quem ia beber todo aquele café? É verdade que a padronização do empacotamento manteve baixo o preço do produto final nas mercearias. Mas, sem dúvida, o crescimento da demanda tinha limite. O preço flutuou por um curto tempo e, mesmo assim, o fornecimento aumentou, devido a decisões de plantio tomadas há quatro ou cinco anos. Pinker observava o mercado como um gavião pronto para atacar.

O governo brasileiro anunciou que qualquer excesso seria destruído antes de chegar ao mercado. As Bolsas aprovaram e o aumento inexorável do café e os diversos títulos e moedas sul-americanos se mantiveram inalterados.

* * *

– Preciso que você vá ao Brasil para mim, Robert – avisou Pinker.

Olhei-o sem acreditar muito no que ouvi.

– Não se preocupe – interveio rindo. – Dessa vez, não quero que administre uma plantação. Preciso que alguém de confiança investigue umas coisas. Alguém que enxergue um pouco além do nariz.

Explicou que queria que eu inspecionasse se a destruição do café era mesmo como parecia.

– Ah, a tese é bem clara: reduza o suprimento para controlar a demanda. Mas é demais um governo fazer um decreto assim. Quem fizer isso terá sempre um conflito de interesses. Para um fazendeiro, queimar o café é como queimar dinheiro. E, pelo que conheço de fazendeiros, Robert, eles nunca são mais altruístas do que o necessário.

Eu não podia recusar a proposta. Um navio saindo de Liverpool levava 16 dias para chegar a São Paulo. Reservei uma passagem.

Foi uma experiência bem diferente da viagem à África. Primeiro, porque não havia missionários a bordo, nem sermões sobre manter as aparências ou levar a luz para a escuridão. Meus companheiros de viagem só tinham um motivo: o café. De uma forma ou de outra, éramos ligados ao comércio que parecia ser o único da América do Sul.

Eu não disse a eles que tinha outro motivo para viajar: antes de sair de Londres, Pinker me incumbiu de entregar uma carta pessoalmente.

– Não entregue a uma secretária, capataz nem mesmo a um parente. Fale diretamente, se possível fique ao lado enquanto ele lê a carta. Quero saber a reação dele.

Colocou a carta na minha mão. O envelope estava fechado, mas foi o nome do destinatário que me assustou.

Sr. William Howell.

– Não entregue a mais ninguém, Robert – insistiu, me observando. – Só ao Sr. William, e não comente sobre o assunto.

São Paulo não parecia com nenhum lugar onde eu tinha estado: era uma cidade muito agitada, com novos prédios sendo erguidos por todos os lados, palácios de pedra e mármore construídos por homens descalços vestindo andrajos e usando andaimes de madeira. Pensei: é assim que a África vai ficar, mas não acreditei muito, não podia imaginar aquele duro céu africano aguentando uma atividade tão ambiciosa, implacável e impetuosa.

Pinker tinha me dado também uma carta de apresentação para o ministro da Agricultura, que ficou muito feliz de mostrar a destruição do café. Levaram-me para o porto de Santos, onde uma frota de barcaças estava sendo carregada com sacas.

– Serão jogadas no mar – disse o meu guia, com um gesto de mão. – A mesma quantidade será jogada na próxima semana e na outra. Como vê, há guardas armados para garantir que ninguém se aproveite.

– Posso ver o conteúdo das sacas?

– Se quiser.

Passei pelos guardas, fui até a pilha e abri uma saca. Cheirei. Os grãos não eram torrados nem moídos, tratava-se de um áspero arábica brasileiro, o mesmo café exportado às toneladas para São Francisco e Amsterdã. Por garantia, esfreguei um punhado nos dedos, depois fui até outra saca ver se o conteúdo era igual.

– Então? Satisfeito? – perguntou o guia, com uma leve irritação na voz.

– Sim.

– Muito bem. Então pode dizer ao seu patrão que quando o governo brasileiro diz que vai fazer uma coisa ele faz.

Pinker tinha deixado por minha conta descobrir a melhor maneira de me aproximar do Sr. William. No final, resolvi apenas escrever dizendo que tinha uma encomenda para ele. Dei o endereço do hotel e deixei claro que quando ele recebesse a carta eu já teria ido embora.

A mesma ferrovia que trazia o café para ser exportado percorria todo o litoral até as montanhas. A locomotiva era americana, do modelo mais novo, com limpa-trilhos em ponta. Durante três dias, passamos por vales sem fim e subimos as encostas das colinas. Mas o incrível foi que, durante toda a viagem, a paisagem da janela não mudou. Cada montanha, cada vale, cada horizonte era igual. Mesmo forçando a vista, a distância, só se viam os riscos brilharem como ranhuras num disco de gramofone, verde-escuros, dos pés de café. Eles foram podados para permitir a colheita dos grãos, e de vez em quando eram vistos peões inclinados sobre as plantas, mas a maioria das imensas plantações era sinistramente vazia como um deserto – um deserto de café. A floresta original tinha sido desmatada até as ribanceiras e outros cantos inóspitos, que não serviam para o cultivo e, à medida que subíamos, a terra ficava cor de tijolo forte, tão seca e fina que qualquer vento a levantava e parecia pairar sobre os campos como uma fumaça colorida. As fileiras de pés de café eram bem retas e iam tão longe que, ao passar por elas, o trem provocava estranhas ilusões de ótica: às vezes, elas pareciam mexer e pular como se o cafezal se movimentasse, marchando para o interior com precisão militar.

Paramos para abastecer a locomotiva de carvão e água e aproveitei para conversar com o maquinista.

– Isso não é nada – disse ele, mostrando com um gesto a paisagem riscada e uniforme, fechando um olho para não entrar a fumaça do cigarro pendurado na boca. – Para onde o senhor vai, até Dupont, lá sim é uma fazenda. Cinco milhões de pés, imagine! Tenho vinte árvores e me considero rico. Imagine ter cinco milhões!

– Como um maquinista pode plantar café? – perguntei, surpreso.

– No Brasil, todo mundo planta café – respondeu rindo. – Arrendei um pedaço de terra, tirei o milho e plantei alguns grãos. Com a metade do dinheiro que tiro, compro milho; com o resto, vou comprar mais terra e plantar mais café. É o único jeito de ganhar dinheiro.

– Não está preocupado com o fato de o governo destruir colheitas?

– Eles indenizam, não é? Então, para mim é a mesma coisa.

Finalmente, chegamos à parada nas cercanias dos cafezais de Howell. A estação do trem tinha uma pequena plataforma e, do outro lado dela, um outro trem menor aguardava.

– É o trem de Howell – disse o maquinista. – Deve ter mandado buscar o senhor.

Entrei num luxuoso vagão pullman, com as vidraças gravadas com o mesmo apuro de qualquer hotel do West End. Os carregadores levaram minha bagagem para o vagão, o trem apitou e seguiu, reluzente, pelas colinas.

A paisagem continuava sendo de linhas retas sem fim, mas, junto com a colheita do café, viam-se outros sinais de atividade humana. Os campos tinham estradas por onde passavam tratores e carroças, formando nuvens daquela poeira colorida. Os homens andavam em grupos que suponho fossem de trabalho, mas, ao contrário dos solitários peões que eu tinha visto nas colinas mais baixas, esses usavam aventais, cada grupo de uma cor, enquanto os capatazes tinham lenços brancos amarrados na testa. A água brilhava em canais de irrigação e, de vez em quando, havia enormes terraços onde os grãos lavados secavam. Fiquei pensando como uma simples fazenda ou até uma como aquela que Hector e eu tentamos instalar na África podia competir com uma empreitada daquele tamanho.

O trem chegou a outra estação. Em volta de uma praça, havia alguns armazéns e escritórios. Os carregadores já estavam tirando a minha bagagem, então fui atrás deles até uma mansão comprida e baixa que dominava a propriedade.

– Sr. Wallis?

Quem perguntava era um homem baixo e moreno. Apesar do calor, ele usava o uniforme completo de um bancário inglês: colarinho engomado, terno preto, óculos de pince-nez.

– Sim? – respondi.

– O Sr. William pediu para o senhor conversar comigo.

– Só posso transmitir meu recado para ele.

– Ele não está.

– Então, terei de esperar.

– Acho que não é permitido – avisou franzindo o cenho.

– Bom, se ele não está, como sabe se ele permite ou não? – disse, soberbo. – É melhor arrumar um lugar para eu ficar até ele chegar.

– Eu cuido disso, Novelli – uma voz brusca interrompeu.

Virei-me. Um jovem vinha na nossa direção. Vestia-se com menos formalidade do que o homem a quem se dirigiu, mas Novelli concordou com a cabeça, obediente, e retirou-se.

– Sou Jock Howell. Pode me dizer o que quer? – perguntou o jovem.

– Tenho uma carta para seu pai.

– Eu entrego.

Neguei com a cabeça.

– Diga que é de Samuel Pinker. Mas só posso entregar pessoalmente.

O jovem sorriu, irônico, e saiu. Fiquei ali mesmo e, meia hora depois, ele voltou.

– Venha comigo.

Fui atrás dele até a mansão. Na entrada, revestida de mármore e com as janelas fechadas para evitar a umidade de fora, ele bateu numa porta.

– Entre – respondeu alguém.

Reconheci o Sr. William Howell por causa do retrato estampado em todos os pacotes do café Howell's Planter's Premium. Em pessoa, era mais baixo do que pensei e mais magro, além de mais intimidador.

– Sr. Wallis, por favor, feche a porta.

Virei para fechar e vi que o filho estava na soleira, sem saber se entrava ou saía.

– Se precisar, chamo você – disse o velho, bruscamente.

Quando ficamos a sós, o Sr. William olhou-me dos pés à cabeça.

– Espero que não tenha vindo tão longe só para ver como deve ser uma plantação bem-feita – disse, maldoso. – Temo que agora seja um pouco tarde.

Sem dúvida, ele sabia das minhas tentativas infrutíferas de plantar café.

– Tenho uma carta para o senhor.

– Do Sr. Pinker de Narrow Street? – perguntou se divertindo.

– É.

Esticou a mão, entreguei a carta. Pegou uma faca para cartas na escrivaninha, cortou o envelope e pegou as duas folhas escritas com a letra clara de Pinker.

Leu de uma vez e fiquei surpreso: tive a impressão de que resmungou, acredito, surpreso. Olhou para mim e leu de novo. Dessa vez, pareceu avaliar com cuidado.

Deixou a carta de lado e olhou pela janela. Acompanhei o olhar. A paisagem mostrava grande parte da plantação, 30 ou 40 quilômetros de extensão.

– Você realmente não tem ideia do conteúdo dessa carta? – Pinker deve ter dito isso, já que eu não falei nada.

– Nenhuma ideia – concordei.

Ele perguntou, de repente:

– Que tipo de pessoa é ele?

– Inteligente, mas de uma inteligência particular. Gosta de sonhar com o que ninguém pensou. E, com muita frequência, tem razão.

Howell concordou com a cabeça, devagar.

– Passe uns dias aqui. Jock lhe mostra a propriedade. Tenho de pensar um pouco antes de responder ao seu patrão.

Eles eram tão bons quanto diziam. Passei três dias acompanhando cada etapa do processo, desde os enormes canteiros de mudas que ocupavam mais de cem acres até os vastos galpões onde descascavam e processavam os grãos. Até os terraços nos quais os grãos eram espalhados para secar ao sol eram de concreto para que a poeira vermelha não tingisse o produto final. Os homens que andavam no meio deles, virando os grãos com enormes ancinhos, ficavam descalços, com o corpo laqueado de suor.

Havia dois tipos de empregados: negros e italianos. Os primeiros eram ex-escravos, segundo Jock me contou, mas, após a abolição, a fazenda só contratava imigrantes italianos. Ele disse que os italianos trabalhavam melhor, em parte porque tinham de pagar a viagem e também porque eram de uma raça melhor, insinuando isso por eles serem brancos como o próprio Jock.

– Para onde foram os negros que os italianos substituíram? – perguntei.

Ele deu de ombros. Entendi bem: como não eram mais escravos, não interessavam.

Os peões ficavam em aldeias chamadas colônias, cada uma com uma casa de torrefação e um armazém onde podiam gastar o salário. Tinha até uma escola, na qual as crianças aprendiam a contar. Jock Howell me garantiu que contar era uma das coisas mais úteis que um peão podia saber. Todas as crianças, de qualquer idade, não precisavam ir à escola se os pais estivessem na colheita; nos pés de café, os grãos inferiores ao alcance de suas mãozinhas ficavam por conta delas. A colheita ia até tarde da noite e várias vezes vi famílias chegando à colônia no escuro, exaustas, com grandes cestos de grãos na cabeça e mulheres carregando filhos apoiados nos quadris.

– Aqui tem muitas crianças – comentei.

– Claro, meu pai incentiva a prole.

– Gosta de crianças?

Jock me olhou de lado.

– É um modo de dizer. Elas são nossos futuros trabalhadores. E o melhor incentivo para a indústria do café é ter bocas famintas para alimentar.

– O que acontece se eles não conseguem dar de comer aos filhos?

– Não deixamos ninguém morrer de fome – garantiu. – O peão pode sempre pegar um adiantamento dos ganhos da família.

Lembrei de Pinker e suas trocas de salário por trabalho.

– Como as dívidas são pagas?

– Se preciso, são pagas pelas crianças, com o salário delas.

– Então herdam as dívidas dos pais? E começam a trabalhar já em dívida?

Ele deu de ombros.

– É melhor do que a escravidão; além disso, os peões parecem satisfeitos. Julgue você mesmo.

Era verdade que os peões pareciam satisfeitos com a situação, mas notei que aonde quer que Jock e eu fôssemos éramos acompanhados pelos capangas, guardas armados com rifles e facões.

Na mansão, havia várias brancas trabalhando de criadas. Comentei, surpreso, como podiam conseguir brancas tão longe da cidade.

Jock franziu o cenho.

– Essas mulheres não são brancas, são negras, Robert.

– Hoje de manhã, quando passamos pela cozinha, tenho certeza de que vi um rosto branco na cozinha...

– Era Hettie, que certamente não é branca. É mustifina.

Não conhecia o termo, ele então explicou. Uma criança mestiça se chamava mulata; o filho de um branco com um mulato era um quadrarão; o filho de um branco com um quadrarão é um mestiço e assim por diante, há mustifinos, quintarãos e octarões.

– Mas onde começou... – eu ia perguntar e parei. Só havia uma família inglesa em Dupont, a resposta era óbvia.

– Veja, a seleção do café pode interessar a você – disse Jock, indo para um dos enormes galpões de processamento.

Dentro, uma mesa grande percorria todo o espaço. No final dela, havia uma caixa aberta parecida com uma gamela. Mais de cem jovens italianas, entre dez e vinte anos, estavam à mesa e cada uma pegava na tina um punhado de grãos verdes que espalhava na frente delas. Depois, examinava o grão, tirava os defeituosos e jogava-os em outra caixa que ficava atrás dela; os grãos bons eram jogados num buraco e caíam numa saca sob a mesa. Quase todas as moças eram muito bonitas, com os negros olhos brilhantes e a pele morena dos camponeses italianos. Quando Jock e eu entramos no galpão, elas olharam para nós. Enfiavam os dedos rosados nas sacas e tive a impressão de que perceberam o nosso olhar, sem parar o trabalho.

– Qualquer uma gostaria de retribuir o seu olhar – cochichou Jock no meu ouvido. – Se num dia desses você estiver sem fazer nada...

Por acaso, fiquei sem fazer nada logo. Porém, por mais que tentasse aproveitar a companhia da minha bonita morena, não conseguia afastar a lembrança de Fikre, contorcendo-se em cima de mim, num falso êxtase. Também não conseguia afastar a ideia de que, seja lá o que eu fizesse, Emily estava vendo tudo, fria e irônica: *quer dizer que é isso que você faz com suas prostitutas e concubinas.*

* * *

À noite, o Sr. William e a esposa nos acompanhavam à mesa do jantar. Tinham mesa farta, com empregados uniformizados a postos para servir nossas taças de cristal gravadas com um elegante H de Howell, enquanto ele falava dos problemas do país.

– Está vendo essa comida, Wallis? – perguntou, mostrando os pratos à sua frente. – Quase nada foi plantado no Brasil. Para os peões, comida chega aqui de navio.

– Claro que eles têm razão – observou Jock. – Na volta, os navios de café podem carregar grãos ou viajar vazios.

– E assim o país fica cada vez mais dependente do café – disse o pai. – Todo camponês cultiva alguns pés. Se há uma superprodução, não é por causa de fazendas produtivas como a nossa, mas em função dos pequenos plantadores de baixa escolaridade, que ficam protegidos da concorrência graças ao programa de valorização. – Ele descansou o garfo na mesa. Talvez ele esteja certo afinal. Talvez nós devamos acabar com tudo o que é fraco para então construir o forte. – Não perguntei quem "ele" era, no fundo eu já sabia.

Em outra ocasião, ele disse:

– Sabe, Wallis, fui um dos fazendeiros a apoiar a abolição da escravatura aqui.

Confessei que não sabia.

– No final das contas, a escravidão é uma forma ineficiente de plantar, é como querer usar burros no lugar de mulas. O atual sistema é muito mais barato.

– Por quê? – perguntei, intrigado.

– Se você tem um escravo, seu capital fica preso a ele. Então, tem de alimentá-lo quando está doente, pagar um capataz para chicoteá-lo quando é preguiçoso e alimentar os filhos dele até poderem trabalhar... A abolição foi uma grande mudança; por isso muitos foram contra, porém acabou sendo a melhor coisa que o Brasil já fez. – Olhou um pouco o próprio prato. – Acho que seu patrão é alguém que entende de mudança.

– Realmente, ele se preocupa muito com isso.

O Sr. William tamborilou na toalha de mesa.

– Amanhã escrevo a resposta e você poderá ir embora lá pelo meio-dia. Mandarei Novelli chamar o trem.

Na manhã seguinte, ele me entregou um envelope endereçado a Samuel.

– Pinker. Você sabe o que tem a fazer.

– Sim – confirmei, pegando a carta.

– Mais uma coisa... você viu o café que disseram que seria jogado no mar? – Concordei com a cabeça. – Saiba que nosso governo é corrupto e ganancioso demais para destruir qualquer coisa de valor. Observe melhor, Sr. Wallis, e avise o Sr. Pinker.

De volta a São Paulo, fui ao porto sozinho, sem um guia do governo, e fiz algumas averiguações. Naquela tarde, um comboio de barcaças ia jogar sacas de café no mar. Descobri um pescador com um pequeno barco e paguei-o muito bem para seguir as barcaças comigo.

A cerca de 5 quilômetros do porto, as embarcações pararam ao lado de um cargueiro e transferiram as sacas para ele. Quando terminaram, o cargueiro rumou para o sul e as barcaças voltaram para o porto. Consegui ler o nome do cargueiro (*S.S. Nastor*) e, em terra firme, investiguei mais.

O cargueiro estava registrado num sindicato de carregamento e minhas pesquisas informaram logo que o filho do ministro da Agricultura era filiado ao sindicato. Mais interessante ainda era que o cargueiro ia para a Inglaterra, passando pela Arábia.

Deduzi que só havia um motivo para um navio de café ir de um país produtor a outro.

Telegrafei para Jenks, que conferiu a remessa de café de uma das viagens anteriores do *Nastor*. Era o que suspeitávamos. As sacas podiam ter o rótulo de moca, mas continham café brasileiro. O *navio* levava grãos para a Arábia, onde era recarregado e enviado para a Inglaterra. Lá, era vendido por um preço baixo para um moca, mas por bom preço para um café brasileiro.

Voltei para a Inglaterra e encontrei Pinker muito feliz. Mais uma vez, seu faro tinha acertado.

– Você precisa contar para todo mundo, Robert. Almoce com alguns jornalistas da Fleet Street e conte como o governo brasileiro cumpre o que promete. Mas conte com sutileza, para não parecer que o artigo foi encomendado por nós, vão dizer que temos interesse nisso e o cinismo deles não pode inteferir na verdade.

Fiz o que ele pediu e quando saíram artigos criticando o programa de valorização, ele ficou bem satisfeito. O mercado oscilou – e nós faturamos bastante com a flutuação.

Mas o que Pinker gostou mesmo foi da carta de Howell. Não sei o que dizia, mas ficou claro que era bom.

– Você conseguiu exatamente o que eu queria, Robert – disse. – Se eu enviasse um embaixador cheio de firulas, Howell iria desconfiar, mas você disse a verdade e era isso que interessava.

Setenta e cinco

Se tiver manchas ou defeitos, a falta de sabor já fica visível no cheiro do café recém-preparado.

– Lingle, *The Coffee Cupper's Handbook*

Enquanto estive fora do país, as sufragistas mudaram de tática e passaram a incomodar os políticos com perguntas nas reuniões abertas ao público. Sob os casacos escondiam faixas, levavam umas duas ou três, já que estas eram as primeiras a serem apreendidas. Uma militante se levantava e fazia uma pergunta, ao mesmo tempo que abria uma faixa. Enquanto os funcionários tiravam-na do recinto, outra se levantava em outro ponto do salão e fazia o mesmo.

Acompanhei Emily numa dessas manifestações, quando deveriam interromper o discurso de um ministro do governo. Talvez desconfiado, após esperarmos meia hora, um assessor avisou que o Grande Homem estava preso a assuntos parlamentares, mas que seria substituído pelo colega Arthur Brewer.

Olhei para Emily. Ela ficou completamente pálida.

– Você não precisa fazer isso. Outras sufragistas podem agir isso – disse eu.

Ela negou com a cabeça.

– Um princípio deixa de ser princípio se é abandonado frente à primeira adversidade. As outras esperam que eu cumpra a minha parte.

O debate começou. Arthur falava bem – como escritor, notei e aprovei as frases bem construídas, as perguntas que fazia para respondê-las a seguir, o ritmo que dava ao que queria enfatizar, um, dois, três, todos os truques da profissão. Discursou sobre liberdade, segurança e o equilíbrio que deve haver entre os dois; como as liberdades duramente conquistadas pela Inglaterra não podiam ser jogadas fora e como o primeiro dever de um libertário é a defesa...

À minha direita, uma figura pequena, num elegante vestido verde, levantou-se. Era Molly Allen, destemida como nunca.

– Se o senhor admira tanto a liberdade – disse, alto e claro –, não a restrinja aos homens. – Voto para as mulheres! – gritou segurando a faixa.

Grande alvoroço no salão. Na mesma hora, três funcionários foram expulsá-la. Mas ela estava no meio de uma fila de propósito. Um padre furioso, sentado atrás, arrancou a faixa dela.

– Pode passar essa pela sala – disse ela, abrindo outra faixa. – Tenho mais, se alguém quiser. – Os funcionários chegaram até ela, um de cada lado, e houve um cabo de guerra para saber qual dos dois a tiraria dali.

No palanque, Arthur observa a cena com a expressão de quem está se divertindo para tolerar o que vê.

– Vejo que fui agraciado com a presença das damas – disse, com um sorriso. – Mas, como eu dizia...

Geraldine Manners levantou-se. Era frágil, empolgada, tinha quase 50 anos e foi quem recrutou Emily para militar, após o episódio de Regent Street.

– Responda à pergunta! – ela gritou. – O governo liberal vai conceder o voto para as mulheres?

Os funcionários se dirigiram para a inofensiva criatura com tanta raiva como se ela estivesse correndo para eles com uma bola de rúgbi. Mal teve tempo de abrir a faixa antes de ser arrastada do salão por um funcionário.

No palanque, Arthur não se alterou. Tive de admirar aquele homem: era inofensivo, mas um inofensivo determinado. Quando conseguiu ser ouvido no meio da confusão, levantou a mão e disse:

– A senhora teve de se retirar (todos acharam graça), mas vou responder assim mesmo: não. – Aplausos. – Agora, voltando ao verdadeiro tema do dia, que concerne a muitas pessoas aqui nesse recinto. O emprego...

Do fundo da galeria, ouvi a voz de Edwina Cole:

– Por que os senhores cobram impostos das mulheres, se não permitem que elas votem? – Esperou todos olharem para se levantar com a faixa: – Voto para as mulheres!

Na pressa para chegar até ela, os funcionários subiram nas cadeiras.

– Demonstre um pouco de respeito pelo seu membro no parlamento – gritou, irritado, um homem.

– Ele não é meu parlamentar – ela reagiu. – Aliás, sou mulher, não tenho membro. – Duas pessoas riram, enquanto outras piscaram chocadas com a grosseria da piada. Edwina foi retirada. Ouviu-se um grito esganiçado, dando a impressão de que tinham dado um soco nela.

Emily estava pálida como um fantasma.

– Você não precisa – disse eu, calmo.

Ela não me olhou nem respondeu. Levantou-se tremendo como uma folha na tempestade. Abriu uma faixa. Por um longo e sofrido instante, pensei que fosse desistir.

– E as mulheres? Por que não podemos votar? – perguntou, alto.

Brewer olhou para ela, e seu sorriso gelou. Mais funcionários, aqueles que não conseguiram pegar Edwina Cole, vieram para cima de nós.

– Muito bem – disse Arthur, devagar. – Sou a favor da liberdade de expressão; por isso vou responder. – Houve uma onda de palmas, misturada com algumas vaias. Os funcionários continuaram a se embrenhar no meio do público.

Arthur enfiou o polegar na botoeira do colete.

– Senhora, suas amigas fizeram hoje um grande serviço para nós – disse, com desdém. – Mostraram, muito melhor do que eu seria capaz, o que ocorreria se déssemos direito de voto a gente como a senhora, que abusaria do processo democrático sem refletir. – A plateia aplaudiu e deu gritos de apoio. – Isso mostra que as mulheres que se comportam assim para obter o voto, se conseguirem, usarão dos mesmos métodos para obter qualquer outra reivindicação política. Quem não se comporta como cidadão não pode esperar direitos de cidadão.

Mais aplausos e, acima deles, a voz de Emily gritava:

– Outros métodos não deram resultado! É exatamente por isso...

Mas agora Brewer estava a toda e os presentes só tinham ouvidos para ele.

– Não só elas procuram atingir as metas através de métodos histéricos, como iriam incorporar essa histeria para sempre à vida política do país. Querem voto para as mulheres, mas estão prontas a trair a feminilidade e todas as suaves qualidades de seu sexo para conseguir. O que isso mostra sobre elas? Que tipo de exemplo dão para os filhos? Que tipo de recado dão para nossos inimigos no exterior?

Assim, ele voltou direitinho ao ponto que queria, com a plateia aplaudindo de pé, enquanto os funcionários seguravam com força a mulher dele.

– Tirem as mãos de mim – ela gritava, enquanto os homens a puxavam e empurravam pelo corredor, sem intenção de soltá-la.

Ela deixou cair uma faixa na poltrona. Não parei para pensar. Levantei a faixa. A princípio, ninguém me olhou, estávamos todos de pé, aplaudindo o maravilhoso protetor das nossas liberdades, e mal se podia perceber um homem no meio de tantos. Gritei:

– Voto para as mulheres! – para chamar a atenção, e assim que houve um silêncio acrescentei: – Que tipo de recado dá sobre o seu casamento, Brewer, tendo uma esposa militante?

Fez-se uma pausa. As pessoas olhavam para mim e para ele. Por um instante, ele pareceu não ter resposta. Depois, disse, lânguido:

– Já concedi mais tempo ao tema do que merece. Queremos falar de mulheres ou de trabalho?

Várias vozes responderam alto:

– Trabalho.

Mas a essa altura eu também estava sendo expulso pelos funcionários, com algumas cotoveladas nas costelas.

Claro que, naquela tarde, ela teve que enfrentá-lo, coisa que na época chamávamos de ter *un mauvais quart d' heure*. Ele ficou na sala de visitas, cercado de papéis, esperando-a voltar – o dono em seus domínios.

Ela ficou recolhendo a correspondência na prateleira. Ele parecia bem calmo, mas Emily sabia que a aparência não mostrava o que realmente sentia.

Por fim, ele disse:

– Fiquei surpreso de ver você na reunião essa tarde.

Ela respirou fundo. Então iam falar no assunto. E ela diria por que fez aquilo – e por que não ia parar. Era difícil, mais até do que ir ao parlamento. Uma coisa era levantar-se e gritar uma palavra de ordem no meio da multidão, já uma mulher enfrentar o marido era impensável.

Ela conseguiu falar sem alterar a voz.

– Você já conhecia a minha opinião política.

– Eu sabia que apoiava o radicalismo, mas não que estava envolvida em atacar o processo democrático.

– O processo não é democrático, pois a democracia envolve liberdade para todos e não só para os homens...

– Por favor – ele pediu, com acidez. – Já tivemos muito discurso para um dia só.

Ela mordeu o lábio para se conter.

– Você esquece que, quando faz isso, joga meu nome na sarjeta – acusou Arthur.

– Nem pensei...

– Primeiro, porque você usa o meu nome – como uma Brewer, você tem nas mãos a reputação da família. Segundo, porque como minha esposa, o que você faz se reflete em mim. Se me ataca em público, vão pensar que me comporto mal na vida íntima.

– Isso é ridículo.

– Hã? Acho que você não estava mais lá quando seu amigo Wallis apresentou esse argumento na frente de centenas de eleitores.

– Robert não tinha o direito de fazer isso. Eu não pedi – ela resmungou.

– Talvez você tenha menos controle sobre ele do que pensa. Pessoas desse tipo usarão o movimento sufragista por razões próprias. Da mesma forma que usará você para atingir os seus fins pessoais.

– Arthur, você entendeu mal. Não há nada entre Robert e eu.

– Bom, agora isso não importa. Emily, decidi algumas coisas sobre o tema. Resolvi que você tem de desistir dele completamente. E do movimento sufragista.

– Desistir, como assim?

– Isso mesmo. Não deve mais se envolver. De maneira alguma.

– Arthur... discordo.

– Não preciso mais da sua aprovação. Eu mando em você e, como seu marido, espero que acate minha decisão.

– E se eu não aceitar?

– Você é minha esposa...

– Não está me tratando como esposa, mas como sendo inferior a uma criada...

– Gostaria de lembrar os votos do matrimônio...

– É assim? – ela gritou. – Como se eu tivesse desrespeitado um contrato de venda e você precisasse de indenização?

– Eu cumpro cada palavra daqueles votos. Jurei perante Deus e vou honrá-las até o dia em que morrer.

Ele era tão obviamente sincero que, por um instante, ela ficou desarmada.

– Não senti isso quando você falou comigo daquele jeito horroroso, na frente de tantas pessoas.

– Não escolhi a hora, nem o lugar. Além disso, tentei proteger você – disse ele, seco.

– Me proteger!

– Se eu não tivesse tratado você daquele jeito, os funcionários seriam ainda mais agressivos. Foram obrigados a esperar eu terminar de falar e com isso se acalmaram.

Ela não sabia se acreditava, ou se era só a maneira de um político tirar vantagem de um fato.

– De todo jeito, tem mais uma coisa que quero lhe dizer – ele acrescentou.

– O que é, Arthur?

– Wallis gritou... perguntou o que a sua militância dizia do meu casamento. Foi ofensivo e pessoal, típico dele. Mas ele pode ter razão. Nosso relacionamento... talvez eu não tenha dado a devida atenção aos assuntos domésticos.

Ela de repente percebeu aonde ele queria chegar.

– O Dr. Mayhews acha que a sua histeria vai melhorar quando você cumprir o que a natureza lhe incumbiu. Reparei que poucas militantes parecem ter filhos.

– As jovens mães não podem largar os filhos em casa...

– Seja como for. – Fez uma pausa. – Acho que está na hora de termos filhos.

– O quê!

– O Dr. Mayhews concorda plenamente. Embora você tenha constituição delicada, ele disse que às vezes a natureza fortalece assim o corpo feminino durante a gravidez, com vantagens correspondentes para a saúde mental.

– Isso tem a ver com política? – ela perguntou, pasma. – Alguém resolveu que o seu partido é a favor da família?

– Todos os partidos são. A família promove a estabilidade... como você certamente vai descobrir, quando tiver a sua família.

– Arthur, agora estou muito ocupada para ter filhos

– Mas não vai mais ficar ocupada, pois vai parar com tudo isso. Vamos começar já – disse ele, sensato.

– Aqui? Agora? – ela perguntou, desesperada.

– Não precisa ser vulgar – ele parou. – Vai me recusar isso?

– Claro que não, se me permite, vou pedir a Annie para preparar o meu banho – disse ela, lastimando.

– Daqui a pouco eu vou. – Mostrou os papéis na mesa. – Tenho coisas a terminar, não demoro.

Não consigo nem pensar nos detalhes no que veio a seguir. De todo jeito, ela não comentaria comigo. O pouco que disse, escapou por eu perguntar da reação de Arthur.

Finalmente, ela disse com uma pequena exclamação que era para ser um riso:

– Estamos querendo ter um filho.

– Sério?

– Arthur está bem interessado. Você não imagina o quanto... bom, não importa. – Ela suspirou. – Não sei se quer me castigar com uma gravidez ou se acredita que isso vai me curar da causa sufragista.

– Mas você vai permitir?

– Não tenho escolha. Como ele lembrou, prometi no casamento.

– Quando você prometeu é que não tinha escolha. Afinal, ninguém pode chamar um advogado para reescrever os votos do matrimônio.

– Não. Talvez fosse melhor se pudesse, embora eu ache que continuaríamos na mesma confusão. Não é tão simples quanto você pensa.

– Por que não? – perguntei e ela então viu aonde estava indo. – Você quer ter um filho?

– Uma família, quero. Você se surpreende? A maioria das mulheres quer. E sendo meu marido, Arthur é a única pessoa que pode me dar. Pelo menos nisso, preciso da ajuda dele.

– Mas não pode ser mãe e militante.

Duas manchas rubras apareceram no rosto dela. Eu devia ter reconhecido os sinais, na época, já a conhecia bem.

– Por que não, exatamente? – ela quis saber.

– Bom... pense no que aconteceu ontem. Quando aqueles dois funcionários agarraram você. Imagine se estivesse grávida.

– Talvez, se estivesse, eles vissem a brutalidade da situação.

– E se não vissem?

Os olhos dela faiscaram.

– Em primeiro lugar, se não podemos confiar nos homens, eles não têm o direito de nos expulsar de reuniões.

– Em princípio, você tem toda a razão, Emily, mas para que servem princípios quando se está numa cama de hospital?

– Está dizendo que minhas obrigações com os filhos são mais importantes do que minhas crenças e princípios?

– Bom... acho que sim.

– Quando meu marido entrou no quarto? – ela gritou. – E quando você vai meter na sua cabeça dura e egoísta, Robert, que princípios não são para tirar e pôr como... se tira e põe um dos seus paletós idiotas.

– Na verdade, hoje tenho poucos paletós, devido aos baixos salários. Meu patrão é...

– De todo jeito, é tudo culpa sua – disse ela, ríspida.

– Minha? – perguntei, surpreso.

– Arthur fez tudo isso porque você o ofendeu.

– Ah.

– Ah, mesmo. Mas eu ficaria grata se fosse um "Ah" um pouco mais desprezível, considerando o preço que estou pagando.

– Emily, lamento muito.

– Lamenta! Do que adianta?

Quando pressionada, ela era de enlouquecer.

– Eu não devia ter dito o que disse. Queria irritá-lo... acho que foi por ver você ser maltratada e ainda por cima, por ele.

Ela suspirou. Num outro tom, disse:

– E tenho de largar você e a causa. Ele insiste.

– Sei. Bom, *isso* é sério, eu diria que é mais sério ainda. – Falei de uma forma leve, mas me pesou. – O que você vai fazer?

– Não posso desistir da causa – respondeu, rápido, sem olhar para mim. – Acho que poderia desistir de você, mas como agora você e a causa fazem parte do mesmo trabalho e como já resolvi desafiá-lo no lado político, acho que você vai continuar aqui.

– Será que isso significa...

– Não, Robert, não significa.

– Como sabe o que eu ia perguntar?

– Porque é o que sempre pergunta. E a resposta é sempre não.

Houve mais uma consequência daquela situação no Parlamento. Certa manhã, eu estava trabalhando na cafeteria, quando um sujeito de aspecto sujo e mal-arrumado chegou com uma agenda.

– O senhor é Robert Wallis? – perguntou.

– Sim, por quê?

– Sou Henry Harris, do *Daily Telegraph*. Pode me conceder cinco minutos?

Conversamos sobre a causa das sufragistas e, como sempre, ele queria saber como um homem pôde se envolver.

– Soube que o senhor esteve no tumulto do salão Wigmore.

– Estive, sim.

Olhou para a agenda.

– É verdade que perguntou a Arthur Brewer sobre o casamento dele?

– Sim, é.

– A esposa dele foi mesmo expulsa?

– Foi – confirmei. Ele anotou na agenda. – Vai publicar isso?

– Provavelmente, não, por ele ser um parlamentar. Mas tenho amigos em outros jornais que têm uma linha editorial menos respeitosa. Dá para circular este tipo de notícia.

Setenta e seis

O repórter tinha razão. Uma personagem engraçada foi surgindo – não nas páginas de noticiário, mas nas colunas sociais, nas charges com parlamentares, nos cartuns, uma figura anônima e que era motivo de riso: o parlamentar contra o voto feminino, mas cuja esposa era militante do movimento. A revista *Punch*, que foi tão rápida em zombar das sufragistas, também gostou de mexer com os políticos. Uma charge engraçada mostrava o diálogo de um casal no café da manhã:

Meritíssimo: – Querida, passe o sal?
Esposa: – Vai deixar passar a lei do voto?

Bom, acho que na época era divertida.

Claro que para Emily não tinha graça. Lembro que ela me disse anos antes que o casamento era um estupro legalizado. O máximo que posso dizer da situação que ela enfrentava naquele momento é que, como ela, Arthur também não devia gostar. Devia achar que cumpria o dever, e não que humilhava a esposa.

Ela não era capaz de comentar nada comigo. Uma ou duas vezes tentei saber, com muito tato, se havia algum sinal de herdeiros – embora correndo o risco de ser decapitado.

– Você é como aquelas horrendas velhas camponesas, sempre preocupadas com o leito matrimonial – foi uma das respostas mais publicáveis.

Setenta e sete

Depois que foram divulgadas as revelações sobre o cargueiro *Nastor*, Pinker ganhou mais dinheiro com as variações do preço do café do que a Castelo faturou em seis meses. O clima na Narrow Street era de vitória tranquila, mas também de choque: nós nos surpreendemos com aquela nova forma de ganhar dinheiro sem fazer esforço. Não precisava ter armazéns de estocagem, máquinas, carregadores, nem empregados para colher, debulhar e torrar: bastava algumas assinaturas em contratos de trabalho. Era lucrar sem gastar, um lucro que quase se transformou de uma ideia na cabeça de Pinker para dinheiro de verdade no banco sem o intermédio de ninguém a não ser ele mesmo.

Ele era generoso com a equipe e todos ganharam bônus de acordo com o trabalho realizado. Pessoas como Jenks, que estavam com ele há anos, ficaram ricas.

Comigo também ele fez bem mais do que devia. Fui chamado e encontrei-o sentado na frente de alguns livros-caixa.

– Ah, Robert, estava olhando os livros e acertando algumas anomalias. – Sorriu. – É um prazer corrigir erros antigos com uma penada de caneta.

Concordei com a cabeça, embora não entendesse direito o que ele queria dizer.

– Vou cancelar o empreendimento na Etiópia – explicou. – Está na hora de deixarmos tudo aquilo para trás e voltarmos a olhar para o futuro. Uma folha de balanço limpa, uma *tabula rasa*, pronta para novas empreitadas. – Colocou os livros-caixa de lado. – Você não me deve nada, Robert. Sua dívida foi anulada.

– Obrigado, mas... – disse eu.

– A partir de agora, você vai ter o mesmo salário de Jenks e os outros funcionários mais antigos. E, como eles, todo ano vai receber um bônus conforme nosso faturamento – declarou estendendo a mão.

– É muita generosidade de sua parte, mas...

– Você vai dizer, mas sou um artista. Eu sei. É exatamente por esse motivo que valorizo tanto e quero te convencer a ficar. Há outros... – Ele apertou os lábios. – Tem gente que não enxerga o todo, ou melhor, enxerga, mas não consegue apreciar sua beleza. Jenks, Latham, Barlow... Às vezes penso se eles realmente têm imaginação para levar essa empresa para a frente. Já você e eu sabemos que é preciso mais para ter um produto. É preciso *visão*.

– Está se referindo às suas ambições políticas? Moderação, reforma social e tal?

Ele fez um gesto impaciente, como se estivesse espantando moscas.

– Em parte, sim. Mas isso é coisa pequena, Robert, pequena demais. A arte não é moral nem imoral, ela existe por si. É o que você acha, não? Bom, o mesmo ocorre em relação aos negócios. O negócio pelo negócio! Por que não? Por que uma empresa não deve apenas *existir*, sem outra meta do que ser importante? Existir para sempre, ser admirada e assim mudar a forma de pensarmos, trabalharmos, vivermos... Com o tempo você verá, Robert. Verá como essa nossa grande empresa pode ser.

Parecia esperar que eu dissesse alguma coisa.

– Isso mesmo – concordei.

– Que fique claro que estou lhe oferecendo um cargo como um dos meus homens de confiança. Costuma-se responder sim ou não.

Fiquei indeciso, mas na verdade sem razão. Eu ainda precisava de um emprego e ninguém mais ia me oferecer. Não tinha ilusões sobre as visões maravilhosas de Pinker; aliás, não tinha ilusões sobre coisa alguma. O sujeito era um Napoleão, mas era muito eficiente e pagava muito bem.

– Aceito, com prazer – disse eu.

– Certo. Então está feito. E, Robert,... vai poder se mudar de Castle Street? Pode encontrar um endereço melhor com o salário que estou lhe pagando. E ouvi dizer que minha filha daqui a pouco terá mais com o que se preocupar do que café.

Se Pinker achou que estava me obrigando a escolher entre ele e a filha, errou. Eu só pretendia sair de Castle Street se fosse obrigado e pouco via Emily na época. Ela canalizava todas as energias para a atividade política.

À medida que a luta das sufragistas se intensificou, a organização ficou mais autocrática. Antes, havia um estatuto e membros eleitos, com decisões tomadas por aclamação. Depois, o estatuto foi abolido. "As líderes lideram, as integrantes obedecem", escreveu a Sra. Pankhurst, a chefe ou, como ela mesma se chamava, "Comandante em chefe do Exército Sufragista". "Ninguém é obrigado a entrar em nossas fileiras, mas quem entra de soldado deve estar preparada para entrar numa batalha."

– Mas isso não é exatamente o contrário do que você acredita? – perguntei para Emily, numa das raras ocasiões em que conseguimos tomar um café. – Como é que uma organização que luta pela democracia acaba com a democracia interna?

– O que vale são os fins, não os meios. E, como ela diz, entrei por vontade própria.

Tive a impressão de que as metas do movimento estavam ficando mais importantes do que seus princípios, mas o que sabia eu? Sem ter participado de nenhum dos dois, não podia julgar.

Emily recebeu ordens de gritar palavras de ordem para um determinado ministro, entregar folhetos num determinado bairro e discursar na porta de uma fábrica no East End e obedeceu a tudo, apesar de jogarem ovos podres nela na última tarefa.

Uma tática dos opositores do movimento era soltar camundongos ou ratos no palco durante o discurso de uma sufragista, na esperança de causar um ataque de nervos e assim fazer a plateia rir. Eu estava no salão Exeter quando tentaram fazer isso com Emily. Ela não se abalou, pegou pelo rabo o camundongo que corria em círculos e mostrou para a plateia, dizendo:

– Eu também era um rato. Hoje, o rato é o primeiro-ministro Asquith. E olhem! – mostrou um rato grande e cinzento, que corria pelo palco. – Olha ali o Sr. Churchill! – Foi aplaudida.

Mas, minutos depois, vi-a cambalear. Primeiro, julguei que fosse por causa do calor, estávamos muito apertados; naquela época tumultuada, todas as reuniões eram cheias. Ela virou-se para a organizadora e pediu:

– Pode me dar um copo d'água? – Estava muito pálida. Trouxeram o copo, mas, ao pegá-lo, ela cambaleou de novo, e a água respingou no vestido. Ouvi a organizadora perguntar, preocupada:

– Você está bem? Parece exausta.

– Estou meio fraca – respondeu e desmaiou.

Foi socorrida. Corri para a porta lateral e encontrei-a sentada numa cadeira, sendo abanada com um leque.

– É o calor, lá dentro está muito quente – ela justificou, me dando um olhar de aviso.

Não discuti, porém nós dois sabíamos que ela estava grávida.

– Você não vai parar?

– Não posso – declarou com um gesto de cabeça.

– Se continuar assim, vai prejudicar sua saúde.

– Que bobagem, Robert. As mulheres têm filhos há milhões de anos e fizeram coisas muito mais difíceis durante a gravidez do que dar palestras. É só a primeira fase, dizem que o enjoo passa em poucas semanas.

– Contou para Arthur?

– Ainda não. Ele e o Dr. Mayhews com certeza vão querer me internar num hospital. Por isso, prefiro manter segredo.

– Não estou gostando.

– Não posso parar agora, Robert. Estamos numa época crítica; se derem mais um empurrão, o governo cai.

Eu achava o contrário: se empurrassem, o movimento sufragista acabaria. Mas não disse nada.

Fui reticente por um motivo meio egoísta, pois sabia que, quando todos soubessem da gravidez, ela seria obrigada a se retirar da política, apesar dos protestos. E quando isso ocorresse, tudo mudaria. O escritório em Castle Street seria fechado. Depois que ela se tornasse mãe, teria inevitavelmente de se tornar esposa também, a esposa que o marido queria.

Com minha riqueza recém-adquirida, fui à Sotheby's, onde comprei alguns belos desenhos de um mestre renascentista, incluindo uma cabeça de menina italiana que me lembrava de Fikre. Espalhei tapetes turcos pelos meus aposentos em Castle Street e enfeitei a mesa com primorosos candelabros de prata. Voltei a frequentar os departamentos mais caros da Liberty. Parecia, finalmente, que minha vida tinha engrenado. Eu era um comerciante de café, contratado, trabalhando para a maior empresa de Londres. A arte e o prazer seriam meus consolos.

Eu também percebi um tom mais sombrio nos anúncios do café Castelo. Além das mulheres sorridentes e dóceis dos primeiros cartazes, aparecia um novo tipo de esposa: a rebelde, a que tinha o que merecia. As mulheres que não serviam Castelo aos maridos eram repreendidas, apanhavam e, num dos cartazes, o marido despejava o líquido da discórdia na cabeça da esposa e exigia obediência absoluta em matéria de café como em tudo o mais. Um novo slogan (*O lar é o Castelo do homem!*) vinha acompanhado de textos como *Você tem direito a um bom café, e sua esposa, o dever de servi-lo. Não seja víti-ma da sovinice feminina!* Tinha até um cartaz com a mulher seguran-do uma faixa, evidentemente uma sufragista prestes a largar o mari-do para ir a uma passeata, com o texto: *Quem manda? Homem, afirme seu comando! Se ela não te serve café Castelo, então não é você!* Não havia dúvida que as frentes de batalha estavam se posicionando.

Setenta e oito

Amargor – sabor desejável até certo nível.

– Organização Internacional do Café,
The Sensory Evaluation of Coffee

A expectativa com relação aos relatórios sobre a safra anual do café brasileiro tinha começado. Boatos irresponsáveis circulavam pela Bolsa: que as estatísticas seriam péssimas, surpreendentes, que a geada, as pragas, a política ou a guerra iriam afetar a colhei-ta. A certa altura, houve pânico devido aos rumores de que o pre-sidente do Brasil tinha tido um ataque do coração: o preço da saca subiu dois centavos, obrigando os brasileiros a intervir até os boa-tos serem negados.

Pinker assistia a tudo achando graça.

– Estão irritados, Robert. Os negociantes sabem que a situa-ção é impraticável, estão só esperando para ver para que lado cor-rer. Caiu na rede é peixe.

– Jornalistas amigos meus estão perguntando se o mercado vai mudar.

– É mesmo? Pois diga a eles... que você acha que vai cair, mas que ainda não pode dizer por quê. Robert... você poderia explicar a eles como ter uma posição a descoberto na Bolsa.

– Se eu fizer isso, não estaremos incentivando-os a investir? O que acontecerá se estivermos errados?

– Não vamos errar. Além disso, um pouco de interesse pessoal pelo assunto não vai prejudicá-los.

Ele passava cada vez mais tempo em reuniões particulares fechado com seus banqueiros, mas agora se encontrava também com outro tipo de pessoas: rapazes com ternos axadrezados, de muito boa alfaiataria, que falavam alto e com segurança.

– Especuladores – rotulou Jenks, com desdém. – Conheço um deles... chama-se Walker e dizem que é um dos arrivistas na City. Acho que negocia com ações.

– O que isso significa então?

– Quando quiser, o velho conta – disse Jenks dando de ombros.

Pinker também estava atento às previsões da meteorologia e outros mistérios. Um dia, encontrei um *Almanaque Moore* na mesa dele, com as margens cheias de estranhos rabiscos e anotações que poderiam ser álgebra, mas também podiam ser sinais astrológicos.

– Vai haver uma passeata – disse Emily. – Será a maior, todas as associações sufragistas participam da organização. Estão conclamando um milhão de pessoas para encher as ruas do Hyde Park até Westminster.

– E suponho que você vá, apesar da sua condição física.

– Claro.

– Ninguém vai notar se uma pessoa não for.

– Se todo mundo dissesse isso, não teríamos uma Causa. Robert, muitas farão sacrifícios inacreditáveis para estarem na passeata; criadas que se arriscam a perder o emprego, esposas que podem apanhar do marido. O mínimo que posso fazer é marchar ao lado delas.

– Posso ir no seu lugar.

– O quê?!

– Se você ficar sossegada em casa, eu vou. E se insistir em ir, não vou. Assim, o número de participantes será exatamente o mesmo.

– Não consegue mesmo ver por que é diferente?

Dei de ombros.

– Não.

– Não somos apenas moedas a serem contadas. Somos vozes, *pessoas* que precisam ser ouvidas. – Ela me olhou, indefesa: – Robert, não podemos continuar assim.

– O que quer dizer?

Ela disse com calma:

– Depois que voltou da África, você está diferente.

– Eu amadureci.

– Talvez. Mas também ficou cínico e amargo. O que aconteceu com aquele feliz e alegre exibido que meu pai descobriu no Café Royal?

– Ele se apaixonou duas vezes – respondi. – E em ambas bancou o bobo.

Ela prendeu a respiração.

– Talvez meu marido tenha razão. Talvez você e eu devêssemos parar de nos vermos tanto. Não deve ser fácil para você.

– Não posso desistir de você – disse eu, rápido. – Livrei-me da outra, mas não posso me livrar de você. Detesto, mas não consigo.

– Se eu realmente o deixo tão infeliz, então você devia ir embora. – Alguma coisa na voz dela tinha se adensado. Olhei-a: o canto dos olhos brilhava. – Deve ser por causa do bebê – disse ela, engolindo em seco. – Estou ficando chorona.

Não podia discutir com Emily chorando. Mas também não podia continuar como estávamos. Ela estava certa: a situação estava ficando impraticável.

Em Narrow Street, encontrei os carregadores tirando sacas de café do armazém.

– O que está acontecendo? – perguntei a Jenks.

– Pelo jeito, estamos vendendo os estoques – disse ele, seco.

– Mas... tudo? Por quê?

– Não tive o privilégio de ser informado. Talvez ele diga mais para você.

– Ah, Robert! – exclamou Pinker, ao me ver. – Venha, estamos indo para Plymouth. Só nós dois... o trem sai daqui a uma hora.

– Muito bem. Mas por que Plymouth?

– Vamos encontrar um amigo. Não se preocupe, tudo vai se esclarecer no momento devido.

Sentamos no vagão da primeira classe, e pelas janelas os campos passavam por nós. Pinker estava estranhamente quieto, fez poucos discursos de improviso nos últimos dias e notei também que estava mais relaxado quando em movimento, como se o ímpeto furioso do trem tivesse de certa forma amenizado a enorme necessidade de agitação dele.

Peguei um livro.

– O que está lendo? – ele perguntou.

– Freud. Muito interessante, embora às vezes seja quase impossível saber o que ele quer dizer.

– Qual é o assunto?

– Sonhos, principalmente. – E algo me fez acrescentar um comentário maldoso: – No capítulo em que estou, ele fala de pais e filhas.

Ele sorriu de leve.

– Incrível que consiga falar tudo num só capítulo.

– Estou observando o rebanho no campo, Robert – disse ele pouco depois, olhando pela janela. – É curioso: ficam assustados quando o trem passa, mas sempre correm na mesma direção do veículo, embora fosse mais lógico fazer o contrário. Veja, estão correndo do ponto no qual o trem estava e não para onde está indo, não levam em consideração o movimento dele.

– Bom, são apenas ovelhas – observei, sem saber aonde ele queria chegar.

Tive a impressão de que ele resmungou para a vidraça:

– Somos todos ovelhas, menos aqueles que resolvem não ser.

Devo ter dado uma dormida. Ao despertar, vi que ele me olhava.

– Cada vez que compramos e vendemos na Bolsa, lucramos – disse ele, baixo, como se estivesse apenas continuando uma conversa cujo começo perdi. – Porém, é mais do que isso. Cada vez que os brasileiros são obrigados a intervir e comprar mais café, têm que estocar, o que custa dinheiro. Assim, cada lucro que temos pressiona-os mais. A última coisa que querem agora é uma boa colheita, não têm condições de estocar o excesso, além do que já possuem de anos anteriores. Uma geada poderia salvá-los, mas não tem geado. – Balançou a cabeça. – Não acredito que seja um acaso. Não mesmo. Mas como é que chamam isso, qual é a palavra?

Concordei, ele não disse mais nada e dali a pouco dormi de novo.

Um carro estava à nossa espera em Buckley, uma pequena estação no campo, perto de Plymouth. As portas do carro tinham um pequeno monograma, um heráldico H. Tentei lembrar onde já tinha visto aquilo. Lembrei: na fazenda brasileira.

– É o monograma de Howell – disse eu, surpreso.

Pinker concordou.

– Vamos à casa dele na Inglaterra. Achamos que seria mais discreto do que nos encontrarmos em Londres.

431

* * *

O lar inglês de Howell era um solar em estilo elisabetano. Ovelhas pastavam às margens da longa estrada e, através de falhas no parque, via-se, ao longe, o mar. Jardineiros podavam as cercas e, quando passamos, um guarda de caça com um *terrier* no bolso do casaco e uma arma sob o braço tirou o boné para nos cumprimentar.

– Bela propriedade – comentou Pinker. – O Sr. Howell fez bem em adquiri-lo.

– Nunca pensou em ter algo assim? – Não perguntei se ele podia ou não comprar.

– Não é do meu gosto. Ah, lá está o nosso anfitrião vindo nos cumprimentar.

Durante meia hora, eles se fecharam na sala de visitas até me chamarem. O espaço entre eles estava cheio de papéis que pareciam documentos.

– Entre, Robert. O Sr. William nos trouxe um presente. Dê uma olhada. – Pinker segurava um envelope grande.

Folheei as páginas. No começo, não entendi: havia uma lista de nomes estranhos com números ao lado e o resultado da soma em baixo.

– São estimativas da safra desse ano nos cinquenta maiores estados brasileiros – explicou o Sr. William.

– Como conseguiu?

– É uma pergunta que não se pode fazer – respondeu, com um sorriso. – E que certamente é melhor não responder.

Olhei de novo os números.

– Mas só esse número aqui é maior que a produção anual de todo o país.

– Cinquenta milhões de sacas — concordou Pinker. – Enquanto o governo declara apenas trinta milhões.

– O que houve com o resto? Foi destruído?

O Sr. William balançou a cabeça, negando.

– É um truque de contabilidade, ou melhor, uma série de truques. Eles puseram números falsos para a sobra, abaixaram a classificação da produção de alguns estados, criaram perdas que não existiram. Em resumo, fizeram tudo para parecer que produzem menos café do que é verdade.

Não precisei perguntar por que faziam aquilo.

– Se a Bolsa souber disso...

– Exatamente – admitiu Pinker. – Robert, acho que você deve almoçar com um ou dois dos seus amigos jornalistas. Deve ser cuidadosamente planejado, precisamos que a notícia comece a circular na próxima semana. Não de uma vez, atenção. Queremos criar um pânico, e investidores sempre ficam mais apavorados quando não sabem os fatos reais.

– Esses números são certos?

Howell deu de ombros.

– Certos o suficiente para o que queremos, vão causar uma especulação razoável.

– Você só precisa dizer, Robert, que vai haver um grande escandalo – prosseguiu Pinker. – Então, na próxima sexta-feira, quando o parlamento se pronunciar...

– Como sabe que vai haver um pronunciamento?

– Conheço quem vai fazer e o porquê. Mas isso é só o começo. Vai ser anunciada uma investigação do Comércio e Indústria e o comitê de monopólios vai pedir sanções contra o Brasil...

Minha cabeça corria para acompanhar.

– Comércio e Indústria... é o ministério de Arthur Brewer, nao? E ele é o chefe desse comitê.

Os olhos de Pinker brilharam.

– Para que serve um genro no governo, se não para receber informações de interesse nacional? Mesmo assim, não vamos dar todos os números: para cada jornal você dá uma parte do documento, de forma que ninguém tenha a informação integral. Vão ficar adivinhando, especulando, e a especulação vai se alimentar sozinha...

– Os mercados vão explodir.

– Os mercados vão perceber a verdade e ver que eles confiaram demais. Os brasileiros divulgam seus números na quinta-feira e, com certeza, será outra falácia, uma enorme subavaliação. A diferença é que dessa vez as pessoas conseguirão ver isso. – Cruzou as pernas e recostou-se na cadeira. – Chegou a hora, Robert, esperei sete anos – disse, baixo.

Ele e Howell estavam muito calmos. Vi então que tudo o que ele tinha feito – especular, dominar novos instrumentos financeiros, aproximar-se de Howell, até alimentar meus contatos nos jornais, fora cuidadosamente direcionado para isso. O que eu e os mercados de ações achamos que eram mudança de direção foram apenas a mais terrível e implacável paciência.

Virei-me para o Sr. William:

– Se o mercado quebrar, o senhor vai à falência.

– Eu achava isso – ele disse, com calma. – Como qualquer outro produtor mundial idiota, eu pensava que precisávamos sustentar o preço do café. Mas não, são os outros, os fazendeiros menos eficientes, que irão à falência primeiro. Quando tudo terminar e o preço se estabilizar, meus cafezais ainda darão lucro, uma pequena quantia por acre, talvez, mas significativa, considerando a operação como um todo. – Fez sinal com a cabeça para Pinker. – O seu patrão fez as contas.

– Descritas na carta que eu entreguei ao senhor. Este era o assunto. Contas.

– Por que o Sr. William apoia fazendeiros menos bem-sucedidos do que ele? – perguntou Pinker.

Howell concordou com a cabeça.

– A vida vai ser bem mais fácil quando restarem só as grandes fazendas. Podemos negociar entre nós, e os vagabundos que ficam em São Paulo e sugam o nosso sangue que se virem.

– No futuro, haverá menos empresas grandes – acrescentou Pinker. – Tenho certeza.

Perguntei, devagar:

– Mas o que vai acontecer com esses produtores menores? E com o menor de todos? Durante vinte anos eles foram incentivados a arrancar os produtos agrícolas que poderiam comer e viver à custa de, para plantarem algo que só podem vender, o café. Devem ser milhões de pessoas no mundo inteiro. O que vai acontecer com elas?

Os dois me deram um olhar ausente.

– Muitos vão morrer de fome – disse eu.

– Robert – disse Pinker, tranquilo. – Entramos num... num grande empreendimento. Da mesma forma que, uma geração antes da nossa, os ingleses de visão e iniciativa libertaram os escravos da tirania, hoje temos a oportunidade de libertar os mercados do controle estrangeiro. Essas pessoas às quais você se refere vão descobrir plantações melhores, maneiras mais eficientes de viver. Vão prosperar. Liberadas dos entraves de um mercado artificial, vão se dedicar a novas empresas e atividades... algumas vão falir, mas outras vão transformar e enriquecer seus países de uma maneira que o café jamais conseguiria. Lembre-se de Darwin: a melhoria é inevitável. E nós três aqui nessa sala somos privilegiados por sermos instrumentos dela.

– Houve tempo em que eu poderia engolir esse absurdo. Não posso mais – disse eu.

Pinker deu um suspiro.

– Você pode fazer uma fortuna com essa correção do mercado – disse o Sr. William, ríspido. – *Correção*, reparei na escolha da palavra, como ela mostrava bem a inevitável lisura do que estavam prestes a fazer. – Pouca gente no mundo sabe o que você sabe agora. Se você fosse investir a curto prazo em café amanhã...

Pinker lançou um olhar de alerta para Howell.

– Não é só o dinheiro. Robert, pense no que essa oportunidade seria para você. Imagine o respeito com que será tratado na City! O Sr. William e eu... somos velhos, daqui a pouco nosso tempo passa e outra geração virá. Por que você não estará no meio deles, Robert? Você tem talento, eu sei. É como nós dois: sabe que são precisos gestos ousados, grandes decisões. Ah, você é jovem e às vezes mal orientado, mas nós estaríamos aqui para ajudá-lo, você lucraria com nossas mãos em seu ombro, mas você tomará suas próprias decisões, descobrirá suas próprias aventuras...

– É preciso considerar também os investidores – acrescentei.

– Todos os que aplicaram as economias em ações do café. Vão perder tudo.

– A especulação envolve risco. No passado, eles aproveitaram muito o nosso trabalho. – Pinker deu de ombros. – Não estou pensando neles, mas em você.

Eles olharam para mim, esperando. Por um instante, achei que pareciam dois cachorros velhos, arreganhando os dentes, esperando eu cair no chão e mostrar meu pescoço.

Pensei em Emily, pronta a enfrentar o próprio marido para fazer o que achava certo. Pensei em Fikre, comprada e vendida como um saco de grãos só por causa de como e onde nasceu. E pensei nos nativos, meu clã ancestral, colhendo grãos de café, um punhado depois do outro, nas florestas fechadas das montanhas abissínias, café que dali a pouco valeria quase nada.

– Não posso ajudá-los – disse eu.

– Não pode nos impedir de fazer isso – disse o Sr. William.

– Talvez, mas não vou participar disso. – Levantei e saí da sala.

Setenta e nove

Voltei à estação de trem, andando pela longa e elegante estrada, passei pelas ovelhas pastando, os jardineiros e guarda de caça – aquela idílica paisagem inglesa, paga com o suor de milhares de peões. Pinker ficou com minha passagem de volta; por isso, voltei para Londres num vagão de terceira classe, entre homens que fumavam cigarros baratos, nos bancos que mancharam meu terno fino com poeira de carvão.

O plano de Pinker era simples. No pregão da Bolsa, ele ia fazer uma venda a descoberto. Venderia o café que tinha e também o que não tinha, fazendo contratos para fornecer o produto no futuro, na expectativa de que o preço caísse e ele pudesse comprar mais barato do que tinha vendido.

Mas a venda a descoberto de ações, que o investidor não tem, é mais do que uma aposta que movimenta o mercado. Quando feita em grandes quantidades, cria um excesso que por sua vez pressiona mais o preço. O excesso não é real, claro – é mais a *expectativa* de excesso: não há mais café no mundo, mas, de repente, há mais vendedores do que compradores e os negociantes que, afinal de contas, devem dinheiro, farão o possível para fechar suas posições, livrando-se do investimento.

Essa pressão, somada a outras – como um pânico no mercado, com investidores comuns correndo para vender suas ações –, impede o próprio governo de comprar o suficiente para apoiar os brasileiros. Pinker levaria à falência a economia brasileira, junto com qualquer outro país idiota o bastante para apoiar os brasileiros. E o preço mundial – isto é, o preço do café vendido da Austrália a Amsterdã – desmoronaria.

Eu tinha certeza de que havia mais do que isso. Os especuladores e os outros corretores da City também estariam envolvidos: sem dúvida, haveria derivativos e swaps, empréstimos e alavancagens, todo o arsenal das modernas ferramentas financeiras indo para esse pequeno campo de batalha, mas, na essência, era tão bem planejado quanto um jogo de pôquer. Pinker e seus asseclas venderiam café que não tinham e o governo brasileiro compraria café que não queria. Venceria quem tivesse nervos para aguentar mais tempo.

Fui à Castle Street e encontrei Emily preparando uma faixa.

– Seu pai vai derrubar o mercado – disse eu, resumindo. – Está aliado ao Sr. William Howell e ao seu marido. Tramam provocar pânico na Bolsa.

– Para que vão fazer isso? – perguntou ela, calma, continuando a prender a faixa.

– Para ficarem milionários. Mas, para ser sincero, acho que isso é só parte do motivo. Seu pai é obcecado por deixar uma marca na História, não importa como. Para ele, é como um vício. Quer destrua ou crie, faça bem ou faça mal, ganhe ou perca dinheiro; a única coisa que interessa para ele é ser o autor disso.

– Isso é injusto – criticou Emily.

– Injusto? Quando te conheci, ele alegava defender a moderação: Será que baixar o preço ajuda? Depois, passou a falar na África e como o café faria os selvagens buscarem Deus: qual foi a última vez que ele disse isso? Eram só ideias sem fundamento que ele tentava explorar mesmo assim.

– Robert, não use os seus próprios defeitos para manchar a imagem de meu pai – disse ela, furiosa.

Suspirei.

– Emily, eu sei que não fui muito útil ao mundo, mas também não prejudiquei muito. O que eles estão fazendo agora é terrível, vai causar uma miséria incalculável.

– Os mercados precisam ser livres; se ele não fizer, outro fará – ela disse, teimosa.

– Está destruindo a liberdade das pessoas ou o mau uso dela?

– Como ousa dizer isso, Robert! Só porque não conseguiu nada, tenta diminuir meu pai. Sei o que você está querendo, porque o deprecia assim.

– Que diabo quer dizer com isso?

– Você sempre teve ciúme da minha admiração por ele...

Discutimos, ou seja, não conversamos, mas discutimos, falando com a finalidade de magoar. Acho que eu disse que ela só conseguia continuar com a campanha do voto por causa do dinheiro tirado do sofrimento de outros; ela disse que eu não merecia nem limpar os sapatos do pai dela; acho que fiz até algumas acusações inspiradas em Freud. O que mais a feriu foi a acusação de que o pai não tinha qualquer moral ou escrúpulo.

– Não aceito isso, entendeu? Ele é um grande homem, brilhante...

– Não estou negando o brilho dele...

– Ele se importa com os outros, eu sei. Se não... – E ela foi embora, batendo a porta com tanta força que as dobradiças estremeceram.

Pensei: ela volta daqui a pouco.

Não conhecia a teimosia dela.

Depois que saí, Jenks me contou que Pinker esteve em Narrow Street como se nada tivesse acontecido. Entregou os números dados por Howell e mandou Jenks chamar os jornalistas, já que eu não estava. Os repórteres vieram com prazer, vários tinham vendido suas ações a descoberto por sugestão minha e ficaram ansiosos para espalhar os boatos que destruiriam o mercado de ações. Será que as estimativas de Howell eram verdadeiras? Quanto mais eu refletia, mais duvidava – porém, como ele disse, os números seriam aprovados sob qualquer avaliação superficial.

Jenks contou também que, enquanto ele cuidava disso, Pinker foi ao armazém. Estava vazio: cada saca, cada grão já tinha sido destinado à batalha. Naquele enorme espaço cheio de ecos, ele chamou:

– Jenks?

– Estou aqui, senhor.

– Venda, venda tudo.

– Vender o quê, senhor?

– Tudo – Pinker levantou as mãos e o gesto incluía cada canto vazio do armazém.

– Mas aqui não tem nada, senhor.

– Você não enxerga? Tudo o que está invisível, o que é hipotético! Cada acordo já feito e os futuros, cada centavo que pudermos tomar emprestado, cada contrato que pudermos fazer. Venda tudo.

No dia da passeata, choveu – não uma pancada leve de primavera, mas um aguaceiro como raramente se vê na Inglaterra; muito forte, parecia que os deuses estavam arrastando grandes bolinhas de gude pelas ruas de Londres. Westminster virou um atoleiro de lama fedorenta. As enormes fileiras de mulheres encharcadas ficaram a postos, mas de cabeça baixa. Com isso, as pessoas se dispersaram logo, o barulho da chuva impedia até que chamassem alguém, ninguém enxergava nada, só a lama que grudava nos pés...

Às 14h30, na Câmara dos Comuns, Arthur Brewer levantou-se para fazer uma pergunta. Tinha em mãos os números da safra fornecidos por Sr. William. Pelo jeito, até no parlamento a chuva fez com que só se pudesse ser ouvido aos berros. Quando os jornalistas entenderam o que ele estava dizendo e confirmaram os boatos, correram para os telefones, depois correram para suas redações... E também os honrados parlamentares que tinham investido em café procuraram seus agentes e quando não conseguiram encontrá-los, foram embora. Pinker queria o pânico, mas nem ele conseguiu imaginar como se alastraria depressa.

Ela não devia ter ido. Depois, isso ficou óbvio para todo mundo. Quando ela desmaiou na lama, ninguém notou, estavam todos caindo, com as botas escorregando e pisando nas anáguas, as ruas paradas na confusão.

Talvez, se tivesse tomado mais cuidado, ela não perderia o bebê. Mas nunca se sabe.

Na Castle Street, vi o tempo passar de ensolarado a tempestuoso: nuvens negras, da cor de uma carne assada demais, se juntavam sobre a City. Pode parecer fantasioso, mas quando o dilúvio começou, para mim não pareciam pingos de água caindo do céu, mas grãos de café afogando todo mundo.

Eu não queria assistir à vitória de Pinker na Bolsa, mas o importador, Furbank, foi. Depois ele me contou que, quando terminou – quando o governo brasileiro finalmente admitiu a derrota e os números caíram em queda livre –, ele estava olhando a cara de Pinker. Esperava ver o comerciante muito satisfeito, exultante. Mas Pinker não demonstrava nada, segundo Furbank, só um interesse polido e hipnotizado, enquanto via os números caindo, numa espécie de transe.

Ouviu-se um barulho na galeria pública. Aqueles que tinham enriquecido em vez de perder tudo – que perceberam para que lado a coisa iria – aplaudiam de pé o grande golpe de Pinker. Mas nem isso ele parecia ouvir. Ficou só olhando o andar de baixo, onde estavam os quadros-negros com os números.

Oitenta

Alcatroado – defeito de sabor que dá ao café um caráter queimado e desagradável.

– Lingle, *The Coffee Cupper's Handbook*

A chuva tinha parado. Furbank e eu atravessamos o Tâmisa pela Tower Bridge, enquanto os navios descarregavam no cais Hay. Mas, em vez de levar as sacas de café para o armazém, os carregadores empilhavam na área livre em frente aos prédios.

– O que estão fazendo? – perguntou Furbank, intrigado.

– Não sei bem.

Vimos uma fumaça saindo ao lado das pilhas de sacas mais distantes.

– Atearam fogo nas sacas, veja! – A pilha deve ter sido embebida em gasolina e logo pegou fogo como um gigantesco bolo de Natal flambado à mesa. – Mas por que eles estão queimando?

Quando entendi o que tinha acontecido, fiquei nauseado.

– Com o novo preço, não vale a pena estocar, fica mais barato queimar e liberar os navios para transportarem outros produtos – declarei.

Olhei ao longo do rio. De outros cais – Butler's, Santa Catarina, Bramah, até o cais Canárias – vinham nuvens de fumaça iguais. Senti cheiro de café, aquele amargo e envolvente odor que sempre associei aos tambores de torrar no armazém de Pinker, espalhando-se como uma leve e perfumada neblina sobre Londres.

Surpreso, eu disse:

– Vão queimar tudo.

Não foi só em Londres. Houve incêndios parecidos em toda a Europa e América do Sul, à medida que os governos aceitaram os inevitáveis incêndios de cafezais sem chances de rentabilidade. Os peões apenas assistiram, sem poder fazer nada.

No Brasil, um jornalista sentiu em um avião o cheiro dos grãos queimando, a quase 1,5 quilômetro de altura. A fumaça formou grandes nuvens que se condensaram no topo das montanhas e, quando a chuva finalmente caiu, as gotas ainda tinham gosto de café.

Jamais esquecerei aquele cheiro, nem aqueles dias.

Eu andava pelas ruas do East Side sem parar, não conseguia sair de lá. Era uma espécie de pesadelo. O ar tinha deliciosos cheiros de fruta e cítricos, de fumaça de madeira e couro. Meus pulmões ficaram tão impregnados, que dali a pouco deixei de sentir o cheiro. Então, o vento vinha provocar e uma nova rajada limpava o palato, enchendo novamente os sentidos com a fragrância de café torrado.

Por trás dessa fragrância havia algo mais escuro e mais amargo, enquanto o cheiro dos grãos ia de assado a queimado e de queimado a carbonizado – crepitando, desmanchando e derretendo como carvões quentes.

Naqueles incêndios, senti o aroma de cafés brasileiros, venezuelanos, quenianos, jamaicanos, até de mocas. Milhões de xícaras de café, queimadas como uma espécie de oferenda para algum deus terrível.

Quando estive na Etiópia, aprendi um pouco da língua gala e as crianças da aldeia me ensinaram canções de ninar. Tinha uma sobre a origem do café, não aquela conveniente lenda árabe sobre os pastores que notaram a agitação das cabras, porém uma história muito mais antiga.

Séculos atrás, um grande feiticeiro conseguia se comunicar com os *zar*, os espíritos que governam, ou melhor, desgovernam nosso mundo. Quando ele morreu, o deus do céu ficou triste porque ninguém seria forte o suficiente para controlar os espíritos. Deus chorou lágrimas amargas na sepultura do feiticeiro e onde elas caíram nasceu o primeiro pé de café.

Às vezes, quando os nativos serviam café, contavam isso como uma espécie de brinde.

Aqui, a água está quase fervendo. Bebamos as lágrimas amargas de Deus.

Oitenta e um

Não voltei ao escritório de Pinker e, duas semanas depois, quando eu trancava a cafeteria, alguém bateu à porta. Fui até lá e avisei:

– Estamos fechados.

– Sou eu – disse uma voz cansada.

Deixei-a entrar. Estava de casaco e tinha colocado uma valise na calçada.

– Vim de tílburi e já o despachei. Posso entrar?

– Claro. Para onde vai?

– Para cá. Se você não se opuser, claro – ela disse.

Fiz café, enquanto ela me contava o que houve.

– Arthur e eu discutimos. Falamos... bom, você sabe como sou quando me irrito. Eu disse que ele não passava de cria do meu pai e, pela primeira vez, ele perdeu o controle.

– Bateu em você?

Ela concordou com a cabeça.

– Nem chegou a doer, mas não posso mais ficar na mesma casa que ele.

Pensei, que estranho, depois de tudo o que aconteceu – as batidas policiais, os discursos belicosos, o tratamento brutal dos funcionários do parlamento, os estupros conjugais – um simples tapa finalmente pesou na balança.

Como se lesse meus pensamentos, ela disse:

– Ele desrespeitou os próprios princípios, sabe. Ou eu mesma fiz com que ele desrespeitasse.

– O que pretende fazer?

– Vou ficar aqui... se você realmente não se importar.

– Importar? Claro que não, é bem-vinda.

– Mas você entende, Robert, não deve haver nenhuma inadequação. As pessoas podem falar o que quiserem, mas nós não temos nada para sermos criticados.

Suspirei.

– Muito bem.

– Ah, não fique assim. De todo jeito, as investidas de Arthur, a gravidez e o tratamento do Dr. Mayhews me deixaram muito abatida para aquelas coisas.

– Você vai se recuperar. E quando isso acontecer...

– Não, Robert. Não quero lhe dar falsas esperanças. Se você acha complicado ser apenas meu amigo, diga. Eu me hospedo em outro lugar.

– O que você quis dizer quando falou no Dr. Mayhews? – perguntei depois a ela.

– Hum?

– Você disse que em função de Arthur, do bebê e do Dr. Mayhews perdeu o interesse pelas relações sexuais. Compreendo as duas primeiras razões, mas não entendi a terceira.

– Ah. – Ela não conseguia olhar para mim, mas a voz era firme.

– Eles não lhe contaram que tive o diagnóstico de histérica?

– Contaram. É absurdo, claro. Nunca vi ninguém menos histérica do que você.

– Não, Robert. Acontece que eles tinham razão. Cheguei a ser tratada por um especialista.

– Que tipo de tratamento?

Ela não respondeu de pronto. Acabou dizendo:

– Com uma máquina elétrica... um negócio oscilante. Acaba com a histeria. A pessoa tem uma espécie de... convulsão. Um paroxismo, como eles dizem. É bem perturbador. É assim que eles sabem... que você é mesmo histérico. O paroxismo é a prova.

Perguntei mais e, aos poucos, comecei a entender o que fizeram com ela. Quando terminou de contar, eu disse:

– Mas Emily, isso não é histeria. É simplesmente o que as mulheres devem sentir... com os amantes.

– Não acredito.

– Ah, Emily, escute...

– Não, eu realmente não quero falar nisso.

Apesar das restrições de Emily e da raiva pelo que os médicos fizeram com ela, tive uma curiosa esperança de que, quando ela deixasse tudo aquilo para trás, pudesse ver as experiências comigo de outra forma.

A certa altura daquela noite, acordei e ouvi um choro.

Ela estava sentada na escada que levava à cafeteria, lembrava uma bola murcha enfiada numa camisola branca.

Pensei então que era a primeira vez que via Emily de cabelos soltos. Sentei-me ao lado e coloquei o braço ao redor dos ombros dela. Estava tão magra, era um fiapo.

– Fracassei – ela disse, soluçando. – Fracassei em tudo. Não sou uma boa esposa, nem mãe, nem sufragista.

– Pssiu, vai dar tudo certo – eu disse e a segurei nos braços sem me mexer ou falar nada, enquanto soluçou, coitadinha, até de manhã.

Oitenta e dois

Duro – referente, em especial, aos cafés brasileiros.

– J. Aron e Cia., *Coffee Trading Handbook*

Quatro semanas depois, Pinker fez uma reunião extraordinária do conselho da empresa. Como os conselheiros são ele, Emily, Ada e Philomena, a reunião teve a forma de um almoço comemorativo para brindar o incrível sucesso do pai na Bolsa.

As irmãs não se viam havia algum tempo e tinham muitas novidades familiares para trocar. Emily fica meio quieta, mas as outras, usando de tática, não dão atenção ao fato.

Só durante o café – que, aliás, não era Castelo, mas um ótimo queniano de grãos tipo longberry, servido na porcelana preferida de Pinker, a Wedgwood – ele finalmente fala no assunto do dia, batendo na xícara com uma colherzinha, pedindo silêncio.

– Minhas caras – diz, olhando em redor. – Esta é uma reunião familiar, mas é também do conselho e precisamos discutir alguns assuntos. Pedi a Jenks para fazer a ata. Trata-se de uma formalidade, mas temos de segui-la. Serei breve.

O secretário chega e senta a um lado da mesa, cumprimentando as irmãs com um sorriso. Equilibra uma pasta de papéis no joelho e pega uma caneta.

– Somos uma empresa familiar – começa Pinker. – Por isso, podemos fazer reuniões dessa forma. Desconfio que hoje isso é visto como meio antiquado. Empresas públicas, que estão na Bolsa, que abrem o capital aos poderes e oportunidades do mercado, são as que, no futuro, terão recursos e flexibilidade para se expandir no mundo.

– Está dizendo que quer a Café Pinker no pregão da Bolsa, papai? – pergunta Ada, que agora é uma jovem muito mais segura;

a vida conjugal com um marido que ela adora aplainou as arestas e deu um brilho aos seus olhos.

– Ada, escute com calma – disse Pinker, indulgente. – Vocês devem ter observado que tais empresas também compram e vendem outras. Nos Estados Unidos assistimos ao surgimento do que eles chamam de conglomerados, empresas que têm mais de uma subsidiária. Aqui também velhos inimigos estão precisando formar novas alianças. Como a Lyle com a Tate, por exemplo, dois rivais de longa data que estão formando uma só empresa.

Ele fez uma pausa e prosseguiu:

– Tenho discutido com um de nossos concorrentes, um rico fazendeiro de café. Uma união de interesses serviria a ambas as partes: na Castelo temos a marca mais forte e a melhor participação no mercado, enquanto ele conhece a matéria-prima, experiência que perdemos com a morte do caro Hector. Ele tem muitos ativos, enquanto nós temos dinheiro vivo. Juntos, creio que formaremos uma empresa capaz de conquistar o mundo.

– Quem é ele, papai? – pergunta Ada.

– É o Sr. William Howell – responde Pinker.

Há um pequeno e pasmo silêncio. Philomena diz:

– Mas como vai trabalhar com ele? Vocês não se odeiam?

Pinker está muito calmo, sorri para elas.

– Para nossa surpresa, descobrimos que, nos assuntos importantes, temos muito em comum. Não creio que jamais sejamos amigos, mas podemos certamente fazer negócios.

– Ele vai enganá-lo – disse Emily.

O pai nega com a cabeça.

– Precisa mais de nós do que nós dele. E não esqueça, essa empresa vai estar na Bolsa: terá acionistas que equilibram o poder.

Dessa vez, o silêncio durou algum tempo.

– O anúncio será feito amanhã de manhã, na abertura da Bolsa. Saibam vocês que isso significa o fim da Pinker como empresa familiar. A nova companhia vai ser administrada de outra forma, tem que ser assim, a Bolsa exige. Todos os acionistas, por exemplo, terão o direito a comparecer às reuniões gerais. – Olha em redor da sala. – Não creio que eles caibam na nossa salinha de jantar.

Ninguém sorri.

– Nós seremos acionistas? – pergunta Ada.

– Terão algumas cotas, sim. Mas sem direito a voto.

– Quer dizer... na verdade, está pedindo para vendermos a nossa parte? – indaga Philomena.

– Sim, todas receberão uma quantia, uma quantia alta, pela venda das cotas para a nova empresa.

– Não sei... – diz Emily.

– Pensei muito nisso – diz Pinker, firme. – Se não queremos ser engolidos por uma das grandes empresas americanas, temos de nos transformar numa delas. – Faz uma pausa. – Outra coisa que influenciou a minha decisão foi o Sr. William ter um filho.

Elas olham bem para o pai.

– Jock Howell conhece todas as áreas da empresa do pai. Depois da união, ele virá administrar essa parte durante algum tempo, sob a minha orientação, claro, para completar seu aprendizado. Então, com o tempo, quando Sr. William e eu nos aposentarmos, o filho estará em condições de assumir o controle de toda a operação.

– Você vai entregar a sua empresa... para o filho de Howell? – Emily está consternada.

– Qual é a minha escolha? Ele tem um filho, eu não – argumenta Pinker, calmo.

Enquanto surgem as implicações do fato, Pinker levanta a xícara de café.

– Eu gostaria de um pouco mais desse café. Tem?

– Quer dizer que, se um de nós fosse homem... – Emily conclui, com uma raiva súbita.

– Não, não, não – diz Pinker, tentando acalmar. – Não é bem assim. Mas você é casada com um parlamentar; Ada e Richard estão em Oxford; Phil vive mais do que ocupada com festas e bailes. Claro que não pode ser nenhuma de vocês.

– Se ao menos você tivesse me perguntado, eu teria assumido – diz Emily. – Se fosse uma escolha, eu não teria me casado...

– Basta – diz o pai, ríspido. – Não quero ouvir nenhuma crítica ao seu marido. Já houve bastante escândalo com isso.

– Pelo jeito, há muita coisa que você não quer ouvir – diz ela, amarga.

– Emily... não fale assim comigo.

Ela morde o lábio.

– Vou tomar o café agora – diz ele, mostrando a mesa. – Jenks, obrigado, você pode sair.

Jenks fecha a pasta e levanta-se.

– Espere – pede Emily ao secretário.

– Emily, o que você disse? Claro que ele pode sair da sala.

– Devíamos votar – diz ela, olhando as irmãs em volta da mesa. – Se temos participação na empresa, deveríamos votar sobre esse assunto.

– Não seja ridícula – diz o pai.

– É a forma correta de fazer as coisas, não é? – Ela apela para Jenks. – Não é?

Relutante, ele concorda.

– Acho que, tecnicamente, é até exigido.

– E se votarmos contra, não pode ser assim. Nós aqui somos maioria – diz ela, dirigindo-se às irmãs.

– Pelo amor de Deus, o que houve com você? – esbraveja o pai. – Céus, mulher, isso aqui não é uma reunião de sufragistas, é a minha empresa...

– A *nossa* empresa...

– A *minha* empresa – ele insiste.

– Você não vai poder discutir assim com seus acionistas, quando estiver na Bolsa – ela observa. – Eles podem até não aprovar o seu Jock Howell. Ou talvez ele exclua *você* por votação, já pensou nisso?

Ele olha bem para a filha, furioso.

– Levante a mão quem estiver contra a proposta – diz ela, levantando a mão.

– Chega – diz o pai, recuperando-se. – Jenks, pode sair. Registre que a proposta foi aprovada por unanimidade.

– Sim, senhor – diz Jenks indo embora. Há um longo e pesado silêncio, e de repente, Emily dá um grito e também sai.

Oitenta e três

Ela ficou num quarto na Castle Street e, como a fase de turbulência não tinha fim, passava cada vez mais tempo lá. Durante todo esse período, nunca a ouvi falar no marido ou no pai de forma desrespeitosa. Na verdade, raramente falava neles. Nós éramos praticamente um casal, embora de uma forma pouco convencional.

– Robert?

Olhei. Havia uma caixa de mogno sobre a bancada. Emily abriu-a. Dentro, fileiras de frascos, algumas xícaras e colheres para provar.

Era o Guia.

Ela colocou quatro pequenos pacotes de café na mesa e começou a desembrulhá-los.

– O que está fazendo?

– A única coisa que podemos fazer – disse ela. – Esses são os melhores cafés novos de Furbank: dois da Guatemala e dois do

Quênia. – Com cuidado, despejou água em cima da primeira série de cafés moídos e olhou para mim. – Então?

Suspirei.

– Não há razão para isso.

– Pelo contrário, Robert, há muitas. Furbanks considerou-os cafés bons, de qualidade. Os produtores não podem ir à falência só por serem obrigados a vendê-los pelos mesmos preços que o produto industrial de Howell. Ainda há muita gente no mundo que se interessa pelo café. Elas só precisam saber diferençar o bom do ruim, e o Guia pode fazer isso, desde que esteja sempre atualizado. – Empurrou uma das xícaras para mim.

Resmunguei:

– O que quer que eu faça?

– Que você os prove, claro. Cheire, ponha na boca e cuspa. Está pronto?

Juntos, demos um gole fazendo barulho.

– Interessante – disse ela, pensativa.

Concordei com a cabeça.

– Aroma de bananas.

– E um pouco de aspereza natural na língua...

– Chega a ter um toque de uvas moscatel.

Degustávamos o mesmo sabor com a boca, a língua, os lábios, as sensações passavam de um para outro, como beijos.

– Amoras pretas ou pêssego?

– Acho que mais ameixas ou, talvez, ameixas tipo damson.

– E alguma coisa cálida, carne assada ou talvez fumo de cachimbo.

– Carne assada? Não... ficaria picante. Prove de novo.

– Acho que é mais a casca de um pão recém-assado.

– Muito bem, vou anotar. Quer trocar as xícaras?

* * *

– Sabe, podemos começar pedindo para Furbank obter em fazendas africanas os cafés que vendemos aqui, em vez das grandes plantações – sugeri. – Em si, não faria muita diferença, mas, se muitas pessoas fizessem isso, os pequenos produtores teriam uma opção que não fosse trabalhar para o homem branco.

– Acho ótima ideia.

– Claro que isso vai encarecer o café.

– Será que teremos prejuízo?

– Não faço ideia.

– Robert, meu caro, você não faz ideia do que seja administrar uma empresa, não?

– Pelo contrário, acho que os administradores é que não têm ideia do que seja.

– Muito bem... como é o provérbio africano que você gosta tanto de citar?

– A teia de uma aranha pode ser destruída facilmente, mas mil teias prendem um leão.

– Exatamente. Sejamos aranhas e teçamos nossas teias.

– Já esse café aqui – disse eu –, me lembra da África. Amoras, barro e aquela terra marrom e forte onde os grãos ficavam secando.

– Bom, não estive lá, então não posso dizer. Mas posso provar os temperos: folha de louro ou talvez açafrão. Tem mais uma coisa suave...

– É? O quê?

– Não sei. Mas é doce.

Das cinzas daqueles incêndios surgiu um leve resquício de algo que valia a pena preservar – não era esperança, nem sequer amor, mas algo frágil, delicado, etéreo como fumaça, que nós dois compartilhamos naquela sala e de que outros também fariam parte: importadores como Furbank; alguns fregueses apaixonados por café que foram aumentando aos poucos como uma série de recados que circulavam pelo mundo.

Oitenta e quatro

E aí, exatamente como Emily previu, chegou uma hora em que o movimento sufragista precisou de mártires.

A decisão das sufragistas de iniciar uma greve de fome mudou o clima da rebelião. Levantou a terrível possibilidade de haver vítimas: o governo matando quem ele dizia considerar o sexo fraco.

As primeiras grevistas foram libertadas da prisão sem estardalhaço por motivos médicos, mas, com a cobertura da imprensa, ficou impossível fazer qualquer coisa sem repercussão. O governo então – dizem, por sugestão do próprio rei – decidiu submeter as grevistas a "tratamento hospitalar" ou, em bom português, alimentação forçada.

Houve uma onda de revolta. As mulheres que antes não apoiavam o movimento ficaram impressionadas com o heroísmo das grevistas, e apavoradas imaginando até onde os homens iriam para manter o poder. Já as sufragistas se sentiam no direito de retribuir cada vez mais a violência à qual estavam submetidas.

O governo sabia que, àquela altura, recuar seria considerado uma fraqueza. Sabia também que era entregar de bandeja um milhão de novos votos para os outros partidos. Uma briga que não podia perder.

Em setembro, a situação estava nesse pé, quando Emily foi incumbida de jogar uma pedra numa janela do parlamento.

* * *

– Você não é obrigada a ir – disse eu.

– Claro que não, mas quero ir.

– Deve ter outras militantes...

– E, como eu ia ficar, com outra tomando o meu lugar? – Ela negou com a cabeça. – Você não entende, Robert. Se eu for presa, não será um sacrifício, será... – Ela procurou a palavra. – Será um privilégio, a realização de tudo pelo que lutei.

Eu disse, com pesar:

– A cada dia, você fica mais parecida com seu pai, já notou? Quando resolve uma coisa, não muda de ideia por nada.

Por um instante, os olhos dela brilharam de raiva. Depois, disse, calma:

– É mesmo, Robert. Claro que sou exatamente igual a ele. Por isso mesmo tem que ser eu e não outra pessoa.

Na primeira tentativa de atirar a pedra, ela foi presa. Depois, fiquei pensando se ela não garantiu que seria detida, se não esperou até ter certeza de ser observada por um policial.

O julgamento foi incrivelmente rápido. Como ela confessou, não houve defesa. O guarda leu suas anotações, o promotor disse algumas palavras, o magistrado remunerado deu a sentença: multa de 10 xelins ou prisão de três semanas.

Emily disse, calma:

– Prefiro ser presa.

A galeria lotada de sufragistas aplaudiu muito. O juiz bateu o martelo pedindo silêncio.

– Recusa-se a pagar a multa?

– Recuso-me a reconhecer a autoridade desse tribunal que é pago com meus impostos sem a minha permissão.

– Muito bem. Levem-na.

Tentei visitá-la na prisão, não permitiram. Então, fiquei do lado de fora com o resto da multidão, esperando vê-la de relance, ao ser transferida para Holloway. Vi Brewer, vestido como se estivesse num enterro. Abrindo caminho entre a multidão, ele vociferou:

– Está contente agora, Wallis? Ou deseja que minha esposa se degrade mais um pouco?

– Tanto quanto você, não queria vê-la na prisão – disse eu, triste.

Nesse exato momento, o camburão preto da polícia deixou o prédio do tribunal. Foi devagar, em meio às pessoas, com a sirene tocando para abrir caminho. Não se via nada de Emily lá dentro, mas aplaudimos e gritamos palavras de apoio para animá-la. Eu me coloquei no lugar dela e imaginei o que devia estar sentindo.

Então, vi outro rosto que reconheci. Corri para alcançá-la.

– Ada, Ada Pinker? – chamei.

Ela virou-se e parou, assim como a senhorita que a acompanhava.

– Ah, Robert, não sabia que você vinha.

– E vice-versa. Veio de Oxford? Emily me contou que você se casou com um professor da universidade.

– Sim. O movimento sufragista lá é bem consistente, não tivemos a violência daqui de Londres. – Ada deu um suspiro. – Tenho um mau pressentimento com relação a tudo isso.

– Eu também. Emily é tão decidida, não vai desistir da greve de fome.

– Esperamos poder visitá-la – declarou Ada, apontando a acompanhante. – Afinal, somos da família.

Virei para a moça e disse:

– Acho que não tive o prazer de ser apresentado.

– Teve sim, Sr. Wallis, embora eu não creia que tenha sido um prazer – disse ela, numa voz meio conhecida. – Acho que suas lembranças de mim não são positivas.

Minha expressão deve ter mostrado a surpresa, pois Ada acrescentou:

– Philomena cresceu bastante desde a última vez que você a viu.

– Céus... é a Sapa?

A jovem concordou com a cabeça.

– Pouca gente me chama assim hoje.

Olhei-a com mais atenção e vi uma lembrança das feições pueris que eu tinha na memória. Os olhos empapuçados parecidos com os de um sapo tinham mudado, ou melhor, o rosto tinha mudado. Eles agora davam um toque diferente à expressão dela, como se tivesse acabado de acordar.

– Guardo todas as suas cartas – ela acrescentou. – Minhas irmãs ficavam loucas, eu sempre queria saber quando chegaria a próxima. Sabia-as de cor.

– Não acredito que merecessem ser relidas – disse eu. Estávamos descendo a colina, longe do tribunal, junto com as outras pessoas.

– "Diga a Ada que não deve prender o cabelo para trás, caso ela queira se casar" – citou Philomena. – "Aqui, o jeito certo é arrancar dois dentes da frente, pintar a cabeça com tinta ocre e fazer zigue-zagues na testa com a lâmina quente de uma faca. Só então será considerada muito linda e convidada para todas as danças."
– Lembra de ter escrito isso?

– Céus – repeti. Olhei para Ada. – Eu era impertinente assim? Desculpem.

– Não tem problema – disse ela, seca. – Meu marido é etnólogo; então me acostumei a ser comparada pejorativamente com gente que pinta a cabeça de ocre. – Chegamos à estação do metrô e ela parou. – Vamos para oeste. Posso lhe mandar notícias de Emily?

– Por favor, mandem – pedi, entregando meu cartão. – E foi um prazer ver as duas novamente, apesar da situação.

– Igualmente – disse Ada, solícita, e nos despedimos com apertos de mão.

Ao segurar na mão enluvada de Philomena, ela disse:

– Sr. Wallis, sempre quis saber uma coisa: o senhor escreveu mais poemas absurdos?

Neguei com a cabeça.

– Deixei o absurdo para trás. Embora hoje em dia o governo esteja fazendo um bocado deles.

– É – concordou Ada, ansiosa. – O governo resolveu não ceder. Espero que Emily não sofra nada.

A cela onde ela estava media 4 metros por dois e meio e era pintada de cinza, como o interior de um navio. Havia uma lamparina, uma janelinha alta demais para se poder olhar lá fora, um estrado e uma cadeira. A madeira crua do estrado tinha em cima dois lençóis dobrados e uma fronha. Dois baldes com tampa de alumínio ficavam numa prateleira no canto que tinha também um livro de oração, um cartão com as normas internas, um pequeno quadro-negro e um giz. A porta tinha um pequeno postigo. E era só.

Ela estendeu os lençóis sobre a cama e olhou os baldes: um, tinha água e o outro servia evidentemente para as necessidades. O travesseiro era de palha, pontas afiadas e douradas furavam o tecido.

Qualquer som parecia um eco dentro de uma caverna de um lado para outro dos corredores sem fim. Ela ouviu um trovejar distante que foi se aproximando: eram portas batendo, gritos e passos. O postigo foi aberto. Uma voz disse:

– Olha o jantar.

– Não estou comendo – disse Emily.

Uma tigela de alumínio com sopa apareceu no postigo. Ela não se mexeu. Um instante após, a tigela sumiu, substituída por um leve cheiro engordurado de legumes quentes. O estrondo se afastou. A certa altura, ficou mais escuro e Emily percebeu então que a iluminação devia ser controlada pelos guardas do lado de fora. Até essa pequena liberdade era negada.

Na manhã seguinte, ela ficou deitada, desafiando as normas impressas no papel. O postigo foi aberto.

– Ainda não se levantou? – perguntou, surpresa, uma voz. – Seu café da manhã está aqui.

– Estou em greve de fome.

O postigo se fechou novamente.

Aí, começou a fila de visitantes. O capelão, a enfermeira-chefe, o supervisor de trabalho, todos vieram dizer obviedades.

– Esperamos que use esse tempo para meditar, Sra. Brewer, para se aprimorar – disse o capelão.

– Não quero melhorar, quero que o primeiro-ministro melhore. – Ele pareceu muito surpreso e avisou-a para não demonstrar falta de respeito.

Ela foi levada para o banho num cubículo com porta de 60 centímetros, a carcereira apareceu e ficou de olho nela. Havia uma privada, mas a porta também era pela metade e a descarga ficava do lado de fora para a carcereira, e não a prisioneira, puxá-la.

Emily voltou para a cela e recebeu a visita do diretor do presídio, um homem alto e com semblante preocupado que parecia um bancário.

– Não pense que pode criar problema aqui – avisou-lhe. – Nós já lidamos com assassinas e ladras agressivas. Sabemos o que estamos fazendo e, se tiver bom comportamento, será libertada logo.

Ela retrucou:

– Você pode me libertar daqui, mas não me dar a liberdade. Só quando as mulheres puderem votar eu estarei livre.

Ele deu um suspiro.

– Enquanto estiver sob minhas ordens, trate-me de senhor – Seu marido é parlamentar, não? – perguntou fitando Emily.

Ela concordou com a cabeça.

– Se a senhora precisar de alguma coisa, avise. Sabonete ou um travesseiro melhor, por exemplo.

– Quero ser tratada como qualquer outra presa.

– Muito bem. – Ele virou-se para ir embora, mas parecia não conseguir. – Não entendo, Sra. Brewer, é... – disse, voltando de repente para a cela. – A senhora já pensou que, se conseguir que as mulheres possam votar, isso vai acabar com todo o cavalheirismo entre os sexos? Por que os homens iriam tratar as mulheres como diferentes deles?

– Foi por cavalheirismo que o senhor me ofereceu sabonete? – ela perguntou, com calma. – Ou devido ao cargo do meu marido?

O almoço chegou: mais sopa, embora a presa que fazia a entrega chamasse de ensopado. Ela recusou. Veio um médico e perguntou qual foi a última vez em que ela comeu. Emily respondeu.

– A senhora precisa jantar esta noite – recomendou.

Ela negou com a cabeça.

– Não vou.

– Então vai ser alimentada à força.

– Não vou colaborar.

– Bom, veremos. Pelo que vi, muitas pessoas que falam em greve de fome aguentam só dois dias. Depois disso, o corpo manda que não sejam tão idiotas.

Ele também foi embora. Ela aguardou um bom tempo. As presas tiveram uma hora de exercício, que consistia em andar num pátio externo em fila indiana e em silêncio.

No jantar, servido na verdade no meio da tarde, a carcereira perguntou se ela ia comer. Emily recusou.

Ao anoitecer, as luzes foram desligadas. Ela ficou na cama, meio tonta devido à fome.

Pelo ribombo ecoante da prisão, ela ouviu as detentas cantando. Era *O corpo de John Brown* com a letra alterada, mas que ela conhecia por ser um dos hinos das sufragistas. Num rompante de alegria, ela foi até o postigo. Ajoelhou-se ao lado da porta, pôs a cabeça em ângulo com o corredor e juntou sua voz às outras.

Levantem-se, mulheres, pois a luta é longa e dura,
Levantem-se aos milhares, cantando alto a canção da luta.
Ter direito e ter poder, e sua força nos fará fortes
e a causa vai prosseguir.

As outras sufragistas pareciam muito longe, a voz dela ecoava alto e forte na pequena cela. Uma outra voz se juntou, mandando:
– Pode parar, sim? – Emily se calou.

Tentou dormir, porém o estômago vazio doía tanto que ela só conseguia descansar alguns minutos. No dia seguinte, recusou o café da manhã. A dor parecia diminuir. Às vezes, ficava desesperada; outras, era tomada de grande alegria como uma onda. *Posso fazer isso*, pensou. *Posso morrer de fome. Eles podem controlar tudo, mas o corpo é meu.*

Mais tarde naquela manhã, alguém pôs uma bandeja na cela com um bolo saído do forno. Não era comida de prisão, ou seja, era uma entrega especial. Ela dobrou as mãos sobre a barriga para diminuir a dor e ignorou o bolo.

À tarde, estava quase delirando de fome. *Estou mais leve que o ar*, pensou, e a frase parecia ecoar dentro do corpo vazio. *Estou mais leve que o ar... mais leve que o ar.*

De vez em quando, imaginava sentir cheiro de café entrando pelo respiradouro no teto, mas quando ia identificar o tipo, o aroma sumia e mudava como um fogo-fátuo.

O médico voltou.

– A senhora vai comer? – perguntou, sem mais.

– Não – respondeu com uma voz estranha.

– Seu corpo começa a exalar um cheiro, sabe? É a *ketosis*, isto é, o corpo se autoalimenta. Se a senhora continuar, vai prejudicar seu organismo de forma irreparável, a começar pelos órgãos reprodutores. Talvez nunca possa ter um filho.

– Eu sei como funcionam os órgãos reprodutores, doutor.

– A senhora vai danificar os cabelos, a aparência, a pele, tudo o que a torna tão atraente.

– Se isso for um elogio, é bem indireto.

– Depois, vai prejudicar o aparelho digestivo, os pulmões...

– Não vou mudar de ideia.

Ele concordou com a cabeça.

– Muito bem. Então temos de salvar a senhora de si mesma.

Ela estava com os sentidos quase sobrenaturalmente lúcidos. Conseguia diferençar cheiros distantes e até fazer com que se concretizassem. Sentiu um cheiro indefinível, inebriante, sinuoso, de café queniano fresco... com aroma de moitas de madressilvas, um instante após o adorável cheiro era de caules de cevada após a colheita. Uma nota frutada – eram damascos, o cheiro forte de uma geleia de damascos... Fechou os olhos, respirou fundo e teve a impressão de que a dor diminuiu.

Finalmente, quatro carcereiras entraram na cela. As funcionárias mais fortes foram escolhidas para a tarefa: era impossível resistir.

– A senhora concorda em ir ao médico?

– Não.

– Muito bem, segurem-na. – Duas ficaram atrás de Emily e seguraram-na pelos braços. Quando a levantaram, a terceira segurou os pés. Ela resistiu, mas não fez diferença. Foi carregada pelo corredor.

– Talvez ela ande agora – disse uma das carcereiras.

Sentiu uma dor aguda sob o braço. Uma das mulheres a beliscava. Emily gritou.

– Vamos, querida – disse a mulher.

Ela foi meio empurrada, meio arrastada pelo corredor. Rostos olhavam pelos postigos das celas. Depois que o pequeno grupo passou, as presas bateram nas portas e gritaram. Ela não conseguia falar, o eco engolia tudo. Finalmente, chegaram à enfermaria. O médico que ela havia encontrado antes estava lá, com outro, mais jovem, os dois de aventais de borracha sobre o terno. Na mesa havia um tubo comprido, um funil e um jarro que parecia de um mingau aguado. Havia também um copo de leite. Era tão descabido que ela quase riu alto, apesar do pavor que sentiu.

– Vai beber o leite? – perguntou o médico.

– Não.

– Ponham-na na cadeira.

Aos poucos, as mulheres conseguiram sentá-la à força numa grande cadeira de madeira, duas seguravam os braços de Emily e outras duas os joelhos dela. O médico mais jovem puxou a cabeça dela para trás, enquanto o outro pegou o tubo comprido. Enfiou os dedos num pote de glicerina, passou a glicerina no final do tubo.

– Segurem-na com as costas retas – disse ele.

Ela trincou os dentes com força. Mas o alvo não era a boca: ele enfiou o tubo pela narina direita de Emily. A sensação era tão nojenta que ela abriu a boca e gritou, mas viu que mal conseguia fazer qualquer som, só uma exclamação inarticulada.

Mais um centímetro, mais outro. Ela sentia o tubo na garganta, impedindo-a de falar. Tentou balançar a cabeça de um lado para outro, mas o médico mais jovem a prendia com firmeza. Lágrimas escorriam pelo rosto, sentia uma dor aguda na traqueia até que, com um último e nauseante empurrão, enfiaram o tubo todo.

– Isso basta – disse o médico mais velho, recuando. Respirava pesado.

Botou um funil no final do tubo. Pegou o pote de mingau e despejou no funil. Um líquido quente e sufocante encheu a traqueia. Ela tossiu e teve ânsia de vômito, mas o líquido quente e grosso entrou. Emily tinha a impressão de que a cabeça ia explodir, havia uma pressão atrás dos olhos, um zunido nos ouvidos e a sensação de afogamento.

– Vale por uma refeição completa – disse o médico.

Retiraram o tubo das narinas dela, uma operação longa e dolorosa. Quando terminaram, ela vomitou.

– Temos de repetir. Segure bem – disse o médico.

Toda a horrenda operação se repetiu. Dessa vez, esperaram alguns minutos antes de tirar o tubo. O médico levou o tubo para uma pia, enquanto Emily tossia, tinha ânsias e cuspia.

– Levem-na para a cela.

Ela disse:

– Eu vou andando sozinha. E o senhor é um testa de ferro nojento por tratar uma mulher assim.

– Ah, então a mulher deveria ser tratada diferente? – perguntou, com um riso irônico.

– Se fosse um homem decente, o senhor não faria isso.

– Então eu não salvaria a sua vida? – Fez sinal para as carcereiras levarem-na.

Naquela noite, ela ateou fogo na cela, esvaziando o travesseiro e colocando punhados de palha no aquecedor a gás. Depois, fez uma barricada com o estrado da cama sob a tranca da porta para impedir que abrissem. Foi preciso retirar as dobradiças da porta para entrar. Depois, tiraram as roupas dela e transferiram-na para uma cela com cama de ferro parafusada no chão.

Naquela noite e por todo o dia seguinte, uma pessoa vinha vê-la a cada dez minutos. Primeiro, ela pensou que queriam só se divertir à custa dela e gritou com elas.

– A senhora está sendo vigiada para não se machucar – disse uma voz, fria.

Na hora do almoço, a enfermeira-chefe trouxe um copo de leite, que ela recusou.

– Beba um pouco – disse.

Emily negou com a cabeça.

Agora que sabia como era, estava com medo de ser alimentada a força. Quando vieram pegá-la para levar ao médico de novo, quase morreu de medo. Mas não pôde reagir, eles sabiam o que fazer e o tubo foi colocado com rapidez. Ela chorou, as lágrimas se misturaram com o vômito e o cheiro azedo do mingau. Depois, desmaiou.

Quando voltou a si, o médico a olhava, preocupado.

– É melhor parar – disse. – A senhora é delicada, não tem estrutura para isso.

– Alguém tem? – ela perguntou, amarga.

– Não está acostumada a um tratamento forte. Pode prejudicá-la.

– O senhor é médico. Devia se recusar a fazer isso.

– Ninguém se incomoda. É isso que não entendo. A senhora está aqui fazendo isso com seu corpo e ninguém lá fora tem o menor conhecimento. O que adianta? – ele perguntou, de repente.

– Para mostrar que só se pode governar com o consentimento dos governados...

– Poupe-me das suas palavras de ordem. – Fez sinal para a carcereira. – Leve-a.

Com uma carcereira de cada lado, ouviu uma delas dizer, baixo:

– Descontam impostos do meu salário; portanto, não entendo por que não posso votar. – Ela olhou de lado para Emily. – A senhora foi corajosa lá dentro.

– Obrigada – ela conseguiu dizer.

– E ele mentiu. A senhora está em todos os jornais, sem detalhes, mas as pessoas sabem o que está acontecendo.

Naquela noite, ela não conseguiu respirar direito, estava com alguma coisa na traqueia, como um pedaço de comida presa. Ela sentiu enjoo de novo e o vômito tinha fios de sangue.

No dia seguinte, não conseguiu aguentar o tubo. Aceitou um copo de leite oferecido pela enfermeira e depois um pouco de sopa. Mas depois voltou à greve de fome.

Oitenta e cinco

Eu estava limpando a cafeteira, quando o marido dela chegou. A manhã já estava na metade, era uma hora calma. Suponho que foi por isso que ele escolheu aparecer.

– Então é aqui que você espalha o seu veneno, Wallis – disse uma voz.

– Se está se referindo ao meu café, é o melhor que há – respondi olhando para a cara dele.

– Não me referia à bebida. – Colocou o chapéu na bancada. – Vim falar de minha esposa.

– Ah, é? – esnobei, sem interromper o que fazia.

– Os médicos me disseram que, se ela continuar em greve de fome, vai morrer.

– São os mesmos médicos que diagnosticaram que era histérica?

– É diferente. – Ele fez uma pausa. – Ela está ferida devido a uma tentativa de alimentação forçada que deu errado. Parece que prejudicou os pulmões.

Olhei bem para ele, pasmo.

– Precisamos tirá-la da prisão ou, pelo menos, do perigo – disse ele.

Após o choque consegui falar:

– Então, convença o seu governo a permitir que as mulheres possam votar.

– Você sabe que isso não vai acontecer. – Passou a mão enluvada pelos cabelos. De repente, percebi como estava cansado. – O governo jamais desistirá. À parte qualquer outra coisa, a desistência mandaria um recado errado para nossos inimigos. O império pode parecer inexpugnável, mas muitos na Europa se aproveitariam de qualquer crise interna... O que Emily está fazendo é perigoso para todos nós.

– Por que me diz isso?

– Porque ela pode ouvir você, mesmo que não me ouça.

É preciso uma certa coragem ou, pelo menos, nervos de aço para vir aqui dizer isso, pensei.

– Não creio que ela me ouça – considerei, balançando a cabeça.

– Mas deve tentar.

– Acho que ela não quer que ninguém tente dissuadi-la.

– Você a ama?

Era estranho discutir aquele assunto, ainda mais com ele. Mas eram tempos estranhos. Concordei com a cabeça.

– Sim.

– Então, me ajude a salvá-la. Escreva para ela – insistiu. – Diga que já fez o bastante, que outras podem assumir a luta agora. Diga que não quer que ela desperdice a própria vida dessa maneira.

– Se eu escrever e ela desistir, pode não me perdoar jamais – observei.

– Mesmo assim, deve fazer. Por ela, se não por nós. – Pegou o chapéu. – Mais uma coisa que você precisa saber: o governo pensa em apresentar um novo projeto de lei que permite libertar quem faz greve de fome.

– Por quê? – perguntei, intrigado.

– Para evitar que morram na prisão, claro.

– Mas, se soltarem as sufragistas, vão sair e criar mais agitação.

– Só se estiverem bem de saúde. Nesse caso, serão detidas novamente. Assim, se morrerem, não será na prisão, como mártires, mas no hospital, como doentes. E o protesto dela acabará não fazendo diferença, nem mesmo para a causa que defende. Você tem que escrever essa carta. Vai escrever?

– Não prometo, vou pensar essa noite...

– Para terminar – ele interrompeu. – Se conseguir que ela pare com tudo isso, eu concedo o divórcio.

Eu disse, devagar:

– Não creio que ela queira o divórcio.

– Não quer, mas não estou me referindo a ela, mas a você. – Ele me olhou de homem para homem. – Se convencê-la a viver, Wallis, ela é sua. Lavo as minhas mãos.

Depois que ele foi embora, pensei no que disse. Eu não tinha ilusões sobre os motivos: ao mesmo tempo que eu tinha certeza que Brewer amava Emily do jeito dele, era um tipo de homem que tinha o amor totalmente ligado aos próprios interesses. Se fosse verdade o que ele disse e Emily morresse, seria ruim para ele, as pessoas diriam o mesmo que eu: que ele deixou o governo matar a esposa e não fez nada. Do ponto de vista dele, era melhor divorciar-se.

Brewer era um político, encontrou a melhor maneira de me pedir. Mas isso não mudava o fato de que ele tinha razão. Uma carta minha dizendo que ela já havia feito o bastante, usando as palavras certas, podia persuadir Emily. Ela era teimosa, mas eu a conhecia bastante para saber convencê-la.

Um mundo sem Emily era inconcebível.

Eu a amava e queria que vivesse. Quanto a se casar comigo... conhecia-a muito bem para não considerar isso, mas podia ter esperança.

Finalmente, depois de tanto tempo, tínhamos uma chance de sermos felizes.

Fiquei acordado até tarde, tomando xícaras e mais xícaras de café. Finalmente, peguei papel e caneta e ao amanhecer a carta estava escrita.

Oitenta e seis

Quatro semanas depois, Emily morreu no Hospital Paddington. Como Brewer tinha previsto, o governo libertou-a por motivos médicos para que não morresse na prisão. Ficamos com esperança de que, bem cuidada, ela pudesse melhorar. Mas era tarde.

Quando ela morreu, o movimento sufragista tinha, apesar de todos os esforços do governo, conseguido o impensável: um projeto de lei que permitia fazer a conciliação apoiado pela maioria dos parlamentares. As militantes deram uma trégua. Mas exatamente quando a vitória parecia próxima, Emily estava morrendo.

Consegui vê-la duas vezes no hospital, porém já estava muito fraca. Nunca recuperou o peso e o lindo rosto, antes tão viçoso e cheio de emoção, ficou reduzido a ângulos como se entalhado a faca. Os cabelos perderam o brilho e a pele escureceu muito; de perto, estava cheia de pequenas linhas, como uma musselina velha. Até os olhos estavam opacos e a voz era pouco mais que um sussurro, parecia engasgar com alguma coisa presa na garganta.

Mas a consciência estava alerta como sempre. Levei flores.

– Obrigada – disse, rouca, quando segurei para ela sentir o perfume. – Lindas, Robert, mas da próxima vez prometa trazer outra coisa. Flores colhidas morrem logo e me fazem pensar na morte.

– O que quer, então?

– Traga grãos de café e um moedor.

– Os médicos deixam?

– Não é para beber. Posso sentir o aroma dos grãos e você talvez possa beber uma xícara por mim.

– É o pedido mais estranho que já tive.

– Sempre associo você com o cheiro de café. Foi muito ruim quando você voltou da viagem e me encontrou pela primeira vez em Castle Street: não tinha cheiro de café. Mas agora voltou a ter, está tudo certo.

– Tenho? – Tudo em Castle Street cheirava a café, portanto eu nem percebia.

– Como está a cafeteria? – ela perguntou.

– Bem. O novo queniano é muito bom, como você previu.

Ela fechou os olhos. Depois, disse, numa voz um pouco mais forte.

– Recebi sua carta. Obrigada.

– Adiantou alguma coisa?

Ela concordou com a cabeça.

– Então, fico contente.

Ela segurou minha mão.

– Deve ter sido difícil para você escrever tudo aquilo.

– Foi a coisa mais simples do mundo.

– Mentiroso. – suspirou ela. – Respondi a sua carta, vai receber quando eu morrer.

– Não...

– Por favor, Robert. Não me ofenda fingindo. Os médicos foram bastante sinceros. Meus pulmões não funcionam mais. Eles me deram láudano para diminuir a dor, mas esse remédio embota minha cabeça. Então, quando tenho uma visita, não tomo. Aí sinto dor, quando dói não tenho condição de ver ninguém.

– Está com dor agora?

– Um pouco. Vão me dar algumas gotas depois que você sair.

– Então, vou logo.

– Talvez fosse melhor, estou um pouco cansada.

– Mas volto com o café.

Ela morreu naquela noite, dormindo.

Oitenta e sete

A carta chegou algumas semanas depois do enterro, numa pequena caixa. Dentro, havia alguns documentos da loja. Uma carta do advogado explicava que, como responsável definitivo e total pelos bens da falecida Sra. Emily Brewer, ele cumpria o dever de me informar... etc. Depois, uma carta dela, manuscrita, com letra pequena e decidida, como se estivesse preservando cada grama do esforço.

Meu caro Robert,

Quero que saiba que deixo a cafeteria para minhas irmãs. Não é uma grande herança, considerando o pouco lucro que dá, mas nunca consegui ser tão fria em relação aos negócios como meu pai e fui feliz naquele lugar. Espero que você queira continuar lá, pelo menos por enquanto. A causa sufragista precisa de Castle Street, e Castle Street, de você.

Robert, creio que homens e mulheres só conseguirão se relacionar bem quando tiverem direitos iguais. Você pode achar que isso não tem nada a ver com votos, mas direitos iguais são um primeiro passo necessário para o que realmente interessa.

Por isso, preciso lhe dizer uma coisa, embora seja difícil para mim colocar isso preto no branco... Lembra-se daquela manhã, quando eu disse a papai por que queria casar com você? Acho que você sempre

*pensou que os motivos que dei eram verdadeiros, mas não eram. Eu
disse só o que achava que poderia convencer meu pai mais rápido. Já
houve um quase escândalo com Hector... Como eu poderia dizer a
papai o que eu realmente sentia, o quanto desejava você? Mas é
verdade. Sempre desejei ter seu corpo junto ao meu... Imaginei isso
muitas vezes, cobri cada centímetro do seu corpo com meus beijos,
pensei como deveria ser estar na cama com você. Pronto, falei.
Sempre quis, acima de tudo, usufruir disso com você e depois acordar
de manhã e sentir sua pele cálida nas minhas costas, sua respiração
no meu pescoço e saber que, se esticasse a mão, você estaria ali...*

*Tinha vergonha disso. Nós, mulheres, não podemos sentir essas
coisas, não é? Depois de Hector, jurei a meu pai que havia mudado,
que controlava meus sentimentos, mas na verdade, não. E assim
deixei tanta coisa por dizer. Mais tarde, com Arthur, quando eu
podia ter dito alguma coisa... bem, você conhece alguns motivos para
eu não dizer, mas talvez na época eu tivesse ficado presa demais aos
meus princípios.*

*Você vai se apaixonar novamente, claro que vai, é assim.
Quando isso acontecer, prometa uma coisa. Conte tudo para ela a
meu respeito, a seu respeito e como foi na África. Diga o que
realmente sente e talvez um dia ela consiga falar dos desejos dela.*

*Quero que você faça mais uma coisa por mim: escreva tudo isso.
Conte a nossa história. Sei que é capaz de fazer isso melhor que
ninguém. Tenho certeza de que todo mundo acha que viveu uma
época de grandes mudanças. E talvez essa seja uma das coisas
importantes da vida, que é na verdade uma sucessão infinita de
grandes mudanças. Mas sinto que essa história, esse momento, não
deve ser esquecido.*

*Diga a verdade, Robert, e diga de forma delicada. No final, é só
o que podemos fazer.*

*Às vezes, quando a falta que sentia de você era insuportável, eu
lembrava a mim mesma que os casais dormem juntos há milhares*

de anos, que milhões deles fazem isso nesse país inteiro todos os dias. Mas uma amizade entre um homem e uma mulher ainda é rara e preciosa. Robert, eu te amo, mas, acima de tudo, fico feliz por ter sido sua amiga.

Sua querida,
Emily

A caixa ainda continha outra carta e uma pequena caixa de mogno. Reconheci-a na hora: devia ser a última que restava do primeiro Guia Wallis-Pinker.

A carta era a última que escrevi para ela, com um bilhete do advogado: *O Sr. Brewer pediu para devolver ao senhor.*

Oitenta e oito

Castle Street
28 de abril

Minha cara Emily,

Seu marido veio falar comigo. Está preocupado com a sua saúde, todos nós estamos. Isso não vai surpreendê-la, a surpresa envolve a oferta de Arthur em relação ao seu bem-estar.

Ele disse que, se você suspender a greve de fome, ele desiste de você, sai do caminho para que se divorcie dele. Faz isso, claro, devido à ideia errada de que somos amantes e nos casaremos assim que você estiver livre. Quer que eu a convença a suspender a greve.

Minha querida Emily, quando penso na alegria que seria casar com você, não consigo imaginar nada mais maravilhoso. Mesmo assim, não vou tentar convencê-la a fazer uma coisa, nem outra.

Não digo para suspender a greve ou para continuá-la. Só digo que você fez uma coisa muito importante; seja lá qual for a sua decisão agora, estarei orgulhoso de você. E jamais deixarei de te amar.

A decisão é sua.

Com todo o amor,

Robert

Oitenta e nove

As misturas do sabor notadas no *aftertaste* podem ter um toque doce que lembre o chocolate; parecer fumaça de fogueira ou fumo de cachimbo; evocar um tempero forte como o cravo; ser similar às resinosas, lembrando seiva de pinheiro; ou podem ter qualquer combinação dessas características.

– Lingle, *The Coffee Cupper's Handbook*

Embora a trégua entre o governo e as militantes continuasse, não convinha a nenhum dos lados tirar partido da morte de Emily. Mas, como Brewer deu a entender, a longo prazo o sacrifício dela não fez muita diferença. Na última hora, o governo retirou o apoio ao projeto de lei que permitia a conciliação. Furiosas, as militantes reagiram pedindo que a Inglaterra fosse considerada ingovernável.

A seguir, veio o caos. Panos queimando foram enfiados em caixas de correio, prédios do governo e lojas tiveram as vidraças e vitrines quebradas, pavilhões de críquete e até igrejas foram incendiados. Anos depois, as sufragistas gostavam de afirmar que fizeram uma revolta pacífica, mas na época não foi o que pareceu. Um dos alvos preferidos foi Asquith. Tentaram rasgar as roupas do primeiro-ministro quando jogava golfe. Quem impediu foi a filha dele, Violet, que afastou as agressoras com socos. Quando ele diminuiu a marcha do carro para não atingir uma mulher deitada na estrada, surgiu um grupo não se sabe de onde, que passou a chicoteá-lo, a cabeça ficou protegida apenas pela cartola. Um homem confundido com ele foi açoitado na estação de Euston; o secretário da Irlanda arrebentou a rótula ao tentar proteger Asquith em Whitehall; um parlamentar irlandês, sentado ao lado dele numa carruagem, foi ferido na orelha com um machado. Enquanto isso, quase duzentas mulheres faziam greve de fome.

No começo, eu achava, como muitos, que o governo merecia tudo aquilo. Nós, homens que apoiávamos o movimento, passamos a formar um grupo à parte. Quebrei algumas vidraças e ateei fogo em alguns prédios vazios, sempre achando, satisfeito, que fazia aquilo por Emily. Entretanto, também como muitos outros, descobri que não tinha a mesma gana por conflitos que as líderes do movimento.

Cheguei a essa conclusão no dia em que íamos atacar a National Gallery. O plano era dois homens fingirem admirar os quadros e então tirarem facões de açougueiros para cortar as telas. Nosso alvo especial era a *Vênus Rokeby*, um famoso nu comprado há pouco pela Gallery. Na época, todos os prédios públicos eram policiados e por isso era fundamental ir um casal de militantes para chamar menos atenção.

Eu nunca tinha visto a *Vênus*. A obra ficava em lugar de honra, nos fundos da galeria, sob uma claraboia, e mostrava uma mulher estirada num divã, olhando-se no espelho. A pele parecia brilhar, ganhando vida, e as costas eram tão reais em cada detalhe que a sensação era de estarmos juntos da modelo.

A mulher que posou já morreu há séculos, mas a sensualidade de seu olhar e a reação de Velázquez como homem e como pintor vão durar para sempre, pensei.

Lembrei-me de uma frase da última carta de Emily, que ainda estava guardada no bolso do meu paletó. *Acordar de manhã e sentir sua pele cálida nas minhas costas, sua respiração no meu pescoço e saber que, se esticasse a mão, você estaria ali...*

Fiquei em frente ao quadro e quando o relógio de St. Martin-in-the-Fields bateu 16 horas (o sinal para o ataque), percebi que não conseguia sair do lugar. Foi a mulher ao meu lado que tirou o facão e, num grito desesperado, cortou as longas costas brancas da *Vênus*, do ombro até a cintura, e a tela ficou em pedaços. Podia-se ver, de repente, o que não parecia antes: a *Vênus* era apenas um quadro, uma ilusão, totalmente frágil.

Os guardas prenderam imediatamente a sufragista. Fiquei alguns instantes na frente da obra de arte destruída, com lágrimas nos olhos, depois me virei e fui embora. Joguei meu facão na fonte de Trafalgar Square e continuei andando. Foi a última vez em que me envolvi com a causa.

QUINTA PARTE

Açúcar

Noventa

Nova safra – um aroma fresco, leve, que acentua, principalmente no sabor e acidez, as características naturais de um *blend* de café.

Sivetz, *Coffee Technology*

Um ano se passou. Eu visitava o túmulo de Emily, administrava a cafeteria e mantinha o Guia. Não dava atenção à política e, menos ainda, às artes. Na verdade, não dava atenção nem à cafeteria. Quase não tinha fregueses – as militantes não precisavam mais de um ponto de encontro e, como eu preferia ficar sozinho, não me interessava pelos poucos que ainda apareciam.

Até que, um dia, Ada e Philomena vieram me visitar. Cheguei tarde e encontrei-as olhando o local com um jeito meio surpreso. Ada passava a mão enluvada nas bancadas e via o resultado com uma expressão de enfado.

– Posso ajudar? – perguntei, azedo.

– Ah, Robert, chegou – disse Ada. – Talvez você possa nos fazer um café.

Suspirei.

– Vou fazer um Java. O moca está muito sem graça.

Elas se entreolharam, mas não disseram nada enquanto eu preparava o café. Não as via desde o enterro quando, claro, estavam de preto. Agora usavam vestidos pregueados, de seda estampada com golas altas e moles e largos cintos de seda. Para o estilo de dança típico da época, o turkeytrot, era necessário usar roupas soltas como aquelas que também permitiam o espacato, abertura de pernas boa para escandalizar a geração mais velha.

– Sabe que agora somos proprietárias da cafeteria? – Ada perguntou.

Concordei com a cabeça.

– A julgar pelas poucas contas guardadas, estamos com prejuízo.

– A localização é ruim – disse eu, brusco. – Aqui é uma área residencial, ninguém precisa de uma cafeteria perto de casa.

As duas se entreolharam de novo.

– Mas é uma pena fechar o lugar – disse Philomena.

Calei-me. Também achava, mas não via motivo para manter a cafeteria aberta.

– Phil tem umas sugestões, quer saber quais são? – perguntou Ada.

Dei de ombros e disse:

– Acho melhor ouvir.

Puxei uma cadeira e Philomena disse:

– Acho que você tem toda razão: esse não é o melhor lugar, mas as pessoas não bebem café só em cafeterias, bebem em casa também.

– Acho que ninguém toma café em casa – respondi bufando. – É tudo uma porcaria empacotada. Como o Castelo. Grãos baratos, pré-tostados e pré-moídos, empacotados nas prateleiras dos Srs. Lipton e Sainsbury até evaporar o pouco sabor que têm.

– Bom, é – concordou Philomena. Ela me observava com aqueles olhos sonolentos de quem acabou de acordar. Pareciam ter um toque divertido.

– Ficamos pensando por que não podemos vender um café de qualidade – disse Ada.

Olhei-as, intrigado.

– Você sabe que nós fomos criadas com café de qualidade – ela explicou. – Um tipo que hoje é quase impossível de obter. – Deu de ombros. – Achamos que, se é difícil de conseguir, deve haver outras marcas na mesma situação. Não muitas, mas... – Ela percorreu com os olhos a cafeteria vazia e, eu tinha de admitir, em péssimo estado –, ...talvez o suficiente parta manter uma loja.

– Então você está sugerindo...

– Uma pequena mudança, parecida com o que era antes – Philomena respondeu pela irmã. – Basicamente, uma loja com dois barris de torrefação que não ficariam escondidos, mas orgulhosamente à vista de todos. – Quase sem perceber, ela apontou o delicado indicador para a parede dos fundos onde, vi então, tinha espaço para dois torradores lado a lado. – Será a torrefação que fará a diferença...

– E o cheiro... – acrescentou Ada.

– E o cheiro – disse Philomena, respirando fundo. – O cheiro de moca recém-torrado! Imagine!

– *Conheço* o cheiro de café torrado – disse eu, seco.

– E a chaminé... – disse Ada, sem prestar atenção no que eu disse, apontando outro canto.

Philomena concordou com a cabeça.

– Espalhando o dito aroma pela rua... de forma que, mesmo quem não quer levar meio quilo de café colombiano para casa... resolve entrar e tomar uma xícara... ou um bule...

– Um bule? – exclamei, intrigado.

Philomena olhou para mim. A sonolência, vi então, era ilusão. Os olhos dela eram argutos, inteligentes e ágeis.

– Como se compra uma caneca de cerveja para o jantar. Por que não um bule de café para o café da manhã?

– Na África, eles fazem uma coisa parecida. Os vendedores de café percorrem as ruas de Harar ao amanhecer e todo mundo compra deles.

Philomena deu um tapinha entusiasmado em Ada.

– Está vendo? Robert já viu que dá para funcionar. – Ela sorriu para mim.

– Então, iríamos torrar e vender grãos frescos – concluí. – Mas isso não significaria competir diretamente com... bom, com cafés pré-moídos, como o Castelo?

Ada concordou com a cabeça.

– Mas como o Castelo não é mais nosso, não tem problema. E, sejamos sinceros, se não podemos fazer um café melhor do que aquele, alguma coisa está errada.

– E *nós* não vamos gastar dinheiro com anúncios – acrescentou Philomena. – Só em grãos de qualidade, africanos, digamos. – Abriu a bolsa e mostrou alguns desenhos e fotos. – Vai ficar lindo – acrescentou botando tudo na minha frente. – Estas são algumas casas de chá que visitei há pouco em Glasgow. Têm estilo bem *art-nouveau*. Pensei em algo parecido aqui. – Fez um gesto com a mão enluvada. – Com o seu paladar e o nosso investimento, o lugar tem de ser um sucesso.

– Teríamos de fechar por algum tempo – observei, olhando os desenhos. – Essa reforma vai levar meses.

– Três semanas – Philomena me corrigiu. – Nós começamos depois de amanhã.

– Céus,... "nós"?

Philomena pegou os desenhos.

– Seremos patroas bem participantes. Espero que isso não seja problema para você, quero dizer, trabalhar para uma mulher.

– Isso não é bem um trabalho adequado para as filhas de Samuel Pinker, não? Vocês agora devem ser ricas.

– Robert, minhas irmãs não lhe ensinaram nada? Nós decidimos o que é adequado para nós.

– O pai de vocês não vai gostar.

– Pelo contrário. Você o subestima, Robert. Tudo o que ele quer é ver as filhas bem-sucedidas. – Ela fez uma pausa. – Aliás, ele mandou lembranças.

Dei um grunhido.

– Hoje, não há um grão de café no armazém de Narrow Street – contou Ada. – Virou um grande escritório, com escrivaninhas no lugar de sacas. Mas acho que papai sente falta dos velhos tempos. Você devia conversar com ele de vez em quando.

– Acham mesmo que o Sr. Pinker vai ajudar vocês?

As duas se entreolharam.

– Por que íamos querer ajuda dele? Estamos falando de *negócios* – disse Philomena.

À porta, quando elas estavam indo embora, Philomena virou-se e perguntou:

– Você está escrevendo alguma coisa sobre Emily?

– Por quê?

– Porque ela pediu. Eu sei, ela me disse.

Dei de ombros.

– Não é assim tão simples.

– Mas você tenta? – ela insistiu.

– Acho que sim, por quê?

– Porque eu gostaria muito de ler, Robert. Portanto, continue, sim? – ela pediu, simplesmente.

Fui à janela vê-las se afastando. Claro que Philomena já tinha mais ideias, mostrando a esquina e a cafeteria, conversando animada com a irmã. Vi-a de perfil, o canto daquele sorriso sonolento...

E, de repente, senti algo que não esperava.

Ah, não, pensei. Por favor, não. Isso, não. Outra vez, não.

Noventa e um

Abrimos a loja e nos apaixonamos. Entretanto, isso é outra história, tão diferente dessa aqui como uma batata de uma banana. Mas também interessante à sua maneira: uma história com enredo, surpresas, prólogos, coros e mudanças súbitas; uma história que não pode ser contada, pois, ao contrário da história de Emily e eu, ainda não terminou.

"Exigir que o artista tenha um intuito moral é fazer com que ele prejudique sua obra", disse Goethe. Um dia, eu teria defendido essa afirmação como se fosse um mandamento religioso, mas agora que terminei minhas curtas memórias, vejo que o cavalheiro vitoriano que existe dentro de mim não se satisfará sem uma moral da história ou talvez, é melhor dizer, uma conclusão. E como escrevo isso para agradar apenas a mim e a ninguém mais, vou fazer uma conclusão.

O que aprendi?

Aprendi o que todo homem deve aprender e ninguém ensina: existem vários tipos de amor, apesar do que dizem os poetas.

Não só cada caso de amor é diferente, mas o amor não consiste num sentimento, mas em muitos. Da mesma forma que um café de qualidade pode ter aroma de, digamos, couro, fumo e madressilva de uma vez só, o amor é uma mistura de vários sentimentos: paixão, idealismo, ternura, luxúria, vontade de proteger ou ser protegido, desejo de conquistar, de companheirismo, amizade, apreciação estética e milhares de coisas mais.

Não existem mapa nem um código para guiar alguém por esses mistérios. Alguns precisam ser buscados no fim do mundo; outros, no olhar de um estranho. Alguns podem ser encontrados no quarto; outros, numa rua cheia de gente. Alguns queimarão como uma mariposa nas chamas; outros aquecem como um brilho suave. Alguns, darão prazer; outros, felicidades, e outros ainda, se você tiver sorte, os dois.

O riso de uma mulher, o cheiro de uma criança, o preparo de um café – são os vários sabores do amor.

Noventa e dois

Eu ia terminar o livro aí, mas Phil leu e fez comentários. Esse é o problema de ter uma esposa que é, ao mesmo tempo, patroa: fica-se sob o jugo dela duplamente e sei que não vou ter sossego até concordar.

Para registro, parece que não é verdade que um dia ela me fez "uma promessa muito vantajosa... sairia da sala três vezes em troca de duas poesias". Também alega que o poema que fiz para ela era bem menor do que o citado aqui e não tão bom, nem sequer rimava.

E que Hector era uma pessoa bem mais simpática do que pintei, "espirituoso, romântico, uma espécie de herói de aventuras sem fim, muito culto, falava fluentemente várias línguas, um antropólogo antes de o termo existir". Portanto, eu talvez tenha prestado um desserviço para ele mas, como disse Oscar Wilde, cada retrato mostra não o retratado, mas o pintor, e insisto no meu esboço original e de viés.

Ela acha ainda que a descrição de Emily talvez seja um pouco parcial, mas por motivos inversos: o amor pode ter me cegado para os defeitos dela. *Minha irmã era admirável em muitas coisas,* Phil rabiscou numa margem do texto. *Mas podia também ser inflexível e rígida. Jamais teria peidado na minha presença, com medo de incentivar o que ela chamou de minha grossura, embora Ada lembre-se de uma espécie de concurso que faziam quando adolescentes. O mais importante, acho, é que as militantes atraíram, em parte, Emily por admirar a autocracia delas – a forma como aquelas sufragistas falavam em Emmeline Pankhurst como "a líder" sempre me deixou meio nauseada. Você não cita em lugar algum que foram as moderadas – e não as militantes – que conquistaram o voto para nós logo depois dos fatos que você relata.*

Quanto à parte em que Fikre aparece, Phil (que, evidentemente, nem estava presente na ocasião) encheu as margens com pontos de exclamação – ! e !! e até !!! Ela usa toda a sua bateria de pontuação para a cena em que Fikre e eu dormimos juntos pela primeira vez, na casa do comerciante francês, quando Fikre me serviu café na cerimônia do amor. No final do trecho, uma nota na margem diz "O quê?!!! Pelas minhas contas, essa é a quarta (!), será que estamos falando em Robert Wallis diferentes?" Bom, se quiser, ela pode não acreditar em mim, mas minha resposta é: sim, trata-se de outro Robert Wallis, na época eu era jovem e não se pode ter a vantagem da maturidade sem algumas desvantagens também.

"Escreva sobre <u>Arthur</u>", ela anotou na última página. Realmente, eu pretendia fazer isso, mas não coube no relato. Após a morte de Emily, o parlamentar Arthur Brewer mudou muito de opinião e passou a discursar apoiando as sufragistas. Seria fácil ser cínico e dizer que ele tinha finalmente percebido para que lado o vento estava soprando, também seria fácil dar uma visão mais clemente e dizer que a morte dela e as circunstâncias em que ocorreu fizeram com que ele percebesse como tinha sido injusto com a esposa. Pode-se concluir isso pelas declarações que deu nos jornais. Entrevistado pelo *Daily Telegraph*, declarou apenas:

– Minha função é representar a visão dos meus eleitores no parlamento. Está claro para mim que a maioria hoje quer o voto das mulheres, apesar de lastimarem os métodos que tanto fizeram para desacreditar a causa feminina.

O Castelo foi durante algum tempo o café empacotado mais vendido do país. Mas quando Jock Howell assumiu a empresa tomou algumas decisões erradas e não conseguiu prever quando o café instantâneo mudaria o mercado, após a guerra. O nome Castelo foi, por fim, comprado por outra empresa que se engajou em uma batalha agressiva de preços com um concorrente que acabou destruindo ambos.

Enquanto isso, vários pequenos importadores faziam versões do guia de degustação, aprimorando e melhorando o que Emily e eu começamos. O Guia Wallis-Pinker não é mais o único e não está sequer entre os maiores. Mas gosto de pensar que, se ele não tivesse existido, essas versões posteriores não seriam como são.

Desnecessário dizer que a cafeteria foi de vento em popa. Naquele dia em que as irmãs Pinker me visitaram, não foram muito sinceras: refiro-me a uma pequena, mas significativa escorregadela de Phil, quando perguntou se eu teria dificuldade em trabalhar para *uma mulher* (note o singular). Ficou claro em pouco tempo que os planos e o ímpeto de investir no local eram todos de Phil. Naquela manhã, ela convidou Ada para participar porque queria apoio e (ela hoje admite) já desconfiava que sua relação comigo ia assumir sentimentos mais do que apenas profissionais.

Dois anos após, abrimos uma filial, depois outra e mais outra – até percebermos que, se não tomássemos cuidado, teríamos o tipo de empreendimento que detestávamos: de recorrer a estimativas para ficar a par da situação, em vez do aroma de um Java torrando ou o gosto residual de um queniano ou o sabor de um recém-torrado café guatemalteco, leve e quente na xícara... Então, paramos ali mesmo e não temos planos de abrir mais cafeterias.

Confesso que ainda nutro um certo esnobismo em relação aos *blends*. Acho que um café deve ter o gosto que tem e não o que nós queremos, os defeitos e qualidades de um café fazem parte de sua personalidade e eu não gostaria de disfarçá-los. Mas Phil insistiu e eu fiz alguns *blends* para poder estocar um pouco; e eles estão entre as nossas linhas mais populares.

Então, cinco anos após os fatos que relatei aqui, Phil e eu criamos nosso próprio *blend*. Tinha aroma forte de baunilha e merengue, creme queimado e pão crocante e aquele leve e distante cheiro de sexo que tem a pele de todos os recém-nascidos ao saírem do ventre. Ela é absolutamente maravilhosa e tem o adorável nome de Geraldine Emily Wallis.

Agradecimentos

O Guia Wallis-Pinker deve muito a vários manuais de degustação antigos e novos, especialmente ao *The Coffee Cupper's Handbook*, de Ted R. Lingle, publicado pela Associação Americana de Especialização em Café. Deve também ao *Le Nez du Café*, um conjunto de aromas engarrafados criados por Jean Lenoir, e o folheto que vem junto, com definições sensoriais de autoria de Jean Lenoir e David Guermonprez, traduzido do francês por Sharon Sutcliffe.

Pesquisei muitos livros sobre o café, inclusive *Uncommon Grounds*, de Mark Prendergast; *Black Gold*, de Antony Wild; *The Devil's Cup*, de Stewart Lee Allen e *Coffee: the Epic of a Commodity*, de Heinrich Jacob. O pouco que sei sobre o cultivo do café na era vitoriana aprendi em *Coffee: its Cultivation and Profit*, de Lester Arnold, publicado em 1886.

Recorri a um ou dois períodos na história do movimento sufragista para ambientar meu enredo, mas os fatos são bastante fiéis à realidade. Nas fontes principais, inclusive relatos em primeira mão da prisão e greves de fome das sufragistas, sou particularmente grato a *Votes for Women: the Virago Book of Suffragettes*, editado por Joyce Marlow, e *Literature of the Women's Suffragette Campaign in England*, editado por Carolyn Christensen Nelson.

As descrições de tratamentos para a histeria na virada do século se baseiam em *The Technology of Orgasm: "Hysteria", the Vibrator and Women's Sexual Satisfaction*, de Rachel P. Maines. O que ela conta soa tão estranho a ouvidos modernos que tomei a liberdade de fazer os próprios médicos fictícios de meu livro transmitirem algumas fontes da época citadas por ela.

Certas descrições da Londres do fim de século, assim como vários cardápios, refeições e observações também foram retirados de relatos da época, inclusive *Scenes of London Life*, de Henry Mayhew e John Binney e *Dinners and Diners*, do tenente-coronel Newnham-Davis, ambos arquivados no excelente www.victorianlondon.org.

As cartas de Robert Wallis na viagem à África baseiam-se em diários de viajantes do final da era vitoriana, como Gustave Flaubert e Mary Kingsley, ambos exploradores mais entusiastas do continente do que Robert. Tenho uma dívida especial com o livro *Somebody Else: Arthur Rimbaud in Africa 1880-91*, de Charles Nicholl, e, sobretudo, com a parte em que recria a viagem de Rimbaud de Aden para Harar, a partir das anotações de Alfred Bardey, comerciante de café e aventureiro.

Para descrever uma venda de escravos na era vitoriana baseei-me em *To The Heart of the Nile*, de Pat Shipman. Trata-se da biografia de Lady Florence Baker, *explorador Samuel Baker* conhecida em um leilão de escravos pelo que depois se casou com ela.

Meus calorosos agradecimentos para os que leram os primeiros rascunhos. Especialmente a Tim Riley, Judith Evans e Elinor Cooper: defensores apaixonados, infatigáveis releitores e críticos severos; a Peter Souter pelo entusiasmo desde o começo e para meus agentes literários Caradoc King e Linda Shaughnessy pela ajuda e envolvimento em todo o processo. E, claro a Jo Dickinson e Kate Miciak, minhas editoras na Little, Brown e na Random House, respectivamente, sem as quais *Os diversos sabores do café* seria preparado de forma bem diferente.

Os vários sabores do café é dedicado a minhas irmãs Clare, Carolyn e Jane.

Este livro foi composto na tipologia Janson Text LT Std,
em corpo 10,5/15, e impresso em papel off-white,
no Sistema Cameron da Divisão Gráfica
da Distribuidora Record.